21世纪高等院校创新课程规划教材

21SHIJI GAODENG YUANXIAO CHUANGXIN KECHENG GUIHUA JIAOCAI

新编大学物理实验

主编　马春生　郑水泉　杜娟
主审　石永锋　张晓波

中国水利水电出版社
www.waterpub.com.cn

内 容 提 要

本书精选 35 个实验项目，按照不同的训练内容和层次分为两大模块，即基础性、综合及设计性实验和应用性、研究性、创新性试验。各个实验既相互独立，又循序渐进，形成了较为合理的知识结构。书中有很多反映现代技术的实验仪器，提供了多种实验方法和要求，实验手段更加丰富多样，可适应不同层次的教学要求。

本书可作为高等理工院校、独立学院和高等职业技术学院教学用书，也可作为相关教师的教学参考书。

图书在版编目（C I P）数据

新编大学物理实验 / 马春生，郑水泉，杜娟主编
. -- 北京 : 中国水利水电出版社，2010.2
21世纪高等院校创新课程规划教材
ISBN 978-7-5084-7241-6

Ⅰ. ①新… Ⅱ. ①马… ②郑… ③杜… Ⅲ. ①物理学
－实验－高等学校－教材 Ⅳ. ①O4-33

中国版本图书馆CIP数据核字(2010)第027157号

书　　名	21 世纪高等院校创新课程规划教材 **新编大学物理实验**
作　　者	主编　马春生　郑水泉　杜娟　　主审　石永锋　张晓波
出版发行	中国水利水电出版社 （北京市海淀区玉渊潭南路 1 号 D 座　100038） 网址：www. waterpub. com. cn E‑mail：sales@waterpub. com. cn 电话：(010) 68367658（营销中心）
经　　售	北京科水图书销售中心（零售） 电话：(010) 88383994、63202643 全国各地新华书店和相关出版物销售网点
排　　版	中国水利水电出版社微机排版中心
印　　刷	北京市兴怀印刷厂
规　　格	184mm×260mm　16 开本　17 印张　403 千字
版　　次	2010 年 2 月第 1 版　2010 年 2 月第 1 次印刷
印　　数	0001—4000 册
定　　价	**30.00** 元

前　言

　　《新编大学物理实验》是根据教育部关于"非物理类理工学科大学物理实验课程教学基本要求"，并结合独立学院的特点，在总结独立学院物理实验教学经验的基础上，融合了浙江理工大学张晓波主编的《大学物理实验》（浙江大学出版社，2008）和浙江工业大学郑水泉主编的《新编大学物理实验》（上海科学普及出版社，2004）的精华。突出了独立学院培养目标的要求，由浙江理工大学科技与艺术学院和浙江工业大学之江学院根据独立学院要求，立足于现有仪器修订编写而成。

　　大学物理实验是对大学本科学生进行科学实验及基本训练的必修基础课程，是本科生接受系统实验方法和实验技能训练的开端。物理实验课覆盖面广，具有丰富的实验思想、方法、手段，同时能提供综合性很强的基本实验技能训练，是培养学生科学实验能力、提高科学素质的重要基础。它在培养学生严谨的治学态度、活跃的创新意识、理论联系实际和适应科技发展的综合应用能力等方面，具有其他实践类课程不可替代的作用。

　　本书按照课程自身的体系和学生的特点，遵照循序渐进的原则，在实验内容的选择和实验方法、实验手段的改进等方面突出独立学院的特色，既有丰富的基本实验技能和实验方法训练，也融合了现代先进的实验技术，使学生能够在基础与创新两方面都得到培养。本书在实验内容的编排上分为两大模块：一是基础性、综合及设计性实验，可使学生掌握基本物理量的测量方法，了解常用的物理实验方法，熟练掌握测量误差的基本知识，具有正确处理实验数据的基本能力；二是应用性、研究性、创新性试验，此模块侧重物理实验在现代科学技术中的应用，注重培养学生的独立实验能力、分析与研究能力、理论联系实际能力和创新能力。其实验内容融合了激光技术、传感器技术、信息存储和光电技术应用及模块组合类实验等。

　　考虑到独立学院学生的实际情况，对于各实验内容的数据处理部分，均给出了相对完整的数据记录表格及具体的误差分析方法等，使学生不至于陷入繁杂的数据处理中，有利于突出实验自身的培养功能。

　　本书在编写过程中得到了浙江理工大学理学院物理系和浙江工业大学老师的大力支持和无私帮助，特别感谢浙江工业大学郑水泉老师、浙江理工大学石永锋老师为本书绘制了大量的插图。本书由浙江理工大学理学院石永锋、张晓波老师负责全书的审定，石永锋、张晓波、李晓云、陈晖、金立等老师参加了本书的编写和文字校对。在此，谨向他们表示衷心的感谢。

由于编者水平有限，书中难免有错误和不当之处，恳请读者提出宝贵意见和建议。

编 者

2009 年 11 月 28 日

于浙江理工大学科技与艺术学院

目　录

第 1 章　绪 论 及 误 差 理 论

1　如 何 做 好 物 理 实 验

1.1　正确认识大学物理实验课程的地位和作用

实验是科学理论的源泉，是工程技术诞生的摇篮。学好物理实验对于高校理工科学生是十分重要的。

在物理学史上，16 世纪意大利物理学家伽利略首先摒弃了形而上学的空洞的思辩，而以敏于观察、勤于实验为信仰，并把物理实验作为物理系统理论的基础、依据和手段，从而使物理学走上真正的科学道路。从此，不论在物理学发展的任何阶段，无论是物理概念的建立还是物理规律的发现，物理实验都起着重要的和直接的作用。在物理学发展史上，这方面的例子不胜枚举。例如，在对光的本质认识中，牛顿倡导的微粒说和惠更斯主张的波动说进行了长期的争论，孰是孰非，莫衷一是，最后托马斯·杨在 1800 年发表了双缝干涉实验，才使波动说得到了确认，摒弃微粒说。然而，到了 19 世纪末 20 世纪初，由于光电效应实验证实了光的粒子性，从而使人们认识到光具有波粒二象性。又如 19 世纪初，绝大多数物理学家都具有经典的物理学思想，对光和电磁波的传播不需要媒质的观点是不能接受的，为了固守经典理论的正确性，假设了宇宙空间存在着一种极其抽象和理想化"以太"媒质，但是美国实验物理学家迈克尔逊和莫雷合作，用干涉仪进行了著名的"以太风"实验，否定了"以太"的存在，揭开了近代物理学发展的新篇章。

物理实验也是推动科学技术发展的有力工具。20 世纪科学技术是建立在实验的基础上的，如现代核技术是建立在天然放射性的发现、α 粒子散射实验、重核裂变和轻核聚变等物理实验基础之上的，才有后来的原子弹、氢弹的爆炸、核电站的建立。激光技术也是从物理实验室中走出来的。而信息技术则是依赖于晶体管、大规模集成电路、超大规模集成电路的飞速发展。可见，现代技术的突破大多是从实验室中诞生的。

随着物理学的发展，人类积累了丰富的实验思想和实验方法，创造出各种精密巧妙的仪器设备；同时测量技术，用于实验的数学方法以及计算机科学在实验中的应用等，都不断得到发展。这实际上已赋予物理实验以极其丰富的、不同于物理学本身的特有的内容，并逐步形成一门单独开设的具有重要教育价值和教育功能的实验课程。它不仅可以加深对理论的理解，更重要的是使同学们获得基本的实验知识、技能和科学创新的能力，为今后从事科学研究和工程实践打下扎实基础。

物理实验是一门独立的必修基础实验课程，是同学们进入大学后受到系统实验方法和实验技能训练的开端。本课程的目的和任务如下。

（1）通过对实验现象的观察、分析和对物理量的测量，学习物理实验知识，加深对物理学原理的理解，提高对科学实验重要性的认识。

（2）培养与提高学生的科学实验能力。其中包括：①能够通过阅读实验教材或资料，做好实验前的准备工作；②能够借助教材或仪器说明书正确使用常用仪器；③能够运用物理学理论对实验现象进行初步的分析判断；④能够正确记录和处理实验数据，绘制实验曲线，说明实验结果，撰写合格的实验报告；⑤能够完成简单的具有设计性内容的实验。

（3）培养与提高学生的科学实验素养，要求学生具有理论联系实际和实事求是的科学作风，严肃认真的工作态度，主动研究的探索精神，遵守纪律、团结协作和爱护公共财产的优良品德。

1.2 掌握物理实验课的学习特点

大学物理实验课程的教学主要由 3 个环节构成。

1.2.1 实验前的预习——实验的基础

实验前的预习是一次"思想实验"的练习，即在课前认真阅读实验教材（讲义）和有关资料，弄清实验原理、方法和实验目的，然后在脑子中"操作"这一实验，拟出实验步骤；思考可能出现的问题和得出怎样的结论，最后写出预习报告。预习报告内容包括以下几个方面：①实验名称；②实验目的；③实验原理摘要：主要原理公式及简要说明，画出必要的原理图、电路图或光路图；④主要仪器设备（型号、规格等）；⑤实验内容及注意事项，重点写出"做什么，怎么做"，哪些是直接测量量，各用什么仪器和方法来测量，哪些是间接测量量，结果的不确定度如何估算等；⑥列出记录数据表格。

未完成预习和预习报告者，教师有权停止其实验或成绩降档。

1.2.2 实验中的操作——实践的过程

实验中要遵守以下条款：①遵守实验室规则；②了解实验仪器的使用及注意事项；③正式测量之前可作试验性探索操作；④仔细观察和认真分析实验现象；⑤如实记录实验数据和现象。

在实验操作中要逐步学会分析实验，排除实验中出现的各种故障，而不能过分地依赖教师。对所得结果要作出粗略的判断，与理论预期相一致后，再交教师签字认可。

离开实验室前，要整理好所用的仪器，做好清洁工作，数据记录须经教师审阅签名。

1.2.3 实验后的报告——实验的总结

实验报告是实验工作的总结，要求文字通顺、字迹端正、图表规范、数据完备和结论明确。一份好的实验报告还应给同行以清晰的思路、见解和新的启迪。要养成实验操作后在预习报告的基础上尽早写出实验报告的习惯，即对原始数据进行处理和分析，得出实验结果并进行不确定度评估和讨论。

预习报告、数据记录和实验报告均书写在实验室编制的实验报告册上。

1.3 写好实验报告

实验报告通常分 3 个部分。

1.3.1 预习报告

它为正式报告的前面部分，要求在实验前写好。内容包括：

(1) 实验名称。

(2) 实验目的。

(3) 实验原理摘要。在理解的基础上，用简短的文字扼要阐述实验原理，切忌照抄。力求图文并茂。图是指原理图、电路图或光路图；写出实验所用的主要公式，说明各物理量的意义和单位，以及公式的适用条件等。

(4) 主要仪器设备（型号、规格等）。

(5) 实验内容及注意事项，重点写出"做什么，怎么做"。

(6) 列出记录数据的表格。

1.3.2 实验记录

此部分在实验课上完成，内容包括：

(1) 仪器：记录实验所用主要仪器的编号和规格。记录仪器编号是一个好的工作习惯，便于以后必要时对实验进行复查。

(2) 内容和实验现象记录。

(3) 数据：数据记录应做到整洁、清晰而有条理，尽量采用列表法。要根据数据特点设计表格，应力求简单明了，达到省工省时的目的。在表格栏内要注明单位。要实事求是地记录客观现象和实验数据，切勿将数据记录在草稿纸上，而应记录在已准备的实验记录本上，不能只记结果而略去原始数据，更不可为拼凑数据而将实验记录作随心所欲的修改。

实验记录是进行实验的一项基本功，要养成良好的学习习惯。

1.3.3 数据处理与计算

数据处理及计算在实验后进行。内容包括：

(1) 作图、计算结果和作不确定度估算。

(2) 结果：按标准形式写出实验结果（测量值、不确定度和物理单位），有必要时注明实验条件。

(3) 作业题：完成教师指定的思考题。

(4) 对实验中出现的问题进行说明和讨论，以及实验心得或建议等。

范例中给出 3 个实验报告，供同学们参考。

1.4 遵守实验室规则

(1) 实验前应认真预习，按时上实验课。

(2) 进入实验室，必须衣着整洁、保持安静，严禁闲谈喧哗、吸烟、随地吐痰。不得随意动用与本次实验无关的仪器设备。

(3) 遵守实验室规则，服从教师指导，按规定和步骤进行实验。认真观察和分析实验现象，如实记录实验数据，不得抄袭他人的实验结果。

(4) 注意安全，严格遵守操作规程。爱护仪器设备，节约用水、电和药品、试剂、元器件等。凡违反操作规程或不听从教师指导而造成仪器设备损坏等事故者，必须写出书面检查，并按学校有关规定赔偿损失。

(5) 在实验过程中若仪器设备发生故障，应立即报告指导人员及时处理。

(6) 实验完毕，应主动协助指导教师整理好实验用品，切断水、电、气源，清扫实验场地。

(7) 按指导教师要求，及时认真完成实验报告。凡实验报告不合格者，均需重做。1/3实验报告未交者或有两个实验不做者，不得参加本门课程的考试。

2 误差理论与数据处理

2.1 测量与误差的基本概念

2.1.1 测量和单位

所谓测量，就是把待测的物理量与一个被选作标准的同类物理量进行比较，确定它是标准量的多少倍。这个标准量称为该物理量的单位，这个倍数称为待测量的数值。可见，一个物理量必须由数值和单位组成，两者缺一不可。

选作比较用的标准量必须是国际公认的、唯一的和稳定不变的。各种测量仪器，如米尺、秒表、天平等，都有合乎一定标准的单位和与单位成倍数的标度。

本教材采用通用的国际单位制（SI），在附录中列出了国际单位制的基本单位、辅助单位和部分导出单位，供读者查阅。

2.1.2 测量分类

根据获得测量结果与方法不同，测量可以分为直接测量和间接测量。

$$\left.\begin{array}{l}\text{直接比较} \longrightarrow \text{直接测量}\\ \text{间接比较} \longrightarrow \text{间接测量}\end{array}\right\} \longrightarrow \text{量数和单位（物理量值）}$$

由仪器或量具直接与待测量进行比较读数，称为直接测量，如用米尺测量物体的长度、用安培表测量电流强度等。所得到的相应物理量称为直接测量量。

在大多数情况下，需要借助一些函数关系由直接测量量计算出所要求的物理量，这样的测量称为间接测量，相应的物理量称为间接测量量。例如，钢球的体积 V 可由直接测得的直径 D，由公式 $V = \frac{1}{6}\pi D^3$ 计算得到，这里 D 为直接测量量，V 为间接测量量。在误差分析和估算中，要注意直接测量量与间接测量量的区别。

2.1.3 测量误差

物理量在客观上存在确定的数值，称为真值。然而，实际测量时，由于实验条件、实验方法和仪器精度等的限制或者不够完善，以及实验人员技术水平的限制，使得测量值与客观上存在的真值之间有一定的差异。为描述测量中这种客观存在的差异性，可以引进测量误差的概念。

误差就是测量值与客观真值之差，即

$$误差 = 测量值 - 真值$$

被测量量的真值是一个理想概念，一般来说真值是不知道的（否则就不必进行测量了）。为了对测量结果的误差进行估算，我们用约定真值来代替真值求误差。所谓约定真值就是被认为是非常接近真值的值，它们之间的差别可以忽略不计。一般情况下，常把多次测量结果的算术平均值、标称值、校准值、理论值、公认值、相对真值等均可作为约定真值来使用。

上面定义的误差是绝对误差。在没有特别指明时，误差就是用绝对误差来表示。设测量值的真值为 X，则测量值 x 的绝对误差为

$$\delta = x - X \qquad (2-1)$$

但有些问题往往需要用相对误差表示。例如，用同一仪器测量 10m 长相差 1mm 与测量 100m 相差 1mm，其绝对误差相同。显然，只有绝对误差还难以评价测量结果的可靠程度，因此引入相对误差的概念。相对误差是绝对误差与真值之比，真值不能确定则用约定真值。在近似情况下，相对误差也往往表示为绝对误差与测量值之比。相对误差常用百分数表示，即

$$E = \frac{|\delta|}{X} \times 100\% \approx \frac{|\delta|}{x} \times 100\% \qquad (2-2)$$

因此，在测量过程中，我们要建立起误差永远伴随测量过程始终的实验思想。

2.1.4 测量值与有效数字

测量总是有误差的，它的值不能无止境地写下去。例如，用米尺测量一物体长度，如图 2-1 所示，其长度 $L=24.3\text{mm}$，最后一位"3"是估读出来的，是可疑数字，也即在该位上出现了测量误差（小数点后第 1 位上）。如果用精度更高的游标卡尺测量同一长度，结果为 $L=24.30\text{mm}$，此时小数点后第 2 位上的"0"是估读位即误差所在位。在数学上，24.3＝24.30，但对测量值来说，24.3≠24.30，因为它们有着不同的误差，测量的准确度不同。为此，引入有效数字

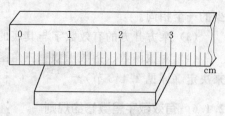

图 2-1 测量与有效数学

概念，即规定测量数值中可靠数字与估读的 1 位（或 2 位）可疑数字，统称为有效数字。因此，在记录实验数据时要切记读数的有效数字。

$$测量值 = 读数值（有效数字）+ 单位$$

$$有效数字 = 可靠数字 + 可疑数字（估读）$$

有效数字位数的多少，直接反映实验测量的准确度：有效数字位数越多，测量准确度越高。如上例的长度测量结果：24.30mm 比 24.3mm 的测量准确度要高一个数量级（因为误差出现在最后一位的可疑位上，前者最大误差 $\delta=0.09\text{mm}$，后者最大误差 $\delta=0.9$，

显然它们的相对误差要相差一个数量级）。因此，实验结果的有效位数既不能多写一位，也不能少取一位，而应根据测量结果的误差来确定。

在十进制单位换算中，只涉及小数点位置改变，而不允许改变有效位数。例如，1.3m 为两位有效数字，在换算成 km 或 mm 时应写为

$$1.3m = 1.3 \times 10^{-3}km = 1.3 \times 10^{3}mm$$

而 1.3m＝1300mm 的写法是错误的。

2.1.5 有效数字的运算

在数据运算中，首先应保证测量的准确度，在此前提下，尽可能节省运算时间，免得浪费精力。运算时应使结果具有足够的有效数字，不要少算，也不要多算。少算会带来附加误差，降低结果精度；多算没有必要，算的位数很多，但绝不可能减少误差。

有效数字运算取舍的原则是，运算结果保留 1 位（最多 3 位）可疑数字。

（1）加、减运算。

例：　　　20.1
　　＋）　　4.178
　　　　　24.278　　→ 24.3

结论：诸量相加（相减）时，其和（差）值在小数点后所应保留的位数与诸数中小数点后位数最少的一个相同。

（2）乘、除运算。

例：　　　4.178
　　×）　　10.1
　　　　　4.178　　→42.2（3 位）

结论：诸量相乘（除）后其积（商）所保留的有效数字，只需与诸因子中有效数字最少的一个相同。

（3）乘方开方的有效数字与其底的有效数字相同。

（4）对数函数、指数函数和三角函数运算结果的有效数字必须按照不确定度传递公式来决定（详见 2.4.3 节）。

2.1.6 有效数字尾数修约规则

在计算数据时，当有效数字位数确定以后，应将多余的数字舍去，其舍去规则为：

（1）若舍去部分的数值小于所保留的末位数单位的 1/2，末位数不变。

（2）若舍去部分的数值大于保留的末位数单位的 1/2，末位数加 1。

（3）若舍去部分的数值恰好等于保留的末位数单位的 1/2，当末位数为偶数时，保持不变；为奇数时，末位数加 1。

例：　　　4.32749→4.327　　　4.32750→4.328
　　　　　4.32751→4.328　　　4.32850→4.328

这样处理可使舍和人的机会均等，避免在处理较多数据时因人少舍多而带来的系统误差。

2.2 误差分类及其处理方法

按误差产生的原因和性质的不同，可分为系统误差、随机误差和粗大误差。

2.2.1 系统误差

误差值的大小和正负总保持不变，或按一定的规律变化，或是有规律的重复。

系统误差有多种来源，从基础物理实验教学角度出发，主要有以下几种。

（1）仪器的示值误差。例如，一电压表的示值不准，用它测量某一电压 U 时，得 $U=8.00\text{V}$；设以一只高一级的电表校准此读数，得 $U_A=8.100\text{V}$（U_A 即为 U 的相对真值），则系统误差为 $\delta_U=U-U_A=-0.10\text{V}$。对于有示值误差的仪器，一般应对示值进行修正。修正值 $C_x=-\delta_x$（设待测量为 x），上例中 $C_U=-\delta_U=0.10\text{V}$。所以，

$$\text{实际值} = \text{示值} + \text{修正值} = 8.00 + 0.10 = 8.10(\text{V})$$

在"电表改装与校准"实验中将讨论校准电表示值的方法。

（2）仪器的零值误差。例如，电表的指针不指在零位，即产生零值误差。所以在使用电表前，应先检查指针是否指零，否则需旋动零位调节器使指针指零。又如，在使用千分尺测长度之前，也要先检查零位，并记下零读数（即零值误差），以便对测量值进行修正。

（3）仪器机构误差和测量附件误差等。前者由于等臂天平的两个臂事实上不全相等，或者惠斯顿电桥两个比例臂示值虽然相等但实际上不相等等原因所致，这类误差可用诸如交换测量法来消除；后者如电学线路中开关、导线等剩余电阻所引入的误差，有时可用替代法来巧妙地避免这些因素的影响。

（4）理论和方法误差。由于实验理论和实验方法不完善，所引用的理论与实验条件不符等产生的误差。如在空气中称重而没有考虑空气浮力的影响；测量长度时没有考虑热胀冷缩使尺子长度的改变；用伏安法测未知电阻，由于电表内阻的影响，使测量值比实际值总是偏大或总是偏小（详见"电阻元件伏安特性研究实验"，该实验介绍了减小或消除此项误差的途径）。

（5）系统误差也包括按一定规律（指非统计规律）变化的误差。例如，在一直流电路中，可分别精确地测出两串联电阻电压 U_1、U_2，并由 U_1/U_2 求得此两电阻之比。但由于干电池在工作时，其电动势随时间均匀地略有下降，依次测定 U_1、U_2 时的电路电流有些不同。因此，可等时间隔地依次测定 U_1、U_2 和 U_1'（即再测一次 U_1 的值），将 U_1 的平均值与 U_2 相比即可。再如"分光计的使用和调整"实验中角度的测量存在周期性的误差，此误差可通过对称设置双读数游标来解决（详见该实验）。

从上述的介绍可知，我们不能依靠在相同条件下多次重复测量来发现系统误差的存在，也不能藉此来消除它的影响。原则上，系统误差均应予以改正，但系统误差的发现和估计，是个实验技能问题，常取决于实验者的经验和判断能力。在基础物理实验教学中，处理系统误差的通常做法是：首先对实验依据的原理、方法、测量步骤和所用仪器等可能引起误差的因素一一进行分析，查出系统误差源；其次，通过改进实验方法和实验装置、校准仪器等方法对系统误差加以补偿、抵消；最后在数据处理中对测量结果进行理论上修正，以消除或尽可能减小系统误差对实验结果的影响。在本书中，我们把处理系统误差的思想和方法结合到每个实验中进行讨论。比如在长度测量实验中对零值误差进行修正，牛

顿环实验中，用逐差法消除了中心难以确定和因附加光程差而引起的系统误差等。希望同学们重视对系统误差的学习，并在实践中不断总结提高。

2.2.2　随机误差（偶然误差）

随机误差（习惯上又常称为偶然误差）是指在同一被测量量的多次测量过程中，测量误差的绝对值与符号以不可预知（随机）的方式变化，并具有抵偿性的测量误差分量。

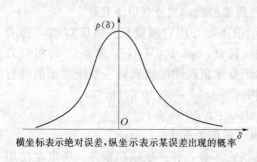

横坐标表示绝对误差,纵坐示表示某误差出现的概率

图 2-2　随机误差分布特点

随机误差的分布特点如图 2 所示，随机误差是实验中各种因素的微小变动性引起的。例如，实验周围环境或操作条件的微小波动，测量对象的自身涨落，测量仪器指示数值的变动性，以及观测者本人在判断和估计读数上的变动性等。这些因素的共同影响就使测量值围绕着测量的平均值发生有涨落的变化，这变化量就是各次测量的随机误差。可见随机误差的来源是非常复杂而且是难以确定的。因而不能像处理系统误差那样去查出产生随机误差的原因，然后通过一定的方法予以修正或消除。正像处理大量分子作无规则运动时，难以确定每个分子的具体运动规律，但大量的分子运动却表现出统计规律来一样，实验中发现，就某一测量值的随机误差来说是没有规律的，其大小和方向都是不可预知的。但对某一量进行足够多次的测量，则会发现其随机误差服从一定的统计规律分布。

（1）单峰性。测量值与真值相差越小，这种测量值（或误差）出现的概率（可能性）越大，与真值相差大的，则概率越小。

（2）对称性。绝对值相等、符号相反的正、负误差出现的概率相等。

（3）有界性。绝对值很大的误差出现的概率趋近于零。也即是说，总可以找到这样一个误差限，某次测量的误差超过此限值的概率小到可以忽略不计的地步。

（4）抵偿性。随机误差的算术平均值随测量次数的增加而减小。

根据随机误差分布的这一特点，可从数学上推导随机误差出现概率的分布函数。这个函数首先由德国数学家和理论物理学家高斯于 1795 年导出，因而称为高斯误差分布函数，也称正态分布函数，这一分布规律在数理统计中已有充分的研究，读者可参阅相关书籍。

对测量中的随机误差如何处理呢？可以利用正态分布理论的一些结论来进行处理。

现设对某一物理量在测量条件相同的情况下，进行 n 次无明显系统误差的独立测量，测得 n 个测量值为

$$x_1,\ x_2,\ x_3,\ \cdots,\ x_n$$

往往称此为一个测量列。在测量不可避免地存在随机误差的情况下，处理这一测量列时必须回答下列两个问题：

（1）由于每次测量值各有差异，那么怎样的测量值是最接近于真值的最佳值？

（2）测量值的差异性即测量值的分散程度直接体现随机误差的大小，测量值越分散，测量的随机误差就越大，那么怎样对测量的随机误差做出估算才能表示出测量的精密度？

在数理统计中，对此已有充分的研究，下面只引用它们的结论。

结论一：当系统误差已被消除时，测量值的算术平均值最接近被测量的真值，测量次数越多，接近程度越好（当 $n \to \infty$ 时，平均值趋近于真值），因此用算术平均值表示测量结果的最佳值。

算术平均值的计算式是

$$\bar{x} = \frac{1}{n}(x_1 + x_2 + x_3 + \cdots + x_n) = \frac{1}{n}\sum_{i=1}^{n} x_i \qquad (2-3)$$

以后为了简洁，常略去求和号上的求和范围，例如式（2-3）中简写为 $\bar{x} = \frac{1}{n}\sum x_i$

结论二：一测量列的随机误差用标准偏差来估算。标准偏差的计算公式为

$$S_x = \sqrt{\frac{\sum (x_i - \bar{x})^2}{n-1}} = \sqrt{\frac{\sum (\Delta x_i)^2}{n-1}} \qquad (2-4)$$

其中 $\Delta x_i = x_i - \bar{x}(i = 1, 2, 3, \cdots, n)$ 称为每一次测量值 x_i 与平均值 $\bar{x}$ 之差，称之为偏差。显然，这些偏差有正有负，有大有小，不能全面体现一列测量值的离散性。因此，常用"均方根"法对它们进行统计，于是得到上述称之为标准偏差的统计公式。它可以表示这一列测量值的精密度，反映出测量值的离散性。标准偏差小就表示测量值很密集，即测量的精密度高；标准偏差大就表示测量值很分散，即测量精密度低。现在很多计算器上都有这种统计计算功能，可以直接用计算器求得 S_x 和 $\bar{x}$ 等数值。

值得指出的是，在多次测量时，正、负随机误差常可以大致相消，因而用多次测量的算术平均值表示测量结果可以减小随机误差的影响。但多次重复测量不能消除或减小测量中的系统误差。

2.2.3　粗大误差

明显超出规定条件下预期值的误差称为粗大误差。这是在实验过程中，由于某种差错使得测量值明显偏离正常测量结果的误差，如读错数、记错数、或者环境条件突然变化而引起测量值的错误等。在实验数据处理中，应按一定的规则来剔除粗大误差。

2.3　测量不确定度的基本概念

由于测量误差的不可避免，使得真值也无法确定，而真值不知道，也就无法确定误差的大小。因此，实验数据的处理只能求出实验的最佳估计值及其不确定度，通常把测量结果表示为

测量值 ＝ 最佳估计值 ± 不确定度(单位)

何为不确定度？不确定度是指由于测量误差的存在而对被测量值不能肯定的程度，或者说它表征被测量的真值在某个量值范围的一个客观的评定，是一个描述尚未确定的误差的特征量。由此可见，不确定度与误差有区别。误差是一个理想的概念，一般不能精确知道，但不确定度反映误差存在分布的范围，可由误差理论求得。

不确定度一般包含多个分量，按其数值的评定方法可归并为两类。

A 类不确定度：多次重复测量时用统计方法计算的那些分量 Δ_A，比如估算随机误差的标准偏差 S_x 就属于 A 类分量。

B 类不确定度：用其他非统计方法估出的那些分量，它们只能基于经验或其他信息作

出评定，如系统误差的估算等。一般用近似的等价标准差 Δ_B 表征，即

$$\Delta_B = \Delta_仪 / C \tag{2-5}$$

式中：$\Delta_仪$ 为仪器误差（意义见下节）；C 为修正因子。

在基础物理实验教学中，为简便计算，直接取 $\Delta_A = S_x$，即把一测量列的标准偏差的值当作多次测量中用统计方法计算的不确定度分量 Δ_A。标准偏差 S_x 和不确定度中的 A 类分量 Δ_A 是两个不同的概念，在基础物理实验中当 $5 < n \leqslant 10$ 时，取 S_x 值当作 Δ_A 是一种最方便的简化处理方法，因为当 Δ_B 可忽略不计时，有 $\Delta = \Delta_A = S_x$，这时可以证明被测量量的真值落在 $(\overline{x} - \Delta, \overline{x} + \Delta)$ 范围内的可能性（概率）已大于或接近 95%。也即被测量的真值在 $(\overline{x} - \Delta, \overline{x} + \Delta)$ 的范围之外的可能性（概率）很小（小于 5%）。因此，如果不是特别注明，下文均取

$$\Delta_A = S_x = \sqrt{\frac{\sum (x_i - \overline{x})^2}{n-1}} \tag{2-6}$$

那么，在物理实验中 B 类分量 Δ_B 的修正因子如何确定呢？这是一个困难的问题，这需要实验者的经验、知识、判断能力以及对实验过程中所有有价值信息的把握和分析，然后合理地估算出 B 类分量 Δ_B。但对于一般的教学实验，也作一个简化了的约定，取 $C = 1$，即把仪器误差简单化地直接当作用非统计方法估算的分量 $\Delta_仪 = \Delta_B$。

总不确定度：当各量相互独立时，用方和根法将上述两类不确定度分量合成即得总不确定度 Δ，简称**不确定度**：

$$\Delta = \sqrt{\Delta_仪^2 + S_x^2} \tag{2-7}$$

相对不确定度：

$$E_x = \frac{\Delta}{\overline{x}} \times 100\% \tag{2-8}$$

其意义与相对误差类似。

测量结果不确定度可表示为

$$\begin{cases} x = \overline{x} \pm \Delta（单位） \\ E_x = \dfrac{\Delta}{\overline{x}} \times 100\% \end{cases} \tag{2-9}$$

不确定度越小，实验测量的质量越好；不确定度越大，实验测量的质量越差。

由于不确定度的评定要合理赋予被测量值的不确定区间，而不同的置信概率所表示的不确定度区间是不同的，因此，还应表明是多大概率含义的不确定度。在基础物理实验教学中，暂不讨论不确定度的概率含义，而将测量结果不确定度表示简化地理解为测量量的真值在 $(\overline{x} - \Delta, \overline{x} + \overline{x})$ 区间之外的可能性（概率）很小，或者说，被测量量的真值位于 $(\overline{x} - \Delta, \overline{x} + \overline{x})$ 区间之内的可能性很大。物理量都有单位，不能不写出。因此，一个完整的测量结果包含有 3 个要素：**测量结果的最佳估计值、不确定度和单位**。

应该指出，随机误差和系统误差并不简单地对应于 A 类和 B 类不确定度分量。如对于未能进行 n 次重复测量的情况，其随机误差就不能利用统计方法处理，而要利用被测量量可能变化的信息进行判断，这就属于 B 类不确定度分量。要进一步了解两类不确定度分量的评定和合成不确定度的计算问题，读者可参阅其他参考书籍。

2.4 测量结果的处理

2.4.1 单次直接测量结果不确定度的估算（表示）

在实际测量中，有时测量不能或不需要重复多次；或者仪器精度不高，测量条件比较稳定，多次测量同一物理量结果相近。例如，用准确度等级为 2.5 级的万用表去测量某一电流，经多次重复测量，几乎都得到相同的结果。这是由于仪器的精度较低，一些偶然的未控因素引起的误差很小，仪器不能反映出这种微小的起伏。因而，在这种情况下，只需要进行单次测量。

如何确定单次测量结果的不确定度呢？显然不能求出单次测量量的 A 类不确定度分量 Δ_A 了。尽管 Δ_A 依然存在，但在单次测量的情况下，往往是 $\Delta_仪$ 要比 Δ_A 大得多。按照微小误差原则，即只要 $\Delta_A < \frac{1}{3}\Delta_B$（或 $S_x < \frac{1}{3}\Delta_仪$），在计算 Δ 时就可以忽略 Δ_A 对总不确定度的影响。所以，对单次测量，Δ 可简单地用仪器误差 $\Delta_仪$ 来表示，即

$$单次测量结果 = 测量值 \pm \Delta_仪（单位）$$

测量值应估读到仪器最小刻度的 1/10（或 1/5、1/2）。

测量是用仪器或量具进行的，有的仪器比较粗糙或灵敏度较低，有的仪器比较精确或灵敏度较高，但任何仪器，由于技术上的局限性，总存在误差。仪器误差就是指在正确使用仪器的条件下，测量所得结果和被测量的真值之间可能产生的最大误差。

仪器误差通常是由制造工厂和计量机构使用更精确的仪器、量具，通过鉴定比较后给出的。在仪器和量具的使用手册或仪器面板上，一般都能查到仪器允许的基本误差。因此，使用仪器或量具之前熟悉这种资料是很重要的。

例如，实验室常用的量程在 100mm 以内的一级千分尺。其副尺上的最小分度值为 0.01mm（精度），而它的仪器误差（常称为示值误差）为 0.004mm。测量范围在 300mm 以内的游标卡尺，其分度值便是仪器的示值误差，因为确定游标卡尺上哪条线与主尺上某一刻度对齐，最多只可能有正、负一条线之差。例如，主、副尺最小分度值之差为 1/50mm 的游标卡尺，其精度和示值误差均为 0.02mm。有的测量器具并不直接给出仪器误差，而是以"准确度等级"来估计的。级值越小，则准确度越高，详见"电学实验"。

一般的测量仪器上都有指示不同量值的刻线标记（刻度）。相邻两刻线所代表的量值之差称为分度值。其最小分度标志着仪器的分辨能力。在仪器设计时，分度和表盘的设计总是与仪器的准确度相适应的。一般来说，仪器的准确度越高，刻度越细越密，但也有仪器的最小分度值超过其准确度的。例如，一般水银温度计最小分度值为 0.1℃，但其示值误差为 0.2℃。如果手头缺乏有关仪器的技术资料，没有标明仪器的准确度，这时用仪器的最小分度值估算仪器误差是简单可行的办法。

许多计量仪器、量具的误差产生原因及具体误差分量的计算分析，大多超出了本课程的要求范围。为使初学者方便，仅从以下 3 个方面来考虑仪器误差 $\Delta_仪$：

仪器说明书上给出的仪器误差值，如游标卡尺、螺旋测微计的示值误差等；

仪器（电表）的精度等级按量程决定值（详见"电学实验"有关附录）；

最小分度值或最小分度值的一半。

如果能同时得到这三者，一般在三者中取最大值。

2.4.2 多次测量结果的不确定度估算（表示）

由于测量中存在随机误差，为了能获得测量最佳值，并对结果做出正确评价，就需要进行多次重复测量。虽然测量次数增加时，能减少随机误差对测量结果的影响，但在基础物理实验中，考虑到测量仪器的准确度和测量方法、环境等因素的影响，对同一量作多次直接测量时，一般把测量次数限定在 5～10 次较为妥当。

多次重复测量结果的最佳估计值和不确定度的计算公式如下。

算术平均值：
$$\overline{x} = \frac{1}{n}\sum_{i=1}^{n} x_i$$

偏差：
$$\Delta x_i = x_i - \overline{x}$$

标准偏差：
$$S_x = \sqrt{\frac{\sum(x_i - \overline{x})^2}{n-1}}$$

不确定度：
$$\Delta = \sqrt{\Delta_{仪}^2 + S_x^2}$$
$$x = \overline{x} \pm \Delta$$

测量结果的表示：

$$E_x = \frac{\Delta}{\overline{x}} \times 100\%$$

式中：$\overline{x}$ 的有效数字由不确定度 Δ 来决定；$\overline{x}$ 与 Δ 的小数末位要对齐；E_x 和 Δ 只要求取 1～2 位有效数字。

【例1】 用一把毫米尺测量某一物体长度 l，得到 5 次的重复测量值分别为 3.42cm、3.43cm、3.44cm、3.44cm、3.43cm，试求其测量值。

解： $\overline{l} = \frac{1}{5}\sum_{1}^{5} l_i = 3.432\text{cm}$（暂不考虑有效数字位数）

$$S_l = \sqrt{\frac{1}{5-1}\sum_{1}^{5}(l_i - \overline{l})^2} = 0.00866\text{cm}（中间过程可多保留 1～2 位）$$

$$\Delta_{仪} = 0.02\text{cm}（读数估计到最小分度值的 1/5）$$

$$\Delta = \sqrt{\Delta_{仪}^2 + S_l^2} \approx 0.03\text{cm}（不确定度取 1 位有效数字）$$

结果（由不确定度决定测量结果最佳值的有效数字）：

$$l = (3.43 \pm 0.03)\text{cm}（尾数取齐）$$
$$E_x = 0.75\%$$

2.4.3 间接测量结果的不确定度估算

（1）间接测量量不确定度传递公式。间接测量值是通过一定函数式由直接测量值计算得到。显然，把各直接测量结果的最佳值代入函数式就可得到间接测量结果的最佳值。这样一来，直接测量结果的不确定度就必然影响到间接测量结果，这种影响大小也可以由相应的函数式计算出来，这就是不确定度的传递。

首先讨论间接测量量的函数式（或称测量式）为单元函数（即由一个直接测量量计算得到间接测量量）的情况：

$$N = F(x)$$

式中：N 是间接测量量；x 为直接测量量。若 $x = \overline{x} \pm \Delta_x$，即 x 的不确定度为 Δ_x，它必然影响间接测量结果，使 N 值也有相应的不确定度 Δ_N。由于不确定度都是微小量（相对于测量值），相当于数学中的增量，因此间接测量量的不确定度传递的计算公式可借用数学中的微分公式。根据微分公式：

$$dN = \frac{dF(x)}{dx} dx$$

可得到间接测量量 N 的不确定度 Δ_N 为

$$\Delta_N = \frac{dF(x)}{dx} \Delta_x \qquad (2-10)$$

其中 $\frac{dF(x)}{dx}$ 是传递系数，反映了 Δ_x 对 Δ_N 的影响程度。

例如，球体体积的间接测量公式

$$V = \frac{1}{6} \pi D^3$$

若
$$D = \overline{D} \pm \Delta_D$$

则
$$\Delta_V = \frac{1}{2} \pi D^2 \Delta_D$$

但是，大多数间接测量量所用的测量式是多元函数式，即由多个直接测量量计算得到一个间接测量结果。所以更一般的情况，间接待测量为

$$N = F(x, y, z, \cdots)$$

式中：$x, y, z, \cdots$ 是相互独立的直接测量量，它们的不确定度 $\Delta_x, \Delta_y, \Delta_z, \cdots$ 是如何影响间接测量量 N 的不确定度 Δ_N 的呢？仿照多元函数求全微分的方法，单考虑 x 的不确定度 Δ_x 对 Δ_N 的影响时，有

$$(\Delta_N)_x = \frac{\partial F(x, y, z, \cdots)}{\partial x} \Delta_x = \frac{\partial F}{\partial x} \Delta_x$$

单考虑 y 的不确定度 Δ_y 对 Δ_N 影响时，有

$$(\Delta_N)_y = \frac{\partial F(x, y, z, \cdots)}{\partial y} \Delta_y = \frac{\partial F}{\partial y} \Delta_y$$

同理可得

$$(\Delta_N)_z = \frac{\partial F(x, y, z, \cdots)}{\partial z} \Delta_z = \frac{\partial F}{\partial z} \Delta_z$$

把它们合成时，不能像求全微分那样进行简单地相加。因为不确定度不简单地等同于数学上的"增量"。在合成时要考虑到不确定度的统计性质，所以采用方和根合成，于是得到间接测量结果合成不确定度的传递公式。

数学微分公式：

$$dN = \frac{\partial F}{\partial x} dx + \frac{\partial F}{\partial y} dy + \frac{\partial F}{\partial z} dz + \cdots$$

不确定度传递公式：

$$\Delta_N = \sqrt{\left(\frac{\partial F}{\partial x}\right)^2 \Delta_x^2 + \left(\frac{\partial F}{\partial y}\right)^2 \Delta_y^2 + \left(\frac{\partial F}{\partial z}\right)^2 \Delta_z^2 + \cdots} \qquad (2-11)$$

如果测量式是积商形式的函数，在计算合成不确定度时，往往两边先取自然对数，然后合成要方便得多，且得到相对不确定度传递公式为

$$\frac{\Delta_N}{N} = \sqrt{\left(\frac{\partial \ln F}{\partial x}\right)^2 (\Delta_x)^2 + \left(\frac{\partial \ln F}{\partial y}\right)^2 (\Delta_y)^2 + \left(\frac{\partial \ln F}{\partial z}\right)^2 (\Delta_z)^2 + \cdots} \quad (2-12)$$

利用相对不确定度传递公式，先求出 $E = \dfrac{\Delta_N}{N}$，再求 $\Delta_N = E \times \overline{N}$。

例如，求铜棒电阻率 $\rho = \dfrac{\pi d^2}{4L} R$

有　　　　　　　　　　$\overline{\rho} = \dfrac{\pi \overline{d}^2}{4\overline{L}} \overline{R}$（注意应将各量的平均值代入）

求出　　　$E = \dfrac{\Delta_\rho}{\rho} = \sqrt{\left(\dfrac{\Delta_L}{\overline{L}}\right)^2 + \left(\dfrac{\Delta_R}{\overline{R}}\right)^2 + 4\left(\dfrac{\Delta_d}{\overline{d}}\right)^2} = \sqrt{E_L^2 + E_R^2 + 4E_d^2}$

再计算　　　　　　　　　$\Delta_\rho = E\overline{\rho}$

最后将结果表示为标准形式。

（2）间接测量结果的表示。

$$N = \overline{N} \pm \Delta_N$$

$$E_x = \frac{\Delta_N}{N} \times 100\%$$

其中 $\overline{N} = f(\overline{x}, \overline{y}, \cdots)$

请同学们课后自己推导常用函数的不确定度差传递公式。

【例 2】　用单摆测定重力加速度的公式为 $g = \dfrac{4\pi^2 l}{T^2}$，今测得 $T = （2.000 \pm 0.002）$ s，$l = （100.0 \pm 0.1）$ cm，试计算重力加速度 g 及不确定度与相对不确定度 E_g。

解：　　　　　　　　$E_T = 0.1\%, E_l = 0.1\%$

$$E_g = \sqrt{E_L^2 + 4E_T^2} = \sqrt{5} \times 0.001 = 0.002236$$

$$\overline{g} = \frac{4\pi^2 l}{T^2} = 987.2 \, \text{cm/s}^2 \qquad \Delta_g = E_g \times \overline{g} = 2.2 \, \text{cm/s}^2$$

结果表示：

$$\begin{cases} g = （987.2 \pm 2.2）\text{cm/s}^2 \\ E_g = 0.22\% \end{cases}$$

在 2.1.5 小节讨论了有效数字的运算规则，对对数函数、指数函数和三角函数运算结果的有效数字必须按照不确定度传递公式来决定。实际上，所有运算结果的有效数字位数均应由不确定度来决定，就是简单的四则混合运算也应遵循这一原则。如例 1，应先求出 $\Delta_l = 0.03$ cm（可疑位保留 1 位），然后再确定 l 的有效数字位数（小数点后第 2 位可疑，因此，结果保留 3 位效数字）；同样，如例 2，先确定 $\Delta_g = 2.2$ cm/s²（可疑位保留两位），因此，结果保留 4 位有效数字（尾数对齐）。

【例 3】　$x = 480.3$，求 $y = \lg x$。

解：因题目没有给出 x 的不确定度 Δ_x 值。一般可设 $\Delta_x = 0.2$ 或 $\Delta_x = 0.1$（因小数点后第 1 位是可疑位）。然后求出

$$\Delta_y = \frac{\Delta_x}{x} = 0.0004$$

即 y 可疑位在小数点后第 4 位上，故 $y = \lg 480.3 = 2.6815$

2.5　实验结果的评估

（1）不确定度表示结果。$x = \overline{x} \pm \Delta$，其物理意义是测量值 x 落在 $(\overline{x} - \Delta, \overline{x} + \Delta)$ 区间内的概率很大（近 95%）。

（2）精密度。测量误差分布密集或疏散的程度，即各次测量值重复性优劣的程度。一般表示随机误差的大小。

（3）准确度。测量结果所达到的准确程度，即测量结果最佳值与真值之间相符合的程度。一般表示系统误差的大小。

（4）精确度。随机误差和系统误差综合的结果。

图 2-3 所示为测量结果的精密度、准确度和精确度的意义。

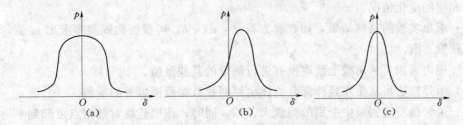

图 2-3　测量结果的精密度、准确度和精确度的意义
（图中横坐标表示测量误差，纵坐标表示某误差出现的概率大小）
（a）精密度低，准确度高；（b）精密度高，准确度低；（c）精确度高，准确度高

3　实验数据处理方法

研究物理量间的变化关系，可以从实验中测出一系列相互对应的数据点，这些数据都存在不确定度。怎样通过这些数据点得到最可靠的实验结果或物理规律？这主要靠正确的数据处理方法。物理实验中常用的数据处理方法有列表法、作图法、逐差法、最小二乘法线性拟合等。

3.1　列表法

在记录和处理数据时，要将数据列成表格，用表格表示数据显得清楚明了，有关物理量之间的关系以及数据和处理数据过程中存在的问题都能在表格中显示出来。

列表记录、处理数据是一种基本方法，但更是一种良好的科学习惯。对初学者来说，要设计一个栏目清楚、行列分明的表格虽不是很难办的事，但也并非是一蹴而就的，需要思想重视，并逐渐形成习惯。

列表的基本要求：

（1）各栏目均应标注名称和单位。

（2）列入表中的主要应是原始数据，计算过程中的一些中间结果和最后结果也可列入表中，但应写出计算公式，从表格中要尽量使人看到数据处理的方法和思路，而不能把列表变成简单的数据堆积。

（3）栏目的顺序应充分注意数据的联系和计算的程序，力求条理化和简明化。

（4）必要的附加说明，如测量仪器的规格、测量条件、表格名称等。

在基础实验中，一般都列出记录和数据处理的表格供同学们参考。

3.2 作图法

实验的目的常常是研究两个物理量间的数量关系。这种关系有时是用公式表示出来，有时用作图的方法表示。用图线表示实验结果可以形象、直观、简便地表达物理量间的变化关系。其作用如下：

（1）研究物理量之间的变化规律，找出对应的函数关系或经验公式，能形象、直观地表示出相应的变化情况。

（2）求出实验的某些结果，如直线方程 $y = mx + b$，可根据曲线斜率求出 m 值，从曲线截距获取 b 值。

（3）用内插法可从曲线上读取没有进行测量的某些量值。

（4）用外推法可从曲线延伸部分估读出原测量数据范围以外的量值。

（5）可帮助发现实验中个别的测量大误差，同时，作图连线对数据点可起到平均的作用，从而减少随机误差。

（6）把某些复杂的函数关系，通过一定的变换用直线图表示出来。

【例4】 由 $PV = C$，可将 P-V 图线（曲线）改为 P-$\dfrac{1}{V}$ 图线（直线），如图 3-1 所示，直线斜率为 C。

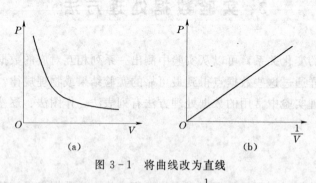

图 3-1 将曲线改为直线

(a) P-V 图；(b) P-$\dfrac{1}{V}$ 图

要特别注意的是，实验作图不是示意图，而是用图来表达实验中得到物理量间的关系，同时还要求反映出测量的准确程度，因而必须按一定原则作图。

3.2.1 作图规则

（1）选用合适的坐标纸。根据作图参量的性质，选用毫米直角坐标纸。坐标纸的大小应根据测得数据的大小、有效数字多少及结果的需要来确定。

（2）坐标轴的比例与标度。①一般以横轴代表自变量，纵轴代表因变量，在轴的末端标以代表正方向的箭头；②轴的末端近旁标明所代表的物理量及其单位；③适当选取横轴和纵轴的比例和坐标起点，使曲线大体上充满整个图纸；④图上实验点的坐标读数的有效数字位数不能少于实验数据的有效数字位数；⑤标度划分应得当，通常用1、2、5间隔，而不选用3、7、9间隔来标度；⑥横轴和纵轴的标度可以不同，交点可不为零；⑦若数据特别大或特别小，可用乘积因子表示。

（3）曲线的标点与连线。①数据点应该用大小适当的明显标志×、⊙、△，同一张图上的几条曲线应采用不同的标志，注意不该用"·"号，因为连线时会把点盖住，因而不能清楚地看出点与线的偏离情况以及分析实验中的问题；②连线要光滑，不一定要通过所有的数据点。因为每个实验点的误差情况不一定相同，因此不应强求曲线通过每一个实验点而连成折线（仪表的校正曲线不在此例）。应该按实验点的总趋势连成光滑的曲线或直线，要做到图线两侧的实验点与图线的距离最为接近且分布大体均匀。图线正穿过实验点时，可以在此点处断开。

（4）写明图线特征和名称。利用图上空白位置注明实验条件和从图线上得出某些参数，如截距、斜率、极大值、极小值、拐点和渐近线等。有时需要通过计算求一些特征量，图上还需标出被选计算点的坐标及计算结果，最后写上图的名称。有时也可列出主要的实验对象和条件等。

3.2.2　图解法求拟合直线的斜率和截距

设拟合直线为

$$y = mx + b \tag{3-1}$$

（1）求斜率。

$$m = \frac{y_2 - y_1}{x_2 - x_1} \tag{3-2}$$

可在所作直线上选取两点 $P_1(x_1, y_1)$ 和 $P_2(x_2, y_2)$ 代入上式求得。P_1 与 P_2 两点一般不取原来测量的数据点，并且要尽可能相距得远些，在图上标出它们的坐标。为便于计算，x_1、x_2 两数值可选取整数，斜率的有效数字要按有效数字规则计算。

（2）求截距。如果横坐标的起点为零，则直线的截距可直接从图线中读出，否则可用式（3-3）计算截距，即

$$b = \frac{x_2 y_1 - x_1 y_2}{x_2 - x_1} \tag{3-3}$$

3.2.3　校正曲线

此外，还有一种校正图线。作校正图线除连线方法与上述作图要求不同外，其余均相同。校正图线的相邻数据点间用直线连接，全图成为不光滑的折线。之所以连折线是因为在两个校正点之间的变化关系是未知的，因而用线性插入法予以近似。例如，在电表改装与校准时，用准确度等级高一级的电表校准改装的电表所作的校准图，这种图线要附在被校正的仪表上作为示值的修正。

由于作图时图纸的不均匀性、连线的近似性、线的粗细等因素，不可避免地会带入一误差。所以从图上去计算测量结果的不确定度就没有多大意义，一般在正确分度情况下只

用有效数字表示计算结果。要确定测量结果不确定度则需应用解析方法。但是，在报道实验结果时，一张精良的图线胜过千言描述，所以作图法在实验教学中有其特殊的地位。

【例5】　用惠斯登电桥测定铜丝在不同温度下的电阻值。数据见表3－1，试求铜丝的电阻与温度的关系。

表 3－1　　　　　　　　　　　　　　〔例 5〕 用 表

温度 t（℃）	24.0	26.5	31.1	35.0	40.3	45.0	49.7	54.9
电阻 R（Ω）	2.897	2.919	2.969	3.003	3.059	3.107	3.155	3.207

解：以温度 t 为横坐标，电阻 R 为纵坐标。横坐标选取 2mm 代表 1.0℃，纵坐标 2mm 代表 0.010Ω。绘制铜丝电阻与温度曲线如图 3－2 所示。由图中数据点分布可知，铜丝电阻与温度为线性关系，满足下面线性方程，即

$$R = \alpha + \beta t$$

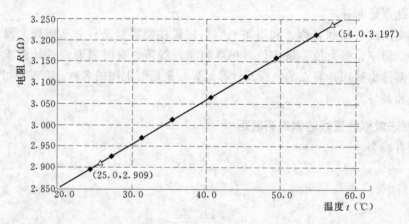

图 3－2　铜丝电阻与温度的关系

在图线上取两点（如图 3－2 中所示），计算截距和斜率得

$$\beta = \frac{3.197 - 2.909}{54.0 - 25.0} = 9.93 \times 10^{-3} (\Omega/℃)$$

$$\alpha = \frac{54.0 \times 2.090 - 25.0 \times 3.197}{54.0 - 25.0} = 2.66 (\Omega)$$

所以，铜丝电阻与温度的关系为

$$R = 2.66 + 9.93 \times 10^{-3} t (\Omega)$$

如果两物理量成正比，在实验中常作多次测量，用图解法求比例系数，这样做可使结果比单次测量准确得多。

3.3　逐差法

当两个被测物理量之间存在多项式函数关系，且自变量为等间距变化时，常常用逐差法处理测量数据，既能充分利用实验数据，又具有减小误差的效果。

逐差法就是把实验得到的偶数组数据分成高、低两组，将对应项分别相减。这样做可以充分利用数据，具有对实验数据取平均和减少随机误差的效果。另外，还可以对实验数

据进行逐次相减，这样可验证被测量之间的函数关系，及时发现数据差错或数据规律。

例如，用拉伸法测定弹簧倔强系数，已知在弹性限度范围内，伸长量 x 与拉力 F 之间满足以下关系，即

$$F = kx$$

等间距地改变拉力（负荷），将测得一组数据列，见表 3-2。

表 3-2   测 得 的 一 组 数 据

砝码质量 m_i（g）	弹簧伸长位置 l_i（cm）	逐次相减 $\Delta l_i = l_{i+1} - l_i$（cm）	等间隔对应项相减 $\Delta l_5 = l_{i+5} - l_i$（cm）
1×100.0	10.00	0.81	
2×100.0	10.81	0.79	4.0
3×100.0	11.59	0.83	
4×100.0	12.42	0.79	4.01
5×100.0	13.21	0.79	
6×100.0	14.00	0.82	4.02
7×100.0	14.82	0.79	
8×100.0	15.61	0.80	3.99
9×100.0	16.42	0.78	
10×100.0	17.19		3.98

由逐次相减的数据可判断出 Δl_i 基本相等，验证了 x 与 F 之间的线性关系。实际上，这"逐差验证"工作，在实验过程中可随时进行，以判别测量是否正确。

而求弹簧倔强系数 k（直线的斜率），则利用等间隔对应项逐差的结果，即将表中数据分成高组（ $l_{10}, l_9, l_8, l_7, l_6$ ）和低组（ l_5, l_4, l_3, l_2, l_1 ），然后将对应项相减求平均值，得

$$\Delta \bar{l}_5 = \frac{1}{5} \big[(l_{10} - l_5) + (l_9 - l_4) + (l_8 - l_3) + (l_7 - l_2) + (l_6 - l_1) \big]$$

$$= \frac{1}{5} (4.00 + 4.01 + 4.02 + 3.99 + 3.98) = 4.00 \text{(cm)}$$

于是，有

$$\bar{k} = \frac{\Delta \bar{l}_5}{5mg} = \frac{4.00 \times 10^{-2}}{5 \times 100.0 \times 10^{-3} \times 9.80} = 8.16 \times 10^{-3} \text{(m/N)}$$

对本例的进一步分析可知，由分组逐差求出 $\Delta \bar{l}_5$，然后算出弹簧倔强系数 k，相当于利用了所有数据点连了 5 条直线，分别求出每条直线的斜率再取平均值，所以用逐差法求得的结果比作图法要准确些。

用逐差法得到的结果，还可以估算它的随机误差。本例由分组逐差得到的 5 个 Δl_5，可视为 5 次独立的重复测量量，求出其标准偏差。从而进一步求出弹簧倔强系数 k 的不确定度。

3.4 实验数据的直线拟合（线性回归）

作图法虽然在数据处理中是一个很便利的方法，但它不是建立在严格统计理论基础上

的数据处理方法，在作图纸上人工拟合直线（或曲线）时有一定的主观随意性，往往会引入附加误差，尤其在根据图线确定常数时，这种误差有时很明显。为了克服这一缺点，在数据统计中研究了直线拟合问题（或称一元线性回归问题），常用的是一种以最小二乘法为基础的实验数据处理方法。

最小二乘法原理：若能找到一条最佳的拟合直线，那么这条拟合直线上各相应点的值与测量值之差的平方和在所有拟合直线中应是最小的。

设在某一实验中，可控物理量取 $x_1, x_2, x_3, \cdots, x_n$ 值时，对应物理量依次取 $y_1, y_2, y_3, \cdots, y_n$ 值。下面讨论最简单的情况，即每个测量值都是等精度的，而且假定测量值 x_i 的误差很小，主要误差都出现在 y_i 的测量上。显然，如果从（x_i, y_i）中任取两个数据点，就可以得到一条直线，只不过这条直线的误差有可能很大。直线拟合的任务就是用数学分析的方法从这些观测量中求出一个误差最小的最佳经验公式，即

$$y = mx + b \qquad (3-4)$$

按这一经验公式作出的图线虽然不一定通过每个实验点，但是它以最接近这些实验点的方式平滑地穿过它们。

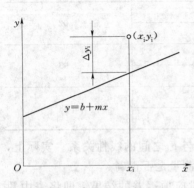

图 3-3　观测值的偏差

显然，对应于每一个 x_i 值、观测值 y_i 和最佳经验式的 y 值之间存在一偏差 Δy_i，如图 3-3 所示，称之为观测值 y_i 的偏差，即

$$\Delta y_i = y_i - y = y_i - (b - mx_i) \quad (i = 1, 2, 3, \cdots, n) \qquad (3-5)$$

根据最小二乘法的原理，当 y_i 的偏差的平方和为最小时，由极值原理可求出常数 b 和 m。由此可得最佳拟合直线。

设 s 表示 Δy_i 的平方和，它应满足

$$s = \sum (\Delta y y_i)^2 = \sum [y_i - (b + mx_i)]^2 = \min \qquad (3-6)$$

式中：x_i 和 y_i 是测量值，均是已知量；b 和 m 是待求的。

因此，s 实际上是 b 和 m 的函数。令 s 对 b 和 m 的偏导数为零，即可解出满足式（3-6）的 b 值和 m 值（要验证这一点，还需证明二阶导数大于零，它里从略）

$$\frac{\partial s}{\partial b} = -2 \sum (y_i - b - mx_i) = 0$$

$$\frac{\partial s}{\partial m} = -2 \sum (y_i - b - mx_i) x_i = 0$$

解上述联立方程得

$$b = \frac{\sum x_i y_i \sum x_i - \sum y_i \sum x_i^2}{\left(\sum x_i \right)^2 - n \sum x_i^2} \qquad (3-7)$$

$$m = \frac{\sum x_i \sum y_i - n \sum x_i y_i}{\left(\sum x_i \right)^2 - n \sum x_i^2} \qquad (3-8)$$

将 b 值和 m 值代入直线方程，即得最佳经验公式

$$y = mx + b$$

用最小二乘法求得的常数 b 和 m 是"最佳"的，但并不是没有误差，它们的误差估

计比较复杂。本书不作要求。一般来说，如果一列测量值的 Δy_i 大，那么由这列数据求得的 b 值和 m 值的误差也大，由此定出的经验公式可靠程度就低；如果一列测量值的 Δy_i 小，那么由这列数据求得的 b 值和 m 值的误差也小，由此定出的经验公式可靠程度就高。

用回归法处理数据最困难的问题在于函数形式的选取。函数形式的选取主要靠理论分析，在理论还不清楚的场合，只能靠实验数据的变化趋势来推测。这样对同一组实验数据，不同的人员可能取不同的函数形式，得出不同的结果。为判明所得结果是否合理，在待定常数确定以后，还需要计算相关系数 r。对一元线性回归，r 的定义为

$$r = \frac{\sum \Delta x_i \sum \Delta y_i}{\sqrt{\sum (\Delta x_i)^2} \cdot \sqrt{\sum (\Delta y_i)^2}} \qquad (3-9)$$

其中 $\Delta x_i = x_i - \overline{x}, \Delta y_i = y_i - \overline{y}$。

可以证明 r 值总是在 0 和 1 之间，r 值越接近于 1，说明实验数据点密集地分布在所求得的直线近旁，用线性函数进行回归是合适的，如图 3-4 所示。相反，如果 r 值远小于 1 而接近零，说明实验数据对求得的直线很分散，如图 3-5 所示，即线性回归不妥，必须用其他函数重新试探。

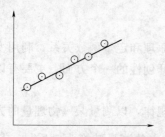

图 3-4　r 值接近于 1 的情况

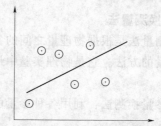

图 3-5　r 远小于 1 的情况

方程的线性回归，用手工计算是很麻烦的。但是，不少袖珍型函数计算器上均有线性回归计算键，计算起来非常方便，因而线性回归的应用日益普及。

4　物理实验基本方法

4.1　物理实验中的基本测量方法

4.1.1　比较法

比较法是物理实验中最普遍、最基本的测量方法。它是将待测物理量与选作标准单位的物理量进行比较而得到测量值。比较法的几种形式如下：

（1）将待测量和标准量具直接比较，如用米尺测量长度。

（2）将待测量与标准量值相关的仪器比较，如用电表测电流或电压，用温度计测温度等。

（3）通过比较系统，使待测量和标准量具实现比较，如用电位差计测电压（见"温度传感器特性研究"实验，$E_x = \frac{R_x}{R_N} E_N$），用电桥测电阻（$R_x = \frac{R_1}{R_2} R_N$），用物理天平称量

物体的重（质）量等都是通过一定的比较系统，用标准量去"补偿"待测量，以"示零"为判据，实现待测量与标准量的比较（故又名"补偿法"）。比较测量、比较研究是科学实验和科学思维的基本方法，具有广泛的应用性和渗透性。

4.1.2 放大法

将物理量按照一定规律加以放大后进行测量的方法称为放大法。这种方法对微小物体或对物理量的微小变化量的测量十分有效。放大法的几种形式如下：

（1）累计放大法。如用秒表测三线摆的周期，通常不是测一个周期，而是测量累计摆动 50 或 100 个周期的时间。

（2）机械放大法。如游标卡尺，利用游标原理将读数放大测量，螺旋测微计、读数显微镜和迈克尔逊干涉仪的读数装置等，利用螺距放大原理来提高测量精度。

（3）光学放大法。如光杠镜尺法（见实验三："用拉伸法测金属丝的杨氏弹性模量"），光电检流计的光指针放大法，读数显微镜将被测物体放大后再进行测量等。

（4）电子学放大法。对微弱电信号经放大器放大后进行观测，如电桥平衡指示仪、晶体管毫伏表等仪器均利用电子学放大原理进行测量。

4.1.3 转换测量法

转换测量法是根据物理量之间的各种效应、物理原理和定量函数关系，利用变换的思想进行测量的方法。它是物理实验中最富有启发性和开创性的一个方面。主要有以下两种方法。

（1）参量换测法：利用各种参量的变换及其变化规律，以测量某一物理量的方法。例如，三线摆法测转动惯量，利用 $J = \dfrac{mgRr}{4\pi^2 H} T^2$，将对 J 的测量转换为对质量、长度和周期的测量。又如，测磁感应强度 B，利用电磁感应原理或霍尔效应，将对 B 的测量转换为对电压 U 的测量。

（2）能量换测法。利用能量相互转换的规律，把某些不易测得的物理量转换为易于测量的物理量。考虑到电学参量的易测性，通常使待测物的物理量通过各种传感器或敏感器件转换成电学量进行测量，如热电转换（温差热电偶、半导体热敏元件等）、压电转换（压电陶瓷等）、光电转换（光电管、光电池等）等。

4.1.4 模拟法

模拟法是以相似性原理为基础，不直接研究自然现象或过程本身，而是用与这些现象或过程相似的模型来进行研究的一种方法。模拟法可分物理模拟和数学模拟。

（1）物理模拟是保持同一物理本质的模拟，如用"风洞"中的飞机模型模拟实际飞机在大气中的飞行。

（2）数学模拟是指把不同本质的物理现象或过程，用同一个数学方程来描述。例如，用稳恒电流场模拟静电场，就是基于这两种场的分布有相同的数学形式。

用计算机进行实验的辅助设计和模拟实验，是一种全新的模拟方法，随着计算机的不断发展和广泛应用，这将使物理实验的面貌发生很大的变化。

上述 4 种基本测量方法，在物理实验中和工程测量中都已得到广泛的应用。实际上，在物理实验中，各种方法往往是相互联系和综合使用的。

以上只介绍了物理实验中常用的几种方法，此外还有诸如"替代法"、"换测法"、"共轭法"、"示踪法"、"符合法"等。同学们在进行实验时，应认真思考，仔细分析，不断总结，逐步积累丰富的实验方法，并在科学实验中给予灵活运用。

4.2 物理实验中的基本调整与操作技术

实验中的调整和操作技术十分重要，正确的调整和操作不仅可将系统误差减小到最低限度，而且对提高实验结果的准确度有直接影响。

4.2.1 零位调整

使用任何测量器具都必须调整零位，否则将引入人为的系统误差。零位调整的两种方法如下：

（1）利用仪器的零位校准器进行调整，如天平、电表等。

（2）无零位校准器，则利用初读数对测量值进行修正，如游标卡尺和千分尺等。

4.2.2 水平铅直调整

有些实验由于受地球引力的作用，实验仪器要求达到水平或铅直状态才能正常工作，如天平和气垫导轨的水平调节、调三线摆的水平和铅直等。水平和铅直调节过程要仔细观察，切忌盲目调节。

4.2.3 消除视差

在进行实验观测时，由于观测方法不当或测量器具调节不正确，在读数时会产生视差。所谓视差是指待测物与量具（如标尺）不位于同一平面而引进的读数误差。消除视差的方法有以下两种：

（1）米尺和电表读数时，应正面垂直观测。

（2）用带有叉丝的测微目镜、读数显微镜和望远镜测量时，应仔细调节目镜和物镜的距离，使像与叉丝共面。

对铅直调节过程要注意观察，切忌盲目调节。

4.2.3.1 消除视差

在进行实验观测时，由于观测方法不当或测量器具调节不正确，在读数时会产生视差。所谓视差是指待测物与量具（如标尺）不位于同一平面而引进的读数误差。消除视差的方法如下：

（1）米尺和电表读数时，应正面垂直观测。

（2）用带有叉丝的测微目镜、读数显微镜和望远镜测量时，应仔细调节目镜和物镜的距离，使像与叉丝共面。

4.2.3.2 先粗调后细调的原则

在实验时，先用目测法尽量将仪器调到所要求的状态，然后再按要求精细调节，以提高调节效率，如"用拉伸法测金属丝的杨氏模量"的实验中望远镜的调整、分光计的调整、气轨调平等。

4.2.3.3　等高共轴调整

在光学实验测量之前，要求将各器件调整到等高共轴状态，即要求各光学元器件主光轴等高且共线。等高共轴调节分两步进行：

（1）粗调：用目测法将各光学元件的中心以及光源中心调成共轴等高，使各元件所在平面基本上相互平行且铅直。

（2）细调：利用光学系统本身或借助其他光学仪器，依据光学基本规律来调整，如依据透镜成像规律、自由准直法和二次成像法调整等高共轴等。

4.2.3.4　逐次逼近法

调节与测量应遵守逐次逼近的原则，特别是对于零示仪器（如天平、电桥、电位差计等），采用正、反向逐次逼近的方法，能迅速找到平衡点，分光计中所用的"各半调节法"也属于逐次逼近法。

4.2.3.5　先定性后定量原则

在实验测量前，先定性地观察实验变化过程，了解变化规律，再定量测定，可快速获得较正确的结果。

4.2.3.6　电学实验的操作规程

注意安全用电，合理布局，正确接线，仔细检查确认线路无误后再合上电源进行实验测量，实验完毕归整仪器。

4.2.3.7　光学实验操作规程

要注意光学仪器的保护，机械部分操作要轻稳，注意眼睛安全。

5　实 验 报 告 范 例

实验报告是写给同行看的，所以必须反映自己的工作收获和结果，反映自己的能力和水平。报告要有自己的特色，要有条理性，并注意运用科学术语，一定要有实验的结论和对实验结果的讨论、分析或评估（成败之初步原因）。这里给出两个范例，仅供初学者参考。

范例：长 度 测 量

【实验目的】

（1）掌握游标、螺旋测微装置的原理和使用方法。

（2）了解读数显微镜测长度的原理，并学会使用。

（3）巩固误差、不确定度和有效数字的知识，学习数据记录、处理及测量结果表示的方法。

【实验原理】

1. 游标卡尺

游标卡尺是由米尺（主尺）和附加在米尺上一段能滑动的副尺构成的。它可将米尺估计的那位数较准确地读出来，其特点是游标上 N 个分格的长度与主尺上（$N-1$）个分格的长度相等，利用主尺上最小分度值 a 与游标上最小分度值 b 之差来提高测量精度。因为

$$Nb = (N-1)a$$

所以

$$a - b = \frac{1}{N}a$$

式中：a 通常为 1mm，N 越大，则 $a-b$ 越小，游标精度越高。$a-b$ 称为游标最小读数或精度。例如，50 分度（$N=50$）的游标卡尺，其精度为 1/50＝0.02mm。这也是游标卡尺的示值误差。

读数时，根据游标"0"线所对主尺的位置，可在主尺上读出毫米位的准确数，毫米以下的尾数由游标读出。

2. 螺旋测微计

螺旋测微计（又名千分尺）主要由一根精密的测微螺杆、螺母套管和微分筒构成，利用螺旋推进原理而设计的。螺母套管的螺距一般为 0.5mm（即为主尺的分度值），当微分筒（副尺）相对于螺母套管转一周时，测微螺杆就向前或向后退 0.5mm。若在微分筒的圆周上均分 50 格，则微分筒（副尺）每旋一格，测微螺杆进、退 0.5/50＝0.01mm，主尺上读数变化 0.01mm，可见千分尺的最小分度值为 0.01mm，再下一位还可以再做估计，因而能读到千分之一位，其示值误差为 0.004mm。

读数时，先在螺母套管的标尺上读出 0.5mm 以上的读数；再由微分筒圆周上与螺母套管横线对齐的位置读出不足 0.5mm 的整刻度数值和毫米千分位的估计数字。三者之和即为被测物的长度。

3. 读数显微镜

读数显微镜是将显微镜和螺旋测微计组合起来，作为测量长度的精密仪器。显微镜由目镜和物镜组成，目镜筒中装有十字叉丝，供对准被测物用。把显微镜装置与测微螺杆上的螺母套管相连，旋转测微鼓轮（相当于千分尺的微分筒），即转动测微螺杆，就可以带动显微镜左、右移动。常用的读数显微镜测微螺杆螺距为 1mm，测微鼓轮圆周上刻有 100 分格，则最小分度值为 0.01mm，读数方法与千分尺相同，其示值误差为 0.015mm。

【实验仪器】

游标卡尺，螺旋测微计，读数显微镜，待测物体等。

【实验内容】

1. 用游标卡尺测量圆环的体积

（1）校准游标卡尺的零点，记下零读数。

（2）用外量爪测外径 D_1，高 H；用内量爪测内径 D_2，重复测量 5 次。测量时注意保护量爪。

（3）求体积和不确定度。

2. 用千分尺测量小球的体积

（1）校准零点，记下零读数。

（2）重复测量直径 5 次，测量时注意保护测砧与测杆。

（3）求体积和不确定度。

3. 用读数显微镜测量毛细管的直径

（1）调整显微镜，对准待测物，消除视差。

（2）测量时，测微鼓轮始终在同一方向旋转时读数，以避免回程差，重复测量 5 次。

【数据与结果】

1. 用游标卡尺测圆环体积

其测量数据见表 5-1。

表 5-1 游标卡尺数据

仪器：游标卡尺；示值误差：$\Delta_{仪} = 0.02\text{mm}$，零点误差 $D_0 = 0.00\text{mm}$

项目 次数	外径 D_1 （mm）	内径 D_2 （mm）	高 H （mm）	项目 次数	外径 D_1 （mm）	内径 D_2 （mm）	高 H （mm）
1	48.04	34.96	21.88	4	47.96	34.94	21.94
2	48.06	35.02	21.90	5	48.00	35.04	21.86
3	47.98	34.98	21.96				

$$\overline{D}_1 = 48.008\text{mm}$$

$$S_{D_1} = \sqrt{\frac{\sum (D_{1i} - \overline{D}_1)^2}{5 - 1}} = 0.041\text{mm}$$

$$\Delta_{D_1} = \sqrt{S_{D_1}^2 + \Delta_{仪}^2} = 0046 \approx 0.05\,(\text{mm})$$

则

$$D = (48.01 \pm 0.05)\text{mm}$$

同理可得

$$D_2 = (34.96 \pm 0.05)\text{mm}$$

$$H = (21.91 \pm 0.05)\text{mm}$$

$$\overline{V} = \frac{\pi}{4}(\overline{D}_1^2 - \overline{D}_2^2)\overline{H} = 18575.179\ \text{mm}^3$$

$$\Delta_V = \sqrt{\left(\frac{\pi}{2}\overline{H}D_1\Delta_{D_1}\right)^2 + \left(\frac{\pi}{2}\overline{H}\,\overline{D}_2\Delta_{D_2}\right)^2 + \left[\frac{\pi}{4}(\overline{D}_1^2 - \overline{D}_2^2)\Delta_H\right]^2}$$

$$= 88.494\ \text{mm}^3 \approx 0.009 \times 10^4\ \text{mm}^3$$

$$V = (1.858 \pm 0.009) \times 10^4\ \text{mm}^3$$

用千分尺测小球直径（略）。

2. 用读数显微镜测毛细管直径

其测量数据见表 5-2。

表 5 - 2   **读 数 显 微 镜 数 据**

仪器：读数显微镜；示值误差：$\Delta_仪 = 0.015\text{mm}$

次数 项目	1	2	3	4	5
D_2（mm）	27.373	27.237	27.389	27.270	27.384
D_1（mm）	27.270	27.377	27.284	27.388	27.288
$D = \mid D_2 - D_1 \mid$（mm）	0.103	0.104	0.105	0.108	0.104

$$\overline{D} = 0.1048\text{mm}$$
$$S_D = 0.0017\text{mm}$$
$$\Delta_D = \sqrt{S_D^2 + \Delta_仪^2} \approx 0.015\text{mm}（因 \Delta_仪 \approx 10S_D）$$
$$D = (0.105 \pm 0.015)\text{mm}$$

【讨论与分析】

（1）测定圆环体积时，分别测了外径 D_1，内径 D_2 和高 H，利用公式：

$$V = \frac{1}{4}\pi H(D_1^2 - D_2^2)$$

求得体积。这一公式虽然简单，但求不确定度时却较繁琐。若作以下变换：

$$V = \frac{1}{4}\pi H(D_1 + D_2)(D_1 - D_2) = \pi H \frac{D_1 + D_2}{2} \frac{D_1 - D_2}{2} = \pi HQP$$

其中 P、Q 如图5-1所示。

这时有

$$\frac{\Delta_V}{V} = \sqrt{\left(\frac{\Delta_H}{H}\right)^2 + \left(\frac{\Delta_Q}{Q}\right)^2 + \left(\frac{\Delta_P}{P}\right)^2}$$

这样，求 Δ_V 就简单多了。

本方法的缺点是用游标卡尺不易测准 Q 值，可以采用多次测量来减小测量的随机误差分量。

（2）圆环、钢球直径的多次测量结果表明，偶然误差比较大，可能是被测物件形状不理想所致，比如球不圆等。

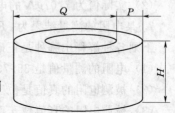

图 5 - 1 圆环体积的测量

在这种情况下，只有从不同方位多次测量取平均值才能得到接近真值的体积测量值。

（3）用统计方法求得偶然误差分量 S_D，它同仪器的误差是相互独立的，在求总不确定度时，用方和根合成。如果其中一个远比另一个小时（如 $S_D < \frac{1}{3}\Delta_仪$），根据微小误差原理，小误差的影响可以忽略不计，在求总不确定度时可以简化计算。

（4）用读数显微镜测量毛细管直径 D，测量结果的相对不确定度 $E_r = \frac{\Delta_D}{D} \times 100\%$ $= 14\%$。检查测量过程无误，这说明精度为 0.01mm，示值误差为 0.015mm 的读数显微镜测量如此微小的长度，显然不太合适。建议用更加精密的仪器或其他方法来测量。

6 练习题参考答案

6.1 练习题

1. 用米尺（最小分度值为 1mm）测量某物体的长度 l，其起点在米尺 10cm 刻度线上，终点恰在米尺的 20cm 刻度线上。试以有效数字来表达 l 的测量值。

2. 试述系统误差、随机误差和粗大误差的区别，并举例说明。

3. 用一级千分尺（$\Delta_仪 = 0.004$mm）重复测量某圆柱体的直径共 6 次，测量值为（单位为 mm）6.298、6.296、6.278，6.290、6.262、6.280。试求测量结果（最佳值、不确定度和单位）。

4. 不确定度一般取几位有效数字？测量结果的有效数字位数如何由其不确定度决定？

5. 试区分下列概念：

（1）绝对误差与相对误差。

（2）真值与算术平均值。

（3）误差与不确定度。

（4）精密度、正确度和准确度。

6. 计算下列测量值的误差和修正值。

（1）真值为 100mm（其有效位数字多于 3 位）的量块（一种测量长度的基准量具），某同学测得该量具的长度为 100.2mm；

（2）实际值为 7.07μA 的电流，用电流表测量示值为 7.10μA。

7. 某电阻的测量结果为：$R = (35.78 \pm 0.05)\Omega$。

下列各种解释中哪种是正确的？

（1）电阻的测量值是 35.73Ω 或 35.83Ω。

（2）被测电阻的真值是位于 $35.73 \sim 35.83\Omega$ 之间的某一值。

（3）被测电阻的真值位于区间 $[35.73\Omega，35.83\Omega]$ 之外的可能性（概率）很小。

8. 改正下列错误，写出正确结果：

（1）0.01082mm 的有效数字为 5 位。

（2）$L = 6371$km $= 6371000$m $= 637100000$cm。

（3）1.80×10^4g $= 0.18 \times 10^5$g。

（4）用最小分度值为 $1'$（分）的量角仪，测得某角度刚好为 $60°$，则测量结果表示为：$60° \pm 1'$。

（5）$P = (3169 \pm 200)$ kg。

（6）$d = (10.430 \pm 0.3)$ cm。

（7）$t = (18.5450 \pm 0.3123)$ s。

（8）$D = (18.652 \pm 1.4)$ cm。

（9）$h = (27.3 \times 10^4 \pm 2000)$ km。

（10）$E=(1.93\times10^{11}\pm6.79\times10^9)$ N/m^2。

9. 已知 $y=\sin\theta$，$\theta=45.50°\pm0.04°$，求 y。

10. 用分光计测三棱镜对某单色光的折射率的测量式为

$$n=\frac{\sin\frac{1}{2}(\delta_{\min}+A)}{\sin\frac{1}{2}A}$$

其中 $\delta_{\min}$ 是最小偏向角，A 为三棱镜的顶角，两者均为直接测量量，其不确定度分别为 Δ_δ 和 Δ_A。试推导出间接测量量 n 的不确定度 Δ_n 的计算公式。

11. 试推导下列函数关系式的不确定度传递公式（已知 x、y、z 的不确定度分别为 Δ_x，Δ_y，Δ_z）：

（1）$N=x\pm y\pm z$；（2）$N=\dfrac{x\cdot y}{z}$；（3）$N=x^n$。

12. 利用单摆测量重力加速度 g，当摆角很小时有 $T=2\pi\sqrt{\dfrac{l}{g}}$ 的关系。式中 l 为摆长，T 为周期。现测得实验数据见表 6-1，试用图解法求出重力加速度 g。

表 6-1　　　　　　　　　　　单 摆 实 验 测 量 数 据

摆长 l (cm)	46.1	56.5	67.3	79.0	89.4	99.9
周期 T (s)	1.363	1.507	1.645	1.784	1.900	2.008

13. 试用线性回归法对上题数据进行直线拟合，求出重力加速度 g 和相关系数 r。

6.2　参考答案

1. $l=100.0$mm

3. $\overline{L}=\dfrac{6.298+6.296+6.278+6.290+6.262+6.280}{6}=6.284$mm

$$S_x=\sqrt{\frac{\sum(x_i-\overline{x})^2}{n-1}}=0.014\text{mm}=\Delta_A$$

$\Delta_B=\Delta_仪=0.004$mm

$\Delta=\sqrt{\Delta_A^2+\Delta_B^2}=\sqrt{S_x^2+\Delta_仪^2}=0.015$mm

$L=\overline{L}\pm\Delta=(6.284\pm0.015)$mm 或 $L=(6.28\pm0.02)$mm

6. 误差：$\delta=0.2$mm，修正值：$C=-0.2$mm

（1）误差：$\delta=0.03\mu A$，修正值：$C=-0.03\mu A$

7. （3）正确

8. （1）4 位

（2）$R=6371$km$=6.371\times10^6$m$=6.371\times10^8$cm

（3）$1.80\times10^4 g=0.180\times10^5 g$

（4）$60°0'\pm1'$，或 $60.00°\pm0.02°$

（5）$P=(317\pm2)\times10^2$kg$=(3.17\pm0.02)\times10^3$kg

（6）$d=(10.4\pm0.3)$ cm

（7）$t=(18.5\pm0.3)$ cm 或 $t=(18.54\pm0.31)$ cm

（8）$D=$（18.7±1.4）cm 或 $D=$（19±1）cm

（9）$h=$（2.73±0.02）×10^5 km

（10）$E=$（1.93±0.07）×10^{11} N/m²

9. $y=\sin 45.50°=0.713250$ $\Delta_y=\cos\theta\times\Delta_\theta=0.70091\times\dfrac{0.04\pi}{180}\approx5\times10^{-4}$

则 $y=0.7132\pm0.0005$（单位）

10. $\Delta_n=\dfrac{1}{2}\sqrt{\dfrac{\sin^2\dfrac{\delta}{2}(\Delta_A)^2}{\sin^4\left(\dfrac{A}{2}\right)}+\dfrac{\cos^2\dfrac{A+\delta}{2}(\Delta_\delta)^2}{\sin^2\left(\dfrac{A}{2}\right)}}$

11.（1）$\Delta_N=\sqrt{\Delta_x^2+\Delta_y^2+\Delta_z^2}$

（2）$\dfrac{\Delta_N}{N}=\sqrt{\left(\dfrac{\Delta_x}{x}\right)^2+\left(\dfrac{\Delta_y}{y}\right)^2+\left(\dfrac{\Delta_z}{z}\right)^2}$

（3）$\Delta_N=nx^{n-1}\Delta_x$

第2章 基础性、综合及设计性实验

● 实验1 气垫导轨实验

力学实验最困难的问题就是摩擦力对测量的影响。气垫导轨就是为消除摩擦而设计的力学实验仪器。它利用从导轨表面的小孔喷出的压缩空气，使导轨表面与滑块之间形成一层很薄的"气垫"，将滑块浮起。这样滑块在导轨表面的运动几乎可以看成是"无摩擦"的。利用滑块在气垫上的运动可以进行许多力学实验，如测定速度、加速度、验证牛顿第二运动定律和守恒定律以及研究简谐振动等。

【实验目的】

(1) 熟悉气垫的调整和使用。
(2) 利用气垫导轨测定速度和加速度。
(3) 验证牛顿第二定律。
(4) 测定重力加速度。

【实验原理】

1. 速度的测定

物体做一维运动时，平均速度表示为

$$v = \frac{\Delta x}{\Delta t} \tag{1-1}$$

若时间间隔 Δt 或位移 Δx 取极限就得到物体在某位置或某一时刻的瞬时速度，即

$$v = \lim_{\Delta t \to 0} \frac{\Delta x}{\Delta t} \tag{1-2}$$

在实际测量中，可以对运动物体取一很小的 Δx，用其平均速度近似地代替瞬时速度。

实验时，在滑块上装上一个 U 形挡光片，如图 1-1 所示。当滑块经过光电门时，挡光片第一次挡光（AA' 或 CC'），数字计时器开始计时，紧接着挡光片第二次挡光（BB' 或 DD'），计时立即停止，计数器上显示出两次挡光的时间间隔 Δt。由于 $\Delta x = \overline{AB} = \overline{CD} = 7\text{cm}$，相应的 Δt 也很小，因此，可将 $\frac{\Delta x}{\Delta t}$ 之值当作滑块经过光电门所在点（以指针为准）的瞬时速度。

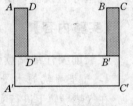

图 1-1 U 形挡光片

2. 加速度的测定

当滑块在水平方向上受一恒力作用时，滑块将做匀加速直线运动。其加速度 a 由公式 $v^2 - v_0^2 = 2a(x - x_0)$ 即可得到

$$a = \frac{v^2 - v_0^2}{2(x - x_0)} \tag{1-3}$$

根据上述测量速度的方法，只要测出滑块通过第一个光电门的初速度 v_0，及通过第二个光电门的末速度 v，从光电门的指针读出 x_0 和 x（可由附着在气垫导轨上的米尺读出）。这样根据式（1-3）就可算得滑块的加速度 a。

3. 验证牛顿第二定律

牛顿第二定律是动力学的基本定律。其内容是物体受外力作用时，物体获得的加速度的大小与合外力的大小成正比，并与物体的质量成反比。

在图 1-2 中，滑块质量为 m_1，砝码盘和砝码的总质量为 m_2，细线张力为 T，则有

$$\begin{cases} m_2 g - T = m_2 a \\ T = m_1 a \end{cases}$$

合外力　　　　　　　　　　$F = m_2 g = (m_1 + m_2)a$

令　　　　　　　　　　　　$M = m_1 + m_2$

则　　　　　　　　　　　　$F = Ma \tag{1-4}$

由推得的公式可以看出：F 越大，加速度 a 也越大，且 F/a 为一常量；在恒力（F 保持不变）作用下，M 大的物体，对应的加速度小，反之亦然，由此可以验证牛顿第二定律，其中加速度 a 由式（1-3）求得。

4. 在倾斜的气轨上测定重力加速度

测出气轨支撑螺钉之间的垂直距离 L（即气轨座上两刻线之间的距离），再测出垫块的厚度 h，把垫块放在气轨支撑螺钉的下面，使气轨倾斜，则重力加速度沿气轨方向的分量为

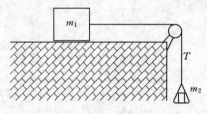

图 1-2　验证牛顿第二定律

$$a = g \cdot \sin\theta \approx g \cdot \frac{h}{L} \tag{1-5}$$

另一方面，也可通过前述运动测量方法之一，依式（1-3）求得滑块的加速度 a，从而求出重力加速度 g。

$$g = \frac{a}{\sin\theta} \approx \frac{L}{h} \cdot a \tag{1-6}$$

【实验仪器】

气垫导轨仪器，滑块，砝码，数码计时器，游标卡尺，微型气泵。

【实验内容】

实验前要仔细阅读说明，弄清仪器结构和使用方法。

1. 气垫导轨的水平调节

在气垫导轨上进行实验，必须按要求先将导轨调节水平。可按下列任一种方法调平导轨。

（1）静态调节法。接通气源，使导轨通气良好，然后把装有挡光片的滑块轻轻置于导轨

上。观察滑块"自由"运动情况。若导轨不水平,滑块将向较低的一边滑动。调节导轨一端的单脚螺钉,使滑块在导轨上保持不动或稍微左右摆动而无定向移动,则可认为导轨已调平。

（2）动态调节法。将两个光电门分别安装在导轨某两点处,两点之间相距约 50cm（以指针为准）。打开光电计数器的电源开关,导轨通气后滑块以某一速度滑行。设滑块经过两个光电门的时间分别为 Δt_1 和 Δt_2。由空气阻力的影响,对处于水平的导轨,滑块经过第一个光电门的时间 Δt_1 总是略小于经过第二个光电门的时间 Δt_2（即 $\Delta t_1 < \Delta t_2$）。因此,若滑块反复在导轨上运动,只要先后经过两个光电门的时间相差很小,且后者略为增加（两者相差 2% 以内）,就可认为导轨已调水平;否则根据实际情况调节导轨下面的单脚螺钉,反复观察,直到计算左右来回运动对应的时间差（$\Delta t_2 - \Delta t_1$）大体相同即可。

2. 测定速度

使滑块在导轨上运动,将数字计时器功能键置于"计时"档,使滑块在气垫导轨上运动,计时器显示屏依次显示出滑块经过两个光电门的时间间隔,用式（1-1）计算出相应的速度 v_1 和 v_2。

3. 测定加速度

按图 1-2 所示的装置,用一细线经导轨一端的滑轮将滑块和砝码盘相连。估计线的长度,使砝码盘落地前滑块能顺利通过两个光电门。根据实验要求向砝码盘上添加砝码。

将滑块移至远离滑轮的一端,静置自由释放。滑块在合外力 F 作用下做初速度为零的匀加速直线运动。计时器上依次显示滑块经过两个光电门的时间间隔 Δt_1 和 Δt_2,并测出两个光电门之间的距离 $S = x - x_0$,用式（1-1）和式（1-3）分别计算出滑块经过两个光电门的速度 v_1、v_2 和加速度 a。

4. 验证牛顿第二定律

在滑块上加 4 个砝码,用上述方法测定滑块运动的加速度。再将滑块上 4 个砝码分 4 次从滑块上移至砝码盘中。重复上述步骤,验证:物体质量不变时,加速度大小与外力大小成正比。

5. 在倾斜的气轨上测定重力加速度

测出气轨支撑螺钉之间的垂直距离 L（即气轨座上两刻线之间的距离）,再测出垫块的厚度 h,把垫块放在气轨支撑螺钉的下面,使气轨倾斜,则重力加速度沿气轨方向的分量为

$$a = g \cdot \sin\theta \approx g \cdot \frac{h}{L}$$

另一方面,也可通过前述运动测量方法之一,依式（1-3）求得滑块的加速度,从而求出重力加速度 g。

为了消除黏滞阻力对测得加速度 a 的影响,还应分别测出滑块下滑的加速度 $a_下$ 和上滑的加速度 $a_上$,然后取平均值 $a = \dfrac{a_上 + a_下}{2}$。

已知杭州地区重力加速度 $g_0 \approx 9.793 \text{ m/s}^2$,将已知的 g_0 与实测的 g 比较可以检查本实验的相对误差。

【数据与结果】

1. 滑块和砝码系统的加速运动

（1）数据记录和计算见表 1-1,表中 $a' = \dfrac{F}{M_系}$,$a = \dfrac{v_2^2 - v_1^2}{2S}$,$E = \dfrac{|a' - a|}{a'} \times 100\%$。

表1-1   **数 据 记 录 表**

F	a' (m/s^2)	Δt_1 (s)	v_1 (m/s)	Δt_2 (s)	v_2 (m/s)	a (m/s^2)	a' 和 a 的 E (相对误差)
$m_0 g$							
$(m_0+m) g$							
$(m_0+2m) g$							
$(m_0+3m) g$							
$(m_0+4m) g$							

两个光电门间距离 $S = x - x_0 =$ _____ cm，两个挡光片对应边的距离 Δx = 7.00cm。

滑块质量 $M =$ _____ g，钩码质量 $m_0 = 10$g。

砝码质量 $m = 10$g，系统总质量 $M_{系} = M + m_0 + 4m =$ _____ g。

（2）以 F 为横坐标，以 a' 和 a 为纵坐标，按等精度作图的原则在同一张方格纸上作出 $F-a'$ 和 $F-a$ 曲线。

（3）根据 S、Δx 和 Δt 的测量不确定度，估算加速度 a 的不确定度。

2. 在倾斜气轨上测重力加速度

数据记录和计算见表1-2（用游标卡尺测 h），$\Delta_仪 = 0.02$mm。

气轨支撑螺钉间的垂直距离：$L =$ _____（cm）。

表1-2   **数 据 记 录 表**

h (cm)	上 滑			下 滑			$\bar{a} = \dfrac{\sum \lvert a_i \rvert}{4}$ (m/s^2)	$g = \dfrac{L}{h} \cdot \bar{a}$ (m/s^2)
	Δt_1 (s)	Δt_2 (s)	$a_上$ (m/s^2)	$\Delta t'_1$ (s)	$\Delta t'_2$ (s)	$a_下$ (m/s^2)		

本次实验测得的杭州地区的重力加速度

$$\bar{g} = \frac{g_1 + g_2}{2} = \underline{\qquad\qquad}\ (\text{m/s}^2)$$

将已知的 g_0 与实测的 g 相比较，可以计算实验的相对误差，已知杭州地区重力加速度：$g_0 = 9.793$m/s^2，相对误差 E 为

$$E = \frac{\lvert g - g_0 \rvert}{g_0} \times 100\% = \underline{\qquad\qquad}$$

【思考题】

（1）如何调整与判断气轨是否水平？其根据是什么？

（2）滑块的初速度不同是否会影响加速度的测定？

（3）在验证牛顿第二定律时，如何保持系统质量不变而使系统所受的外力等间距变化？

（4）在倾斜的导轨上测量重力加速度时，如何消除气流阻力的影响？

【附录】

气 垫 导 轨

气垫导轨是一种力学实验仪器，它是利用从气轨表面小孔喷出的压缩空气使安放在导轨上的滑块与导轨之间形成很薄的空气层（这就是所谓的"气垫"），促使滑块从导轨面上浮起，从而避免了滑块与导轨面之间的接触摩擦，仅有微小的空气层黏滞阻力和周围空气的阻力。这样，滑块的运动可近似看成是"无摩擦"运动。

气轨结构如图 1-3 所示，它主要由导轨、滑块和光电门 3 个部分组成。

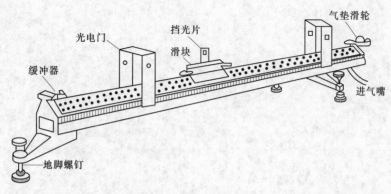

图 1-3　气轨结构

（1）导轨。导轨由长 1.5m 的一根非常平直的直角三角形铝合金管做成，两侧轨面上均匀分布着两排很小的气孔，导轨的一端封闭，另一端装有进气嘴，当压缩空气经软管从进气嘴进入导轨后，就从小孔喷出而托起滑块。滑块被托起的高度一般只在 0.01～0.1mm。为了避免碰伤，导轨两端及滑块上都安装了缓冲弹簧。导轨的一端还装有气垫"滑轮"，它不转动，只是一个钻有小孔的空心圆柱（或弯管），当压缩空气从小孔喷出时，可以使绕过它的轻薄尼龙悬浮起来，因此可当成没有转动也没有摩擦的"滑轮"。整个导轨装在横梁上，横梁下面有 3 个地脚螺钉，既作为支承点，也用以调整气轨的水平状态，还可在螺钉下加放垫块，使气轨成为斜面。

（2）滑块。滑块由角铝做成，是导轨上的运动物体，其两侧内表面与导轨表面精密吻合。两端装有缓冲弹簧或尼龙搭扣，上面安置测时用的矩形（或窄条形）挡光片。

（3）光电门。导轨上设置两个光电门，光电门上装有光源（聚光小灯泡或红外发光管）和光敏管，光敏管的两极通过导线和计时器的光控输入端相接。当滑块上的挡光片经过光电门时，光敏管受到的光照发生变化，引起光敏两极间电压发生变化，由此产生电脉冲信号触发计时系统开始或停止计时。光电门可根据实验需要安置在导轨的适当位置，并由定位窗口读出它的位置。

【注意事项】

气轨表面的平直度、光洁度要求很高，为了确保仪器精度，绝不允许其他东西碰、划伤导轨表面，要防止碰倒光电门损坏轨面。未通气时，不允许将滑块在导轨上来回滑动。实验结束后应将滑块从导轨上取下。

滑块的内表面经过仔细加工，并与轨面紧密配合，两者是配套使用的，因此绝对不可将滑块与别的组调换。实验中必须轻拿轻放，严防碰伤变形。拿滑块时，不要拿在挡光片上，以防滑块掉落摔坏。

气轨表面或滑块内表面必须保持清洁，如有污物，可用纱布沾少许酒精擦净。如轨面小气孔堵塞，可用直径小于 0.6mm 的细钢丝钻通。

实验结束后，应该用盖布将气轨遮好。

● 实验2 用拉伸法测定金属丝的弹性模量

弹性模量是表征固体力学性质的重要物理量，它是工程技术中机械构件选材时的重要参数。本实验不仅介绍了如何测定此参数，更重要的是通过实验可以领会仪器的配置原则，了解为什么对不同的长度量应选用不同的测量仪器，以及在测量中由于测量对象及方法的改变如何估算其系统误差。在实验方法上，通过本实验可以看到，以对称测量法消除系统误差的思路在其他类似的测量中极具普遍意义。在实验装置上的光杠杆放大法，由于它的性能稳定、高精度，而且是线性放大，所以在设计各类测试仪器中得到广泛的应用。

【实验目的】

(1) 掌握"光杠杆"测量微小长度变化的原理。

(2) 学会用"对称测量"消除系统误差。

(3) 学习如何依实际情况对各个测量量进行误差估算。

(4) 练习用逐差法、作图法处理数据。

【实验原理】

当截面为 S、长度为 L_0 的棒状（或线状）材料，受拉力 F 拉伸时，伸长了 ΔL，其单位面积截面所受到的拉力 F/S 称为胁强，而单位长度的伸长量 $\Delta L/L_0$ 称为胁变。根据胡克定律，在弹性形变范围内，棒状（或线状）固体胁变与它所受的胁强成正比 $\dfrac{F}{S} = Y\dfrac{\Delta L}{L_0}$ 其比例系数 Y 取决于固体材料的性质，称为弹性模量

$$Y = \frac{FL_0}{S\Delta L} \qquad (2-1)$$

本实验是测定某一种型号钢丝的弹性模量，其中 F、S、L_0 都可用常规的测量方法测量，但 ΔL 却难以用常规方法精确测定，故采用放大法——"光杠杆"来测定这一微小的长度改变量 ΔL。

光杠镜如图2-1所示，图2-2所示是光杠杆测微小长度变化量的原理。左侧曲尺状物为光杠镜，M 边是反射镜，b 边即所谓光杠杆的短臂的杆长，O 端为 b 边的固定端，b 边的另一端则随被测钢丝的伸长、缩短而下降、上升，从而改变了 M 镜法线的方向，使得钢丝原长为 L_0 时，位于图右侧的望远镜从 M 镜中看到的读数为 n_1；而钢丝受力伸长后光杠镜的位置变为虚线所示，此时望远镜上的读数则为 n_2。这样，钢丝的微小伸长量 ΔL，对应有光杠镜的角度变化量 θ，而对应的读数变化则为 $\Delta_n = n_1 - n_2$。从图2-2中可见：

图2-1 光杠镜

$$\tan\theta \approx \theta = \frac{\Delta L}{b}$$

$$\tan2\theta \approx 2\theta = \frac{\mid n_2 - n_1 \mid}{D} = \frac{\Delta n}{D}$$

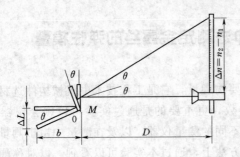
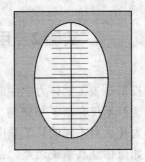

图 2-2　光杠杆原理

所以

$$\Delta L = \frac{b}{2D}\Delta n \qquad\qquad (2-2)$$

式中：$\Delta n = |n_2 - n_1|$，相当于光杠杆的长臂端 D 的位移。由于 $D \gg b$，所以 $\Delta n \gg \Delta L$，从而获得对微小量的线性放大，提高了 ΔL 的测量精度，这被称为放大法。

　　鉴于金属受外力时存在着弹性滞后效应，即钢丝受到拉伸力作用时，并不能立即伸长到应有的长度 $L_i(L_i = L_0 + \Delta L_i)$，而只能伸长到 $L_i - \Delta L_i$。同样，当钢丝受到的拉伸力一旦减小时，也不能马上缩短到应有的长度 L_i，仅缩短到 $L_i + \Delta L_i$。因此，为了消除弹性滞后效应引起的系统误差，测量中应包括增加拉伸力以及对应地减少拉伸力这一对称测量过程。因为只要将相应的增、减测量值取平均，就可以消除滞后量 ΔL_i 的影响。

$$\overline{L_i} = \frac{1}{2}[L_增 + L_减] = \frac{1}{2}[(L_0 + \Delta L_i - \Delta L_i) + (L_0 + \Delta L_i + \Delta L_i)] = L_0 + \Delta L_i$$

【实验仪器】

弹性模量仪、螺旋测微器、钢卷尺、米尺和望远镜（附标尺）。

【实验内容】

　　（1）调节弹性模量仪地脚螺钉，同时观察放在平台上的水准仪，直至中间平台处于水平状态。

　　（2）调节光杠杆位置。将光杆镜放在平台上，两前脚放在平台横槽内，后脚放在固定钢丝下端圆柱形套管上，并使光杠杆镜镜面基本垂直或稍有俯角，如图 2-1 所示。

　　（3）望远镜调节。将望远镜置于距光杆镜 2m 左右处，并与镜面基本等高。从望远镜筒上方的瞄准具沿镜筒轴线瞄准光杆镜面，移动望远镜位置，直至镜中看到标尺的像。然后再从目镜观察，先调节目镜使十字叉丝清晰，最后缓缓旋转调焦手轮，使物镜在镜筒内伸缩，直至看到清晰的标尺刻度为止。

　　（4）观测伸长变化。用 2kg 砝码挂在钢丝下端使钢丝拉直，并以此时的读数作为开始拉伸的基数 n_0，然后每加上 0.5kg 砝码，读取 8 次数据，得 n_0、n_1、n_2、n_3、n_4、n_5、n_6、n_7，这是增加拉力过程。稍等片刻读取一次数据 n_7'，紧接着再每次撤掉 0.5kg 砝码，读取 8 次数据，最后又得一组数据 $n_7', n_6', n_5', n_4', n_3', n_2', n_1', n_0'$，这是减力过程。

　　注意：加、减砝码时，应轻拿轻放避免钢丝较大幅度振动。加（或减）砝码后，钢丝会有一个伸缩的微振动，要等钢丝渐趋平稳后再读。

（5）测量光杠镜前后脚距离 b。把光杠镜的 3 只脚在白纸上压出凹痕，用尺画出两前脚的连线，再用钢尺测量出后脚到该连线距离（小钢尺的最小分度为 0.5mm）。

（6）测量钢丝直径。用螺旋测微器在钢丝的不同部位测 3～5 次，取其平均值。

（7）测光杠镜镜面到望远镜附标尺的距离 D。用钢卷尺量出光杠镜镜面到望远镜附标尺的距离，作单次测量，并估计误差（卷尺从空中直接拉直测量，在 2m 长的范围内因中间下垂引起的误差。从镜面到标尺，这两头各应从何算起？能对准吗？如何估算上述误差？）。

（8）用米尺测量钢丝原长 L_0，测单次（测量的起讫点各在哪里？能用米尺直接比较测量吗？若不能，如何估算误差？你想到误差界这个概念了吗？）。

实验中的注意事项：钢丝的两端一定要夹紧，一来减小系统误差，二来避免砝码加重后拉脱而砸坏实验装置。在测读伸长变化的整个过程中，不能碰动望远镜及其安放的桌子，否则重新开始测读。被测钢丝一定要保持平直，以免将钢丝拉直的过程误测为伸长量，导致测量结果谬误。

【数据与结果】

（1）金属丝的直径测量。

金属丝的直径：螺旋测微计的零位误差 d_0 _____ （mm），$\Delta_仪=0.004$mm。

表 2-1　　　　　　　　　　　　　　金属丝直径测定数据记录表

测量次数						平均值
直径 d						

$$S_d = \sqrt{\frac{\sum(d_i - \overline{d})^2}{5-1}} = \underline{\qquad\qquad}\text{mm}$$

$$\Delta_d = \sqrt{S_d^2 + \Delta_仪^2} = \underline{\qquad\qquad}\text{mm}$$

$$d = (\overline{d} - d_0) \pm \Delta_d = \underline{\qquad\qquad}\text{mm}$$

（2）光杠杆镜臂长度测量（单次测量）。

$$b \pm \Delta_b = \underline{\qquad\qquad}\text{cm}$$

（3）钢丝长度 L 和标尺到镜面距离的测量（单次测量）。

$L \pm \Delta_L = \underline{\qquad\qquad}$ cm　　　　　　　　$D \pm \Delta_D = \underline{\qquad\qquad}$ cm

（4）增减重量时钢丝伸缩量的记录参考数据见表 2-2。

表 2-2　　　　　　　　　　　　增减重量时钢丝伸缩量的记录数据表

拉伸力（N）	标尺读数（mm）（$\Delta_仪=0.5$mm）			$\Delta n = \dfrac{n_m - n_n}{m - n}$（mm）	Δn 的绝对误差
	拉伸力增加时	拉伸力减小时	平均值 $\overline{n} = \dfrac{n_i + n'_i}{2}$		
19.6	n_0	n'_0	$\overline{n}_0$	$\dfrac{\overline{n}_4 - \overline{n}_0}{4}$	
24.5	n_1	n'_1	$\overline{n}_1$	$\dfrac{\overline{n}_5 - \overline{n}_1}{4}$	

续表

| 拉伸力
（N） | 标尺读数（mm）（$\Delta_仪=0.5$mm） | | | $\Delta n = \dfrac{n_m - n_n}{m - n}$
（mm） | Δn 的绝对误差 |
	拉伸力 增加时	拉伸力 减小时	平均值 $\bar{n} = \dfrac{n_i + n'_i}{2}$		
29.4	n_2	n'_2	$\bar{n}_2$	$\dfrac{\bar{n}_6 - \bar{n}_2}{4}$	
34.3	n_3	n'_3	$\bar{n}_3$	$\dfrac{\bar{n}_7 - \bar{n}_3}{4}$	
39.2	n_4	n'_4	$\bar{n}_4$		
44.1	n_5	n'_5	$\bar{n}_5$	$\overline{\Delta n}$ （mm）	
49.0	n_6	n'_6	$\bar{n}_6$		
53.9	n_7	n'_7	$\bar{n}_7$		

用逐差法求 Δn 及估算 $\Delta_{\Delta n}$ 的值。

$$S_{\Delta n} = \sqrt{\frac{\sum \left[\Delta n_i - \overline{\Delta n}\right]^2}{4-1}} = \underline{\hspace{3cm}} \text{mm} \qquad \Delta_{\widetilde{\Delta n仪}} \approx 0.5\text{mm}$$

$$\Delta_{\Delta n} = \sqrt{S_{\Delta n}^2 + \Delta_{\Delta n仪}^2} = \underline{\hspace{3cm}} \text{mm}$$

$$\Delta n = \overline{\Delta n} \pm \Delta_{\Delta n} = \underline{\hspace{3cm}} \text{mm}$$

$$Y = \frac{FL_0}{S\Delta L}$$

已知 　　　　　　　　　　　$F = 4.90\text{N}, \dfrac{\Delta_F}{F} = 1.0\%$

其中 　　　　　　　$\Delta L = \dfrac{b}{2D}\Delta\bar{n} \qquad S = \dfrac{1}{4}\pi d^2$

故 　　　　　　　　　　　$\overline{Y} = \dfrac{8FL_0\overline{D}}{\pi \overline{d}^2 b \overline{\Delta n}}$

其中力的单位用 N，长度单位用 m。

估算误差：

相对误差

$$E = \frac{\Delta_Y}{\overline{Y}} = \sqrt{\left(\frac{\Delta_F}{\overline{F}}\right)^2 + \left(\frac{\Delta_L}{\overline{L}}\right)^2 + \left(\frac{\Delta_D}{\overline{D}}\right)^2 + \left(\frac{2\Delta_d}{\overline{d}}\right)^2 + \left(\frac{\Delta_b}{\overline{b}}\right)^2 + \left(\frac{\Delta_n}{\overline{\Delta n}}\right)^2}$$

$$\Delta_Y = \overline{Y} \cdot \frac{\Delta_Y}{\overline{Y}}$$

最后将结果记为：　　　　$\overline{Y} \pm \Delta_Y = \underline{\hspace{3cm}} \text{N/m}^2$

【思考题】

（1）本实验应如何采用作图法来求得实验结果 Y 的值？

（2）在本实验中你是如何考虑尽量减小系统误差的？

（3）本实验中使用了哪些长度测量仪器？选择它们的依据是什么？它们的仪器误差各为多少？

（4）本实验应用"光杠杆"放大法与力学中杠杆原理有什么异同点？

（5）根据光杠杆原理，如何提高光杠杆测量微小长度变化的灵敏度？

● 实验 3　用扭摆法测定物体的转动惯量

转动惯量是刚体转动惯性大小的量度，是表征刚体特性的一个物理量。转动惯量的大小除与物体质量有关外，还与转轴的位置和质量分布（即形状、大小和密度）有关。如果刚体形状简单，且质量分布均匀，可直接计算出它绕特定轴的转动惯量。但在工程实践中，人们常碰到大量形状复杂，且质量分布不均匀的刚体，理论计算将极为复杂，通常采用实验方法来测定。

转动惯量的测量，一般都是使刚体以一定的形式运动。通过表征这种运动特征的物理量与转动惯量之间的关系，进行转换测量。本实验使物体作扭转摆动，由摆动周期及其他参数的测定算出物体的转动惯量。

【实验目的】

（1）用扭摆测定弹簧的扭转常数 K。

（2）用扭摆测定几种不同形状物体的转动惯量，并与理论值进行比较。

（3）验证平行轴定理。

【实验原理】

1. 扭摆的简谐运动

扭摆的结构如图 3-1 所示，其垂直轴 1 上装有一根薄片状的螺旋弹簧 2，用以产生恢复力矩。在轴上方可以装上各种待测物体。垂直轴与支座间装有轴承，使摩擦力矩尽可能降低。为了使垂直轴 1 与水平面垂直，可通过地脚螺钉 3 来调节，4 为水平仪，用来指示系统调整水平。

将物体在水平面内转过一定角度 θ 后，在弹簧的恢复力矩作用下，物体就开始绕垂直轴作往返扭转运动。根据胡克定律，弹簧受扭转而产生的恢复力矩 M 与所转过的角度成正比，即

$$M = -K\theta \qquad (3-1)$$

式中：K 为弹簧的扭转常数。

根据转动定律

$$M = I\beta \qquad (3-2)$$

式中：I 为转动惯量；β 为角加速度。

由式（3-1）与式（3-2）得

$$\beta = -\frac{K}{I}\theta$$

其中 $\omega^2 = \dfrac{K}{I}$，忽略轴承的摩擦力矩，则有

$$\beta = \frac{\mathrm{d}^2\theta}{\mathrm{d}t^2} = -\frac{K}{I}\theta = -\omega^2\theta$$

此方程表明忽略轴承摩擦力的扭摆运动是角简谐振

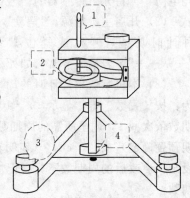

图 3-1　扭摆结构

1—垂直轴；2—螺旋弹簧；

3—地脚螺钉；4—水平仪

动，且角加速度与角位移成正比，方向相反。此方程的解为

$$\theta = A\cos(\omega t + \varphi)$$

式中：A 为简谐振动的角振幅；φ 为初相位角；ω 为角频率。此简谐振动的周期为

$$T = \frac{2\pi}{\omega} = 2\pi\sqrt{\frac{I}{K}} \qquad (3-3)$$

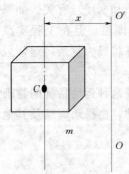

图 3-2　平行轴定理

利用式（3-3），测得扭摆的周期 T，在 I 和 K 中任何一个量已知时即可计算出另一个量。

本实验用一个转动惯量已知的物体（几何形状有规则，根据它的质量和几何尺寸用理论公式计算得到），测出该物体摆动的周期，再算出本仪器弹簧的 K 值。若要测量其他形状物体的转动惯量，只需将待测物体安放在本仪器顶部的各种夹具上，测定其摆动周期，由式（3-3）即可计算出该物体绕转动轴的转动惯量。

2. 平行轴定理

若质量为 m 的物体绕通过质心轴的转动惯量为 I_c，当转轴平行移动距离 x 时，如图 3-2 所示，则此物体对新轴的转动惯量 $I_0 = I_c + mx^2$，称为转动惯量的平行轴定理。

【实验仪器】

TH-2 型转动惯量测试仪由扭摆、光电计时装置及几种待测刚体（空心金属圆柱体、实心塑料圆柱体、木球、验证转动惯量平行轴定理的细金属杆，杆上有两块可以自由移动的金属滑块）组成。光电计时装置由主机和光电传感器两部分组成。主机采用单片机作控制系统，用于测量物体转动周期（计时）和旋转体的转速。本仪器能自动记录、存储多组实验数据并能精确地计算多组数据的平均值。光电传感器主要由红外发射管和红外接收管组成，将光信号转变为脉冲电信号送入主机，控制单片机工作。仪器使用方法简介如下。

（1）调节光电传感器在固定支架上的高度，使被测物体上的挡光杆能自由往返地通过光电门，再将光电传感器的信号传输线插入主机输入端（位于主机背面）。

（2）开启主机电源。"摆动"指示灯亮（按"功能"键，可选择"扭摆"、"转动"两种计时功能，开机或复位默认值为"扭摆"），参量指示为"$P1$"，数据显示为"————"。若情况异常（如死机），可按复位键，即可恢复正常，或关机重新启动。

（3）本机默认累计计时的周期数为 10，也可根据需要重新设定计时的周期数，方法为：按"置数"键，显示"$n=10$"，按"上调"键，周期数依次加 1，按"下调"键，周期数依次减 1，调至所需的周期数后，再按"置数"键确认，显示"F_1end"（表明扭摆周期预置确定）或"F_2end"（表明转动周期预置确定），周期数只能在 1～20 范围内作任意设定。更改后的周期数不具有记忆功能，一旦关机或按"复位"键，便恢复原来的默认周期数。

（4）按"执行"键，数据显示为"000.0"，表示仪器处在等待测量状态，当被测物体上的挡光杆第一次通过光电门时开始计时，直至仪器所设置的周期数时，便自动停止计时，由"数据显示"给出累计的时间，同时仪器自行计算摆动周期 T_1 并予以存储，以供

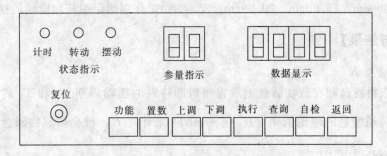

图 3-3　多功能计时计数器面板

查询和作多次测量求平均值,至此 P_1(第一次测量)测量完毕。

(5) 按"执行"键,"P_1"变为"P_2",数据显示又回到"000.0",仪器处于第二次待测状态。本机设定的重复测量次数为 5 次,即 P_1、P_2、P_3、P_4、P_5。通过"查询"键可得知各次测量的周期值 T_i($i-1\sim5$)和它们的平均值 $\overline{T_i}$ 以及当前的周期数 n,若显示"NO"表示没有数据。

(6) 按"自检"键,仪器应显示"$N-1$","$N-1$","SC GOOD",并自动复位到"P_1 ————",单片机工作正常。

(7) 按"返回"键,系统将无条件地回到初始状态,清除当前状态的所有执行数据,但预置的周期数不改变。

(8) 按"复位"键,实验所得数据全部清除,所有参数恢复初始默认值。

【实验内容】

(1) 熟悉扭摆的构造、使用方法,掌握 TH-2 型转动惯量测试仪的正确操作要领。

(2) 测定扭摆的仪器常数(弹簧的扭转常数 K)。

(3) 测定塑料圆柱、金属圆筒、木球与金属细杆的转动惯量,并与理论值相比较,求百分误差。

(4) 改变滑块在细杆上的位置,验证转动惯量的平行轴定理。

(5) 主要操作要点:

1) 记下待测物体的质量和必要的几何尺寸,如圆柱体的直径、金属圆筒的内外径、木球的直径及金属细杆的长度等(实验室已给出)。

2) 调整扭摆基座地脚螺钉,使水准仪中气泡居中。

3) 装上金属载物盘,调节光电探头的位置。要求光电探头放置在挡光杆的平衡位置处,使载物盘上的挡光杆处于光电探头的中央,且能遮住发射和接收红外线的小孔。测定其摆动周期 T_0。

4) 将塑料圆柱垂直放在载物盘上,测出摆动周期 T_1。

5) 用金属圆筒代替塑料圆柱,测出摆动周期 T_2。

6) 取下载物金属盘,装上木球,测出摆动周期 T_3。

7) 取下木球,装上金属细杆(细杆中心必须与转轴中心重合),测出摆动周期 T_4。

8) 将滑块对称地放置在金属细杆两边的凹槽内,此时滑块质心离转轴的距离分别为

5.00cm、10.00cm、15.00cm、20.00cm、25.00cm，分别测定细杆加滑块的摆动周期 T_5。

【数据与结果】

1. 扭转常数 K

用金属载物圆盘和在载物圆盘上放置塑料圆柱时的摆动周期 T_0 和 T_1 的实验值，以及塑料圆盘转动惯量的理论值 I_1'（$I_1' = \dfrac{1}{8}mD^2$）来计算 K，设金属载物圆盘的转动惯量为 I_0，则由公式（3-3）得

$$\frac{T_0}{T_1} = \frac{\sqrt{I_0}}{\sqrt{I_0 + I_1'_1}} \qquad 或 \qquad \frac{I_0}{I_1'} = \frac{T_0^2}{T_1^2 - T_0^2}$$

则扭转常数为

$$K = 4\pi^2 \frac{I_1'}{\overline{T}_1^2 - \overline{T}_0^2}$$

因此，测出 T_0、T_0 即可得到 K 值。请计算 $K = 4\pi^2 \dfrac{I_1'}{\overline{T}_1^2 - \overline{T}_0^2} = $ _____ kgm²/s²。

2. 转动惯量测定实验数据

转动惯量测定实验数据记录见表 3-1。

表 3-1　　　　　　　　转动惯量测量实验数据记录参考表

物体名称	质量（kg）	几何尺寸（10^{-2}m）		周期（s）		转动惯量理论值（10^{-4}kgm²）	转动惯量实验值（10^{-4}kgm²）	百分误差
载物盘				T_0			$I_0 = \dfrac{I_1' \, \overline{T}_0^2}{\overline{T}_1^2 - \overline{T}_0^2}$	
				$\overline{T}_0$				
塑料圆柱		$\overline{D}$		T_1		$I_1' = \dfrac{1}{8}m\overline{D}^2$	$I_1 = \dfrac{K \overline{T}_1^2}{4\pi^2} - I_0$	
				$\overline{T}_1$				
金属圆筒		$\overline{D}_外$		T_2		$I_2' = \dfrac{1}{8}m(\overline{D}_外^2 + \overline{D}_内^2)$	$I_2 = \dfrac{KT_2^2}{4\pi^2} - I_0$	
		$\overline{D}_内$		$\overline{T}_2$				

物体名称	质量（kg）	几何尺寸（10^{-2}m）	周期（s）		转动惯量理论值（10^{-4}kgm^2）	转动惯量实验值（10^{-4}kgm^2）	百分误差
木球 ◯	$\overline{D}$		T_3		$I'_3 = \dfrac{1}{10}m\overline{D}^2$	$I_3 = \dfrac{K\overline{T}_3^2}{4\pi^2} - I'_0$	
			$\overline{T}_3$				
金属细杆	L		T_4		$I'_4 = \dfrac{1}{12}mL^2$	$I_4 = \dfrac{K\overline{T}_4^2}{4\pi^2} - I''_0$	
			$\overline{T}_4$				

已知：球支座转动惯量实验值 $I'_0 = \dfrac{K\overline{T}_0'^2}{4\pi^2} = 0.179 \times 10^{-4}$ kgm^2。

细杆夹具转动惯量实验值 $I''_0 = \dfrac{K\overline{T}_0''^2}{4\pi^2} = 0.232 \times 10^{-4}$ kgm^2。

3. 验证转动惯量平行轴定理

平行轴定理验证实验数据记录表见表 3－2。

表 3－2　　　　　　　　平行轴定理验证实验数据记录参考表

x（10^{-2}m）	5.00	10.00	15.00	20.00	25.00
摆动周期 T（s）					
$\overline{T}$（s）					
实验值（10^{-2}kg·m^2） $I = \dfrac{K\overline{T}^2}{4\pi^2} - I''_0$					
理论值（10^{-2}kg·m^2） $I' = I'_4 + 2mx^2 + I'_s$					
百分误差					

已知：两滑块绕质心轴的转动惯量的理论值为

$$I'_s = 2\left[\frac{1}{16}m(D_外^2 + D_内^2) + \frac{1}{12}mL^2\right] = 0.809 \times 10^{-4}\text{kg·m}^2$$

【注意事项】

（1）弹簧的扭转常数 K 不是固定的常数，它与摆角大小略有关系，摆角在 $90°\sim40°$

间基本相同，所以为了减少实验的系统误差，测定各种物体的摆动周期时，整个实验过程摆角基本保持在同一个范围内。

（2）光电探头宜放置在挡光杆的平衡位置处，挡光杆不能与它接触，以免增加摩擦力矩。

（3）在安装待测物体时，其支架必须全部套入扭摆的主轴，并且将止动螺钉旋紧，否则扭摆不能正常工作。

（4）机座应保持在水平状态。

【思考题】

（1）数字计时仪的仪器误差为 0.01s，实验中为什么要测量 $10T$？

（2）如何用刚体实验装置测定任意形状物体绕特定轴的转动惯量？

● 实验 4　用三线摆法测定物体的转动惯量

　　转动惯量是刚体转动惯性大小的量度，是表征刚体特性的一个物理量。转动惯量的大小除与物体质量有关外，还与转轴的位置和质量分布（即形状、大小和密度）有关。如果刚体形状简单，且质量分布均匀，可直接计算出它绕特定轴的转动惯量。但在工程实践中，常碰到大量形状复杂，且质量分布不均匀的刚体，理论计算将极为复杂，通常采用实验方法来测定。

　　转动惯量的测量，一般都是使刚体以一定的形式运动。通过表征这种运动特征的物理量与转动惯量之间的关系，进行转换测量。测量刚体转动惯量的方法有多种，三线摆法是具有较好物理思想的实验方法，它具有设备简单、直观、测试方便等优点。

【实验目的】

　　（1）学会用三线摆测定物体的转动惯量。
　　（2）学会用累积放大法测量周期运动的周期。
　　（3）验证转动惯量的平行轴定理。

【实验原理】

　　如图 4-1 所示为三线摆实验装置的示意图。上、下圆盘均处于水平，悬挂在横梁上。3 个对称分布的等长悬线将两圆盘相连。上圆盘固定，下圆盘可绕中心轴 OO' 做扭摆运动。当下盘转动角度很小，且略去空气阻力时，扭摆的运动可近似看作简谐运动。根据能量守恒定律和刚体转动定律均可以导出物体绕中心轴 OO' 的转动惯量（推导过程见本实验附录）。

$$I_0 = \frac{m_0 \cdot g \cdot R \cdot r}{4\pi^2 H_0} \cdot T_0^2 \qquad (4-1)$$

式中：m_0 为下盘的质量；r、R 分别为上、下悬点离各自圆盘中心的距离；H_0 为平衡时上、下盘间的垂直距离；T_0 为下盘作简谐运动的周期；g 为重力加速度（在杭州地区 $g=9.793\text{m/s}^2$）。

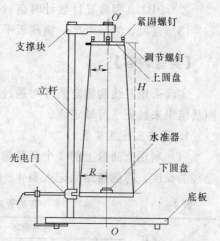

图 4-1　三线摆转动惯量实验仪

　　将质量为 m 的待测物体放在下盘上，并使待测刚体的转轴与 OO' 轴重合。测出此时摆运动周期 T_1，盘间的垂直距离 H，同理可求得待测刚体和下圆转轴 OO' 轴的总转动惯量为

$$I_1 = \frac{(m_0 + m) \cdot g \cdot R \cdot r}{4\pi^2 H} T_1^2 \qquad (4-2)$$

　　如不计因重量变化而引起悬线伸长，则有 $H \approx H_0$。那么，待测物体绕中心轴的转动惯量为

$$I = I_1 - I_0 = \frac{g \cdot R \cdot r}{4\pi^2 H} \cdot \left[(m + m_0) \cdot T_1^2 - m_0 \cdot T_0^2\right] \qquad (4-3)$$

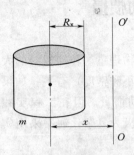

图 4-2　平行轴定理

因此，通过长度、质量和时间的测量，便可求出刚体绕某轴的转动惯量。

用三线摆法还可以验证平行轴定理。若质量为 m 的物体绕通过其质心轴的转动惯量为 I_c，当转轴平行移动距离 x 时，如图 4-2 所示，则此物体对新轴 OO' 的转动惯量为 $I_{\infty} = I_c + mx^2$。这一结论称为转动惯量的平行轴定理。

实验时将质量均为 m'、形状和质量分布完全相同的两个圆柱体对称地放置在下圆盘上（下圆盘有对称的两个小孔）。按同样的方法，测出两个小圆柱体和下圆盘绕中心轴 OO' 的转动周期 T_x，则可求出每个柱体对中心转轴 OO' 的转动惯量为

$$I_x = \frac{1}{2}\left[\frac{(m_0 + 2m') \cdot g \cdot R \cdot r}{4\pi^2 H} \cdot T_x^2 - I_0\right] \qquad (4-4)$$

如果测出小圆柱中心与下圆盘中心之间的距离 x 以及小圆柱体的半径 R_x，则由平行轴定理可求得

$$I'_x = m' \cdot x^2 + \frac{1}{2}m'R_x^2 \qquad (4-5)$$

比较 I_x 与 I'_x 的大小，即可验证平行轴定理。

【实验仪器】

（1）FB210 型三线摆转动惯量实验仪。

（2）FB213 型数显计数计时毫秒仪。

（3）直尺、游标卡尺、物理天平等。

【实验内容】

实验采用三线摆测定圆环对通过其质心且垂直于环面的轴的转动惯量，并用三线摆的测量结果来验证平行轴定理。

1. 调整三线摆装置

（1）利用上圆盘上的 3 个调节螺钉，使三悬线等长，并固定紧固螺钉，再用米尺测量悬线的长度，将测量结果记入表 4-1 中，如此 3 次。

表 4-1　　　　　　　　　　有关长度多次测量数据记录参考表

次数 \ 项目	待测圆环		小圆柱体直径 $2R_x$ (cm)	放置小圆柱体两小孔间距 $2x$ (cm)
	外直径 $2R_1$ (cm)	内直径 $2R_2$ (cm)		
1				
2				
3				
平均				

（2）观察下圆盘中心的水准器，并调节底板上 3 个调节螺钉，使下圆盘处于水平状态。

（3）调整底板左上方的光电传感接收装置，使下圆盘边上的挡光杆能自由往返通过光电门槽口。

2. 测量周期 T_0 和 T_1、T_x

（1）接通数显计数计时毫秒仪的电源，把光电接收装置与毫秒仪连接。合上毫秒仪电源开关，预置测量次数为 20 次（N 次）（可根据实验需要从 1～99 次任意设置）。

（2）设置计数次数时，可分别按"置数"键的十位或个位按钮进行调节（注意数字调节只能按进位操作），设置完成后自动保持设置值（直到再次改变设置为止）。

（3）下圆盘处于静止状态下，拨动上圆盘的"转动手柄"，将上圆盘转过一个小角度（5°左右），带动下圆盘绕中心轴 OO' 做微小扭摆运动。摆动若干次后，按毫秒仪上的"执行"键，毫秒仪开始计时，每计量一个周期，周期显示数值自动逐 1 递减，直到递减为 0 时，计时结束，毫秒仪显示出累计 20 个（N 个）周期的时间（说明：毫秒仪计时范围：0～99.999s 分辨率为 1s）。重复以上测量 5 次，将数据记录到表 4-2 中。如此测量 5 次，进行下一次测量时，测试仪要先按"返回"键。

表 4-2　　　　　　　　　　　　累积法测周期数据记录参考表

摆动 20 次所需时间（s）	下圆盘		下圆盘加圆环		下圆盘加两圆柱	
	1		1		1	
	2		2		2	
	3		3		3	
	4		4		4	
	5		5		5	
	平均		平均		平均	
周　期	$T_0=$ _____ s		$T_1=$ _____ s		$T_\lambda=$ _____ s	

（4）将圆环放在下圆盘上，使两者的中心轴线相重叠，按 3 的方法测定摆动周期 T_1。

（5）将两小圆柱体对称放置在下圆盘上，用上述同样方法测定摆动周期 T_x。

（6）测出上下圆盘三悬点之间的距离 a 和 b，然后算出悬点到中心的距离 r 和 R（等边三角形外接圆半径）。

（7）其他物理量的测量：用直尺测出上下两圆盘之间垂直距离 H_0 和放置两小圆柱体小孔间距 $2x$；用游标卡尺量出待测圆环的内、外径 $2R_1$、$2R_2$ 和小圆柱体的直径 $2R_x$。记录各刚体的质量。

【数据与结果】

（1）实验数据记录如下：

上圆盘悬孔间距 a _____ ；下圆盘悬孔间距 $b=$ _____ ；$r=\dfrac{\sqrt{3}}{3}a=$

_____ ；$R=\dfrac{\sqrt{3}}{3}b=$ _____ ；$H_0=$ _____ 。

下圆盘质量 m_0 _____；待测圆环质量 $m=$ _____；圆柱体质量 $m'=$ _____。

（2）计算待测圆环的转动惯量 I，并与理论计算值相比较，求相对误差并进行讨论。已知理想圆环绕中心轴转动惯量的计算公式为 $I_{理论} = \dfrac{m}{2} \cdot (R_1^2 + R_2^2)$。

（3）计算单个圆柱体绕转盘中心轴的转动惯量，并与理论计算值 $I_{理论} = mx^2 + \dfrac{1}{2}mR^2$ 相比较，验证平行轴定理。

【思考题】

（1）用三线摆测刚体转动惯量时，为什么必须保持下圆盘水平？

（2）在测量过程中，如下圆盘出现晃动，对周期测量有影响吗？如有影响，应如何避免？

（3）三线摆放上待测物后，其摆动周期是否一定比空盘的转动周期大？为什么？

（4）测量圆环的转动惯量时，若圆环的转轴与下圆盘转轴不重合，对实验结果有何影响？

（5）如何利用三线摆测定任意形状的物体绕某轴的转动惯量？

（6）三线摆在摆动中受空气阻尼，振幅越来越小，它的周期是否会变化？对测量结果影响大吗？为什么？

【附录】

转动惯量测量式的推导

当下圆盘扭转振动，其转角 θ 很小时，其扭动是一个简谐振动，其运动方程为

$$\theta = \theta_0 \sin \frac{2\pi}{T_0} t \tag{4-6}$$

当摆离开平衡位置最远时，其重心升高 h，根据机械能守恒定律有

$$\frac{1}{2} I \omega_0^2 = mgh \tag{4-7}$$

即

$$I = \frac{2mgh}{\omega_0^2} \tag{4-8}$$

而

$$\omega = \frac{\mathrm{d}\theta}{\mathrm{d}t} = \frac{2\pi\theta_0}{T_0} \cos \frac{2\pi \cdot t}{T_0} \tag{4-9}$$

当 $t = 0\text{s}$ 时，$\omega_0 = \dfrac{2\pi\theta_0}{T_0}$ \tag{4-10}

将式（4-10）代入式（4-8）得

$$I = \frac{mghT^2}{2\pi^2\theta_0^2} \tag{4-11}$$

从图 4-3 中的几何关系中可得

$$(H-h)^2 + R^2 + r^2 - 2R \cdot r \cdot \cos\theta_0 = l^2 = H^2 + (R-r)^2$$

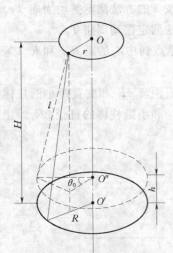

图 4-3　三线摆原理示意图

化简得

$$H \cdot h - \frac{h^2}{2} = R \cdot r \cdot (1 - \cos\theta_0)$$

略去 $\frac{h^2}{2}$，且取 $1 - \cos\theta_0 \approx \theta_0^2 / 2$，

则有

$$h = \frac{R \cdot r \cdot \theta_0^2}{2H}$$

代入式(4-11)得

$$I = \frac{mgRr}{4\pi^2 H} \cdot T^2$$

由此得到公式

$$I_0 = \frac{m_0 \cdot g \cdot R \cdot r}{4\pi^2 H_0} \cdot T_0^2$$

● 实验 5 电学元器件的伏安特性测量

电路中有各种电学元件，如线性电阻、半导体二极管和三极管，以及光敏、热敏和压敏元件等。知道这些元件的伏安特性，是正确使用它们的关键。利用滑线变阻器的分压接法，通过电流和电压表正确地测出它们的电压与电流的变化关系称为伏安测量法（简称伏安法）。伏安法是电学中常用的一种基本测量方法。

【实验目的】

（1）了解分压电路的调节特性。
（2）验证欧姆定律。
（3）掌握测量伏安特性的基本方法。
（4）学会直流电源、滑线变阻器、电压表、电流表、电阻箱等仪器的正确使用方法。

【实验原理】

1. 分压电路及其调节特性

（1）分压电路的接法。如图 5-1 所示，将变阻器 R 的两个固定端 A 和 B 接到直流电源 E 上，而将滑动端 C 和任一固定端（A 或 B，图中为 B）作为分压的两个输出端接至负载 R_L。图中 B 端电位最低，C 端电位较高，CB 间的分压大小 U 随滑动端 C 的位置改变而改变，U 值可用电压表来测量。滑线变阻器的这种接法通常称为分压器接法。分压器的安全位置一般是将 C 滑至 B 端，这时分压为零。

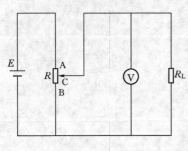

图 5-1 分压电路

（2）分压电路的调节特性。如果电压表的内阻大到可忽略它对电路的影响，那么根据欧姆定律很容易得出分压为

$$U = \frac{R_{BC}R_L}{RR_L + (R - R_{BC})R_{BC}}E \qquad (5-1)$$

从式（6-1）可见，因为电阻 R_{BC} 可以从零变到 R，所以分压 U 的调节范围为零到 E，分压曲线与负载电阻 R_L 的大小有关。理想情况下，即当 $R_L \gg R$ 时，$U = ER_{BC}/R$，分压 U 与阻值 R_{BC} 成正比，亦即随着滑动端 C 从 B 滑至 A，分压 U 从零到 E 线性地增大。

当 R_L 不是比 R 大很多时，分压电路输出电压就不再与滑动端的位移成正比了。实验研究和理论计算都表明，分压值与滑动端位置之间的关系如图 5-2 的曲线所示。R_L/R 越小，曲线越弯曲，这就是说当滑动端从 B 端开始

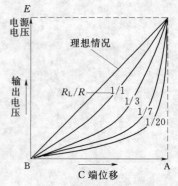

图 5-2 分压电路输出电压
与滑动端位置的关系

移动,在很大一段范围内分压增加很小,接近 A 端时分压急剧增大,这样调节起来不太方便。因此作为分压电路的变阻器通常要根据外接负载的大小来选用。必要时,还要同时考虑电压表内阻对分压的影响。

2. 电学元件的伏安特性

电阻元件通常分为两类,一类是线性电阻,另一类是非线性电阻。对于前者,加在电阻两端的电压 U 与通过它的电流 I 成正比(忽略电流热效应对阻值的影响)例如、碳膜电阻、金属膜电阻、线绕电阻等电学元件,在通常情况下是线性电阻;对于后者,电阻值则随加在它两端电压的变化而变化,如晶体管等。若用实验曲线来表示这种特性,前者的 U-I 特性曲线为一直线,此直线斜率的倒数就是其电阻值,如图 5-3 所示。而后者的 U-I 特性曲线是一条曲线,曲线上各点的电压与电流的比值并不是一个定值,它的电阻定义为

$$R = \frac{\mathrm{d}U}{\mathrm{d}I}$$

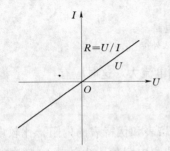 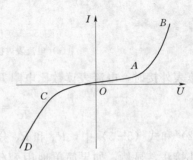

图 5-3 线性电阻伏安特性曲线　　图 5-4 二极管伏安特性曲线

也可由曲线斜率求得,但各点的斜率却不相同,如图 5-4 所示。

晶体二极管是典型的非线性元件,通常用特定的符号表示。图 5-4 所示是二极管的伏安特性曲线,从图中曲线可以看出,当二极管加正向电压时,管子呈低阻状态,在 OA 段,外加电压不足以克服 P-N 结内电场对多数载流子的扩散所造成的阻力,正向电流较小,二极管的电阻较大,在 AB 段,外加电压超过阈值电压(锗管约为 0.3V,硅管约为 0.7V)后,内场大大削弱,二极管的电阻变得很小(约 40Ω),电流迅速上升,二极管呈导通状态。相反,若二极管加反向电压,当电压较小时,反向电流很小,在曲线 OC 段,管子呈高阻状态(截止)。当电压继续增加到该二极管的击穿电压时,电流剧增(CD 段),二极管被击穿,此时电阻趋于零值。

由于二极管正、反向特性曲线的不同,在使用伏安法测二极管正、反向电阻时,必须考虑电表的接入误差。

在设计测量电学元件伏安特性的线路时,必须了解待测元件的规格,使加在它上面的电压和通过的电流均不超过额定值。此外,还必须了解测量时所需其他仪器的规格(如电源、电压表、电流表、滑线变阻器等的规格),也不得超过其量程或使用范围。根据这些条件所设计的线路,可能将测量误差减到最小。

3. 实验线路的比较与选择

在测量电阻 R 的伏安特性的线路中,常有两种接法,即图 5-5(a)中电流表内接法

和图 5-5（b）中电流表外接法。电压表和电流表都有一定的内阻（分别设为 R_V 和 R_A）。简化处理时直接用电压表读数 U 除以电流表读数 I 来得到被测电阻值 R，即 $R=U/I$，这样会引进一定的系统性误差。当电流表内接时，电压表读数比电阻端电压值大，即有

$$R = \frac{U}{I} - R_A \tag{5-2}$$

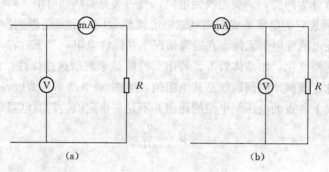

图 5-5　伏安法测量电路
(a) 电流表内接；(b) 电流表外接

当电流表外接时，电流表读数比电阻 R 中流过的电流大，这时应有

$$\frac{1}{R} = \frac{1}{U} - \frac{1}{R_V} \tag{5-3}$$

在式（5-2）和式（5-3）中，R_A 和 R_V 分别代表安培表和伏特表的内阻。比较电流表的内接法和外接法，显然，如果简单地用 U/I 值作为被测电阻值，电流表内接法的结果偏大，而电流表外接法的结果偏小，都有一定的系统性误差。因此，为了减少上述系统性误差，测量电阻的线路方案可以粗略地按下列办法来选择。

（1）当 $R \ll R_V$，且 R 较 R_A 大得不多时，宜选用电流表外接。

（2）当 $R \gg R_A$，且 R_V 和 R 相差不多时，宜选用电流表内接。

（3）当 $R \gg R_A$，且 $R \ll R_V$ 时，则必须先用电流表内接法和外接法测量，然后再比较电流表的读数变化大还是电压表的读数变化大。根据比较结果再选择电流表是内接还是外接。

如果要得到待测电阻的准确值，则必须测出电表内阻按式（5-2）和式（5-3）进行修正，本实验不进行这种修正。

【实验仪器】

直流电源；滑线变阻器（500Ω）；电压表；电流表；300Ω、1kΩ、6.9kΩ 的电阻各一个；68Ω 的保护电阻；二极管；单刀双掷开关及导线若干等。

【实验内容】

1. 分压电路的调节特性

根据电磁学实验接线规则（认真阅读附录二），按图 5-1 所示接线（按回路接线），依次以 300Ω、1kΩ、6.9kΩ 作为外接负载 R_L，根据变阻器和负载 R_L 的额定电流（或功

率），选择电源输出电压挡和电压表的量程。当 R_L/R 取不同比值时，定性观察输出电压随滑动端位移变化的情况。

2. 测一线性电阻的伏安特性，并作出伏安特性曲线，从图上求出电阻值

(1) 按图 5-6 所示接线，其中 R 为 1000Ω 的电阻。

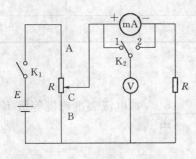

图 5-6 电阻的伏安特性线路图

(2) 依此选择电源的输出电压挡为 15V，电流表和电压表的量程分别为 15mA 和 15V，分压输出滑动端 C 置于 B 端（为什么？注意本实验中 B 端直接接于电源负极的公共端）。然后自己复核电路无误后，请教师检查。

(3) 选择测量线路。将 K_2 置于位置 1 并合上 K_1，调节分压输出滑动端 C 使电压表和电流表有一合适的指示值，记下这时的电压值 U_1 和电流值 I_1，然后将 K_2 置于位置 2，记下 U_2 和 I_2。将 U_1、I_1 与 U_2、I_2 进行比较，若电流表示值有显著变化（增大），R 便为高阻（相对电流表内阻而言），则采用电流表内接法。若电压表有显著变化（减小），R 即为低阻（相对电压表内阻而言），则采用电流表外接法。按照系统误差较小的连接方式接通电路（即确定电流表内接还是外接）。

(4) 选定测量线路后，取合适的电压变化值（如从 3.00V 变化到 10.00V，变化步长取为 1.00V），改变电压测量 8 个测量点，将对应的电压与电流值列表记录，以便作图。

3. 测定二极管正向伏安特性，并作出伏安特性曲线

(1) 连线前，先记录所用晶体管型号和主要参数（即最大正向电流和最大反向电压），并根据在二极管元件上的标志来判断其正、反向（正、负极）。

(2) 测量晶体二极管正向特性：

因为二极管正向电阻小，可用图 5-7 所示的电路，图中 R 为保护电阻，用以限流。接通电源前应调节电源 E 使其输出电压为 3V 左右，并将分压输出滑动端 C 置于 B 端（这与图 5-6 所示是一样的）。然后缓慢增加电压，如取 0.00V、0.10V、0.20V、…（到电流变化大的地方，如硅管为 0.6～0.8V 可适当减小测量间隔），读出相应电流值，将数据记入相应表格。最后关断电源（此实验硅管电压范围在 1V 以内，电流应小于最大正向电流，可据此选用电表量程。表格上方应注明各电表量程及相应误差）。

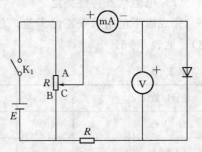

图 5-7 测晶体二极管正向特性电路图

【数据与结果】

1. 定性观察分压电路的调节特点

调节电路并记录数据，填入表 5-1 中。

表 5 - 1   数 据 记 录 表

C 点位置	0.0	20.0	40.0	60.0	80.0	100.0
U_{BC} （R_1）						
U_{BC} （R_2）						
U_{BC} （R_3）						

2. 线性电阻伏安特性的测定

（1）测量线路的选择及误差分析。

电压表准确度等级 $K =$ _____ ，量程 $U_m =$ _____ V，电流表准确度等级 K = _____ ，量程 $I_m =$ _____ A，将数据记入表 5 - 2 中。

表 5 - 2   数 据 记 录 表

K_2 合 1 电流表内接	U_1	I_1	$R_1 = \dfrac{U_1}{I_1}$	Δ_{R1}	$R_1 \pm \Delta_{R1}$
K_2 合 2 电流表外接	U_2	I_2	$R_2 = \dfrac{U_2}{I_2}$	Δ_{R2}	$R_2 \pm \Delta_{R2}$

表（5 - 2）中 Δ_R 的计算公式如下：

$$\frac{\Delta_R}{R} = \sqrt{\left(\frac{\Delta_U}{U}\right)^2 + \left(\frac{\Delta_I}{I}\right)^2}$$

式中：$\Delta_U = K\% \cdot U_m$，U 为测得值；$\Delta_I = K\% \cdot U_m$，I 为测得值。

由此可见，使电表读数尽可能接近满量程时，测量电阻的准确度高。

将 U_1、I_1 与 U_2、I_2 进行直接比较，可以确定电流表内接还是外接。

（2）电阻伏安特性测定。

完成以下电阻伏安特性实验，首先确认以下实验的线路图采用 _____ 方法（填空），见表 5 - 3。

表 5 - 3   数 据 记 录 表

测量序数	1	2	3	4	5	6	7	8
U（V）	3.00	4.00	5.00	6.00	7.00	8.00	9.00	10.00
I（mA）								

数据处理要求：

1）按表 5 - 3 所示数据进行等精度作图（复习等精度作图规则）。

以自变量 U 为横坐标，因变量 I 为纵坐标，且据等精度原则选取作图比例尺。例如，电压表准确度 $K = 0.5$，$U_m = 15$V，则 $\Delta_U = 15 \times 0.5\% = 0.075$（V）$\approx 0.08$V，即测量的电压值中 0.1V 为可信值，而 0.01V 这一位为可疑数，故作图时横轴的比例尺应为 1mm $= 0.1$V。同理，可定出纵轴 1mm 代表多少 mA。

2）从 U-I 图上求电阻（R）值。

在 U-I 图上选取两点 A 和 B（不要与测量点数据相同，且尽可能相距远些），有式（5-4），即

$$R = \frac{U_B - U_A}{I_B - I_A} \qquad (5-4)$$

求出 R 值。

3. 二极管正、反向伏安特性曲线测定

电压表准确度等级 $K =$ _____ ，量程 $U_m =$ _____ V，电流表准确度等级 $K =$ _____ ，量程 $I_m =$ _____ A，将测量结果填入表 5-4 中。

表 5-4　　　　　　　　　　测　量　结　果

测量序数	1	2	3	4	5	6	7	8
U（V）								
I（mA）								

数据处理要求：

按表 5-4 所示数据进行等精度作图，画出二极管正向伏安特性曲线。

【思考题】

（1）电流表或电压表面板上的符号各代表什么意义？电表的准确度等级是怎样定义的？怎样确定电表读数的示值误差和读数的有效数字？（参阅附录一）

（2）实验接线的基本原则是什么？电学实验基本的操作规程是什么？

（3）滑线变阻器在电路中主要有几种基本接法？它们的功能分别是什么？在图 5-8 和图 5-6 所示的线路中滑线变阻器各起什么作用？在图 5-8 中，当滑动端 C 移至 A 或 B 时，电压表读数的变化与图 5-6 中移动 C 点时的变化是否相同？

（4）1.5 级 0～3V 的电压表表面共有 60 分格，如以 V 为单位，它的读数应读到小数点后第几位？2.5 级 0～10mA 的毫安表表面共有 50 分格，如以 mA 为单位，它的读数又应读到小数点后第几位？

（5）用量程为 1.5/3.0/7.5/15V 的电压表和 50/500/1000mA 的电流表测量额定电压为 6.3V，额定电流为 300mA 的小电珠的伏安特性，电压表和电流表应选哪一量程？若欲测另一额定电压为 12V 的小电珠，额定电流不知道，这时电压表和电流表的量程如何选取？

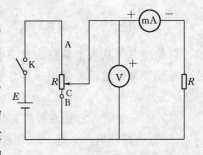

图 5-8　变阻器的限流接法

（6）在电表的表盘上常标有下列各种符号，试说明它们表示的意义是什么？

0.5；—　∩　；　Ⅱ；∏

（7）如何用万用表判断二极管正负极性？

（8）检流计在测量电路中的作用是什么？它的表面和指针有什么特点？

（9）为了保护检流计不致过载，在使用时应怎样做？为了保证检流计有足够的灵敏

度，上述措施还应具有什么功能？

【附录一】

电 磁 学 实 验 基 本 仪 器

电磁学实验是物理实验的重要组成部分，电磁测量方法和测量技术在现代生产、科研和教学领域应用非常广泛。除了直接对电磁量进行测量外，还可以通过各种能量转换器件把一些非电量转换成电学量进行测量，如温度、压力测量等。在物理实验中，熟练掌握电磁学基本仪器的性能指标、基本原理和使用方法，对深入理解电磁学实验原理和方法，掌握实验操作技术是非常重要的。

1. 电源

（1）交流电源。**交流电源就是电压（或电流）随时间作周期性变化的电源。**市用单相交流电源电压为 220V，频率为 50Hz，分为零线和相线（火线），主要用于室内、外照明和小型用电器；另一种是三相交流电源，电压为 380V，频率为 50Hz，由 3 条相线组成，主要为机器提供动力用电。

实验室通常采用单相交流调压器获得 0～250V 连续可调的交流电，以供某些仪器的使用。单相交流调压器如图 5-9 所示。

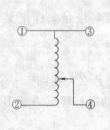
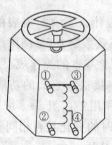

图 5-9　单相交流调压器

使用单相交流调压器时需注意接线前应断开电源开关，严格按"输入"、"输出"接线，待线路接好并检查无误后再接通电源。使用前应将输出调为 0V，从 0V 开始逐渐增大电压值。使用过程中切勿触及调压器输入、输出接线端子，使用完毕后应先切断电源开关再拆去线路，严禁带电操作，以免造成触电，危及生命安全。

音频信号发生器也是常用的交流信号电源，它的频率可从数十赫兹到数兆赫兹范围内连续可调，这种电源能提供的电流不大，主要是作标准频率使用。使用时要注意它的输出功率，切不可超过它的额定值，否则会损坏电源。

（2）直流电源。它分为两类：化学电源和直流稳压电源。

1）直流稳压电源：经交流电整流的直流电源，这就是实验室常用的各种晶体管稳压电源、低压电源、多用电源。它们的优点是使用方便，便于搬运，寿命也远比化学电源长。

2）化学电源：化学电源是将化学能转变成电能的电源；分原电池及蓄电池两种。干电池、标准电池就属于原电池。

干电池的电动势为 1.5V，内阻为 $0.01～0.5\Omega$，随着使用时间的增加，它的内阻将会增大到 1Ω 以上，电压降到 1.3V 以下就不能再使用了。

标准电池是一种电动势极为稳定的原电池，它只能作为电压的标准，而不能作为电能的供应者，使用时要特别小心。

蓄电池在充电时将电能转变为化学能，放电时又将化学能转变为电能。使用时，当电动势低于一定数值后，可以再行充电，电动势会恢复正常。蓄电池有酸蓄电池和碱蓄电池之分。酸蓄电池（又称铅蓄电池）电动势是 2.1V，内阻为 $0.02\sim0.10\Omega$。碱蓄电池（又称铁镍蓄电池）电动势为 1.45V，内阻为 0.1Ω 以下。当酸蓄电池电动势降到 1.8V、碱蓄电池降到 1.2V 时，必须重新充电，否则会"累死"。

（3）使用电源注意事项。

1）使用电源时，首先要分清是直流电源还是交流电源，要考虑电源的输出电压、额定功率。如果实际输出功率超过额定功率，就会损坏电源。

2）在接入直流电源前，一定要分清正负极性。

3）任何电源都绝对不允许短路。

4）电学实验中在合上电源以前，一定要反复审查线路，确实判明接线无误后，经教师复查方可合上电源。操作过程发生故障，必须立即断开电源，查出原因。

5）实验完毕，应先断电源，后拆线路。

6）市用交流电源，电压较高，要注意人身安全，各种仪器在接入市用交流电源前，要弄清仪器规定的输入电压是否符合要求。

7）蓄电池内装有酸或碱性溶液，在使用和搬动时，切忌电液流出伤害人体和仪器。

2. 电表

电表是测量电学参量的主要仪器之一，电表按工作原理可以分为磁电式、电磁式、电动式、感应式、整流式、静电式、热电式等。按待测量名称可分为电流表、电压表、功率表、欧姆表等。下面仅介绍磁电式仪表。

（1）磁电式电表的原理。磁电式电表是根据通电线圈在磁场中受力矩作用而发生转动的原理制作的，将待测电流的大小转换成线圈的机械转角而加以测定。任何一个磁电式电表总是由驱动装置、平衡装置、阻尼装置等基本部分组成，图 5-10 所示是磁电式电表结构示意图。

蹄形永久磁铁的前端安有两弧形极掌，可动线圈和软铁芯置于弧形极掌中，利用极掌和软铁芯使空隙间的磁场形成均匀辐射状。可动线圈的转轴前后装有两盘游丝，用以平衡线圈的转矩，可动线圈（即动圈）的转轴上安有指针，以指示线圈转角。为了调节动圈的零点，还设有调零机构。

磁电式电流计的工作原理如下：通电线圈在极掌与铁芯间的磁场中受到磁力矩的作用发生偏转，由于磁场强度、线圈面积和匝数一定，偏转角度与通电线圈的电流强度成正比，偏转至磁力矩与游丝弹性恢复力矩平衡时，指针停留在某一确定位置，由刻度盘的刻度读出相应数值。

磁电式电流计所能允许通过的电流较小，它可直接用于检验电路中有无电流流过，这种用法的电流计称为

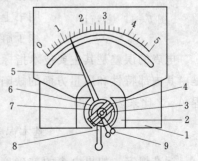

图 5-10　磁电式电流计

1—永久磁铁；2—极掌；3—圆柱形铁芯；
4—线圈；5—指针；6—游丝；7—转轴；
8—调零螺杆；9—平衡

灵敏电流计。对于较小的电流，也可以直接进行测量；对于大电流、电压的测量，必须采用分流、分压方法将其组装成不同的电流表、电压表，其基本测量原理相同。

（2）检流计。专门用来检验电路中有无微小电流通过的磁电式电表称为检流计。它的特点是零点位于刻度盘的中央，未通电流时指针正对零点。当有微小电流通过时，随电流方向不同，指针可以向左或向右偏转。检流计平常处于断开状态，仅当按下"电计"按钮时才接入电路中。由于它具有比较高的灵敏度，故常用来检验电路的某一部分是否有微弱电流存在，如作电桥、电位差计的指零仪器。

检流计的主要规格如下。

1）检流计常数：即指针每偏转一分格时，流过线圈的电流强度。通常用［A/格］作单位。检流计常数越小，表示检流计越灵敏。

2）内阻：即电流计内部直流电阻，以 R_g 表示。

注意事项：

在使用检流计时，由于无电流通过时指针在中央，故使用时可以不考虑电流方向（＋、－号）。检流计十分灵敏，必须防止通过较大电流，否则将会损坏。

实验室常用的 AC5 型指针式检流计具体使用方法如下：

先将表针"锁扣"1 拨向白点，使表针可以偏转；并调节"零位调节"旋钮 2（当锁扣拨向红点时，不能调节），使表针停在零线上，3 是输入端，如图 5-11 所示。

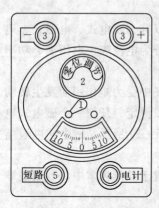

"电计"按钮 4 是接通检流计的开关，按下则接通，弹起则不通。若需长时间接通检流计，按下"电计"钮后再转一下，此时"电计"钮不再弹起。"短路"按钮 5 是一个阻尼开关，使用时可待表针摆到零位附近即按下此按钮，然后松开，这样可以使表针迅速停止摆动。

（3）直流电表。实验室常用的直流电表（电压表和电流表）是表头经过串并联电阻改装并校准过的基本电路测量仪器（详见电表的改装实验）。

直流电表的主要规格是指量程、准确度等级和内阻。量程指电表可测的最大电流或电压值。电表内阻一般在仪表说明书上已给出，或由实验室测出。设计线路和使用电表时必须了解电表的规格。

图 5-11　检流计

电表的误差是其主要技术指标，可分为基本误差和附加误差两部分。电表的基本误差是由其内部特性和质量方面的缺陷等引起的。电表的基本误差 γ 用它的绝对误差 Δ_A 和量程 A_m 之比来表示，即

$$基本误差\ \gamma = \frac{绝对误差\ \Delta_A}{量程\ A_m} \times 100\%$$

标准规定，如果电表的准确度等级指数为 K，在一定条件下，基本误差极限不大于 $\pm K\%$。电表的附加误差在普通物理实验中考虑起来比较困难。

本实验室约定：在教学实验中，一般只考虑基本误差的影响，可按式（5-5）简化误差的计算，即

$$| \Delta_A | \leqslant A_m \times K\% = \Delta_A \qquad\qquad (5-5)$$

国家标准规定，电表一般分为 7 个准确度等级，即 0.1、0.2、0.5、1.0、1.5、2.5、5.0。电表出厂时一般已将级别标在表盘上。

鉴定电表是否合格，主要就是判断电表是否已达到它所标明的准确度等级。首先是在电表的全部标有数字的分度线上，按一定程序在一定条件下测量，看电表示值和实际值的最大误差是否满足式（5-5）。

读取电表示值时，可能产生一定的读数误差。要尽量减小读数误差这一附加误差，就要准确读数。眼睛要正对指针。1.0 级以上的电表都配有镜面，读数时要使眼睛、指针及指针的像三者成一直线，以尽量减少由于读数而引起的附加误差。要使估计位的读数误差不大于（1/3～1/5）Δ_A。一般读到仪表最小分度的 1/4～1/10，这样就可以使读数的有效位数符合电表准确度等级的要求。

待测量 A 一定时，为了减小 Δ_A/A 的值，使用电表时应让指针偏转尽量接近于满量程。此外，使用直流电表时还要注意电表的极性，正端应接在高电位处，负端应接在低电位处；在线路中电流表应串联，电压表则应并联。若接错，将会损坏仪表。

电表表盘上常用一些符号表明电表的技术性能和规格，例如：

∩	磁电式	—	直流	☆	绝缘试验电压 500V
☐	水平放置	∿	交直流两用	Ⅰ	Ⅱ级防外磁场
⊥	竖直放置	0.5	准确度等级	Ω/V	内阻表示法

数字式仪表的量程、准确度、输入电阻等都在仪器说明书或有关实验说明中写出。使用前应先阅读这些材料。

（4）三路直流电源面板和使用方法（如图 5-12 所示）。面板控制功能说明：

1）电压表：指示输出电压。

2）电流表：指示输出电流。

3）电压调节：调整恒压输出值。

4）电流调节：调整恒流输出值。

5）跟踪/独立工作：串联跟踪/非跟踪工作按键。

6）接地端：机壳接地接线柱。

使用方法：

1）左边的旋钮和上方的按键为左路仪表指示功能选择。按下时，指示该路输出电流，否则指示该路的输出电压。右边的旋钮和下方按键相同。

2）中间按键是跟踪/独立选择开关，按下此键后，再在左路输出负端至右路输出正端之间加一短路线，开启电源开关后，整机即工作在主-从跟踪状态。

3）输出电压的调节在输出端开路时调节，输出电流的调节则在输出端短路时进行。

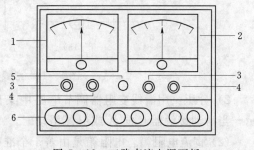

图 5-12　三路直流电源面板

1—电压表；2—电流表；3—电压调节；4—电流调节；
5—跟踪/独立工作；6—接地接

3. 电阻器

在实验中，常使用电阻器来调节电路中的
电压和电流，或组成特定电路，实验室常用的电阻器是滑线变阻器和直流电阻箱。

（1）滑线变阻器。滑线变阻器的外形和结构如图 5-13（a）所示。把电阻丝（如镍铬丝）绕在瓷筒上，然后将电阻丝两端和接线柱 A、B 相连，因此 A、B 之间的电阻即为总电阻。在瓷筒上方的滑动触头 C 可在粗铜棒上移动，它的下端在移动时始终和瓷筒上的电阻丝接触。铜棒的一端（或两端）装有接线柱 C″和 C‴，它们与 C 等电位，可代替接头 C 以利于连线。改变滑动接头 C 的位置，就可以改变 AC 之间和 BC 之间的电阻。滑线变阻器在电路中的代表符号如图 5-13（b）所示。

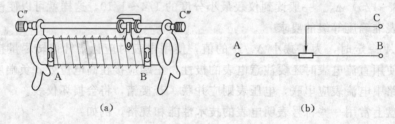

图 5-13　滑线变阻器

不同规格的滑线变阻器，其总电阻（AB 间的电阻）不同，额定电流（即允许通过的最大电流）也不同，使用时应注意。此外使用变阻器时，还应考虑其阻值与负载电阻的配比问题。

滑线变阻器在电路中有两种用法，其接线方法不同。

1）限流：用滑线变阻器调节电路中的电流的接法如图 5-14（a）所示，当滑动接触器 C 沿金属棒向 A 或 B 端滑动时，AC 间电阻变化，达到调节电路中电流大小的目的。

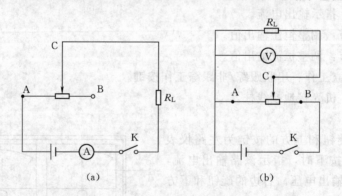

图 5-14　滑线变阻器的连接方法

2）分压：用滑线变阻器调节电路中某部分电路的电压时的接法如图 5-14（b）所示，当滑动接触器 C 向 A 或 B 端滑动时，AC 间的电压相应发生变化。

（2）直流电阻箱。电阻箱是由若干个准确的固定电阻元件，按照一定的组合方式接在特殊的变换开关装置上构成的。利用电阻箱可以在电路中准确调节电阻值。准确度级别高的电阻箱还可作任意值的电阻标准量具。图 5-15 所示是一种电阻箱的内部电路和面板示意图。在箱面上有 6 个旋钮和 4 个接线柱，每个旋钮的边缘上都标有 0、1、2、3、…、9 等数字，靠旋钮边缘的面板上刻有标志，并有 ×0.1，×1，…，×10000 等字样，称为倍率。当某个旋钮上的数字对准倍率处所示的△时，用倍率乘上旋钮上的数字，即为所对应的电阻。如图 6-15 所示电阻箱面板上每个旋钮所对应的电阻分别为 3×0.1、4×1、5× 10、6×100、7×1000、8×10000，总电阻为 3×0.1+4×1+5×10+6×100+7×1000+8×10000＝87654.3Ω。4 个接线柱上标有 0、0.9、9.9Ω、99999.9Ω 等字样，表示 0 与 0.9Ω 两接线柱的阻值调整范围为 0～9×0.1Ω；0 与 9.9Ω 两接线柱的阻值调整范围为 0～9×（0.1+1）Ω；0 与 9999.9Ω 两接线柱的阻值调整范围为 0～9×（0.1+1+10+100+1000+10000）Ω。在使用时，如只需要 0.1～0.9Ω 或 9.9Ω 的阻值变化，则将导线接到"0"和"0.9"Ω 或"9.9"Ω 接线柱上。这种接法可以避免电阻箱其余部分的接触电阻和导线电阻对低阻值带来不可忽略的误差。电阻箱各挡允许通过的电流是不同的。如 ZX21 型电阻箱各挡允许通过的电流如表 5-5 所示。

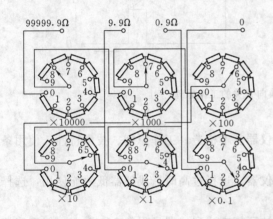 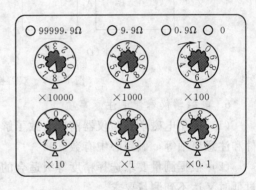

图 5-15　直流电阻箱

表 5-5　　　　　　　　　ZX21 型电阻箱各挡允许通过的电流

旋钮倍数	×0.1	×1	×10	×100	×1000	×10000	负载情况
最大允许电流（A）	1.6	0.5	0.16	0.05	0.016	0.005	短时间使用
额定电流（A）	1.2	0.4	0.12	0.04	0.012	0.004	长时间使用

电阻箱的仪器误差：对不同型号的电阻箱，按误差大小，其准确度等级 a 可分为 0.02、0.05、0.1、0.5 这 4 个级别。

a 代表电表相对百分误差。例如，在电阻箱上读数 $R=6442.0\Omega$，若此电阻箱 $a=0.1$ 级，则其仪器误差（示值误差）为

$$\Delta_R = R \cdot a\% = 6442.0 \times 0.1\% = 7(\Omega)$$

4. 开关

开关在电路中的功能是来接通和切断电源，或者变换电路。实验中常用的开关有单刀单向、单刀双向、双刀双向和双刀换向等，它们的符号如图 5-16 所示。

双刀换向开关的作用可用图 5-17 所示来说明。开关的双刀拨向 B、B'时［图 5-17（a）］，

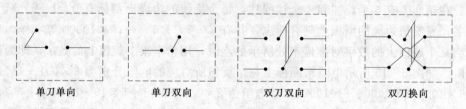

单刀单向　　　　单刀双向　　　　双刀双向　　　　双刀换向

图 5-16　4 种符号

A 与 B 以及 A′与 B′接通，电流沿 ABC′RCB′流动；当双刀拨向 C、C′时 ［图 5-17（b）］，电流沿 ACRC′A′流动。换向即为此意。

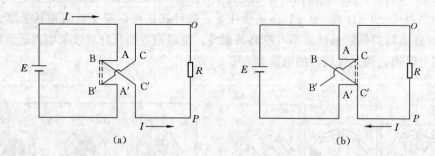

图 5-17　双刀换向开关的工作原理

5. 电磁学仪器使用注意事项

（1）使用电磁学实验仪器前应大致了解仪器基本构造、工作原理、技术特性、使用条件和注意事项等，做到心中有数。

（2）根据测量要求选择精度等级适合的仪器。选择过高时造成仪器低效能使用，选择过低时又达不到测量要求。

（3）合理使用仪器量程。一般情况下，被测值应达到仪器量程的 2/3 以上，但不能超量程使用。

（4）接线时应断开电源开关、仪器开关和电路内部开关，经检查确认无误后闭合电源开关。

（5）接通电源后要作瞬态试验，根据仪器仪表指示判断有无异常情况，若有异常应立即断电进行检查。

（6）使用完毕应依次切断电路内部开关、仪器开关及电源开关，然后再拆去连线，严防电源、仪器出现短路。

【附录二】

电磁学实验接线规则

电磁测量是现代生产和科研中应用很广的一种实验方法和技术。除了测量电磁量外，许多非电量也可变为电学量来进行测量。这里将介绍常用的电磁学测量仪器的布置、连接和安全操作规则。

要获得正确的测量结果，实验仪器的布置和线路的正确连接是非常重要的。仪器布置不当，容易造成接线混乱，不便于检查线路，也不便于操作，甚至会造成事故。因此需要学习仪器布置、接线和安全操作的技能。

接线时，首先必须了解线路图中每个符号代表的意思，弄清楚各个仪器的作用，然后按照"走线合理、操作方便，易于观察、实验安全"的原则布置仪器。因此仪器不一定按照电路中的位置排列，一般经常要调整或者将要读数的仪器放在近处，当使用几种电源时，高压电源要远离人身。

其次，要注意从电源正极开始按回路接线。当线路复杂时，可将电路分成几个回路，而后对逐个回路一一连接。接线时应充分利用电路中的等电位点，避免在一个接线柱上集中过多的导线接线片（最好不超过 3 个）。

第三，在实验中还必须遵守"先接线路，后接电源；先断电源，后拆线路"的操作原则。按电路图接好线路后，先自行仔细检查，再请教师复查，经教师认可后，才能接通电源。接电源时，必须全面观察线路上的所有仪器，如发现有不正常现象（如指针超出电表的量限、指针反转、焦臭等），应立即切断电源，重新检查，分析原因。若电路正常，可用较小的电压或电流先观察实验现象，然后才开始测读数据。为便于记忆，这一操作规程可概括为："手合电源，眼观全局，先看现象，再读数据"。

测得实验数据后，应当用理论知识来判断数据是否合理，有无遗漏，是否达到了预期目的。在确认无疑又经教师复核后，方可拆除线路，并整理好仪器用具。

● 实验 6　电学组合实验

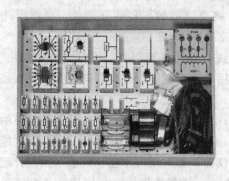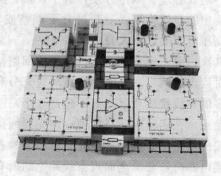

实验 6-1　电路元件伏安特性的测绘

【实验目的】

（1）学习测量线性和非线性电阻元件伏安特性的方法，并绘制其特性曲线。

（2）掌握运用伏安法判定电阻元件类型的方法。

【实验仪器】

名称	数量	型号规格
直流稳压电源	1 台	0～15V 可调
万用表	2 台	
电阻	1 只	100Ω×1
白炽灯泡	1 只	12V/0.1A
灯座	1 只	
短接桥和连接导线	若干	P8-1 和 50148
实验用 9 孔插件板	1 块	297mm×300mm

实验 6-2　基本电路的测量

【实验目的】

（1）通过实验，进一步理解电路中的电位和电压的概念。

（2）学会测量电路中的电位和电压，并确定其正、负号。

（3）深入理解电路中等电位点的概念。

【实验仪器】

名称	数量	型号规格
直流稳压电源	1 台	0～15V 可调

直流电压表（或万用表）	1台	
直流电流表	1只	
开关	1只	
干电池	2节	
电池盒	2只	
电阻	2只	51Ω×1，200Ω×1
可变电阻器	1只	220Ω/3W×1
短接桥和连接导线	若干	P8-1和50148
实验用9孔插件板	1块	297mm×300mm

实验 6-3　基 本 仪 器 的 使 用

【实验目的】

（1）了解示波器的技术指标、工作原理。

（2）熟悉示波器面板上的各旋钮作用及正确使用方法。

（3）用示波器测量脉冲信号的脉宽、周期，测量正弦信号的幅值、频率和两个同频率正弦信号的相位关系。

（4）学习使用低频信号发生器、交流毫伏表。

【实验仪器】

名称	数量	型号规格
双踪示波器	1台	（自备）
低频信号发生器	1台	
交流毫伏表	1只	
二极管	1只	1N4007×1
电阻	1只	1kΩ×1
短接桥和连接导线	若干	P8-1和50148
实验用9孔插件方板	1块	297mm×300mm

实验 6-4　整 流 滤 波 电 路

【实验目的】

（1）熟悉单相整流、滤波电路的连接方法。

（2）学习单相整流、滤波电路的测试方法。

（3）加深理解整流、滤波电路的作用和特性。

【实验仪器】

名称	数量	型号规格
AC电源	1台	

示波器	1 台	
万用表	1 只	
二极管	4 只	1N4007×4
电阻	1 只	1kΩ×1
电位器	1 只	10kΩ×1
电容	2 只	10μF×1，470μF×1
短接桥和连接导线	若干	P8－1 和 50148
实验用 9 孔插件板	1 块	297mm×300mm

实验 6－5 稳 压 电 路

【实验目的】

（1）掌握稳压电路工作原理及各元件在电路中的作用。

（2）学习直流稳压电源的安装、调整和测试方法。

（3）熟悉和掌握线性集成稳压电路的工作原理。

（4）学习线性集成稳压电路技术指标的测量方法。

【实验仪器】

名称	数量	型号规格
交流电源	1 台	0～6V～12V～18V
通用示波器	1 台	
交流毫伏表	1 只	
万用表	1 只	3 位半数字式
直流电流表	1 只	
稳压块	1 只	7805×1
二极管	4 只	1N4007×4
电容	3 只	0.1μF×1，1μF×1，470μF×1
电阻	3 只	100Ω/2W×1，200Ω/2W×1，1kΩ/2W×1
电位器	1 只	10kΩ
短接桥和连接导线	若干	P8－1 和 50148
实验用 9 孔插件板	1 块	297mm×300mm

实验 6－6 RC 一阶电路响应与研究

【实验目的】

（1）加深理解 RC 电路过渡过程的规律及电路参数对过渡过程的理解。

（2）学会测定 RC 电路的时间常数的方法。

（3）观测 RC 充、放电电路中电流和电容电压的波形图。

【实验仪器】

名称	数量	型号规格
直流稳压电源	1台	0～15V
万用表	1台	
信号发生器	1台	
示波器	1台	（自备）
电阻	3只	$51\Omega\times1$，$1k\Omega\times1$，$10k\Omega\times1$
电容	3只	$22\mu F\times1$，$10\mu F\times1$，$470\mu F\times1$
单刀单向开关	1只	
秒表	1只	
短接桥和连接导线	若干	
实验用9孔插件板	1块	297mm×300mm

实验 6-7　二阶电路的响应研究

【实验目的】

（1）研究 R、L、C 串联电路的电路参数与其暂态过程的关系。

（2）观察二阶电路过阻尼、临界阻尼和欠阻尼 3 种情况下的响应波形。利用响应波形，计算二阶电路暂态过程的有关参数。

（3）掌握观察动态电路状态轨迹的方法

【实验仪器】

名称	数量	型号规格
函数信号发生器	1台	
示波器	1台	（自备）
电阻	5只	$10\Omega\times1$，$1\Omega\times$，$200\Omega\times$，$1k\Omega\times1$，$2k\Omega\times1$
电容	1只	$22nF\times1$
电感	1只	$10mH\times1$
桥形跨接线和连接导线	若干	
实验用9孔插件板	一块	297mm×300mm

实验 6-8　元 件 参 数 的 测 量

【实验目的】

（1）学习测量 R、C 元件伏安特性的方法（图 6-1）。

（2）学习使用交流电压表、交流电流表。

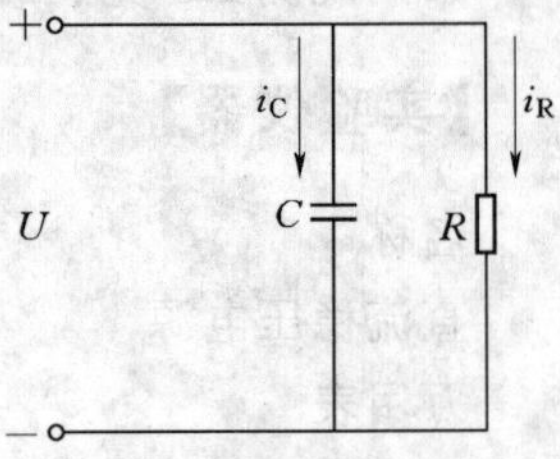

【实验仪器】

名称	数量	型号规格
AC 电源	1 台	
直流稳压电源	1 台	0~15V 可调
交流电流表	1 只	
交流电压表	1 只	
电阻	1 只	200Ω×1
电容	1 只	1μF×1
短接桥和连接导线	若干	P8-1 和 50148
实验用 9 孔插件板	1 块	297mm×300mm

图 6-1 R、C 电路

实验 6-9 电表的改装

【实验目的】

（1）掌握将表头（扩大量程）改装成电流表、电压表的原理和方法
（2）学会用替代法测定表头的内阻

【实验仪器】

名称	数量	型号规格
直流稳压电源	1 台	0~15V 可调
表头	1 只	100μA
电阻箱	1 只	
标准电压表	1 只	
标准电流表	1 只	
开关	1 只	
滑线变阻器	1 只	
电阻	1 只×1	10kΩ×1
可变电阻器	1 只	10kΩ×1
短接桥和连接导线	若干	P8-1 和 50148
实验用 9 孔插件板	1 块	297mm×300mm

实验 6-10 电桥法测定电阻

【实验目的】

（1）理解并掌握用电桥法测定电阻的原理和方法。
（2）掌握自搭电桥测定电阻的原理和方法。
（3）学习用交换法消除自搭电桥的系统误差。

【实验仪器】

名称	数量	型号规格
直流稳压电源	1 台	0～15V 可调
检流计	1 只	
万用表	1 只	
电阻箱	1 台	
电阻	3 只	200Ω×1，1kΩ×1，1MΩ×1
滑线变阻器	1 台	
开关	1 只	
短接桥和连接导线	若干	P8－1 和 50148
实验用 9 孔插件板	1 块	297mm×300mm

实验 6－11　电 路 混 沌 效 应

【实验目的】

学习并观察电路混沌效应。

【实验仪器】

名称	数量	型号规格
交流电源	1 台	0～6V～12V～18V 可选
整流二极管	4 只	1N4007×4
集成运放	1 块	LF353
集成块座	1 只	双运放插座
电容	4 只	22μF×1，0.1μF×1，470μF/35V×2
电位器	2 只	220Ω×1，1kΩ×1
电阻	6 只	100Ω×2，1kΩ×1，2kΩ×1，10kΩ×2
线圈	1 只	1000 匝
短接桥和连接导线	若干	P8－1 和 50148
实验用 9 孔插件方板	1 块	297mm×300mm

实验 6－12　反馈放大/阻容耦合放大电路

【实验目的】

(1) 加深理解反馈放大电路的工作原理及负反馈对放大电路性能的影响。

(2) 学习反馈放大电路性能的测量与测试方法。

【实验仪器】

名称	数量	型号规格
直流稳压电源	1 台	0～30V 可调

低频信号发生器	1 台	
示波器	1 台	（自备）
晶体管毫伏表	1 只	
万用表	1 只	
电阻	1 只	2kΩ
反馈放大电路模块	1 块	FB715/01
短接桥和连接导线	若干	
9 孔插件板		297mm×300mm

<h3 align="center">实验 6 - 13　两级交流放大电路</h3>

【实验目的】

（1）学习两级交流放大电路静态工作点的调整方法。

（2）学习两级交流放大电路电压放大倍数的测量方法。

（3）学习放大电路频率特性的测量方法。

【实验仪器】

名称	数量	型号规格
直流稳压电源	1 台	0～30V 可调
低频信号发生器	1 台	
示波器	1 台	（自备）
电阻	1 只	510Ω×1
电位器	1 只	1kΩ×1
两级交流放大电路模块	1 块	FB715/02
短接桥和连接导线	若干	
实验用 9 孔插件方板		297mm×300mm

<h3 align="center">实验 6 - 14　具有恒流源的差动放大电路</h3>

【实验目的】

（1）学习差动放大电路静态工作点的测试方法。

（2）学习差动放大电路动态指针（单端输入、单端输出或双端输出时差模放大倍数 A_{Vd}、共模放大倍数 A_{VC} 及共模抑制比 K_{CMR}）的测试方法。

（3）熟悉双电源的接法以及用示波器观察信号波形的相位关系。

【实验仪器】

名称	数量	型号
低频信号发生器	1 台	（选购件）

示波器	1台	（选购件）
DA-16型毫伏表（或数字万用表）		（选购件）
差动放大电路模块	1块	FB715/03

实验 6-15 OTL 互补对称功率放大电路

【实验目的】

(1) 测量 OTL 互补对称功率放大器的最大输出功率和效率。

(2) 了解自举电路原理及其对改善 OTL 互补对称功率放大器性能所起的作用。

【实验仪器】

名称	数量	型号规格
直流稳压电源	1台	0～30V 可调
低频信号发生器	1台	（选购件）
双踪示波器	1台	（自备）
万用表	1台	（选购件）
毫安表	1只	
OTL 功率放大模块	1块	FB715/04
短接桥和连接导线	若干	
实验用9孔插件板		297mm×300mm

实验 6-16 波 形 发 生 电 路

【实验目的】

通过方波发生器、矩形波发生器、三角波发生器和锯齿波发生器的实验，进一步掌握它们的主要特点和分析方法。

【实验仪器】

名称	数量	型号规格
DC 信号源	1块	−5～+5V
示波器	1台	（选购件）
万用表	1只	（选购件）
电阻	4只	2kΩ×2，100kΩ×2
电位器	2只	100kΩ×2
电容	2只	$0.022\mu F\times 1$，$0.1\mu F\times 1$
集成块芯片	1片	LM741×2 或 LM358×1
双向稳压二极管	1只	2.7V×1

二极管	2 只	1N4007×2
短接桥和连接导线	若干	
实验用 9 孔插件板		297mm×300mm

实验 6‑17　可 控 硅 调 光 电 路

【实验目的】

(1) 了解由晶闸管构成的调光电路的结构和工作原理。

(2) 观察各部分的电压波形，加深理解晶闸管可控整流电路的工作原理。

【实验仪器】

名称	数量	型号规格
交流电源	1 台	0～12V
通用示波器	1 台	（自备）
万用表	1 只	
直流电流表	1 只	
二极管	5 只	1N4007×5
稳压二极管	1 只	9.1V×1
电容	1 只	0.047μF×1
电阻	4 只	100Ω/2W×1，510Ω/2W×1，2kΩ/1W×1，300Ω/1W×1
电位器	1 只	100kΩ×1
可控硅	1 只	BT151
单结晶体管	1 只	BT33
灯座（配白炽灯泡）	1 只	12V/0.1A
短接桥和连接导线	若干	
实验用 9 孔插件板		297mm×300mm

实验 6‑18　积 分、微 分 电 路

【实验目的】

学习用运放、电容、电阻等构成积分电路、微分电路，进一步熟悉它们的特性和性能。

【实验仪器】

名称	数量	型号规格
DC 信号源	1 块	−5～+5V
信号发生器	1 台	

双踪示波器	1台	（自备）
电阻	6只	$2k\Omega \times 1$，$10k\Omega \times 4$，$1M\Omega \times 1$
电容	3只	$2200pF \times 1$，$0.1\mu F \times 2$
集成块芯片	1片	$LM741 \times 2$ 或 $LM358 \times 1$
双向稳压二极管	1只	$2.7V \times 1$
二极管	2只	$1N4007 \times 2$
短接桥和连接导线	若干	
实验用9孔插件方板		$297mm \times 300mm$

● 实验 7　用直流电桥测电阻

电桥是一种用电位比较法进行测量的仪器，被广泛用来精确测量许多电学量和非电学量，在自动控制测量中也是常用的仪器之一。按照用途，电桥可分为平衡电桥和不平衡电桥；按照使用的电源，电桥又可分为直流电桥和交流电桥。直流电桥是用来测量电阻或与电阻有关的物理量的仪器，待测电阻在 $1\sim 1000\text{k}\Omega$ 时，可用单臂（惠斯登）电桥；若测量 1Ω 以下的低电阻时，则必须使用双臂（凯尔文）电桥。交流电桥（万能电桥）主要用来测量电容、电感等物理量。

【实验目的】

（1）理解并掌握用电桥测量电阻的原理和方法。
（2）学习用交换法消除自搭电桥的系统误差。
（3）学会使用单臂及直流单双臂电桥测量电阻。

【实验原理】

1. 单臂电桥原理

惠斯登电桥（单臂电桥）是最常用的直流电桥，其电路原理如图 7-1 所示。

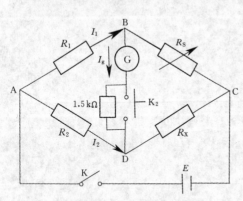

图 7-1　单臂电桥原理简图

图中 R_1、R_2 和 R_S 是已知阻值的标准电阻，它们和被测电阻 R_x 连成一个四边形，每一条边称为电桥的一个臂。对角 A 和 C 之间接电源 E；对角 B 和 D 之间接有电流计 G 和电键 K，电键上有 $1.5\text{k}\Omega$ 保护电阻，它像桥一样。若调节 R_S 使桥两端的 B 点和 D 点电位相等，电流计中电流为零，电桥达到平衡，这时可得

$$I_1 R_1 = I_2 R_2 \tag{7-1}$$

$$I_1 R_S = I_2 R_x \tag{7-2}$$

两式相除可得 $R_x = \dfrac{R_2}{R_1} R_S$ (7-3)

只要电流计足够灵敏，等式（7-3）就能成立，被测电阻 R_x 可以从 R_1、R_2、R_S 3 个已知的标准电阻求得。这一过程相当于把 R_x 和标准电阻相比较。在测量时，要先知道 R_x 的估计值，再把 R_S 调到预先估计值上，细调 R_S 使电桥平衡。

利用惠斯登电桥测电阻，从根本上消除了采用伏安法测电阻时由于电表内阻接入而带来的系统误差，因为准确度也就提高了。

在采用 QJ19 型直流单双臂电桥（市电型）测量 $10^2\sim 10^6\,\Omega$ 阻值时，用两端式电桥（单桥），线路原理如图 7-3 所示，四端式电桥如图 7-5 所示。

被测电阻用导线接在"未知（单）"接线柱上，"标准（双）"两接线柱用短路片连接，根据被测电阻 R_x 的估计值从表 7-1 中选择 R_1、R_2 的比值及电源电压。接通市电，指示灯亮，将灵敏度开关及工作电源开关转至合适位置，（单桥为 3V、6V、15V），此时内附检流计及内附工作电源已接通，调节"调零"旋钮，使检流计指零。在电桥测量盘打上与被测电阻估计值相对应的数字（为了保证测量精度，尽量用上"×100Ω"测量盘）按下"粗"及"电源（单）"按钮，调节测量盘使检流计指零，再按下"细"按钮，再次调节测量盘使检流计指零，电桥平衡。测量时，使用内附检流计，可先将检流计灵敏度选择为较低挡，待电桥逐步平衡后，再提高检流计的灵敏度，然后再调节测量盘，使电桥平衡，这样既提高测量的准确度，又避免检流计受剧烈的冲击。

未知电阻 R_x 按式（7-4）计算，即

$$R_X = \frac{R_1}{R_2} \cdot R（测量盘示值）\tag{7-4}$$

表 7-1　　　　　　　　　　　　　　R_1、R_2 的比值及电源电压

R_X（Ω）		桥臂电阻（Ω）		电源电压（V）
>	≤	R_1	R_2	
10^2	10^3	10^2	10^2	3
10^3	10^4	10^3	10^2	6
10^4	10^5	10^4	10^2	6
10^5	10^6	10^4	10	15

如电桥不用市电（即不使用内附检流计及工作电源时），应拔去市电电源插头，再将灵敏度开关和工作电源开关都转至"外接"挡，并在相应的接线柱上接上外接检流计及电源，测量方法同上。

被测电阻与接线柱的连接导线电阻应小于 $0.005Ω$。测量感性电阻（如电机、变压器）应先按下"电源（单）"按钮，再按下检流计按钮。

2. 单臂电桥测电阻的误差

平衡电桥法测电阻的误差，主要来自两个方面。

（1）电桥灵敏度（S_b）带来的误差。电桥是否已经平衡，依赖于判断检流计是否指零。因而检流计的灵敏度大小直接影响了判断性。换言之，判断检流计是否指零所产生的误差决定了电桥的灵敏度。

电桥平衡时，改变单位电阻检流计的偏转格数 α 称为电桥灵敏度。

$$S_b = \frac{\alpha}{R}\tag{7-5}$$

S_b 越大，表示电桥越灵敏，判断就越准确。适当提高工作电源电压和选用低电阻的检流计，将有利于提高电桥的灵敏度。通常假定仪表标尺的 $\frac{2}{10}$ 分度为难以分辨的界限，于是由电桥灵敏度带来的误差为 $\Delta R_b = 0.2\frac{1}{S_b}$。

（2）桥臂电阻带来的误差。由于 $R_X = \frac{R_2}{R_1}R_S$，可导出求算 R_X 的相对误差为

$$\frac{\Delta R_X}{R_X} = \frac{\Delta R_1}{R_1} + \frac{\Delta R_2}{R_2} + \frac{\Delta R_S}{R_S}\tag{7-6}$$

　　若保持 R_1 和 R_2 比值为 1，把 R_s 与 R_x 两个桥臂位置交换，再调节 R_s 使电桥平衡。分别测出交换前、后电桥平衡时比较臂 R_s 的示值 R_{S_1} 及 R_{S_2}，可得到

$$R_x = \sqrt{R_{S1} \cdot R_{S2}} \tag{7-7}$$

这样就消除了由 R_1 和 R_2 本身的误差而带来的系统误差。由式（7-7）求出 R_x 的相对误差为

$$\frac{\Delta R_x}{R_x} = \frac{1}{2} \left(\frac{\Delta R_{S1}}{R_{S1}} + \frac{\Delta R_{S2}}{R_{S2}} \right) \approx \frac{\Delta R_S}{R_S} \tag{7-8}$$

$$\Delta R_x = R_x \left(\frac{\Delta R_S}{R_S} \right) \tag{7-9}$$

$$R_S = \frac{1}{2} (R_{S1} + R_{S2}) \tag{7-10}$$

它只与电阻箱 R_S 的仪器误差有关。对 0.1 级的电阻箱，$\Delta R_S = \pm (0.1\% R_S + 0.002m)$，$m$ 为所使用的电阻箱的转盘数。

　　结论：

　　（1）总误差等于检流计不灵敏误差与桥臂误差之和，即

$$\Delta R = \Delta R_b + \Delta R_x = \frac{0.2}{S_b} + R_x \left(\frac{\Delta R_S}{R_S} \right) \tag{7-11}$$

　　（2）测量中将某些条件相互交换，使产生的系统误差方向相反，从而抵消测量中的部分系统误差，称为交换法，它是处理系统误差的基本方法之一。

【实验仪器】

　　电阻箱、AC5 型直流检流计、稳压电源、待测电阻、滑线变阻器、QJ19 型直流单双臂电桥。

【实验内容】

　　1. 自搭电桥测电阻

　　用电阻箱自搭电桥，按图 7-1 所示原理图接线。在开关 K 上并联一高值电阻 R（1.5kΩ），以保护检流计。

　　在测试前要考虑以下问题：

　　（1）接好线路，拟好实验步骤，经教师检查后方可通电做实验。需特别注意实验中勿超过电阻箱的额定电流。

　　（2）调节电桥，使它工作在最灵敏状态。

　　取 $R_1/R_2 = 1$，测量待测电阻 R_x，并以交换法消除装置不对称引起的系统误差。

　　2. 箱式电桥测电阻

　　应用 QJ19 型直流单双臂电桥测量待测电阻值，其测量原理如图 7-2 中线路图所示。图 7-3 和图 7-4 分别是两端式电桥线路和四端式电桥线路。

【数据与结果】

　　（1）自搭电桥，用交换法测出待测电阻值，求出其相对误差和绝对误差，并记为 $R = R_x \pm \Delta R_x$，要求测定电桥灵敏度，则 ΔR_x 应含 ΔR_b，所以最后结果表示为 $R = R_x \pm \Delta R$，

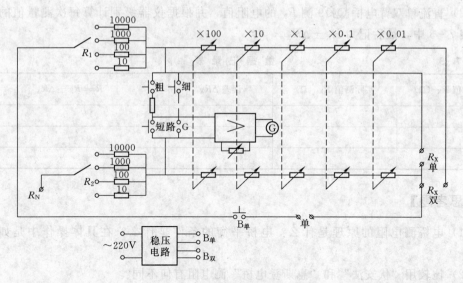

图 7-2 QJ19 型电路原理线路

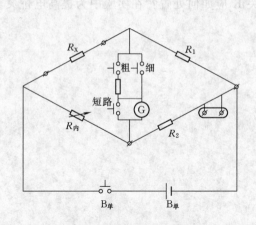

图 7-3 两端式电桥线路

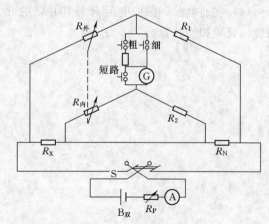

图 7-4 四端式电桥线路

其中 $\Delta R = \Delta R_X + \Delta R_b$，将结果填入表 7-2 中。

表 7-2 数 据 记 录 表

标称值 R_X （Ω）	R_{S1} （Ω）	R_{S2} （Ω）	$R_X \sqrt{R_{S1} \cdot R_{S2}}$ （Ω）	$S_b = \dfrac{\alpha}{R}$	$\Delta R_b = \dfrac{0.2}{S_b}$	$\Delta R_S = \pm (0.1\% R_S + 0.002m)$ m 为所用转盘的个数
标称值 R_X （Ω）	$R_S = \dfrac{1}{2}(R_{S1}+R_{S2})$ （Ω）	$\Delta R_X = R_X\left(\dfrac{\Delta R_S}{R_S}\right)$ （Ω）	总误差 $\Delta R = \Delta R_b + \Delta R_X$			$\overline{R} = R_X \pm \Delta R$

（2）直流单双臂电桥 QJ19 测 R_X 的电阻值，并根据仪器级别计算每次测量值的 ΔR_X 填入表 7-3 中，最后记为 $R_X \pm \Delta R_X$。

表 7-3　　　　　　　　　　　　　　数 据 记 录 表

标称值 R_X（Ω）	实际测值 R_X（Ω）	误差 ΔR_X	$R = R_X \pm \Delta R_X$

【思考题】

（1）电桥测电阻的原理是什么？电桥平衡的条件是什么？在具体操作中是如何实现的？

（2）比较用"伏安法"和"惠斯登电桥"测电阻有何不同？

（3）用惠斯登电桥测电阻时，防止大电流流过检流计有哪些措施？

（4）在通电前，保护电阻 R 与其并联的开关 K 应如何处置？在实验中为提高电桥灵敏度，又应如何处置？

● 实验 8　用稳恒电流场模拟静电场

在工程技术上，常常需要知道电极系统的电场分布情况，以便研究电子或带电质点在该电场中的运动规律。例如，为了研究电子束在示波管中的聚焦和偏转，就需要知道示波管中电极电场的分布情况。在电子管中，需要研究引入新的电极后对电子运动的影响，也要知道电场的分布。一般来说，为了求出电场的分布，可以用解析法和模拟实验法。但只有在少数几种简单情况下，电场分布才能用解析法求得。对于一般的或较复杂的电极系统，通常都用模拟实验法加以测定。模拟实验法的缺点是精度不高，但对于一般工程设计来说，已能满足要求。

【实验目的】

（1）掌握模拟实验的方法。
（2）对于给定的电极，能用模拟法求出其电场分布。

【实验原理】

电场强度 E 是一个矢量。因此，在电场的计算或测试中往往是先研究电位的分布情况，因为电位是标量。可以先测得等位面，再根据电力线与等位面处处正交的特点，作出电力线，整个电场的分布就可以用几何图形清楚地表示出来了。有了电位 U 值的分布，由

$$E = -\nabla U \tag{8-1}$$

便可求出 E 的大小和方向，整个电场就算确定了。

但实验上想利用磁电式电压表直接测定静电场的电位是不可能的，因为任何磁电式电表都需要有电流通过才能偏转，而静电场是无电流的。再则任何磁电式电表的内阻都远小于空气或真空的电阻，若在静电场中引入电表，势必使电场发生严重畸变；同时，电表或其他探测器置于电场中，要引起静电感应，使电场源电荷的分布发生变化。人们在实践中发现，有些测量在实际情况下难以进行时，可以通过一定的方法，模拟实际情况而进行测量，这种方法称为"模拟法"。

"模拟法"就是对易测模型的测试代替对不易测的原型的测试。常用的有以下 3 种。

（1）几何模拟法，即模型与原型几何形状相同或相似，放大或缩小某些已知量。

（2）物理模拟法，即模型与原型的物理规律相同或相似，如利用"流槽"预演河流的冲积作用就是物理模拟。

（3）数学模拟法，即模型与原型的物理规律的数学方程相同，边值条件又相同，其数学解必定完全一样。从数学上说，两者是完全一致的。

从电磁学理论知道，电解质中的稳恒电流场与介质（或真空）中的静电场之间就具有这种相似性。因为对于导电媒质中的稳恒电流场，电荷在导电媒质内的分布与时间无关，其电荷守恒定律的积分形式为

$$\begin{cases} \oint_L j \cdot \mathrm{d}L = 0 \\ \oiint_s j \cdot \mathrm{d}s = 0 \end{cases} \quad \text{（在电源以外区域）}$$

而对于电介质内的静电场，在无源区域内，下列方程式同时成立：

$$\begin{cases} \oint_L E \cdot \mathrm{d}L = 0 \\ \oiint_s E \cdot \mathrm{d}s = 0 \end{cases}$$

　　由此可见，电解质中稳恒电流场的 j 与电介质中的静电场的 E 遵从的物理规律具有相同的数学公式，在相同的边界条件下，二者的解亦具有相同的数学形式，所以这两种场具有相似性，实验时就用稳恒电流场来模拟静电场，用稳恒电流场中的电位分布模拟静电场的电位分布。实验中，将被模拟的电极系统放入填满均匀的电导远小于电极电导的电解液中或导电玻璃上，电极系统加上稳定电压，再用检流计或高内阻电压表测出电位相等的各点，描绘出等位面，再由若干等位面确定电场的分布。通常电场的分布是个三维问题，但在特殊情况下，适当地选择电力线分布的对称面便可以使三维问题简化为二维问题。实验中，通过分析电场分布的对称性，合理选择电极系统的剖面模型，置放在导电玻璃上，用电表测定该平面上的电位分布，据此推得空间电场的分布。

　　1. 同轴圆柱形电缆电场的模拟

　　图 8-1 所示是一圆柱形同轴电缆，内圆筒半径 r_1，外圆筒半径 r_2，所带电量电荷线密度为 $\pm\lambda$。

根据高斯定理，圆柱形同轴电缆电场的电位移矢量：

$$D = \frac{\lambda}{2\pi r}$$

电场强度为

$$E = \frac{\lambda}{2\pi\varepsilon r}$$

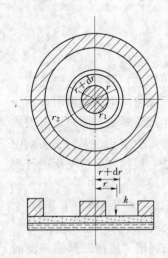

图 8-1　同轴电缆模型

式中 r 为场中任一点到轴的垂直距离。两极之间的电位差为

$$U_1 - U_2 = \int_{r_1}^{r_2} \frac{\lambda}{2\pi\varepsilon r} \mathrm{d}r = \frac{\lambda}{2\pi\varepsilon} \ln \frac{r_2}{r_1}$$

设：$U_2 = 0\text{V}$ 　　　$U_1 = \frac{\lambda}{2\pi\varepsilon} \ln \frac{r_2}{r_1}$ 　　　　(8-2)

任一半径 r 处的电位为

$$U = \int_r^{r_2} \frac{\lambda}{2\pi\varepsilon} \mathrm{d}r = \frac{\lambda}{2\pi\varepsilon} \ln \frac{r_2}{r} \quad\quad (8-3)$$

把式（8-2）代入式（8-3）消去 λ，得

$$U = \frac{U_1}{\ln \dfrac{r_2}{r_1}} \ln \frac{r_2}{r} \quad\quad (8-4)$$

　　现在要设计一稳恒电流场来模拟同轴电缆的圆柱形电场，使它们具有电位分布相同的数学形式，其要求如下：

（1）设计的电极与圆柱形带电导体相似，尺寸与实际场有一定比例，保证边界条件相同。

（2）导电介质用电阻率比电极大得多的材料（本实验用导电玻璃），且各向同性均匀分布，相似于电场中的各向同性均匀分布的电介质。

如图8-1所示，当两个电极间加电压时，中间形成一稳恒电流场。设径向电流为 I，则电流密度为 $j = \dfrac{I}{2\pi r}$，这里媒质（导电玻璃）的厚度取单位长度。

根据欧姆定律的微分形式：

$$j = \sigma E$$

所以

$$E = \frac{1}{2\pi \sigma r}$$

显然，场的形式与静电场相同，都是与 r 成反比。因此两极间电位差与式（8-2）相同，电位分布与式（8-4）相同。

$$U = \frac{U_1}{\ln \dfrac{r_2}{r_1}} \ln \frac{r_2}{r} \tag{8-5}$$

由式（8-5）可得

$$r = r_2 \left(\frac{r_2}{r_1} \right)^{-\frac{U}{U_1}} \tag{8-6}$$

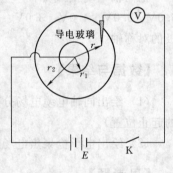

图8-2 电压表法

2. 静电测绘方法

在实际测量中，由于测定电位（标量）比测定场强（矢量）容易实现，所以先测等位线，然后根据电力线和等位线的正交关系，绘出电力线分布，把电场形象化地反映出来。本实验用电压表法测绘电场，电路原理如图8-2所示。为了测量准确，要求测量电位的仪表中基本无电流流过，一般采用高输入阻抗的晶体管（或电子管）电压表。用测笔 C 测量场中不同点，电压表显示不同数值，找出电位相同点，画出等位线。

【实验仪器】

EQL-2型静电场描绘仪一套（包括导电玻璃、双层固定支架、同步探针等）、直流稳压电源（10V，1A）、电压表、导线等。

【实验内容】

1. 测绘同轴电缆电场的分布

如图8-3所示，静电场描绘仪支架采用双层结构，上层放记录纸，下层放导电玻璃。电极已直接制作在导电玻璃上，并将电极引线接到外接线柱上，将导电玻璃上内、外两电极分别与直流稳压电源正、负极相连接，电压表正、负极分别与同步探针及电源负极相连接，接通电源使模拟装置两极的电压为10V。移动手柄座时，因两探针始终保持在同一铅垂线上，因此它们运动轨迹相同。

由导电玻璃上方的探针找到待测点后，按一下记录纸上方的探针，在记录纸上留下一个对应的标记，移动同步探针在导电玻璃上找到若干电位相同的点，由此描绘出等位线。

选择恰当的测点间距，分别测 10.0V、8.0V、6.0V、4.0V、2.0V、1.0V、0V 各电位的等位线，每条等位线测定出 8 个均匀分布的点。

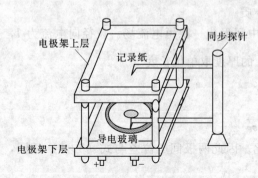

图 8 - 3　EQL - 2 型静电场描绘仪

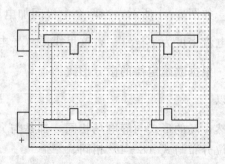

图 8 - 4　示波管电子枪聚焦电极

2. 测绘电子枪聚焦电场的分布

把同轴电缆换成如图 8 - 4 所示的电子枪聚焦电极，分别测 9.0V、8.0V、7.0V、6.0V、5.0V、4.0V、3.0V、2.0V、1.0V 等，一般先测 5.0V 的等位点，因为这是电极的对称轴。

【数据与结果】

（1）绘出同轴电缆电场分布。绘出各电位的等位线，并画出电力线（注意确定电力线的起止位置）。

（2）绘出电子枪聚焦电场的等位线与电力线分布。

【思考题】

（1）用稳恒电流场来模拟静电场，对实验条件有哪些要求？

（2）通过本实验后，你对模拟法有何认识？它的适用条件是什么？

（3）怎样由所测的等位线绘出电力线？电力线的方向如何确定？

（4）为什么在本实验中要求电极的电导远大于导电玻璃的电导？

（5）检流计法测绘电场分布（如图 8 - 5 所示），CD 两端中间接一电流计 G，移动 C 点，找 G 为 0 的点即为等位点。试比较检流计法与电压表法的优劣。

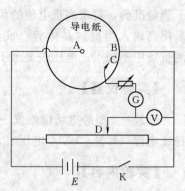

图 8 - 5　检流计法

● 实验9　电位差计的原理及应用

电位差计是一种精密测量电位差（电压）的仪器，它的原理是使被测电压和一已知电压相互补偿（即达到平衡），其准确度可高达 0.001%。它的应用十分广泛，可以用来测量电动势、电压、电流、电阻等电学量。在科学研究和工程技术中对非电量（如温度、压力、位移和速度等）测量方面也得到广泛应用。该仪器中所采用的补偿法原理还常用于非电量的测量仪器及自动测量和自动控制系统中。

【实验目的】

（1）掌握补偿法测电动势的基本原理。

（2）掌握 UJ – 31 型电位差计的使用。

（3）掌握热电偶温度计的定标及用热电偶温度计测温的原理。

一、用自组补偿电路测定待测电动势（自学）

【实验原理】

1. 补偿法原理

用电压表测电源电动势 E_x 时，如图 9 – 1（a）所示，实际上它测的是电源的路端电压（$U = E_x - Ir$，式中 r 为电源内阻，I 为电源的输出电流）。只有在 $I = 0$ 时，路端电压 U 才等于电动势 E_x，故欲准确测量电源的电动势，应寻找其他更为合理的方法。

"补偿"的实验思想提供了一条准确测量电动势（电压）的有效方法，其基本思想如图 9 – 1（b）所示。设 E_0 为一连续可调的标准电源电动势（电压），而 E_x 为待测电动势，调节 E_0 使检流计 G 示零（即回路电流 $I = 0$），则 $E_0 = E_x$。上述过程的实质是，不断地用已知标准电动

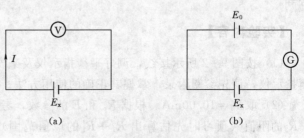

图 9 – 1　用电压表测量电动势

势（电压）与待测的电动势（电压）进行比较，当检流计指示电路中的电流为零时，电路达到平衡补偿状态，此时被测电动势与标准电动势相等，这种方法称为补偿法。这和用一把标准的米尺来与被测物体（长度）进行比较，测出其长度的基本思想一样。但其比较判别的手段有所不同，补偿法用示值为零来判定，如图 9 – 2 所示。

但电动势连续可调的标准电源很难找到，那么怎样才能简单地获得连续可调的标准电动势（电压）呢？

简单的设想是：让一阻值连续可调的标准电阻上流过一恒定的工作电流，则该电阻两端的电压便可作为连续可调的标准电动势。图 9 – 2 所示电路就能实现这一思想。

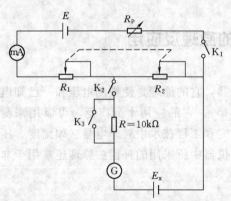

图 9 - 2　自组补偿电路测电动势的原理
E—直流稳压电源 5.7~6.4V；R_p—滑线变阻器；
E_x—待测电动势；G—指针式检流计；mA—0.5 级
电流表；R_1、R_2—精密电阻箱；
K_1、K_2、K_3—单刀单掷开关；
R—保护电阻

2. 自组补偿电路的工作原理

（1）将工作回路电流 I_0 调节到 10.00mA。通过调节 R_p，利用一只精度为 0.5 级的毫安表直接确定 I_0 的值。注意与图 9 - 3 所示电路中确定 I_0 的方法进行比较，分析其优、缺点，以进一步加深对补偿原理的理解。

（2）连续可调的补偿电压由 I_0 流经电阻箱 R_2 产生，调节 R_2 时注意同时调节 R_1，使 R_1 和 R_2 之和保持不变，从而保证 I_0 的值不变，且使检流计 G 中流过的电流为零。操作中使 $R_1 + R_2$ 不变的方法，在许多型号的电位差计中都被广泛采用。

（3）设保护电阻 R（一般用 10kΩ）以避免检流计因过流损坏，测量时一定要先在 K_3 断开的情况下，合上 K_2（相当于粗调），观察检流计偏转情况，并根据检流计偏转的方向确定减少还是增加 R_2（即补偿电压减少还是增加）；当检流计偏转很小时再合上 K_3，将检流计直接接入（细调），看 $U_x (= I_0 R_2)$ 是否正好与 E_x 相补偿。如果 K_3 断开（K_2 合上）时检流计已偏转很大，且调不到零值，这时一定要检查电压极性是否正确，测量线路接触是否良好等。

【实验仪器】

ZGD2 - C 型平衡指示仪、0.5 级电流表、精密电阻箱、直流稳压电源、待测电动势等。

【实验内容】

（1）按图 9 - 2 所示接线，调好平衡指示仪及毫安表零点。本实验采用 ZGD2 - C 型平衡指示仪，请先参阅附录，掌握其正确的使用方法。

（2）取 $I_0 = 10.00$mA。根据 R_p 和 E 的参数，考虑到 E_x 约为 1.50V，预估并调整 $R_1 + R_2$ 的阻值（预习时先估算出 $R_1 + R_2$ 的取值范围），然后接通电源 E，调节 R_p，使 $I_0 = 10.00$mA。

（3）按前述说明调节 R_1 和 R_2，使 $E_x = I_0 R_2$ 成立，操作时应注意使 $R_1 + R_2$ 不变，并注意使用粗调、细调的先后次序。

【数据处理】

（1）记下各主要仪器的规格及测量时 I_0、R_1 和 R_2 的值。

（2）计算被测电动势的值。

（3）根据 $\left(\dfrac{\Delta_{E_x}}{E_x}\right)^2 = \left(\dfrac{\Delta_{I_0}}{I_0}\right)^2 + \left(\dfrac{\Delta_{R_2}}{R_2}\right)^2$ 的公式，估算实验结果的总不确定度，并完整表示出测量结果。

二、电位差计测热电偶温差电动势

【实验原理】

1. 电位差计原理

图 9-3 所示是一种直流电位差计的原理简图。由 3 个基本回路构成：①工作电流调节回路，由工作电源 E、限流电阻 R_p、标准电阻 R_N 和 R_x 组成；②校准回路，由标准电池 E_N、平衡指示仪 G、标准电阻 R_N 组成；③测量回路，由待测电压 U_x（或待测电源 E_x）、检流计 G、标准电阻 R_x 组成。通过测量未知电压 U_x（或未知电动势 E_x）的两个操作步骤，可以清楚地了解电位差计的原理。

（1）校准。图 9-3 中开关 K 合向标准电动势 E_N 侧，取 R_N 为一预定值（为修正标准电池电动势因温度而产生的微小变化），调节 R_p 使平衡指示仪 G 指零，显然这一步骤的目的是使工作电流回路内的 R_x 中流过一个已知的"标准"电流 I_0，且 $I_0 = \dfrac{E_N}{R_N}$。

（2）测量。将开关 K 合向未知电压 U_x 一侧，保持 I_0 不变，调节滑动触头 B，使检流计指零，则有

$$E_x = I_0 R_x = \frac{R_x}{R_N} \cdot E_N \qquad (9-1)$$

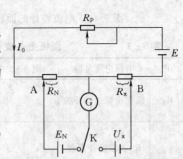

图 9-3　直流电位差计原理简图

乘积 $I_0 R_x$ 是测量回路中一段电阻上的分压，可叫作补偿电压。被测电压与补偿电压极性相反且大小相等，因而互相补偿（平衡）。这种测 U_x（或 E_x）的方法叫补偿法。补偿法具有以下优点：

1) 电位差计是一电阻分压装置，它将被测电压 U_x 和一标准电动势加以比较。U_x 的值仅取决于电阻比及标准电动势，因而能够达到较高的测量准确度。

2) 上述校准和测量两步骤中，检流计两次均指零，表明测量时既不从标准回路内的标准电动势源（通常用标准电池）中也不从测量回路中吸取电流。因此，不改变被测回路的原有状态及电压等参量，同时可避免测量回路导线电阻、标准电阻的内阻及被测电源内阻等对测量准确度的影响，这是补偿法测量准确度较高的另一个原因。

2. UJ-31 型电位差计

图 9-4 所示是 UJ-31 型电位差计的面板示意图，图 9-5 是其原理简图，详图见附录图 A-1。UJ-31 型电位差计是一种测量直流低电位差的仪器，量程分为 17mV（最小分度 $1\mu V$，倍率开关 K_1 旋至 ×1 挡）和 170mV（最小分度 $10\mu V$，倍率开关旋到 ×10 挡）两挡。图 9-4 所示面板示意图中上方 5 对接线端钮从左至右依次接入标准电池、检流计、5.7~6.4V 直流稳压电源和两组待测的未知电压（未知 1 和未知 2）。面板上各旋钮、开关及调节盘的名称、作用及操作要求见表 9-1。

UJ-31 型电位差计的准确度等级为 0.05 级，在环境温度与 20℃相差不太大的条件下，其基本误差界 ΔU_x 为

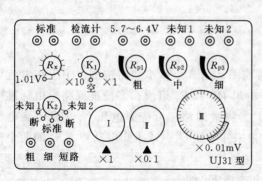

图 9-4 电位差计的面板示意

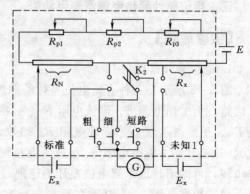

图 9-5 电位差计原理简图

表 9-1 面板上各旋钮、开关及调节盘的名称、作用及操作要求

图 9-4 中标记及名称		图 9-5 中的标记	作用、特点及操作注意事项
K_2	操作步骤选择开关	K_2	"校准"步骤中应旋至"标准"位置,"测量"步骤中应旋至"未知 1"或"未知 2"位置,不用时旋至"断"位置
校准	R_N:温度补偿盘	R_N	"校准"前根据室温求出标准电池电动势 E_N,再将 R_N 盘旋至对应位置,该盘已直接按标准电池电动势值标定分度,$R_N = E_N/0.010000$
	R_{p1}、R_{p2}、R_{p3} 电流调节盘	R_{p1}、R_{p2}、R_{p3}	"校准"时旋粗、中、细 3 个调节盘,使检流计指零,这时 $I_0 = 10.00$mA
测量	K_1:倍率选择开关	未画出	"测量"前预先选定,未知电压=测量盘读数×倍率(1 或 10)
	I、II、III:测量盘	R_x	测量未知电压用的粗、中、细调节盘,已按×1 时的电压值标定分度,可直接读数
	粗、细、短路:检流计按钮开关	粗、细、短路	操作时应先按"粗"按钮,这时检流计串有 10kΩ 电阻,待其几乎指零后再按下"细"按钮调节,按下"短路"按钮时检流计输入端被短路,光标(或指针)能很快停住

$$\Delta U_x = \pm (0.05\% \times U_x + \Delta U)$$

式中的 ΔU 值为:当倍率为×1 时取 $0.5\mu V$,当倍率为×10 时取 $5\mu V$。

与 UJ-31 型电位差计配套用的标准电动势源为饱和硫酸镉溶液标准电池。此标准电池 20℃时的电动势 $E_N(20) = 1.0186V$,环境温度在 $0℃ \leqslant t \leqslant 40℃$ 变化时的电动势为

$$E_N(t) = E_N(20) - 4 \times 10^{-5}(t-20) - 9 \times 10^{-7} \times (t-20)^2 \qquad (9-2)$$

上式中以 V 为单位。使用标准电池,必须注意以下几点:①根据使用时室温算出当时的电动势值;②存放地点的温度波动要小,远离热源并避免强光直接照射到电池上;③正、负极不能接错,严禁短路,流经电池的电流应小于 $10\mu A$;④轻拿轻放,不得振动和倒置。如果采用 PD-2 型工作电源与被测电源取代标准电池,则可以省去以上步骤,该电源输出十分稳定,在一般室温变化范围内,其标准电压输出可稳定在 1.0186V,读数不会有变化。

3. 热电偶测温原理

热电偶亦称温差电偶，是由 A、B 两种不同材料的金属丝的端点彼此紧密接触而组成的。当两个接点处于不同温度时，如图 9-6 所示，在回路中就有直流电动势产生，该电动势称温差电动势或热电动势。当组成热电偶的材料一定时，温差电动势 E_x 仅与两接点处的温度有关，并且两接点的温差在一定的温度范围内有以下近似关系式即

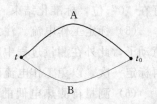

图 9-6　两接点处于不同温度

$$E_x \approx \alpha(t - t_0) \tag{9-3}$$

式中 α 称为温差电系数，对于不同金属组成的热电偶 α 是不同的，其数值上等于两接点温度差为 1℃时所产生的电动势。

本实验选用的热电偶是由铜-康铜组成的（康铜是铜、镍合金）。由于其中有一根金属丝和引线一样，也是铜，因而实际上在整个电路中只有两个接点（不同金属的连接点），所以铜-康铜热电偶也可以用图 9-7 所示的接法。

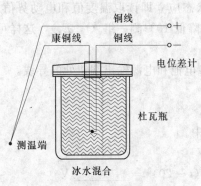

图 9-7　铜-康铜热电偶接法

【实验仪器】

UJ-31 型电位差计、标准电池、辐射式检流计、铜-康铜热电偶和加热装置等。

【实验内容】

(1) 熟悉 UJ-31 型电位差计各旋钮的功能，掌握测量电动势的基本要领。

(2) 对热电偶进行定标，并求出热电偶的温差电系数 α。

用实验方法测量热电偶的温差电动势与工作端温度之间的关系曲线，称为对热电偶定标。本实验采用常用的比较定标法，即用一标准的测温仪器（如标准水银温度计或已知高一级的标准热电偶）与待测热电偶置于同一能改变温度的调温装置中，测出 E_x-t 定标曲线。具体步骤如下：

(1) 按图 9-7 所示连接线路，注意热电偶及各电源的正、负极的正确连接。将热电偶的冷端置于冰水混合物之中，确保 $t_0 = 0$℃。测温端置于加热器内，并靠近温度计。

(2) 接上平衡指示仪，将灵敏度调至 3 挡，并在其输入端短路的情况下，调节调零旋钮，使平衡指示仪指零。

(3) 依室温求算出标准电池电动势的准确值 $E_N(t)$，并把电位差计 R_N 调到相应的 $E_N(t)$ 值。

(4) 在标准化过程中，先"粗"调，动用 R_p 的粗、中、细旋钮中的粗、中旋钮，以 R_p 中的"粗旋钮"为例，如果调到相邻两挡时会看到检流计指针刚好在"0"左右两边时，R_p 中的粗旋钮固定于相邻两挡中的低挡，再调整 R_p 旋钮中的"中旋钮"方法和上面类似，接下来"细"调，动用 R_p 的粗、中、细旋钮中的"细旋钮"，直到检流计指针刚

好在 "0" 位，标准化结束。

（5）标定工作电流。注意：标定好后，在测量过程中 R_p 的粗、中、细旋钮就不能随意动了，此外在测量过程中应经常注意仪器工作电流有否变动。若有变动，隔一段时间应再标定一次，以免工作电流改变而影响测量精度。

（6）测量待测热电偶的电动势。铜-康铜热电偶，当温度范围在 0～300℃ 之间变化时，电动势范围在 0.000～14.864mV。所以将电位差计倍率开关 K_1 置×1 挡。先测出室温时热电偶的电动势，然后开启电源，给热端加温，大约每隔 10℃ 左右测一组 (t, E_x)，直至 100℃ 为止。由于升温测量时，温度是动态变化的，故测量时可提前 2℃ 进行跟踪，以保证测量速度与测量精度。测量时，一旦达到补偿状态应立即读取温度值和电动势值。实测时，也常采用降温法，即先升温至 100℃，然后每降低 10℃ 测一组 (t, E_x)，这样可以测得更精确些，但需花费较长的实验时间。

（7）实验完毕检流计应置于短路挡，拆线时先拆各电池和电源输出端钮处的导线。

【数据处理】

（1）热电偶定标数据记录将测量数据记入表 9-2 中。

室温 t _____ ℃，$t_0 = 0$℃，$E_N (20) = 1.0186$V

$E_N(t) = E_N(20) - 4 \times 10^{-5}(t-20) - 9 \times 10^{-7} \times (t-20)^2 = $ _____ V

表 9-2 数 据 记 录 表

序 号	1	2	3	4	5	6	7	8	9	10
温度 t（℃）										
电动势（mV）										

（2）作出热电偶定标曲线。用直角坐标纸作 E_x-t 曲线。定标曲线为不光滑的折线，相邻点应直线相连，这样在两个校正点之间的变化关系用线性内插法予以近似，从而得到除校正点之外其他点的电动势和温度之间的关系。所以，作出了定标曲线，热电偶便可以作为温度计使用了。

（3）求铜-康铜热电偶的温差电系数 α。在本实验温度范围内 E_x-t 函数关系近似为线性，即 $E_x = \alpha \cdot t (t_0 = 0℃)$。所以，在定标曲线上可给出线性化后的平均直线，从而求得 α。在直线上取两点 $A(E_a, t_a)$ 和 $B(E_b, t_b)$（不要取原来测量的数据点，并且两点间尽可能相距远一些）。

用求斜率的方法求铜-康铜热电偶的温差电系数 $\bar{\alpha}$。

$$\alpha^- = K = \frac{E_b - E_a}{t_b - t_a} = \underline{\qquad} (\text{mV}/℃)$$

（4）温差电系数的理论值为 $\alpha_0 = 0.0436$mV/℃，求测量结果的相对误差 E。

$$E = \frac{|\bar{\alpha} - \alpha_0|}{\alpha_0} \times 100\% = \underline{\qquad}$$

【思考题】

（1）补偿法的基本原理是什么？从分析电位差计基本线路中 3 个回路的作用入手，说明补偿法的优点。

（2）直流电位差计"校准"的基本意义是什么？

（3）如何产生连续可调的标准电压？UJ-31型电位差计是怎样实现这一要求的？

（4）校准（或测量）时如果无论怎样调节电流调节盘（或测量盘），电流计总偏向一侧，可能有哪几种原因？

（5）如何根据平衡指示仪的偏转方向确定 R_2 的调节方向（减少或增加）？

（6）测量时为什么要估算并预置测量盘的电位差值？接线时为什么要特别注意电压极性是否正确？

【附录】

一、UJ-31型电位差计的线路原理图及补充说明（如图9-8和图9-9所示）

（1）倍率开关位置在×10挡时，测量盘Ⅰ（16个1Ω电阻）中电流为10mA，测量盘Ⅱ电流为1mA，测量盘Ⅲ（电阻共2.1Ω）中的电流为0.5mA，可使其上分压由0连续改变到1.05mV。图中虚线框内的总电阻（A、B两端间）为180.00Ω。当倍率开关在×1挡时，流经虚线框内电阻的电流减小到1mA。图中电阻值单位为Ω。

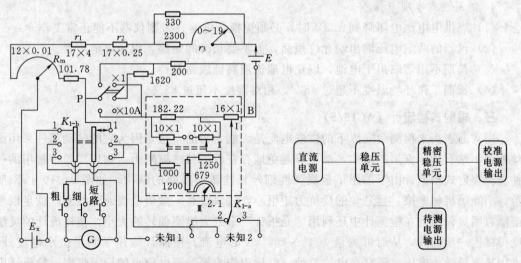

图9-8　UJ-31型电位差计线路原理　　　　图9-9　电位差计原理框图

（2）调节测量盘Ⅱ时，有两个10×1Ω联动的变阻器，以保证总阻值不变。

（3）细调电阻 R_{p3} 及测量盘Ⅲ均由可变电阻与两定值电阻串并联构成，克服了低阻值变阻器的制作比较困难的矛盾。

二、PD-2型工作电源与被测电源使用说明书

1. 用途

PD-2型工作电源与被测电源是标准电池的替换品，同时带有0～170mV的待测毫伏电源。

2. 设计思想

在电位差计的原理与应用的实验中，首先需要对电位差计进行标定工作。长期以来，一般总是用饱和型或不饱和型标准电池对电位差计作标定。这两种形式的标准电池各有自己的优缺点，前者，输出电动势比较稳定，但因为不能颠倒或剧烈振动，不便携带或用于移动的测试装置。不饱和型标准电池克服了以上缺点，但输出电动势稳定性相对较差，而且两者都不允许输入或输出微安级以上的电流，这样一来给用户带来了许多不便。能否用其他装置来取代标准电池，经反复试验，终于制作出了专用的校准用电源。由于设计的线路比较合理，选用的器材性能优良，该电源电压稳定度可以达到标准电池的数量级，即 0.0001V，而且温度稳定性能好，在一般的室温变化范围内，输出电压值不需要作修正。为了与 UJ-31 型低电势电位差计配套，把一个多量程的待测毫伏电源与校准电源组装在一个机箱里，这样无疑给用户带来极大地方便。

3. 结构与技术特性

(1) 结构图。结构如图 9-8 所示。

(2) 技术特性。校准电压输出 1.0186V（调节范围为 0.9000~1.1000V）。

待测电压输出 0V、5V、10V、15V、30V、60V、90V、120V、150V、170mV，共 10 挡。

本机用 3 节一号电池供电，一般可以用一个学期。

4. 使用注意事项与保养

(1) 当供电电池电压降到 1.2V 时，必须更换新电池；否则仪器不能正常工作。

(2) 仪器的两组电压输出端允许短路，但不要长时间短路，以免电池浪费。

(3) 长期不用请取出干电池，以免电池流液腐蚀线路元件。

(4) 长期工作环境温度不超过 45℃，相对湿度不超过 85%。

三、辐射式检流计（AC15/5）

用普通表头来检测微安以下的微弱电流是无能为力的，这是因为它的转动部件采用游丝弹簧、钻石轴承支架的结构，而不可避免地存在着机械摩擦阻力。物理实验中常用的一种直流复射式检流计由于采用了金属弹性细丝悬挂转动线圈的结构，如图 9-10（a）所示，消除了机械摩擦，且悬丝的反抗力矩很小，故只要有一微弱电流通过线圈，就足以使线圈有明显偏转。在检流计中还利用"光指针"来放大线圈偏转的大小，使检流计的灵敏度得以进一步提高，从而可测量 $10^{-6} \sim 10^{-11}$A 的电流。检流计除用于测量微小电流外，也用来测量微小电压，还常在电位差计、电桥中作为探测等电位点的指零仪表。检流计中的"光指针"是指小反射镜 M_0 将内部光源射来的光反射到一个弧形标尺上，形成一个带有指示标志的"光标"。这种读数方法又称"镜尺法"。光指针的光路如图 9-10（b）所示。

1. 检流计的主要参数

(1) 检流计常数 K（或称"分度值"）。它指偏转一小格（分度）所代表的通过检流计的电流值。不同的检流计，其常数不同，一般为 $10^{-3} \sim 10^{-11}$A/分度。检流计常数越小，表明检流计灵敏度越高。

(2) 检流计的内阻 R_g 一般为几十欧到几百欧。

(3) 外临界电阻 $R_{外临}$。使用检流计时，若外接回路的总电阻值接近此值，则检流计的"光指针"能以最短的时间停止于平衡点，从而便于测量。

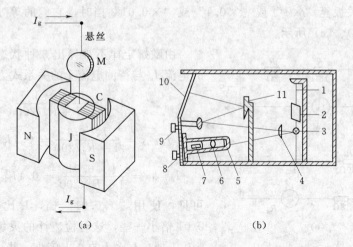

图 9 - 10　检流计结构

1—悬丝；2—线圈；3—反射镜；4—球面镜；5—光闸；6—透镜；7—照明灯；
8—调零旋钮；9—选择旋钮；10—玻璃标尺；11—反射镜

　　实验中常用的检流计是 AC15/5、AC15/6、AC15/7 等型号的直流复射式检流计。所谓"复射"是指这种检流计作为"光指针"的光线不是一次反射，而是多次反射后才投射到标尺板上，以达到延长"光指针"长度、放大线圈的偏转角、提高灵敏度的目的。图 9 - 11所示为这种检流计的面板配置情况。位于上部的标尺是半透明的，呈弧形。标尺的最小分度是 1mm。读数以方形光标中央的黑线为准。光标零位由"零点调节钮"调节。分流器分为"短路"、"直接"、"×1"、"×0.1"、"×0.01"5 挡，其内部线路如图 9 - 12 所示。

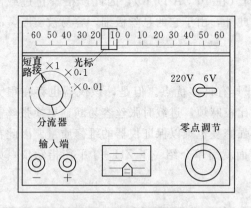

图 9 - 11　AC15/5 型直流复射式检流计

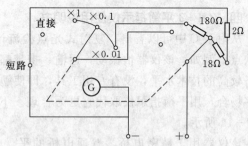

图 9 - 12　检流计内部线路

2. 各灵敏挡分流原理

　　（1）当分流器的连动开关扳至"短路"挡时，检流计 G 的两端短接。由于电磁阻尼的作用，线圈停止转动。通常测量结束后用此挡可以防止检流计线圈过度摆动而损坏。

　　（2）当开关扳至"直接"挡时，待测电流 I 全部直接通过检流计 G，这时 G 的灵敏度最高。通常在待测电流 I 十分微弱的情况下才使用这挡。

（3）当开关扳至"×1"或"×0.1"或"×0.01"挡时，它们的等效电路分别如图 9-13 （a）、（b）、（c）所示。

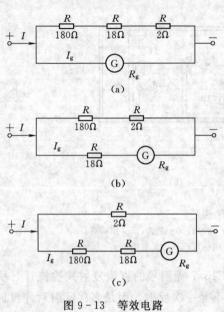

图 9-13 等效电路

由欧姆定律不难导出 3 种状态下通过检流计的电流 I_g 与待测电流 I 的关系式为

$$I_{g(1)} = \frac{I \times 1}{1 + R_g/200} < I$$

$$I_{g(0.1)} = \frac{I \times 0.1}{1 + R_g/200} = 0.1 I_{g(1)} < 0.1 I$$

$$I_{g(0.01)} = \frac{I \times 0.01}{1 + R_g/200} = 0.1 I_{g(0.1)} < 0.01 I$$

可见，使用"×0.01"挡，I_g 比待测电流 I 的 0.01 倍小一些，这时检流计的灵敏度最低，使用 ×0.1 挡，I_g 比 I 的 0.1 倍小一些，这时检流计的灵敏度提高了；使用"×1"挡 I_g 比 I 略小些，这时检流计灵敏度更高了；使用"直接"挡，$I_g =$ I，这时检流计灵敏度最高。还可以看出，在待测电流不变的情况下，分别使用"×1"、"×0.1"、"×0.01"挡测量，它们的读数相互成"十进制"关系。

这种检流计的光标照明系统可用交流 220V 或直流 6V，分别从背面的不同插孔输入。而面板上电源开关的倒向应与所用电源相一致。特别要注意：不要将交流 220V 的电源插头误插到直流 6V 的插座内；否则会烧毁灯泡。

直流复射式检流计容许通过的电流很微弱（在 10^{-6} A 以下），因此严格禁止过载测试，也不得用万用表直接测量检流计的内阻。此外，由于它的悬丝极细，容易被震断，故忌搬动，若需搬动则必须轻拿轻放。

四、ZH-3 平衡指示仪使用说明书

从附录 C 中可以看出，复射式光点检流计具有许多优点。但是，该仪器也存在很大的缺点。例如，该仪器怕振动，运输、携带都比较麻烦，过载时张丝容易断，更换张丝需具备较高的技术水平，没有专用工具，即使勉强修复也难以保证仪器的维修质量。因此在许多场合，用平衡指示仪取代它更为合理。下面就简单介绍一下 ZH-3 平衡指示仪，如图 9-14 所示。

该仪器用于精密电桥、普通电桥的平衡指示。它采用选配的高精度低温漂移移运放，万分之一的精密电阻，组成输入浮地式电流放大器。与传统的张丝结构指针式和张丝结构光点反射式指零仪表相比，具有分辨率高、过载能力强、耐振、抗干扰能力强以及不要求阻尼匹配及耗电省等优

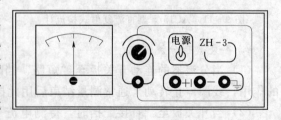

图 9-14 ZH-3 平衡指示仪

点。因此，可替代光点检流计用于需要指零的场合。

1. 技术性能

ZH-3 平衡指示仪采用高精度低漂移运放、组成输入浮空式电流放大器，有 5 个量程（22.5nA、56.25nA、225nA、562.5nA、2250nA），优于指针检流计，过载能力强，阻尼特性好，可替代直流复射式光电检流计，也可与光电效应实验仪配套测量光电流，还可为电桥或电位差计实验的指零仪器。

2. 结构

（1）显示采用大面积指针式 44C2 表头，刻度盘简洁明了，读数清晰方便，改善了光点式检流计刻度密集、读数困难等缺点，减轻了操作强度。

（2）采用进口的调节细微的多圈电位器调零，使高灵敏度挡调零方便。

（3）采用浮地结构，铜罩屏蔽，抗干扰能力强。

（4）采用 KBB 标准机箱，体积为 120mm×360mm×250mm。

3. 使用和维护方法

（1）使用时，打开电源，预热 15min 再开始测试，调零时应将"＋"和"－"输入端短路。因整机功耗甚微，可长期连续使用不必经常关闭电源，换一次电池可以用一年左右。

（2）测试前根据测试精度选择好适当的挡位，将被测电阻接入电桥，并按被测电阻的标称值调整好电桥比例和读数臂，按下电桥"细"按钮进行调零后即可测试。

（3）作为微电流测试仪用时，将被测线接于被测端，根据选择的挡位，从表头上读出所测电流的大小和方向（注意：此时被测电流源应为恒流源形式）。

（4）电桥用稳压电源作为测试电源，或使用中出现干扰时，将机壳、电桥壳体及稳压源外壳相互连接起来，加以屏蔽。

（5）本仪器平时无需特殊维护，只需注意保护仪器内、外部清洁与干燥，避免剧烈震动。

（6）仪器用毕应关闭电源开关，长期不用应将机内电池取出，以免电池腐烂，电解液流出腐蚀仪器器件。

● 实验 10　霍尔效应原理及霍尔元器件基本参数的测定

置于磁场中的载流体，如果电流方向与磁场垂直，则在垂直于电流和磁场的方向会产生一附加的横向电场，这个现象是霍普金斯大学二年级研究生霍尔（E. H. Hall，1855～1938）于 1879 年发现的，后被称为霍尔效应。如今，霍尔效应不但是测定半导体材料电学参数的主要手段，而且利用该效应制成的霍尔器件已广泛用于非电量的电测量、自动控制和信息处理等方面。在工业生产要求自动检测和控制的今天，作为敏感元件之一的霍尔器件，将有更广泛的应用前景。掌握这一富有实用性的实验，对日后的工作将有益处。

【实验目的】

（1）了解霍尔效应实验原理以及有关霍尔器件对材料要求的知识。
（2）学习用"对称测量法"消除副效应的影响，测量试样的 $U_H - I_S$ 和 $V_H - I_M$ 曲线。
（3）确定试样的导电类型、载流子浓度及迁移率。

【实验原理】

1. 霍尔效应

霍尔效应从本质上讲，是运动的带电粒子在磁场中受洛伦兹力作用而引起的偏转。当带电粒子（电子或空穴）被约束在固体材料中，这种偏转就导致在垂直电流和磁场方向上产生正负电荷的聚积，从而形成附加的横向电场，即霍尔电场 E_H。如图 10-1 所示的半导体试样，若在 X 方向通以电流 I_S，在 Z 方向加磁场 B，则在 Y 方向即试样 A-A'电极两侧就开始聚集异号电荷而产生相应的附加电场。电场的指向取决于试样的导电类型。对图 10-1（a）所示的 N 型试样，霍尔电场逆 Y 方向，图 10-1（b）所示的 P 型试样则沿 Y 方向，即有

$$I_S(X), B(Z) \Rightarrow \begin{cases} E_H(Y) < 0 \Rightarrow (\text{N 型}) \\ E_H(Y) > 0 \Rightarrow (\text{P 型}) \end{cases}$$

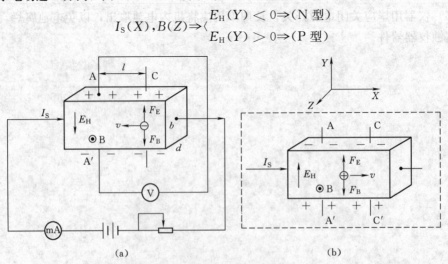

图 10-1　霍尔效应实验原理示意图
(a) 载流子为电子（N 型）；(b) 载流子为空穴（P 型）

显然，霍尔电场 E_H 阻止载流子继续向侧面偏移，当载流子所受的横向电场力 eE_H 与洛伦兹力 $e\bar{v}B$ 相等，样品两侧电荷的积累就达到动态平衡，故有

$$eE_H = e\bar{v}B \tag{10-1}$$

式中：E_H 为霍尔电场；$\bar{v}$ 为载流子在电流方向上的平均漂移速度。

设试样的宽为 b，厚度为 d，载流子浓度为 n，则

$$I_s = ne\bar{v}bd \tag{10-2}$$

由式（10-1）、式（10-2）可得

$$V_H = E_H b = \frac{1}{ne}\frac{I_s B}{d} = R_H \frac{I_s B}{d} \tag{10-3}$$

即霍尔电压 U_H（A、A′电极之间的电压）与 $I_s B$ 乘积成正比，与试样厚度 d 成反比。比例系数 $R_H = \dfrac{1}{ne}$ 称为霍尔系数，它是反映材料霍尔效应强弱的重要参数，只要测出 U_H 以及知道 I_s、B 和 d（均为 SI 单位），可按式（10-4）计算 R_H（m^3/C）。

$$R_H = \frac{V_H d}{I_s B} \tag{10-4}$$

2. 霍尔系数 R_H 与其他参数间的关系

根据 R_H 可进一步确定以下参数：

（1）由 R_H 的符号（或霍尔电压的正、负）判断样品的导电类型。判别的方法是按图 10-1 所示的 I_s 和 B 的方向，若测得的 $V_H = V_{A'A} < 0$，（即点 A 的电位高于点 A′的电位），则 R_H 为负，样品属 N 型；反之则为 P 型。

（2）由 R_H 求载流子浓度 n

$$n = \frac{1}{|R_H|e}$$

应该指出，这个关系式是假定所有载流子都具有相同的漂移速度得到的，严格一点，如果考虑载流子的速度统计分布，需引入 $\dfrac{3\pi}{8}$ 的修正因子（可参阅黄昆、谢希德著的《半导体物理学》）即

$$n = \frac{3\pi}{8}\frac{1}{|R_H|e}$$

（3）结合电导率 σ 的测量，求载流子的迁移率 μ。σ 可以通过图 10-1 所示的 A、C（或 A′、C′）电极进行测量，设 A、C 间的距离为 l，样品的横截面积为 $S = bd$，流经样品的电流为 I_s，在零磁场下，若测得 A、C 间的电位差为 U_σ（即 U_{AC}）可由式（10-5）求得

$$\sigma = \frac{I_s l}{U_\sigma S} \tag{10-5}$$

电导率 σ 与载流子浓度 n 及迁移率 μ（即单位场强作用下载流子的迁移速率）之间有以下关系：

$$\sigma = ne\mu \tag{10-6}$$

即 $\mu = |R_H|\sigma$，由式（10-5）测出的 σ 值即可求 μ。

3. 实验方法

霍尔电压 U_H 的测量方法。值得注意的是，在产生霍尔效应的同时，因伴随着各种副

效应，以致实验测得的 A、A′ 两极间的电压并不等于真实的霍尔电压 U_H 值，而是包含着各种副效应所引起的附加电压，因此必须设法消除。根据副效应产生的机理可知，采用电流和磁场换向的对称测量法，基本上能把副效应的影响从测量结果中消除。即在规定了电流和磁场正、反方向后，分别测量由下列 4 组不同方向的 I_S 和 B 组合的 $V_{A'A}$（A′、A 两点的电位差），即

$$+B, +I_S \quad V_{A'A} = V_1$$
$$-B, +I_S \quad V_{A'A} = V_2$$
$$-B, -I_S \quad V_{A'A} = V_3$$
$$+B, -I_S \quad V_{A'A} = V_4$$

然后求 U_1、U_2、U_3 和 U_4 的代数平均值。

$$U_H = \frac{U_1 - U_2 + U_3 - U_4}{4} \tag{10-7}$$

通过上述的测量方法，虽然还不能消除所有的副效应，但其引入的误差不大，可以略而不计。

【实验仪器】

TH - H 型霍尔效应实验组合仪。

【实验内容】

1. 掌握仪器性能，连接测试仪与实验仪之间的各组连线

（1）开、关机前，测试仪的"I_S调节"和"I_M调节"旋钮均置零位（即逆时针旋到底）。

（2）按图 10-2 所示连接测试仪与实验仪之间各组连线。

注意：

1）样品各电极引线与对应的双刀开关之间的连线已由制造厂家连接好，请勿再动！

2）严禁将测试仪的励磁电源"I_M输出"误接到实验仪的"I_S输入"或"U_O，U_O输出"处；否则，一旦通电，霍尔样品即遭损坏！

样品共有 3 对电极，其中 A、A′ 或 C、C′ 用于测量霍尔电压 U_H，A、C 或 A′、C′ 用于测量电导，D、E 为样品工作电流电极。样品的几何尺寸为：$d = 0.5$mm，$b = 4.0$mm，A、C 电极间距为 3.0mm。仪器出厂前，霍尔片已调至中心位置。霍尔片性脆易碎、电极甚细易断，严防撞击，或用手去摸；否则，即遭损坏！霍尔片放置在电磁铁空隙中间，在需要调节霍尔片位置时，必须谨慎，切勿随意改变 y 轴方向的高度，以免霍尔片与磁极面摩擦而受损。

（3）接通电源，预热数分钟，电流表显示"．000"（当按下"测量选择"键时）或"0.00"（放开"测量选择"键时），电压表显示为"0.00"。

（4）置"测量选择"于 I_S 挡（放键），电流表所示的值即随"I_S调节"旋钮顺时针转动而增大，其变化范围为 0～10mA，此时电压表所示读数为"不等势"电压值，它随 I_S 增大而增大，I_S 换向，U_H 极性改号（此乃"不等势"电压值，可通过"对称测量法"予以消除）。取 $I_S \approx 2$mA。

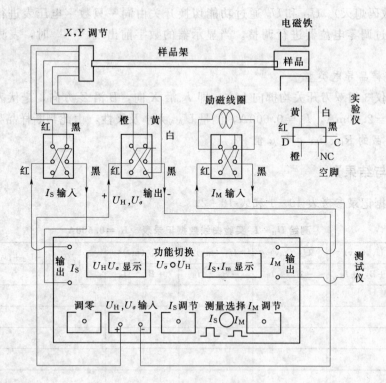

图 10-2　实验线路连接装置

（5）置"测量选择"于 I_M 挡（按键），顺时针转动"I_M 调节"旋钮，电流表变化范围为 0～1A。此时 U_H 值随 I_M 增大而增大，I_M 换向，U_H 极性改号（其绝对值随 I_M 流向不同而异，此乃副效应所致，可通过"对称测量法"予以消除）。至此，应将"I_M 调节"旋钮置零位（即逆时针旋到底）。

（6）放开测量选择键，再测 I_S，调节 $I_S \approx 2mA$，然后将"U_H，U_σ 输出"切换开关倒向 U_σ 一侧，测量 U_σ 电压（AC电极间电压）；I_S 换向，U_σ 亦改号。

至此说明霍尔样品的各电极工作均正常，可进行测量。将"U_H，U_σ 输出"切换开关恢复至 U_H 一侧。

2. 测绘 U_H - I_S 曲线

将测试仪的"功能切换"置 U_H，I_S 及 I_M 换向开关掷向上方，表明 I_S 及 I_M 均为正值（即 I_S 沿 X 轴方向，B 沿 Z 轴方向）；反之，则为负。保持 I_M 值不变（取 I_M = 0.600A），改变 I_S 的值，I_S 取值范围为 1.00～4.00mA。将实验测量值记入表 10-1 中。

3. 测绘 U_H - I_M 曲线

保持 I_S 值不变（取 I_S = 3.00mA），改变 I_M 的值，I_M 取值范围为 0.300～0.800A。将测量数据记入表 10-2 中。

4. 测量 U_σ 值

"$U_H U_\sigma$ 输出"倒向 U_σ 侧，"功能切换"置 U_σ。在零磁场下（I_M = 0），取 I_S = 2.00mA，测量 U_{Ac}（即 U_σ）。

注意：I_S 取值不要大于 2mA，以免 U_σ 过大，毫伏表超量程（此时首位数码显示为

1，后 3 位数码熄灭）。U_H 和 U_σ 通过功能切换开关由同一只数字电压表进行测量。电压表零位可通过调零电位器进行调整。当显示器的数字前出现"－"时，表测电压极性为负值。

5. 确定样品导电类型

将实验仪 3 组双刀开关均掷向上方，即 I_S 沿 X 向，B 沿 Z 方向，毫伏表测量电压为 $U_{A'A}$。取 $I_S = 2.00\text{mA}$，$I_M = 0.600\text{A}$，测量 $U_{A'A}$ 大小及极性，由此判断样品导电类型。

6. 求样品的 R_H、n、σ 和 μ 值

【数据与结果】

（1）数据记录参考表 $10-1$ 和表 $10-2$。

表 $10-1$　　　　　　　测绘 $U_H - I_S$ 实验曲线数据记录表　　$I_M = 0.600\text{A}$

I_S (mA)	U_1 (mv) $+B, +I_S$	U_2 (mv) $-B, +I_S$	U_3 (mv) $-B, -I_S$	U_4 (mv) $+B, -I_S$	$U_H = \dfrac{U_1 - U_2 + U_3 - U_4}{4}$ (mv)
1.00					
1.50					
2.00					
2.50					
3.00					
3.50					
4.00					

表 $10-2$　　　　　　　测绘 $U_H - I_M$ 实验曲线数据记录表　　$I_S = 3.00\text{mA}$

I_M (A)	U_1 (mv) $+B, +I_S$	U_2 (mv) $-B, +I_S$	U_3 (mv) $-B, -I_S$	U_4 (mv) $+B, -I_S$	$U_H = \dfrac{U_1 - U_2 + U_3 - U_4}{4}$ (mv)
0.300					
0.400					
0.500					
0.600					
0.700					
0.800					

（2）用毫米方格纸画绘 $U_H - I_S$ 曲线和 $U_H - I_M$ 曲线。

（3）记下样品的相关参数 d、b、l 值，根据在零磁场下，$I_S = 2.00\text{mA}$ 时测得的 U_{Ac}（即 U_σ）值计算电导率 σ。

当 $I_M = 0$ 和 $I_S = 2\text{mA}$ 同时满足时	$U_\sigma = $ _____ mV

（4）记下磁感应强度 B 与 I_M 的转化系数：$B = $ _____ I_M（$1\text{kGs} = 0.1\text{T}$）

（5）确定样品的导电类型（P 型还是 N 型）。

（6）从测试仪电磁铁的线包上查出 B 的大小与 I_M 之间的关系，并求 R_H（I_S = 2.00mA，I_M = 0.600A）n 和 μ 值。

【思考题】

（1）霍尔电压是怎样形成的？它的极性与磁场和电流方向（或载流子浓度）有什么关系？

（2）如何观察不等位效应？如何消除它？

（3）测量过程中哪些量要保持不变？为什么？

（4）换向开关的作用原理是什么？测量霍尔电压时为什么要接换向开关？

（5）I_S 可否用交流电源（不考虑表头情况）？为什么？

（6）除了换向法外，还是否有其他方法能消除霍尔效应副效应的影响？

● 实验 11　用电磁感应法测交变磁场

在工业、国防、科研中都需要对磁场进行测量，测量磁场的方法有不少，如冲击电流计法、霍尔效应法、核磁共振法、天平法、电磁感应法等，本实验介绍用霍尔效应法测磁场的方法，它具有测量原理简单、测量方法简便及测试灵敏度较高等优点。

【实验目的】

（1）了解用霍尔效应法测量磁场的原理。

（2）了解载流圆线圈的径向磁场分布情况。

（3）测量载流圆线圈和亥姆霍兹线圈的轴线上的磁场分布。

（4）两平行线圈的间距改变为 $d=R/2$ 和 $d=2R$ 时，测定其轴线上的磁场分布。

【实验原理】

1. 载流圆线圈与亥姆霍兹线圈的磁场

（1）载流圆线圈磁场。一半径为 R，通以直流电流 I 的圆线圈，其轴线上离圆线圈中心距离为 x 米处的磁感应强度的表达式为

$$B = \frac{\mu_0 I R^2 N}{2 (R^2 + x^2)^{3/2}} = \frac{\mu_0 I N}{2R \left(1 + \dfrac{x^2}{R^2}\right)^{3/2}} \tag{11-1}$$

式中：N 为圆线圈的匝数；x 为轴上某一点到圆心 O' 的距离，$\mu_0 = 4\pi \times 10^{-7}$ H/m。

磁场的分布如图 11-1（a）所示，是一条单峰的关于 Y 轴对称的曲线。

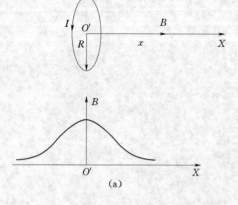
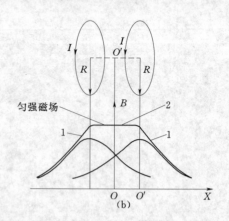

图 11-1　磁场分布

（a）载流圆线圈磁场分布；（b）亥姆霍兹线圈磁场分布

（2）亥姆霍兹线圈。两个完全相同的圆线圈彼此平行且共轴，通以同方向电流 I，线圈间距等于线圈半径 R 时，从磁感应强度分布曲线可以看出（理论计算也可以证明）：两线圈合磁场在中心轴线上（两线圈圆心连线）附近较大范围内是均匀的，这样的一对线圈

称为亥姆霍兹线圈，如图 11－1（b）所示。从分布曲线可以看出，在两线圈中心连线一段，出现一个平台，这说明该处是匀强磁场，这种匀强磁场在科学实验中应用十分广泛。比如，大家熟悉的显像管中的行偏转线圈和场偏转线圈，就是根据实际情况经过适当变形的亥姆霍兹线圈。当线圈间距离 $x > R$ 时，如图中的曲线 1，当 $x \leqslant R$ 时，如图中的曲线 2，坐标原点取在两线圈中心连线的中点 O。

2. 利用霍尔效应测磁场的原理

由前面的公式可知

$$U_H = K_H I_s B$$

式中，K_H 为霍尔片的灵敏度。可以看出，知道了霍尔片的灵敏度 K_H，只要分别测出霍尔电流 I_H 及霍尔电势差 U_H 就可以算出磁场 B 的大小，这就是霍尔效应测量磁场的原理。

【实验仪器】

FB511 型霍尔法亥姆霍兹线圈磁场实验仪。

【实验内容】

（1）测量载流圆线圈轴线上磁场的分布。

1）调节霍尔法亥姆霍兹线圈磁场实验仪的电流（霍尔片平面已调到与线圈轴线垂直），使励磁电流 $I = 0.000\text{A}$，在线圈磁场强度等于零的条件下，把微特斯拉计调零（目的是消除地磁场和其他环境杂散干扰磁场及不平衡电势的影响），这样微特斯拉计就校准好了（注意：如果测量过程中改变了测试架方向，需重复调零步骤）。

2）实验仪测试架左边的线圈为固定线圈，固定在刻度尺零点（即 0cm 处），把右边的可动线圈移动到合适的位置（中心作为坐标原点），方法是：先松开固定线圈用的两个滚花螺栓，把线圈平行移动，使线圈位于测试平台水平刻度尺为 5cm 处（即 1/2R 处），并固定可动线圈。

3）使励磁电流 $I = 0.400\text{A}$，以圆电流线圈中心为坐标原点，每隔 1.0cm 测一个 B 值，测量过程中注意保持励磁电流值不变。

4）把测试数据记录到表 11－1 中。在方格纸上画出 B-X 曲线。

（2）测量亥姆霍兹线圈轴线上磁场的分布。

1）参照上面的步骤，移动右线圈到刻度尺读数为 10cm 处（即 R 处），使两线圈间距 $d = R$，这时两个圆线圈中心连线的几何中心在测试平台水平刻度尺 5cm 处。

2）把两个圆电流线圈串联起来（注意极性不要接反），接到磁场测试仪的输出端。调节电流输出，使励磁电流 $I = 0.400\text{A}$。以两个圆线圈中心连线上的中点为坐标原点，每隔 1.0cm 测一个 B 值。

3）把测试数据记录到表 11－2 中。在方格纸上画出 B-X 曲线。

（3）测量载流圆线圈沿"径向"的磁场分布。按实验内容（2）的要求，把传感器探头移动到一只线圈中心，轴线 D 的夹角为 0°，径向移动探头，每移动 1.0cm 测量一个数据，按正、反方向测到 6cm 为止，把数据记录到表 11－3 中，作出磁场分布 B-Y 曲线图。

（4）把上述两个线圈的间距调节到 $d=R/2$（可动线圈固定在刻度尺 5cm 即 1/2R 处），重复步骤（2），并将测量数据记录到表 11-4 中，在同一方格纸上画出 B-X 曲线。

（5）把上述两个线圈的间距调节到 $d=2R$（可动线圈固定在刻度尺 20cm 即 2R 处），重复步骤（2），并将测量数据记录到表 11-5 中，在同一方格纸上画出 B-X 曲线。

【数据与结果】

（1）载流圆线圈轴线上磁场分布的测量数据记录（设载流圆线圈中心为坐标原点。要求列表记录，表格中包括测试点位置，数字式微特斯拉计读数 B 值，并在表格中表示出各测试点对应的理论值），在同一坐标纸上画出 B-X 实验曲线与 B-X 理论曲线。（$\mu_0 = 4\pi \times 10^{-7}$ H/m，$N=400$ 匝，$I=0.400$A，$R=0.100$m）

表 11-1　载流圆线圈（右）轴线上磁场分布的数据记录（坐标原点设在刻度尺 5cm 处）

刻度尺读数（10^{-2}m）	−7.0	−6.0	−5.0	…	0.0	…	15.0	16.0	17.0
轴向距离 X（10^{-2}m）	−12.0	−11.0	−10.0	…	−5.0	…	10.0	11.0	12.0
磁感应强度 B（mT）									
$B = \dfrac{\mu_0 N_0 I R^2}{2(R^2+X^2)^{3/2}}$（T）									
相对误差＿＿＿＿＿％									

（2）亥姆霍兹线圈轴线上的磁场分布的测量数据记录（设两线圈圆心连线中点为坐标原点），在方格坐标纸上画出 B-X 实验曲线。

表 11-2　亥姆霍兹线圈轴线上磁场分布数据记录（坐标原点设在刻度尺 5cm 处）

刻度尺读数（10^{-2}m）	−7.0	−6.0	−5.0	…	0.0	…	15.0	16.0	17.0
轴向距离 X（10^{-2}m）	−12.0	−11.0	−10.0	…	−5.0	…	10.0	11.0	12.0
磁感应强度 B（mT）									

（3）测量亥姆霍兹线圈径向磁场分布。

表 11-3　载流圆线圈中心平面内径向磁场分布数据记录

径向距离 Y（10^{-2}m）	−6.0	−5.0	…	0.0	…	5.0	6.0
B（mT）							

（4）改变两个线圈间距，令 $d=\dfrac{1}{2}R$，测量轴线上的磁场分布的数据记录（设两线圈圆心连线中点为坐标原点），在方格坐标纸上画出 B-X 实验曲线。

表 11-4　使两线圈间距 $d=1/2R$，轴线上磁场分布数据记录（坐标原点设在刻度尺 2.5cm 处）

刻度尺读数（10^{-2}m）	−6.5	−5.5	…	−0.5	0.5	…	10.5	11.5
轴向距离 X（10^{-2}m）	−9.0	−8.0	…	−3.0	−2.0	…	8.0	9.0
B（mT）								

（5）改变两个线圈间距，令 $d=2R$，测量轴线上的磁场分布的数据记录（设两线圈圆心连线中点为坐标原点），在方格坐标纸上画出 B-X 实验曲线。

表 11-5　　使线圈间距 $d=2R$，轴线上磁场分布数据记录　　（坐标原点设在刻度尺 10cm 处）

刻度尺读数（10^{-2}m）	−7.0	−6.0	−5.0	…	0.0	…	15.0	16.0	17.0
轴向距离 X（10^{-2}m）	−12.0	−11.0	−10.0	…	−5.0	…	10.0	11.0	12.0
B（mT）									

【思考题】

（1）为什么在测量直流磁场时必须考虑地球磁场对被测磁场的影响？

（2）载流圆线圈轴线上磁场的分布规律如何？

（3）亥姆霍兹线圈是怎样组成的？其基本条件有哪些？它的磁场分布特点又怎样？改变两圆线圈间距后，线圈轴线上的磁场分布情况如何？

（4）试分析载流圆线圈磁场分布的理论值与实验值的误差产生的原因。

● 实验 12　声　速　测　量

声波是一种在弹性媒质中传播的纵波。对超声波（频率超过 $2 \times 10^4\,Hz$ 的声波）传播速度的测量在超声波测距、测量气体温度瞬间变化等方面具有重大意义。超声波在媒质中的传播速度与媒质的特性及状态因素有关。因而通过媒质中声速的测定，可以了解媒质的特性或状态变化。例如，测量氯气（气体）、蔗糖（溶液）的浓度、氯丁橡胶乳液的密度以及输油管中不同油品的分界面等，这些问题都可以通过测定这些物质中的声速来解决。可见，声速测定在工业生产中具有一定的实用意义。同时，通过液体中声速的测量，了解水下声纳技术应用的基本概念。

【实验目的】

（1）用共振干涉法和相位比较法测量声速。
（2）了解压电陶瓷换能器的功能。
（3）进一步熟悉示波器的使用。
（4）加深对驻波及振动合成等理论知识的理解。

【实验原理】

由波动理论得知，声波的传播速度 v 与声波频率 f 和波长 λ 之间的关系为

$$v = f\lambda \tag{12-1}$$

所以只要测出声波的频率和波长，就可以求出声速。其中声波频率可由产生声波的电信号发生器的振荡频率读出，波长则可用共振法和相位比较法进行测量。

1. 超声波的发射、接收与压电陶瓷换能器

本实验采用压电陶瓷换能器来实现声压和电压之间的转换。它主要由压电陶瓷环片、轻金属铝（做成喇叭形状，增加辐射面积）和重金属（如铁）组成。压电陶瓷片由多晶体结构的压电材料锆钛酸铅制成。在简单情形下，压电材料受到应力 T 时，在极化方向上产生一定的电场强度 E，它们之间存在一简单的线性关系 $E = \eta T$。反之，当将电压加在压电材料上时，材料的伸缩形变 S 与电压 U 之间也存在一简单的线性关系即 $S = \kappa U$。这里的比例系数 η 和 κ 称为压电常数，与材料性质有关。因此，当压电陶瓷片的两个底面加上正弦交变电压，它就会按正弦规律发生纵向伸缩，从而发出超声波。同样压电陶瓷可以在声压的作用下把声波信号转化为电信号。压电陶瓷换能器在声-电转化过程中信号频率保持不变。

如图 12-1 所示，S_1 作为声波发射器，它把电信号转化为声波信号向空间发射。S_2 是信号接收器，它把接收到的声波信号转化为电信号供观察。其中 S_1 是固定的，而 S_2 可以左右移动。

2. 共振法（或称驻波法）测量波长 λ

S_1 为声波发生器（电信号转化为声波信号），S_2 为信号接收器（声波信号转化为电信号），如图 12-1 所示。当 S_1 和 S_2 之间的距离 x 为半波长的整数倍，S_1 和 S_2 之间的空气中

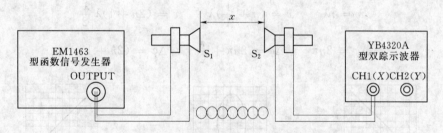

图 12 - 1 共振法测量声速实验装置线路示意图

出现稳定的驻波共振现象，接收面位于驻波波节处，声压值最大（声压的波腹）。通过压电转换，产生的电信号的电压值也最大（示波器显示波形的幅值最大）。因此，若保持超声波的频率 f 不变时，相邻两次接收信号达到极大值时接收面之间的距离 Δx 与波长 λ 间的关系满足

$$\Delta x = \frac{\lambda}{2} \tag{12-2}$$

即可得到该波的波长 $\lambda(\lambda = 2\Delta x)$，再利用 $v = \lambda f$ 计算出声速。

3. 相位比较法测量波长 λ

声源 S_1 发出声波后，在其周围形成声场，声场在介质中任一点的振动相位是随时间而变化的，但它和声源振动的位相差 $\Delta \varphi$ 不随时间变化，如图 12 - 2 所示。

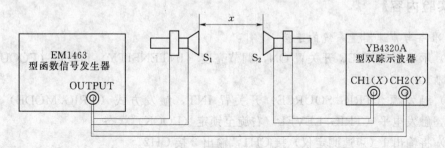

图 12 - 2 相位比较法测量声速实验装置线路示意图

设声源方程可写成

$$y = A\cos \omega t$$

距声源 x 处 S_2 接收到的振动为

$$y' = A'\cos \omega(t - \frac{x}{v})$$

两处振动的位相差

$$\Delta \varphi = \omega \frac{x}{v}$$

若把两处振动分别输入到示波器 x 轴和 y 轴，那么当 $x = n\lambda$，即 $\Delta \varphi = 2n\pi$ 时，合振动为一斜率为正的直线，如图 12 - 3 （a）所示。当 $x = (2n+1)\frac{\lambda}{2}$，即 $\Delta \varphi = (2n+1)\pi$ 时，合振动为一斜率为负的直线，如图 12 - 3 （c）所示。当 x 为其他值时，合振动为椭圆，如图 12 - 3 （b）所示。

$$x = n\lambda \qquad x = (n + \frac{1}{4})\lambda \qquad x = (2n+1)\lambda\frac{\lambda}{2}$$

$$\Delta\varphi = 2n\pi \qquad \Delta\varphi = 2n\pi + \frac{\pi}{2} \qquad \Delta\varphi = (2n+1)\pi$$

(a)　　　　　　　　　(b)　　　　　　　　　(c)

图 12-3　合振动的斜率出现的 3 种情况

移动 S_2，当其合振动为直线的图形斜率正、负更替变化一次，S_2 移动的距离为

$$\Delta x = (2n+1)\frac{\lambda}{2} - n\lambda = \frac{\lambda}{2}$$

则

$$\lambda = 2\Delta x$$

【实验仪器】

SV5 型声速测量组合仪及 EM1463 型函数信号发生器和 YB4320A 型双踪示波器。

【实验内容】

1. 准备与声速测量系统的连接

（1）示波器 POWER 开关置 ON，调节亮度（INTENSITY）和聚焦（FOCUS），使波形清晰。

（2）触发源（TRIG. SOURCE）开关置 INT，触发方式（TRIG. MODE）开关置 AUTO，触发电平（TRIG. LEVEL）右旋至锁定（LOCK）状态。

（3）将输出 1（声速测定仪）接 CH1，输出 2 接 CH2。

（4）声速测量时，函数信号发生器、测试仪、示波器之间面板的连接方法如图 12-4 所示。

（5）图 12-1 和图 12-2 中的发射面 S_1 和接收面 S_2 要严格平行。

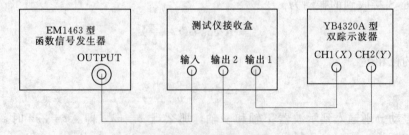

图 12-4　共振干涉法、相位法测量面板连接

2. 谐振频率的调节并记录室温

（1）按下 CH1 开关，调节 TIME/DIV 旋钮至适当位置，即可观察到正弦波形。

（2）谐振频率的调节并记录室温：将信号发生器输出频率调至 40kHz，S_2 和 S_1 靠近，在示波器上观察到正弦波形；仔细微调信号发生器的输出频率，使荧光屏上波形振幅最大，记录此时的频率，此频率（$34.5\sim39.5$kHz）即是压电换能器 S_1、S_2 相匹配的频率点。

（3）改变 S_1、S_2 的距离，使示波器的正弦波振幅最大，再次调节正弦信号频率，直至示波器显示的正弦波振幅达到最大值。记录此频率 f。

3. 共振干涉法测声速

（1）将 S_2 移动接近 S_1 处（注意不要接触），再缓缓地移动 S_2，当示波器上出现振幅信号时，记下位置 x_0。

（2）由近而远改变接收器 S_2 的位置，可观察到正弦波形发生周期性的变化，逐个记下振幅最大的 x_1，x_2，…，x_7 共 8 个点，然后用逐差法处理数据。

4. 相位比较法测声速

（1）将送到 S_1 声波发生器的信号直接接到示波器的 CH2，而由 S_2 信号接收器接收到的信号接到示波器的 CH1，且让两信号在示波器中垂直合成（将示波器的 $X-Y$ 控制键按下），示波器置于观察李萨如图形状态，即可观察到椭圆。

（2）使 S_2 稍靠拢 S_1，然后再慢慢地移离 S_2，当示波器屏上出现斜率为正的直线时，记下 S_2 的位置 x'_0。

（3）移动 S_2，依次记下示波器上斜率负、正变化的直线出现时 S_2 的对应位置 x'_1、x'_2、…、x'_7。相邻正、负斜率 S_2 移动的距离为

$$\Delta x' = \frac{\lambda}{2}$$

即可得到该波的波长 $\lambda(\lambda = 2\Delta x')$，再利用 $v = \lambda f$ 计算出声速。

5. 对空气介质测量声速时的注意要点

测量空气声速时，将专用信号源上的"声速传播介质"置于"空气"位置，换能器的发射源（带有转轴）用紧固螺钉固定，然后将话筒插头插入接线盒的插座中。

可将 S_2（接收换能器）转动到与 S_1（发射换能器）相隔 1mm 处（两换能器喇叭形平面），不要相碰，开启数字显示表头电源，并置 0，即可进行测量。

【数据与结果】

1. 共振法

（1）实验数据记录。将测量数据记入表 12-1 中。室温 $t=$ _____ ℃谐振频率 $f=$ _____ Hz。

表 12-1　　　　　　　　　　　　数 据 记 录 表

i	x_i（mm）	$i+4$	x_{i+4}（mm）	$2\lambda = \|x_{i+4} - x_i\|$（mm）	λ_i（mm）	$\bar{\lambda}$	$\Delta\lambda_i$（mm）
0		4					
1		5					
2		6					
3		7					

已知读数装置中的螺旋测微装置的仪器误差为 $\Delta_{仪}=0.015\text{mm}$。信号发生器的频率误差为 $\dfrac{\Delta_f}{f}=0.10\%$。

(2) 算出共振干涉法测得的波长平均值 $\bar{\lambda}$ 及其标准偏差 S_λ。经计算出相应波长的测量结果 $\lambda=\bar{\lambda}\pm\Delta_\lambda$。其中 $S_\lambda=\sqrt{\dfrac{\sum(\lambda_i-\bar{\lambda})^2}{n-1}}=\sqrt{\dfrac{\sum(\Delta\lambda_i)^2}{n-1}}$，$\Delta_\lambda=\sqrt{\Delta_{仪}^2+S_\lambda^2}$。

(3) 计算共振干涉法测得的超声波波速 $\bar{v}$ 及 Δ_v，并写出实验结果 $\bar{v}\pm\Delta_v$。

其中 $\bar{v}=\bar{\lambda}\cdot f$，$\Delta_v=\bar{v}\cdot\sqrt{\left(\dfrac{\Delta_\lambda}{\bar{\lambda}}\right)^2+\left(\dfrac{\Delta_f}{f}\right)^2}$。

(4) 按理论值公式（空气中）：

$$v_s=v_0\sqrt{\frac{T}{T_0}}$$

算出理论值 v_s，式中 $v_0=331.45\text{m/s}$ 为 $T_0=273.15\text{K}$ 时的声速，$T=t+273.15\text{K}$。并将 v 与 v_s 比较，用百分误差表示，并分析产生误差的原因。

2. 相位比较法（只要求测量和简单数据处理）

用相位比较法测量的数据记入表 12-2 中。

表 12-2 数据记录表

i	x_i (mm)	$i+4$	x_{i+4} (mm)	$2\lambda=\lvert x_{i+4}-x_i\rvert$ (mm)	λ_i (mm)	$\Delta\lambda_i$ (mm)
0		4				
1		5				
2		6				
3		7				

【思考题】

(1) 声速测量中的共振干涉法和相位比较法有何异同？

(2) 本实验为什么要在谐振频率条件下进行声速测量？如何调节和判断测量系统是否处于谐振状态？

(3) 两列波在空间相遇时产生驻波的条件是什么？如果发射面 S_1 和接收面 S_2 不平行，结果会怎样？

(4) 相位比较法中作一个周期变化和共振干涉法中作一个周期变化，S_2 移动距离是否相同？

(5) 相位比较法为什么选直线图形作为测量基准？从斜率为正的直线变到斜率为负的直线过程中相位改变了多少？

(6) 在相位比较法中，调节哪些旋钮可改变直线的斜率？调节哪些旋钮可改变李萨如图形的形状？

(7) 用逐差法处理数据的优点是什么？还有没有别的合适的方法可处理数据？若有则计算 λ 确定值。

● 实验 13 光 的 等 厚 干 涉

【实验目的】

(1) 观察等厚干涉现象，考察其特点。

(2) 学习用牛顿环测量透镜曲率半径，用劈尖测量微小厚度的方法。

(3) 学习实验结果数据的处理。

【实验原理】

1. 牛顿环

将待测的球面凸透镜 AOB 放在平面 CD 的上面，如图 13-1 所示，便形成了典型的牛顿环装置。两相干光（近乎垂直入射的光经过空气隙上下表面 AOB 和 CD 的反射光）的光程差为

$$\delta_k = 2e_k + \frac{\lambda}{2} \qquad (13-1)$$

形成暗纹的条件为

$$2e_k + \frac{\lambda}{2} = (2k+1)\frac{\lambda}{2}, (k = 0, \pm 1, \pm 2, \pm 3, \cdots)$$

即

$$e_k = \frac{1}{2}k\lambda \qquad (13-2)$$

又由于 $\Delta PTO \backsim \Delta TEO$ ，故有

$$r_k^2 = (2R - e_k)e_k \approx 2Re_k \qquad (13-3)$$

由式（13-1）和式（13-2）得

$$r_k^2 = Rk\lambda \qquad (13-4)$$

若已知 λ，测出 r_k，数出干涉级次 k，由式（13-4）便可求得 R。但由于装置中微小尘埃、接触点形变等因素的影响，使得牛顿环的级数 k 和干涉条纹的中心都无法确定，因而利用式（13-4）测定 R 实际上是不可能的，故常常将式（13-4）变换为

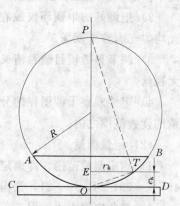

图 13-1 牛顿环实验装置

$$R = \frac{D_m^2 - D_n^2}{4(m-n)\lambda} \qquad (13-5)$$

可见，只要数出所测各环的环数差 $m-n$，而无须确定各环的干涉级数 k，并且避免了圆环中心无法确定的困难。

2. 劈尖

劈尖与牛顿环一样同属等厚干涉，只是引起光的干涉的空气层的结构不同而已。同理可得，形成暗纹的条件是

$$e_k = \frac{1}{2}k\lambda \tag{13-6}$$

式中：e_k 为劈形空气层第 k 级暗纹处的厚度。

由于暗纹是等距的，可推得被测薄片厚度的测量式为

$$h = 5\lambda \times \frac{L}{L_{10}} \tag{13-7}$$

式中：L_{10} 为 10 个条纹间的长度；L 是玻璃板交线到被测薄片间的距离。这两个量均可用读数显微镜测出，若 λ 已知，则 h 可求得。

【实验仪器】

读数显微镜，钠光灯，牛顿环仪及搭制劈尖的玻璃块。

【实验内容】

1. 用牛顿环测量透镜的曲率半径

（1）调整及定性观察。

1）在自然光下调节牛顿环仪上的 3 个螺钉，使干涉图样移到牛顿环仪中心附近，并使干涉条纹稳定且中心暗斑尽可能小。

2）把调好的牛顿环仪放在显微镜平台上，调节读数显微镜 45°的半反射镜，使钠黄光均匀充满整个视场。

3）调节显微镜目镜看清叉丝，然后调节物镜对干涉条纹调焦，并使叉丝和圆环之间无视丝。

4）定性观察干涉图样的分布特点，观察待测的各环左右是否都清晰，并且都在显微镜的读数范围之内。

（2）定量测量。

1）确定测量范围，即确定 $m-n$ 和 m、n 的值，如确定 $m-n=25$，$m=50$，49，…，46；$n=25$，24，…，21，测出各环对应的直径。

2）避免空程引入的误差。鼓轮只能沿一个方向转动，不许倒转。稍有倒转，全部数据即应作废。如果要从第 50 环开始读数，则至少要在叉丝压着第 55 环后再使鼓轮倒转至第 50 环开始读数，并依次沿同一方向测完全部数据。

3）应尽量使叉丝对准干涉条纹中央时读数。

2. 劈尖（略）

【实验目的】

（1）用牛顿环测量透镜的曲率半径。

$$\overline{D_m^2 - D_n^2} = \underline{\qquad\qquad} \text{mm}^2$$

$$S_{D_m^1 - D_n^2} = \underline{\qquad\qquad} \text{mm}^2$$

$$\Delta_{D_m^2 - D_n^2} \approx S_{D_m^2 - D_n^2} = \underline{\qquad\qquad} \text{mm}^2 \quad \left(\text{因为 } \Delta_{仪} \leqslant \frac{1}{3}S_{D_m^2 - D_n^2}\right)$$

$$\overline{R} = \frac{\overline{D_m^2 - D_n^2}}{4\lambda(m-n)} = \underline{\qquad\qquad} mm$$

$$\frac{\Delta_R}{R} = \frac{\Delta_{D_m^2 - D_n^2}}{D_m^2 - D_n^2} = \underline{\qquad\qquad}$$

$$\Delta_R = \underline{\qquad\qquad}$$

$$R = \underline{\qquad\qquad}$$

表 13 - 1　　　　　　　　　　　　　　**牛顿环实验数据记录表**

$m-n=25$；$\lambda=5.893\times10^{-4}$mm；$\Delta_{仪}=0.015$mm

环数			D_m (mm)	环数			D_n (mm)	$D_m^2 - D_n^2$ (mm^2)
m	左	右		n	左	右		
50				25				
49				24				
48				23				
47				22				
46				21				

（2）劈尖测微小厚度（略）。

【分析与讨论】

（1）上述数据处理过程中用平均值作为测量结果的最佳值，这是一种简化的处理方法，忽视了"测量精度"这个要素。因为 $D_m^2 - D_n^2$ 的值虽然基本相同，但是它们是非等精度的。分析如下：

$$D_k = D_{k(L)} - D_{k(R)}$$

$D_{k(L)}$、$D_{k(R)}$ 的测量精度均为 0.01mm，示值误差为 0.015mm，从不确定度传递理论来看，D_k 的测量精度为

$$\Delta_{D_k} = 0.015 \times \sqrt{2} = 0.021(mm)$$

$D_m^2 - D_n^2$ 的测量精度为

$$\Delta_{(D_m^2 - D_n^2)} = 2\Delta_{D_k}\sqrt{D_m^2 + D_n^2} = 0.042\sqrt{D_m^2 - D_n^2}$$

可见 $D_m^2 - D_n^2$ 的测量精度与 D_m、D_n 的大小有关，故为非等精度。因此，更为合理的方法是求加权平均值作为最佳值。

（2）事实上 m、n 也存在不确定度 Δ_m、Δ_n，这是因叉丝对准干涉条纹中央时欠准所产生的，设此不确定度为条纹宽度的 $1/10$，即 $\Delta_m = \Delta_n = 0.1$，则

$$\Delta_{(m-n)} = \sqrt{\Delta_m^2 + \Delta_n^2} = 0.14$$

故有

$$\frac{\Delta_R}{R} = \sqrt{\left(\frac{\Delta_{(D_m^2 - D_{n2}^2)}}{D_m^2 - D_n^2}\right)^2 + \left(\frac{\Delta_{(m-n)}}{m-n}\right)^2}$$

可见 m、n 的误差对实验结果的影响不能忽视。

（3）由环半径的平方化为环半径的平方之差（或环直径的平方之差）时，由图 13 - 2 可知

$$r_m^2 - S_m^2 = OA^2$$
$$r_n^2 - S_n^2 = OA^2$$
$$r_m^2 - S_m^2 = r_n^2 - S_n^2$$

所以

$$r_m^2 - r_m^2 = S_m^2 - S_n^2$$

即环半径的平方之差（或直径的平方之差）等于对应的弦的平方之差。因此在实验测圆环直径时无须通过圆环的中心。其实，要确定圆环的中心，也是很不容易的。

（4）由于计算 R 时只需要知道环数差 $m-n$，因此以哪一个环作为第一环可以任选，但一经选定，在整个测量过程中就不能改变了，且不要数错条纹数。

（5）由于干涉圆环的间距随圆环半径（或级数）的增加而逐渐减小，而且中心变化快、边缘变化慢。因此选择边缘部分（级数大）圆环间距变化比较缓慢，大致可以看作是均匀变化的，可以把 $D_m^2 - D_n^2$ 值看作等精度测量量，这样求其平均值作为最佳值才比较合理。因此，在能分辨条纹的前提下应尽可能地选择测 m、n 较大的环，且使 $m-n$ 取值也大些，这样可以减小 Δ_m、Δ_n 对实验结果的影响。

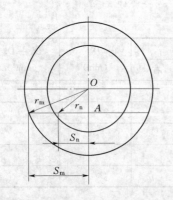

图 13 - 2 干涉条纹半径与弦长关系

实验 14　分光计的调整和棱镜材料折射率的测定

分光计又叫测角仪，是用来精确测量平行光偏转角度的一种仪器。用它可以测量折射率、色散本领、光波波长、光栅常数等物理量。分光计的结构复杂、装置精密，调节要求也比较高，对初学者来说会有一定的难度。但是只要了解其基本结构和测量光路，严格按照调节要求和步骤仔细地调节，也不难调好。分光计的结构又是其他许多光学仪器（如摄谱仪、单色仪及分光光度计等）的基础。

【实验目的】

（1）了解分光计的结构和工作原理。
（2）掌握分光计的调整要求和调整方法。
（3）学会用最小偏向角法测棱镜材料折射率。

【实验原理】

1. 分光计的结构

分光计主要由底座、平行光管、望远镜、载物台和读数装置 5 部分构成。分光计有多种型号，但结构大同小异。图 14-1 所示是 JJY-1 型分光计的外形和结构。

（1）底座。底座是整个分光计的支座，其中心有沿铅直方向的转轴，称为分光计的中

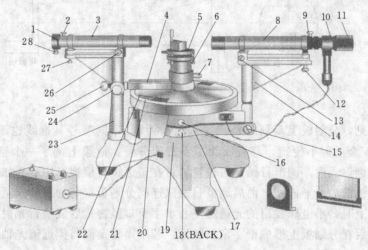

图 14-1　JJY-1 型分光计

1—狭缝；2，9—紧固螺钉；3—平行光管；4—制动架；5—载物台；6—载物台调平螺钉（3 只）；
7—载物台锁紧螺钉；8—望远镜；10—分化板；11—目镜；12—倾斜度螺钉；13—望远镜光
轴水平螺钉；14—支臂；15—转角微调；16—主尺止动螺钉；17—制动架；18—望远镜
止动螺钉；19—底座；20—转座；21—主尺；22—游标盘；23—立柱；24—游标盘微调
螺钉；25—游标盘止动螺钉；26—平行光管光轴水平螺钉；27—倾斜度螺钉；
28—狭缝调节；

心轴。轴上装有可绕轴转动的望远镜和载物台，在一个底脚的立柱上装有平行光管。

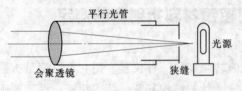

图 14-2　平行光管示意图

（2）平行光管。平行光管是提供平行入射光的部件，它是装在柱形圆管一端的一个可伸缩的套筒，套筒末端有一狭缝，筒的另一端装有消色差的会聚透镜。当狭缝恰位于透镜的焦平面上时，平行光管就射出平行光束，如图 14-2 所示。狭缝的宽度由狭缝宽度调节螺钉调节。平行光管的水平度可用平行光管倾斜度调节螺钉调节，以使平行光管的光轴和分光计的中心轴垂直。

（3）阿贝式自准直望远镜。望远镜是用来观察和确定光束的行进方向的，它是由物镜、目镜及分划板组成的一个圆管。常用的目镜有高斯目镜和阿贝目镜两种，都属于自准目镜，JJY-1 型分光计使用的是阿贝式自准目镜（分划板带照明灯泡），所以其望远镜称之为阿贝式自准直望远镜，结构如图 14-3 所示。

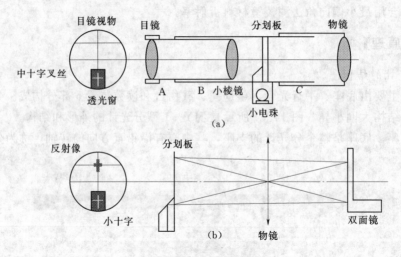

图 14-3　望远镜示意图

从图中可见，分划板上刻划的是"✛"形的准线（不同型号其准线也不相同），且边上粘有一块 45°全反射小棱镜，其表面涂了不透明薄膜，薄膜上刻了一个空心十字窗口，小电珠光从管侧射入后，调节目镜前后位置，可在望远镜目镜视场中看到如图 13-3 所示的像。若在物镜前放一平面镜，前后调节目镜（连同分划板）与物镜的间距，使分划板位于物镜焦平面上时，小电珠发出的光透过空心十字窗口经物镜后成平行光射至平面镜，反射光再经物镜后在分划板上形成十字窗口的像。若平面镜镜面与望远镜光轴垂直，此像将落在"✛"准线上部的交叉点上。

（4）载物台。载物台是用来放置待测件的。台上附有夹持待测件的弹簧片。台面下方装有 3 个水平调节螺钉，用来调整台面的倾斜度。这 3 个螺钉的中心形成一个正三角形。松开载物台紧固螺钉，载物台可以单独绕分光计中心轴转动或升降。拧紧载物台紧固螺钉，它将与游标盘固定在一起。游标盘可用游标圆盘制动螺钉固定。

（5）读数装置。读数装置是由刻度外圆盘（又称主尺）和游标内盘（游尺）组成，如

图 14-4 所示。刻度外圆盘为 360°（720 个刻度）。所以，最小刻度为半度（30′），小于半度则利用游标读数。游标尺上刻有 30 个小格，故游标每一小格对应角度为 1′。角度游标读数的方法与游标卡尺的读数方法相似。

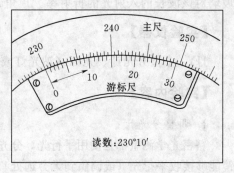

图 14-4　角游标及读数

在加工和装置过程中，不可能使分光计载物台中心（游标盘中心）与望远镜转轴中心（主尺盘中心）十分吻合，这种由于两圆不同心而产生的读数偏差，称为偏心差，属于仪器的系统误差。消除它的方法是在刻度盘上对称地放置两个游标窗口（位置恰好相差 180°）（可详见附录）。测量时，要同时记下两游标所示的读数，然后算出每个游标两次读数的差，再取其平均值。这个平均值就可以作为望远镜（或载物台）转过的角度，以消除偏心差。

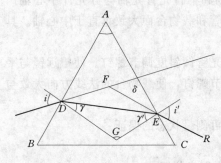

图 14-5　单色光经三棱镜折射

2. 最小偏向角法测折射率

一束平行的单色光，入射到三棱镜的 AB 面，经折射后由另一面 AC 射出，如图 14-5 所示。入射光和 AB 面法线的夹角 i 称为入射角，出射光和 AC 面法线的夹角 i' 称为出射角，入射光和出射光的夹角 Δ 称为偏向角。理论证明，当入射角 i 等于出射角 i' 时，入射光和出射光之间的夹角最小，称为最小偏向角 δ。由图 14-5 可知：

$$\Delta = (i-r) + (i'-r')$$

其中 r 和 r' 意义如图 14-5 所示。当 $i=i'$ 时，由折射定律有 $r=r'$。

用 δ 代替 Δ 得

$$\delta = 2(i-r) \tag{14-1}$$

又因 $r+r'=2r=\pi-G=\pi-(\pi-A)=A$，其中 G 和 A 的意义如图 14-5 所示。所以

$$r = \frac{A}{2} \tag{14-2}$$

由式（14-1）和式（14-2）得

$$i = \frac{A+\delta}{2}$$

由折射定律得

$$n = \frac{\sin i}{\sin r} = \frac{\sin \dfrac{A+\delta}{2}}{\sin \dfrac{A}{2}} \tag{14-3}$$

由式（14-3）可知，只要测出三棱镜顶角 A 和最小偏向角 δ，就可以计算出三棱镜

117

玻璃对该波长的入射光的折射率。顶角 A 和最小偏向角 δ 由分光计测定。

【实验仪器】

JJY-1 型分光计、光源（钠光灯或汞灯）、双面平面镜、三棱镜。

【实验内容】

1. 调整分光计

精密光学测量都是使用平行光，分光计也是按此设计的。分光计的调整任务为：①望远镜能够接收平行光（或调焦到无穷远处）。②平行光管能够发射平行光。③望远镜的主光轴垂直于分光计的中心轴（分光计的主轴）。④平行光管主光轴与望远镜主光轴同轴等高。

为此，必须按下列步骤进行调整。

（1）熟悉分光计结构。对照分光计的结构图和实物，熟悉分光计各部分的具体结构及其调整和使用方法。

（2）粗调（目测判断）。为了便于调节望远镜光轴和平行光管光轴与分光计中心轴严格垂直，可先用目视法进行粗调，使望远镜、平行光管和载物台面大致垂直于中心轴。具体方法为：

凭眼睛观察，调节望远镜倾斜度调节螺钉与平行光管倾斜度调节螺钉。使望远镜与平行光管的主光轴大致同轴，再调节载物台 3 个水平调节螺钉，使载物台的法线方向大致与望远镜和平行光管的主光轴垂直。

目测是细调的前提，也是分光计能否被顺利调到可测量状态的保证。

（3）细调。

1）调整望远镜适合观察平行光位置。

a. 点亮望远镜上的照明小灯，调节望远镜的目镜，使视场中能清晰地看到"⚌"形叉丝，如图 14-6 所示。

b. 将双面平面镜（简称平面镜或双面镜）放在载物台上，参照图 14-7 所示放置，图 14-7 中 a、b 和 c 是载物台下面的 3 个水平调节螺钉。轻缓地转动载物台，从望远镜中能看到双面镜反射回来

图 14-6　望远镜分划板

的"十"字光斑。如果找不到"十"字光斑，说明粗调没有达到要求，应重新进行粗调。

c. 在找到"十"字光斑反射回来的像后，调节望远镜中的叉丝套筒，即改变叉丝与物镜间的距离，使在望远镜中能十分清晰地看到"十"字光斑的像，并使"十"字光斑的像与"⚌"形叉丝无视差，如图 14-8 所示。这样，望远镜就可以接收平行光了。

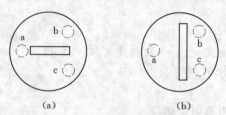

（a）　　　　（b）

图 14-7　载物台及平面镜放置

2）调节望远镜主光轴垂直于分光计的中心轴。当平面镜法线与望远镜主光轴平行时，亮"十"字光斑的反射像与"⚌"形叉丝的上交点重合，如图 14-9（b）所示。旋转载物台 180°之后也能完全重合，则说明望远镜的主光轴已垂直于分光计的主轴了。

但在一般情况下，"十"字光斑与"⚌"形叉丝的上交点不重合，或在"⚌"上交线上

面，或在"✛"交点的下面，如图 14-9（a）或图 14-9（c）所示，
载物台旋转 180°后，"十"字光斑像会上下翻动。这说明载物台的法
线方向（即分光计中心轴）与望远镜和平行光管的主光轴不严格垂
直，必须仔细调节才能实现。在调节时先要在望远镜中看到"十"
字光斑，旋转载物台 180°也能看到"十"字光斑（如果发现一面有
光斑，另一面没有光斑，则需重新粗调，直至两面都能看到"十"
字光斑），然后采用渐近法（或称各半调节法）调节。图 14-9（a）
所示光斑在上交线下方并有一个距离 h，调节载物台调节螺钉，将光

图 14-8 望远镜调
焦到无穷远时
"十"像清晰

斑上抬 $\dfrac{h}{2}$ 距离，再用望远镜倾斜度调节螺钉把光斑上抬 $\dfrac{h}{2}$ 距离。旋转载物台 180°后处于

图 14-9（c）所示位置，同样使用载物台调节螺钉往下调 $\dfrac{h'}{2}$，再用望远镜倾斜度调节螺

钉往下调 $\dfrac{h'}{2}$。反复几次，使光斑始终处于图 14-9（b）所示的位置。

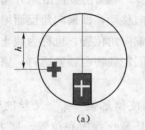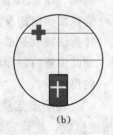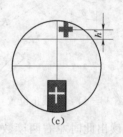

(a)　　　　　　　(b)　　　　　　　(c)

图 14-9 调节望远镜主光轴垂直于分光计的中心轴

3）调节平行光管产生平行光。用前面已调整好的望远镜来调节平行光管。如果平行
光管出射平行光，则狭缝成像在望远物镜的焦平面上，望远镜中就能清楚地看到狭缝像，
并与叉丝无视差，则平行光管产生平行光。调节方法如下：

a. 用眼睛目测，调节平行光管倾斜度调节螺钉，使平行光管主光轴大致与望远镜主
光轴同轴。

b. 拧松狭缝套筒制动螺钉，调节狭缝和透镜间的距离，使狭缝位于透镜的焦平面上，
这时从望远镜中看到狭缝像的边缘十分清晰，而不模糊，并要求狭缝与"✛"叉丝无视
差。这时平行光管发出的是平行光。

4）调节平行光管的主光轴垂直于分光计主轴。仍然用已垂直于分光计主轴的望远镜去
观察，转动狭缝所在的套筒，使狭缝水平朝上放置，调节平行光管倾斜度调节螺钉，使狭缝
的像与"✛"叉丝的中心线重合；转动狭缝所在套筒
180°，使狭缝水平朝下放置，同样调节平行光管倾斜度
调节螺钉，再使狭缝的像与"✛"叉丝的中心线重合。
这样反复调节几次，使狭缝始终与"✛"叉丝的水平中
心线重合，如图 14-10（a）所示。然后将狭缝调成竖
直并与"✛"叉丝铅直线重合，并使其宽度约为 1mm，

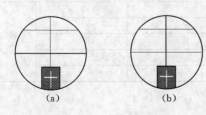

(a)　　　　(b)

图 14-10 平行光管调节

如图 14 - 10 （b） 所示。

2. 最小偏向角法测三棱镜玻璃折射率

（1） 把三棱镜放在调整好的分光计上。AB 和 AC 为光学面，BC 为毛玻璃面（底面），让平行光入射到三棱镜 AB 面上，如图 14 - 11 所示，转动望远镜，在 AC 面靠近 BC 面（底面）的某一方向能找到出射光，即狭缝的像。注意：放置三棱镜必须轻轻地放，不能破坏调整好分光计和损坏三棱镜。

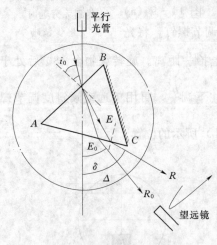

图 14 - 11　找截止位置

（2） 确定截止线位置。先将载物台连同所载三棱镜稍稍转动，改变入射光对光学面 AB 的入射角 i，出射光方向 ER 随之而变。与此同时，偏向角发生变化，如图 14 - 11 所示。这时，从望远镜中看到的狭缝像也随之移动（望远镜要同步跟踪），注意此时偏向角是增大还是减小，然后转动平台使狭缝像向偏向角减小的方向移动。当棱镜转到某个位置时，像不再移动（即 E_0R_0 位置）。继续使棱镜沿原方向转动，狭缝像反而向相反方向移动，即偏向角反而增大。这个转折位置就是最小偏向角位置，也称为截止位置。找到此位置后，即刻固定载物台锁紧螺钉，锁定最小偏向角位置。

转动望远镜，使望远镜 "✛" 叉丝的竖线与狭缝重合并读出此时左右两读数窗的角度位置，此位置就是截止线所在位置。移去三棱镜，使望远镜 "✛" 的竖线与直接透射的狭缝像重合，再读出左右两窗口的透射线的角度位置，此位置就是入射光所在位置。上述两角位置相减就是要测的最小偏向角的值。

重复上述过程，再测量 4 次。

【数据与结果】

1. 数据表格

三棱镜顶角 $A = 60° \pm 1'$，所用光源波长 $\lambda = 546.1\text{nm}$，$\Delta_{仪} = 1'$，将测量数据填入表 14 - 1 中。

表 14 - 1　　　　　　　　　　　　**数 据 记 录 表**

次数	截止方位		入射光方位		$\delta_1 = \varphi_1 - \varphi_{10}$	$\delta_2 = \varphi_2 - \varphi_{20}$	$\delta = \dfrac{1}{2}(\delta_1 + \delta_2)$	δ
	左游标 φ_{10}	右游标 φ_{20}	左游标 φ_1	右游标 φ_2				
1								
2								
3								
4								
5								

2. 数据处理方法

（1） 最小偏向角：

$$\delta = \bar{\delta} \pm \Delta\delta$$

其中

$$S_\delta = \sqrt{\frac{\sum_{i=1}^{n}(\delta_i - \bar{\delta})^2}{n-1}}$$

$$\Delta\delta = \sqrt{\Delta_{仪}^2 + S_\delta^2}$$

（2）三棱镜折射率：

$$\bar{n} = \frac{\sin\dfrac{A+\bar{\delta}}{2}}{\sin\dfrac{A}{2}}$$

推导出折射率 n 的不确定度传递公式为

$$\Delta_n = \sqrt{\frac{\left(\sin\dfrac{\bar{\delta}}{2}\right)^2 (\Delta A)^2 + \left(\cos\dfrac{A+\bar{\delta}}{2}\right)^2 (\Delta\delta)^2}{4\sin^4\dfrac{A}{2}}}$$

这里，$\Delta_A = \Delta_{仪}$。最后，把结果写成 $n = \bar{n} \pm \Delta_n$

【思考题】

（1）分光计由哪些部分组成？各部分的作用如何？

（2）分光计调节要满足哪几点要求？怎样判断是否调节好？

（3）用自准直法调节望远镜适合观察平行光的主要步骤是什么？当你观察到什么现象时就能判定望远镜已适合观察平行光？为什么？

（4）借助于平面镜调节望远镜与分光计主轴垂直时，为什么要使载物台旋转 180°？

（5）用分光计测量角度时，为什么要设置两个读数游标？这样做的好处是什么？

（6）试根据光路图分析，为什么望远镜主光轴与平面镜法线平行时，在目镜内应看到"十"字形反射像将与"✛"形叉丝的上方交线相重合？

（7）各调半法的基本作用是什么？

（8）设游标读数装置中，主盘的最小分度是 20′，游标刻度线共 40 条，问该游标的最小分度值为多少？

（9）测量角度 θ 时，在其中一个读数窗口测得望远镜由 $\varphi = 330°00'$ 经 0° 转到 $\varphi = 30°10'$，那么望远镜经此窗口实际所转过角度是多少？试写出计算 θ 角的通用公式。

（10）在用分光计作光学测量时，为什么平行光管的狭缝要调至适当宽度？太宽太窄可能会产生什么后果？

【附录】

圆刻度盘的偏心差

用圆（刻）度盘测量角度时，为了消除圆度盘的偏心差，必须由相差为 180° 的两个

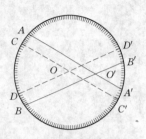

图 14-12　因圆刻度盘中心 O 与主轴 O' 不重合而产生的偏心差

游标分别读数。我们知道，圆度盘是绕仪器主轴转动的，由于仪器制造时不容易做到圆度盘中心准确无误地与主轴重合，这就不可避免地会产生偏心差。圆度盘上的刻度均匀地刻在圆周上，当圆度盘中心与仪器主轴重合时，由相差 $180°$ 的两个游标读出的转角刻度数值相等。而当圆度盘偏心时，由两个游标读出的转角刻度数值就不相等了，所以如果只用一个游标读数就会出现系统误差。如图 14-12 所示，用 AB 的刻度读数则偏大，用 $A'B'$ 的刻度读数又偏小。由平面几何很容易证明：

$$\frac{1}{2}(\overset{\frown}{AB} + \overset{\frown}{A'B'}) = \overset{\frown}{CD} = \overset{\frown}{C'D'}$$

亦即由两个相差 $180°$ 的游标上读出的转角刻度数值的平均值就是圆盘真正的转角值，从而消除了偏心差。

● 实 验 15 光 栅 衍 射 实 验

衍射光栅是由一组数目极多、平行等距、紧密排列的等宽狭缝组成。实验室常用的衍射光栅有透射光栅、平面反射光栅和全息光栅。由于光栅衍射条纹狭窄细锐，分辨本领比棱镜高，所以常用光栅作摄谱仪、单色仪等光学仪器的分光元件，用来测定谱线波长，研究光谱的结构和强度等。另外，光栅还应用于光学计量、光通信及信息处理。

本实验使用的是全息光栅。

【实验目的】

(1) 掌握光栅的衍射规律。
(2) 观察光栅的衍射光谱，了解干涉条纹。
(3) 用光栅测定汞灯谱线波长、光栅常数。
(4) 进一步熟悉分光计的使用。

【实验原理】

图 15－1 所示为透射光栅，光栅上的刻痕起着不透光的作用，a 为透光缝的宽度，b 为缝间不透光的宽度，$d = a + b$，为光栅常数。根据夫琅和费衍射原理，当一束单色光垂直照射在光栅上时，各狭缝的光线因衍射而向各方向传播，经过透镜会聚相互产生干涉，并在透镜的焦平面上形成一系列明暗条纹，如图 15－2 所示。实际测量时并不用透镜，而是用调焦到无穷远的望远镜。

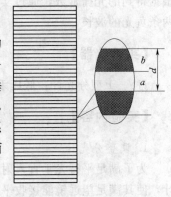

图 15－1 透射光栅

由图得到，相邻两缝对应点出射的光束之光程差为

$$\delta = d \sin \varphi$$

式中：φ 为衍射角，它满足下列条件：

$$d \sin \varphi = k\lambda \tag{15-1}$$

则该衍射方向上的光将得到加强，叫做主极大，其他方向的衍射光或者完全抵消，或者强度很弱，几乎成暗背景。把 $k = 0$，± 1，± 2，…称为衍射级次，其所对应的主极大，分别称为中央（0 级）极大、正负第一级极大、等。

如果入射光为一束复色光垂直入射，经光栅后，在 $k = 0$ 处，各色光叠加在一起呈原色，称中央明纹。在中央明纹的两侧，对不同波长的光，同一级（k）谱线将有不

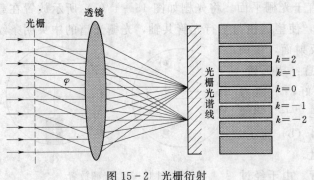

图 15－2 光栅衍射

同的衍射角 φ，因此，在透镜的焦平面上将出现按波长顺序排列的谱线，称为"光谱"。相同 K 值谱线组成同一级光谱，于是就有第一级光谱、第二级光谱、……之分。

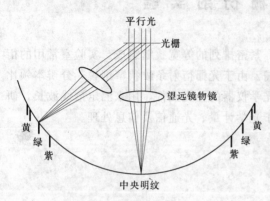

图 15-3　光栅衍射光谱示意图

本实验室提供的光源为低压汞灯，它的每级有 4 条特征谱线：紫色 435.8nm、绿色 546.1nm、黄色 577.0nm 和 579.1nm。如图 15-3 所示，$k=\pm1$ 在中央明纹两侧且各有 4 条谱线。如果光栅的分辨率足够好，则可以观察到 $k=\pm2$、±3 的各组谱线。

从式（15-1）中可知，如果已知入射光的波长，用分光计测出相应衍射级次的衍射角 φ_K，则可求出光栅常数 d；反之，如果已知光栅常数 d，用分光计测出第 k 级谱线中某一主极大衍射角 φ_K，则同样可计算出该明条纹所对应的单色光的波长。

本实验已知绿光波长 $\lambda_绿=546.1nm$，测出某一 K 值的衍射角 φ_K，算出光栅常数；再根据得到的光栅常数，通过实验中测出的另外一条紫光和两条黄光的衍射角，求出紫光和两条黄光的波长。

【实验仪器】

JJY-1 型分光计；低压汞灯；全息光栅。

【实验内容】

1. 调整分光计

为了满足平行光垂直入射栅平面的条件以及能够测准谱线的衍射角，首先应调好分光计，使其满足望远镜能接收平行光，平行光管能发射平行光，并使二者的主光轴同轴等高且垂直于分光计的主轴，详细调整步骤参见本书的实验十三分光计的调整。

汞灯光源照亮狭缝，狭缝宽调至约 1mm（以分出两条黄光为准），叉丝竖线与狭缝平行，狭缝中点位于分划板中心叉丝交点位置，消除视差。

2. 调节光栅

(1) 平行光管出射的平行光垂直于光栅平面。将光栅如图 15-4（a）所示放置在载物台上，光栅平面垂直于 a、b 连线，使望远镜与平行光管共轴，光栅光谱的中央明条纹与叉丝竖线重合。以光栅平面作为反射面，仅调节载物台水平调节螺钉 a 或 b（注意：望远镜、平行光管的倾斜度调节螺钉已调好，不能再动!），使从光栅平面反射回来的绿色"+"字像与分划板上方叉丝重合，如图 15-4（b）所示。然后旋紧游标制动螺钉，锁定游标盘。

(2) 光栅刻线与分光计主轴平行。由于经过

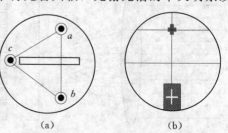

图 15-4　光栅放置

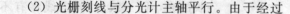

光栅衍射的光谱线都共处于与光栅刻痕方向相垂直的
平面内,如图 15-5 所示的 *OPQ* 平面,所以,要使
衍射角所在平面与刻度盘平面(如图 15-5 所示的
OMN 平面)相平行,就必须使 *OO′* 与刻度盘的转轴
OO″(分光计的主轴)相平行。这时,衍射角 φ_k 才与
刻度盘读数 φ'_k 相等;否则,会造成测角读数的误差。

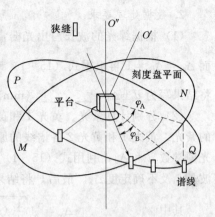

图 15-5　光栅刻痕与分光
计主轴不平行

　　调节时,转动望远镜,观察左、右两侧各级谱线
分布情况。若发现两侧光谱线不在同一高度上,可通
过调节载物台调平螺钉 *c* 使各级光谱线等高。这时,
光栅刻痕即平行于仪器中心转轴。

　　3. 测定汞灯第二级($k=2$)各谱线衍射角 φ_k

　　入射光垂直于光栅的平面时,对于同一波长的
光,同一 k 级左、右两侧的衍射角是相等的。为了提高精度,一般是测量零级中央条纹的
左、右各对应级次的衍射夹角 $2\varphi_k$,如图 15-6 所示。然后再算出 φ_k。为测量方便,一般
从−2 级的黄光开始向+2 级方向转动望远镜,逐条谱线依次测出其所在的方位角,直至
测完+2 级的两条黄光位置为止。

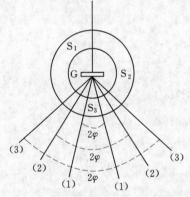

图 15-6　左右两侧同一 *K* 级对应
谱线间的夹角为 2φ

　　4. 求光栅常数和光谱波长
　　(1)以汞灯绿色光谱线的波长 $\lambda=546.1$ nm 作为理论
真值,由测得的衍射角求出光栅常数 d。
　　(2)用已求出的 d 值测定汞灯的两条黄线和一条紫
线的波长。

【数据与结果】

1. 原始数据记录及衍射角计算

分光计类型:JJY-1 型分光计,测量精度为 $1'$,且
$\Delta_\text{仪}=1'$。

本实验所用光栅类型:平面全息光栅。

将测量数据填入表 15-1 中。

表 15-1　　　　　　　　数 据 记 录 表

| 谱线 | $k=-2$ | | $k=+2$ | | 望远镜转角 | | 衍射角 |
	左游标 φ_{-2}	右游标 φ'_{-2}	左游标 φ_{+2}	右游标 φ'_{+2}	左游标读数 $\varphi_2=\lvert\varphi_{+2}-\varphi_{-2}\rvert$	右游标读数 $\varphi'_2=\lvert\varphi'_{+2}-\varphi'_{-2}\rvert$	$\varphi_2=\dfrac{1}{4}\left[\varphi_2+\varphi'_2\right]$
紫							
绿							
黄 1							
黄 2							

2. 数据处理要求

（1）根据绿光的波长写出光栅常数及不确定度。先写出绿光的衍射角 $\varphi_2 = \underline{\hspace{2cm}}$；而 $\Delta_{\varphi 2} = \Delta_{仪} = 1'$ 再根据式（15-1）计算出光栅常数 d，而 $\Delta_d = \dfrac{2\lambda \cos \varphi_2}{\sin^2 \varphi_2} \Delta_{\varphi 2} = \underline{\hspace{2cm}}$ 最后将结果写为 $d \pm \Delta_d = \underline{\hspace{2cm}}$（mm）。

（2）分别计算紫光、黄光 1 和黄光 2 各谱线的波长和不确定度。先根据上述表中测得的紫光、黄光 1 和黄光 2 各谱线的原始数据，分别求出它们的衍射角；再根据上面求出的光栅常数 d 和 Δ_d，利用式（15-1）的光栅方程，计算出紫光、黄光 1 和黄光 2 各谱线的波长 λ 及不确定度 Δ_λ。最后，将结果与理论波长相比较。

其中

$$\Delta_\lambda = \sqrt{\frac{1}{4}(\sin \varphi_2 \Delta_d)^2 + \frac{1}{4}(d \cos \varphi_2 \Delta_{\varphi 2})^2}$$

【思考题】

（1）什么是光栅常数？光栅光谱的排列有何规律？

（2）应用光栅方程测量谱线波长的条件是什么？实验中如何判断这些条件已经满足？

（3）如果光栅平面和分光计转轴平行，但光栅刻线和转轴不平行，那么整个光谱排列会有何变化？对测量结果有无影响？若有影响应怎样调节？

实验 16 示波器的原理和使用

示波器是一种用途广泛的多功能电子测量仪器，用它能观察电信号的波形、幅度和频率等电参数。用双踪示波器还可以测量两个信号之间的时间差，一些性能较好的示波器甚至可以将输入的电信号存储起来以备分析和比较。在实际应用中凡是能转化为电压信号的电学量和非电学量都可以用示波器来观测。

【实验目的】

（1）了解示波器的基本结构和工作原理。

（2）掌握使用示波器和信号发生器的基本方法。

（3）用示波器对常见电压波形进行观测。

（4）用示波器粗略测量信号电压幅值及频率。

（5）用李萨如图比较法测量正弦电压的频率。

【实验原理】

1. 示波器的基本结构

示波器的主要部分有（如图 16-1 所示）：示波管；带衰减器的 Y 轴放大器；带衰减器的 X 轴放大器；扫描电路（锯齿波发生器）；电源等。

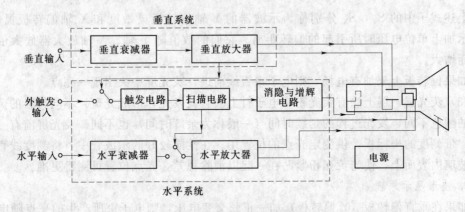

图 16-1 示波器结构框图

示波管：如图 16-2 所示，示波管包括电子枪、偏转系统、荧光屏 3 部分，被封装在一个高真空的玻璃泡内。

（1）电子枪。灯丝给阴极加热，使阴极发射电子。栅极上加有比阴极更低的负电压，用来控制阴极发射的电子数，从而控制荧光屏上显示光点的亮度（辉度）。第一阳极和第二阳极加有直流高压，使电子在电场作用下加速，并有静电透镜的作用，能把电子束会聚成一点（聚焦）。

（2）偏转系统。由靠近第二阳极的一对 Y 偏转板和一对 X 偏转板构成。当在偏转板

127

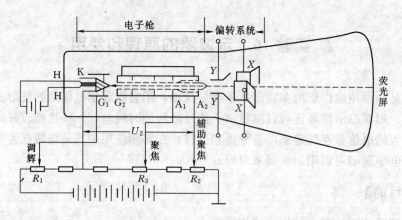

图 16-2 示波管

上加有电压形成电场时，电子束通过电场，其运动方向将发生偏转。

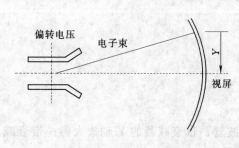

图 16-3 电子束偏转

如果偏转板 Y 两极间加上电压 U_Y，电子束经过电极时受极间电场作用而产生垂直方向上的移动，如图 16-3 所示，偏转距离 Y 正比于极板间加的电压为

$$Y = S_Y \cdot U_Y \qquad (16-1)$$

同理，X 偏转板控制电子束在水平方向的偏转，其偏转距离为

$$X = S_X \cdot U_X \qquad (16-2)$$

上述式子中的 S_Y，S_X 分别称为示波器的 Y 轴偏转板灵敏度和 X 轴偏转板灵敏度。它表示加上单位电压时所引起的偏转距离。它们的数值随 Y 轴、X 轴放大器放大倍数的增大而增大。

如果偏转板上未加有电场，则电子束直线前进，荧光屏中央出现一亮点。

（3）荧光屏。屏上涂有荧光粉，电子打上去它就发光，形成光斑。不同材料的荧光粉发光的颜色不同，发光过程的延续时间（一般称为余辉时间）也不同。荧光屏前有一块透明的、带刻度的坐标板，供测定光点的位置用。在性能较好的示波管中，将刻度线直接刻在屏玻璃内表面上，使与荧光粉紧贴在一起以消除视差，光点位置可测得更准。

2. 波形显示原理

如果在垂直偏转板（Y 偏转板）加一正弦交变电压，则电子束所产生的亮点随电压的变化在 Y 方向来回运动，如果电压频率较高，由于人眼的视觉暂留现象，看到的是一条竖直亮线，其长度与正弦信号电压的峰-峰值成正比，如图 16-4 所示。同理，如果仅在水平偏转板（X 偏转板）加上一随时间作周期性变化的电压，则荧光屏上出现一条水平亮线。

通常在示波管 X 轴偏转板上加一个锯齿形

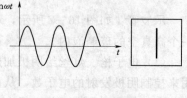

（加在 Y 偏转板）

图 16-4 信号随时间变化的规律

扫描电压，如图 16-5 所示，即在一个周期内 U_X 的大小随时间增加而线性变化。由于该电压在 0～1 时间内随时间成线性达到最大值，使电子束在屏上产生的亮点随时间线性水平移动，最后到达屏的最右端。在 1～2 时间内（最理想情况是该时间为零），U_X 突然回到起点（即亮点回到屏的最左端）。如此重复变化，若频率足够高，则在屏上形成了一条如图 16-5 所示的水平亮线，它使光点由左向右匀速运动，因此锯齿形电压又称为扫描电压。

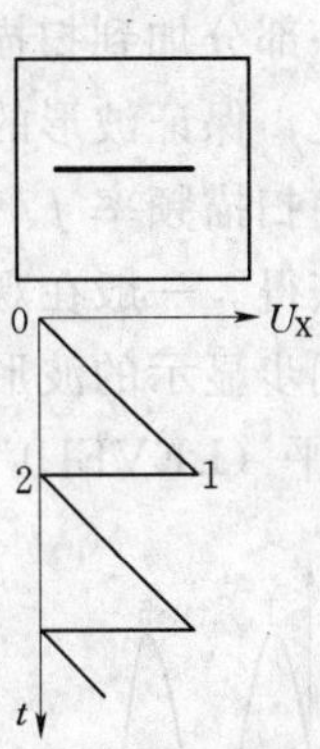

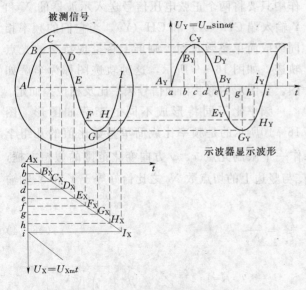

如果在 Y 轴上（Y 偏转板）加一正弦电压 $U_Y = U_m \sin(\omega t + \varphi)$（实际上任何所想观察的波形均可），X 轴同时加一锯齿电压，则每一瞬时，屏上光点的位置决定于两电压 U_X、U_Y 的值及相位。电子束受竖直、水平两个方向力的作用，电子运动是两相互垂直运动的合成。当两电压周期具有合适的关系时，在荧光屏上将能显示出所加正弦电压完整周期的波形，如图 16-6 所示。

图 16-5　锯齿波电压
（加在 X 偏转板）

图 16-6　示波器显示波形原理（$T_X = T_Y$）

综上所述，要观察加在 Y 轴上电压 U_Y 随时间变化的规律，必须同时在 X 轴上加一锯齿形电压，把 U_Y 产生的竖直亮线按时间展开，这个展开的过程叫"扫描"。

3. 同步原理

（1）同步的概念。为了显示如图 16-6 所示的稳定图形，只有保证正弦波到 i 点时，锯齿波也正好到 i 点，从而亮点扫完了一个周期的正弦曲线。由于锯齿波这时马上复原，所以亮点又回到 A 点，再次重复这一过程，光点所画的轨迹和第一周期的轨迹完全重合，所以在屏上显示出一个稳定的波形，这就是所谓的同步。

由此可知，同步的一般条件为

$$T_X = nT_Y, n = 1, 2, 3, \cdots \tag{16-3}$$

式中，T_X 为锯齿波周期；T_Y 为正弦电压周期。若 $n=2$，则能在屏上显示出两个完整周期的波形，如图 16-7 所示。

如果正弦波和锯齿波电压的周期稍微不同，屏上出现的是一移动着的不稳定图形。

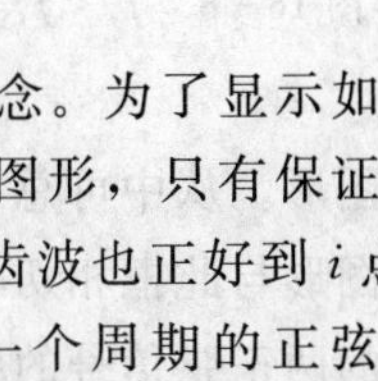

（2）整步调节：其目的是保证扫描周期是信号周期的整数倍，若没有"扫描"（横向的扫描电压），被测信号随时间规律变化就显示不出来；如果没有"整步"，就得不到稳定的波形图像。为了达到"整步"目的，示波器采用 3 种方式：其一是"内整步"，将待测信

图 16-7　$T_X = 2T_Y$ 时合成的图形

号一部分加到扫描发生器，当待测信号频率 f_y 有微小变化，它将迫使扫描频率 f_x 追踪其变化，保证波形的完整稳定；其二是"外整步"，从外部电路中取出信号加到扫描发生器，迫使扫描频率 f_x 变化，保证波形的完整稳定；其三是"电源整步"，整步信号从电源变压器获得。一般在观察信号时，都采用"内整步"（或称为"内触发"）。值得注意的是，若为同步显示的波形出现走动状态，此时应调节扫描步长、整步方式（一定打在"内"）、"电平（LEVEL）"位置。改变触发电压，波形便会稳定下来。

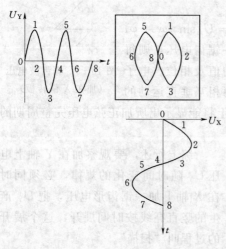

图 16 - 8　$f_y:f_x=2:1$ 的李萨如图形

4. 李萨如图形的原理

李萨如图形形成实质：沿 Y 轴方向的简谐运动 $U_Y=U_{m1}\sin(2\pi f_y t+\varphi_1)$ 与沿 X 轴方向的简谐振动 $U_Y=U_{m1}\sin(2\pi f_x t+\varphi_1)$ 合成的一种合运动（请同学们参考《大学物理》中的相关理论介绍）。从图 16 - 8 中可以看出，示波是如何将两个相互垂直的简谐运动叠加成的李萨如图形的。实际操作中只要将两个正弦电压信号送入示波器的 X 和 Y 输入端 CH（X）和 CH（Y），当它们的频率相同或成简单整数比时，则屏上将呈现特殊的光点轨迹，如图 16 - 9 所示，这种轨迹图称为李萨如图。其图形的形状由两信号频率比及相位差而定。

频率比不同将形成不同的李萨如图形。图 16 - 10 所示的是频率比成简单整数比值的几组李萨图形。从中可总结出以下规律：如果作一个限制光点 x、y 方向变化范围的假想方框，则图形与此框相切时，横边上切点数 N_x 与竖边上的切点数 N_y 之比恰好等于 Y 和 X 轴输入的两正弦信号的频率之比，即

$$\frac{f_y}{f_x}=\frac{N_x}{N_y} \tag{16-4}$$

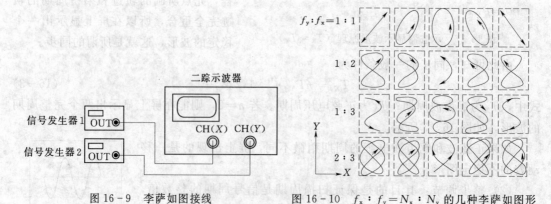

图 16 - 9　李萨如图接线　　　图 16 - 10　$f_x:f_y=N_x:N_y$ 的几种李萨如图形

这是因为切点数分别与 Y 轴、X 轴所加波形一侧的极值点相对应，而极值点数又与周期数相对应。所以利用李萨如图形能方便地比较两正弦信号的频率。若已知其中一个信

号的频率，数出图上的切点数 N_x 和 N_y，便可算出另一待测信号的频率。

【实验仪器】

YB4320A 双踪示波器；EM1643 信号发生器。

【实验内容】

1. 实验前的准备

动手操作前，应首先对照面板图，熟悉示波器的主要调节旋钮及其作用。本实验采用 YB4320A 型双踪示波器，它的特点是在单踪示波器上增设电子开关，用来实现可同时观察两个电压波形的功能。图 16 - 11 所示是 YB4320A 型示波器面板简图。图上主要旋钮的作用如下（详见附录一）：

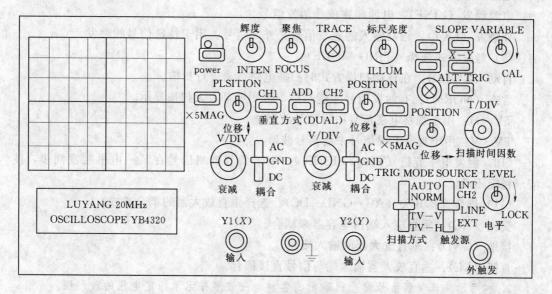

图 16 - 11 示波器面板简图

（1）Y 轴位移（Position）。调节光点在垂直方向上的移动。

（2）X 轴位移（Position）。调节光点在水平方向上的移动。

（3）辉度（INTEN）。调节光点的亮度。

（4）聚焦（FOCUS）。调节光点的大小（亮线的粗、细）。

（5）衰减开关（V/DIV）。调节屏上垂直方向信号幅度的大小。面板上的示数从 5mV ～5V 共分 10 挡，用以选择垂直偏转因数（垂直偏转板灵敏度 S_Y 的倒数）的大小，它表示光点偏移 1cm（屏上一大格）时，所加信号电压的大小。其上的小旋钮为衰减微调旋钮。当微调顺时针旋到最右端时，偏转因数校准为面板指示值。

（6）垂直方式工作按钮，选择垂直方向的工作方式。

选择（CH1）：屏幕上仅显示 CH1 的信号。

选择（CH2）：屏幕上仅显示 CH2 的信号。

双踪选择（DUAL）：同时按下 CH1 和 CH2 按钮，屏幕上会出现双踪并自动以断续或交替方式同时显示 CH1 和 CH2 上的信号。

叠加 (ADD)：显示 CH1 和 CH2 输入电压的代数和。

(7) 扫描时间因数 (T/DIV)。调节扫描电压的周期 (频率)，从而改变屏上显示波形的个数。面板上示数从 $0.2\mu s/cm \sim 0.5s/cm$ 共分 20 挡，其值表示在屏上水平方向展开波形时，每扫过 lcm 长度 (一大格) 所用的时间。当扫描微调控制键 (VARIABLE) 顺时针旋到最右端时，扫描时间校准于面板示值。

当 "X−Y" 按钮被按下时，则断开扫描电压发生器与 X 偏转板的连接，此时由 Y_1 (X) 输入的电压加到 X 偏转板上。

(8) 触发源。

内触发 (INT)：CH1 或 CH2 上的输入信号是触发信号。

通道 2 触发 (CH2)：CH2 上的输入信号是触发信号。

电源触发 (LINE)：电源频率成为触发信号。

外触发 (EXT)：触发输入的触发信号是外部信号，用于特殊信号的触发。

(9) 触发方式选择 (TRIG MODE)。

自动 (AUTO)：在自动扫描方式时扫描电路自动进行扫描。

常态 (NORM)：有触发信号才能扫描，否则屏幕上无扫描显示。

TV−H：用于观察电视信号中行信号波形。

TV−V：用于观察电视信号中场信号波形。

(10) 触发电平旋钮 (TRIG LEVEL)。用于调节被测信号在某一电平触发同步，使波形稳定不动。

(11) 耦合选择开关 (AC−GND−DC)。选择垂直放大器的耦合方式。

交流 (AC)：垂直输入端由电容器来耦合。

接地 (GND)：垂直放大器的输入接地。

直流 (DC)：垂直放大器输入端与信号直接耦合。

2. 利用示波器观察信号发生器输出的各种电压波形并记录指定电压的波形图

使用时先将主要面板控制旋钮如表 16−1 所示放置 (以 CH1 输入为例)，其他按键为弹出位置。

表 16−1　　　　　　　　　　　　　　面板控制旋钮的放置

面板控制件	作用位置	面板控制件	作用位置
垂直工作方式 (DUAL)	CH1	聚焦 (FOCUS)	信号线变细
耦合方式 (AC−GND−DC)	AC	触发模式 (TRIG MODE)	AUTO
垂直微调、水平微调 (VARIABLE)	右旋到底	触发源 (SOURCE)	INT
垂直、水平位移 (POSITION)	居中	触发极性 (SLOPE)	+

(1) 用电缆线将示波器的 "CH1 (X)" 输入端口与信号发生器的信号输出端口相接，接通波形发生器的电源，将输出频率调到 1000Hz，波形选择调到正弦波，此时示波器屏上显示一条形状较复杂且不断移动的光波带。

(2) 转动示波器上 CH1 (X) 的 "衰减" 旋钮，调节电压幅度，使屏上的光带幅度适中，再向右微微转动"电平"旋钮，调同步，直到屏上显示稳定不动的正弦波形。

（3）最后调节"扫描时间因数"旋钮以改变波形个数，使屏上显示 2～3 个周期的波形。至此，正弦电压的波形显示调整完毕。

（4）改变信号发生器的"波形选择"，在示波器上依次显示其余几种电压的波形，进行观察并将观察到的正弦波、锯齿波的波形图如实记录到坐标纸上。

3. 用示波器测定正弦电压的频率和幅值

用示波器进行电压、频率的瞬时值的定量测定前，必须将"扫描时间因数"的微调旋钮置于校准（即右上的"VARIABLE"旋到最右端）；"Y 衰减"的微调旋钮旋到最右端（校准位置），调节信号发生器输出的正弦波频率和电压（峰值）至某一设定值，再调节"扫描时间因数"、"电平"和"衰减"旋钮，使屏上显示出 1～2 个周期且幅度较大的稳定波形。

（1）记录波形一个周期的水平宽度 L（cm,）和扫描时间 t（s/cm）（t 即"扫描时间因数"旋钮的指示值，记录时注意看清楚单位和小数点位置），则根据"扫描时间因数"示值的意义以及频率与周期的关系，可得到待测电压的频率为

$$f = \frac{1}{T} = \frac{1}{Lt} \tag{16-5}$$

并将测量值与信号发生器显示的值（作标准值）相比较，计算百分误差。

（2）记录波形在垂直方向上的峰-峰高度 H（cm）和"衰减"旋钮所示电压值 U（V/cm），则待测电压的幅值和有效值为

$$U_{\text{p-p}} = H \cdot U, U_{有效} = \frac{U_{\text{p-p}}}{2\sqrt{2}} \tag{16-6}$$

若信号发生器有输出电压指示值，则将其示值作为真值，计算测量结果的百分误差。

4. 利用李萨如图测量信号发生器输出正弦电压的频率

（1）示波器的"CH1（X）"输入端输入正弦电压信号，再将另一信号发生器输出的正弦电压信号作为待测信号，用电缆线把它的输出端与示波器的"CH2（Y）"输入端相连接。

（2）按下"X-Y"键，这时扫描电压发生器与 X 偏转板断开，而由"CH1"输入的正弦信号通过 X 轴放大系统加到 X 偏转板上，此时 X、Y 偏转板上均加上正弦电压信号。

（3）设定"CH1（X）"输入信号的频率 $f_x = 400\,\text{Hz}$，调节输入"CH2（Y）"通道的信号的频率 f_y，使屏上显示稳定的李萨如图，记录每种图形及水平切点数 N_x 和竖直切点数 N_y，由式（16-5）计算待测正弦电压的频率。

【数据与结果】

1. 观察波形及电压和频率的测量

（1）在坐标纸上将所观察到的正弦波形和锯齿波用曲线板按 1:1 的比例绘出。

（2）电压和频率测量数据记录参考表见表 16-2。

（3）比较 f 与 f'，计算百分误差，分析示波器在量值测量上的误差为

$$E = \frac{|f - f'|}{f} \times 100\% = \underline{\qquad}$$

表 16 - 2 　　　　　　　　　　**电压和频率测量数据记录表**

信号仪表上读数	示波器观测数据						
频率 f （Hz）	V/DIV	垂直格数	U_{p-p}	$U_{有效}=\dfrac{U_{p-p}}{2\sqrt{2}}$	T/DIV	水平格数	f' （Hz）

2. 绘出所观察到的各种频率比的李萨如图形

若 $f_x=400\text{Hz}$ 为约定真值，依次求算 EM1643 信号发生器的输出频率 f_y，并与该信号发生器读数值 f_Y 进行比较，求出它们的相对误差，并讨论之。数据记录表见表 16 - 3。

表 16 - 3 　　　　　　　　　　**数 据 记 录 表**

$N_X:N_Y$	1:1	1:2	1:3	2:3
图　形				
$f_y=\dfrac{N_x}{N_y}f_x$ （Hz）				
信号源上的 f'_y （Hz）				
$E=\dfrac{f'_y-f_y}{f_y}\times100\%$				

【注意事项】

（1）荧光屏上的光点亮度不能调得太强，并且不能让光点长时间停留在屏上，以免损坏荧光屏。

（2）使用示波器时务必轻轻旋动各旋钮，当旋钮转不动时切不可强拉硬扳；否则将损坏仪器。

【思考题】

（1）如果观测的图形不稳定，出现向左移或向右移的原因是什么？该如何使之稳定？

（2）观察李萨如图形时，能否用示波器的"同步"把图形稳定下来？李萨如图形为什么一般都在动？其主要原因是什么？

（3）什么是同步？如何进行同步调节？

（4）若被测信号幅度太大（在不引起仪器损坏的前提下），则在示波器上看到什么图形？要完整显示应如何调节？

（5）示波器能否用来测量直流电压？如果能测，应如何进行？

（6）你能设计一个用示波器观察电流波形的线路吗？画出示意图并说明原理。

【附录】

1. 主机电源

①电源开关（POWER）。将电源开关按键弹出即为"关"位置，将电源接入，按电源开关，以接通电源。

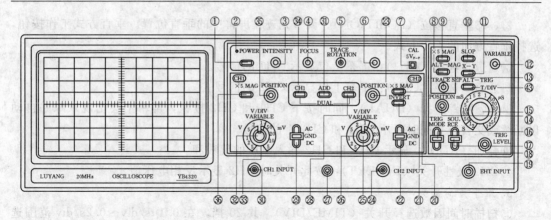

图 16－12　YB4320A 示波器面板分布图及控制键作用说明

②电源指示灯。电源接通时指示灯亮。

③亮度旋钮（INTENSITY）。顺时针方向旋转旋钮，亮度增强。接通电源之前将该旋钮逆时针方向旋转到底。

④聚焦旋钮（FOCUS）。用亮度控制钮将亮度调节至合适的标准，然后调节聚焦控制钮直至轨迹达到最清晰的程度，虽然调节亮度时聚焦可自动调节，但聚焦有时也会轻微变化。如果出现这种情况，需重新调节聚焦。

⑤光迹旋转旋钮（TRACE ROTATION）。由于磁场的作用，当光迹在水平方向轻微倾斜时，该旋钮用于调节光迹与水平刻度线平行。

⑥刻度照明控制钮（SCALE ILLUM）。该旋钮用于调节屏幕刻度亮度。如果该旋钮顺时针方向旋转，亮度将增加。

2. 垂直方向部分

㉚通道 1 输入端〔CH1 INPUT（X）〕。该输入端用于垂直方向的输入。在 X－Y 方式时输入端的信号成为 X 轴信号。

㉔通道 2 输入端〔CH2 INPUT（Y）〕。和通道 1 一样，但在 X－Y 方式时输入端的信号仍为 Y 轴信号。

㉒、㉙交流—接地—直流：耦合选择开关（AC - GND - DC），选择垂直放大器的耦合方式。

交流（AC）：垂直输入端由电容器来耦合。

接地（GND）：放大器的输入端接地。

直流（DC）：垂直放大器的输入端与信号直接耦合。

㉖、㉝衰减器开关（VOLT/DIV）。选择垂直偏转灵敏度的调节。如果使用的是 10：1 的探头，计算时将幅度×10。

㉕、㉜垂直微调旋钮（VARIABLE）。垂直微调用于连续改变电压偏转灵敏度，此旋钮在正常情况下应位于顺时针方向旋转到底的位置。将旋钮逆时针方向旋转到底，垂直方向的灵敏度下降到 2.5 倍以下。

⑳、㊱CH1×5 扩展、CH2×5 扩展（CH1×5MAG、CH2×5MAG）。按下×5 扩展按键，垂直方向的信号扩大 5 倍，最高灵敏度变为 1mV/div。

㉓、㉟垂直移位（POSITION）。调节光迹在屏幕中的垂直位置。垂直方式工作按钮，选择垂直方向的工作方式。

㉞通道 1 选择（CH1）：屏幕上仅显示 CH1 的信号。

㉘通道 2 选择（CH2）：屏幕上仅显示 CH2 的信号。

㉞、㉘双踪选择（DUAL）：同时按下 CH1 和 CH2 按钮，屏幕上会出现双踪并自动以断续或交替方式同时显示 CH1 和 CH2 上的信号。

㉛叠加（ADD）：显示 CH1 和 CH2 输入电压的代数和。

㉑CH2 极性开关（INVERT）：按此开关时 CH2 显示反相电压值。

3. 水平方向部分

⑮扫描时间因数选择开关（TIME/DIV）。共 20 挡，在 $0.1\mu s/div \sim 0.2s/div$ 范围选择扫描速率。

⑪X-Y 控制键。如 X-Y 工作方式时，垂直偏转信号接入 CH2 输入端，水平偏转信号接入 CH1 输入端。

㉓通道 2 垂直移位键（POSITION），控制通道 2 在屏幕中的垂直位置，当工作在 X-Y 方式时，该键用于 Y 方向的移位。

⑫扫描微调控制键（VARIBLE）。此旋钮以顺时针方向旋转到底时处于校准位置，扫描由 Time/Div 开关指示。该旋钮逆时针方向旋转到底，扫描减慢 2.5 倍以上。

正常工作时，该旋钮位于校准位置。

⑭水平移位（POSITION）。用于调节轨迹在水平方向移动。顺时针方向旋转该旋钮向右移动光迹，逆时针方向旋转向左移动光迹。

⑨扩展控制键（MAG×5）、（MAG×10，仅 YB4360）。

按下去时，扫描因数×5 扩展或×10 扩展。扫描时间是 Time/Div 开关指示数值的 1/5 或 1/10。

例如，×5 扩展时，$100\mu s/Div$ 为 $20\mu s/Div$。

部分波形的扩展：将波形的尖端移到水平尺寸的中心，按下×5 或×10 扩展按钮，波形将扩展 5 倍或 10 倍。

⑧ALT 扩展按钮（ALT-MAG）。按下此键，扫描因数×1、×5 或×10 同时显示。此时要把放大部分移到屏幕中心，按下 ALT-MAG 键。扩展以后的光迹可由光迹分离控制键⑬移位距×1 光迹 1.5div 或更远的地方。同时使用垂直双踪方式和水平 ALT-MAG 可在屏幕上同时显示 4 条光迹。

4. 触发（TRIG）

⑱触发源选择开关（SOURCE）。选择触发信号源。

内触发（INT）：CH1 或 CH2 上的输入信号是触发信号。

通道 2 触发（CH2）：CH2 上的输入信号是触发信号。

电源触发（LINE）：电源频率成为触发信号。

外触发（EXT）：触发输入上的触发信号是外部信号，用于特殊信号的触发。

㊸交替触发（ALTTRIG）。在双踪交替显示时，触发信号交替来自于两个 Y 通道，此方式用于同时观察两路不相关信号。

⑲外触发输入插座（EXTINPUT）。用于外部触发信号的输入。

⑰触发电平旋钮（TRIGLEVEL）。用于调节被测信号在某一电平触发同步。

⑱触发极性按钮（SLOPE）。触发极性选择。用于选择信号的上升沿和下降沿触发。

⑯触发方式选择（TRIGMODE）。

自动（AUTO）：在自动扫描方式时扫描电路自动进行扫描。

在没有信号输入或输入信号没有被触发时，屏幕上仍然可以显示扫描基线。

常态（NORM）：有触发信号才能扫描，否则屏幕上无扫描显示。

当输入信号的频率低于 20Hz 时，请用常态触发方式。

TV - H：用于观察电视信号中行信号波形。

TV - V：用于观察电视信号中场信号波形。

注意：仅在触发信号为负同步信号时 TV - V 和 TV - H 同步。

⑦校准信号（CAL）。电压幅度为 $0.5V_{P-P}$、频率为 1kHz 的方波信号。

㉗接地柱⊥这是一个接地端。

EM1643 信号发生器面板分布及功能如图 16 - 13 所示。

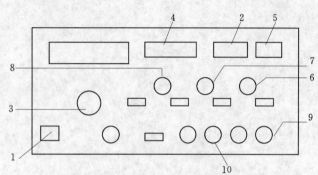

图 16 - 13　EM1643 信号发生器面板

1—电源开关；2—功能开关；3—频率微调；4—分挡开关；
5—衰减器；6—幅度；7—直流偏移调节；8—占空比调节；
9—输出；10—TTL 电平

1. 面板控制键作用

（1）电源开关（POWER，ON/OFF）。按入开关。

（2）功能开关（FUNCTION）。波形选择。

∽：正弦波

⎍：方波和脉冲波（具有占空比可变）

⋀：三角波和锯齿波（具有占空比可变）

（3）频率微调（FREQVAR）。频率覆盖范围 10 倍。

（4）分挡开关（RANGE - Hz）。20Hz～2MHz，分 6 挡选择。

（5）衰减器（ATT）。开关按入时衰减 20dB、40dB。

（6）幅度（AMPLITUDE）。输出幅度调节。

（7）直流偏移调节（DC OFF SET）。当开关按入时，直流电平为 -10～+10V 连续可调；当开关弹出时，直流电平为零。

（8）占空比调节（RAMP/PULSE）。

当开关弹出时，占空比为 50%。

当开关按入时，占空比在 10%～90% 内连续可调。

实际频率为指示值÷10

（9）输出（OUT PUT）。波形输出端。

（10）TTL 电平（TTL OUT）。只有 TTL 电平输出端。幅度为 $3.5V_{p-p}$。

2．操作步骤

（1）将仪器接入交流电源，按下电源开关。

（2）按下所需选择波形的功能开关。

（3）当需要脉冲波和锯齿波时，旋转 FREQVAR，调节频率，按下 RAMP/PULSE 开关，调节占空比，此时频率显示值÷10，其他状态时关掉。如果选定正弦波，关掉 RAMP/PULSE 开关。

（4）当需小信号输出时，按入衰减器。

（5）调节幅度至需要的输出幅度。

（6）调节直流电平偏移至需要设置的电平值，其他状态时关掉，直流电平将为零。

（7）当需要 TTL 信号时，从脉冲输出端输出，此电平将不随功能开关改变。

● 实验 17　用迈克尔逊干涉仪测波长

迈克尔逊干涉仪是 1880 年美国物理学家迈克尔逊设计、制作的精密光学仪器，是许多近代干涉仪的原型。它利用分振幅法产生双光束以实现光的干涉，可以用它来观察光的等倾、等厚和多光束干涉现象，测定单色光的波长和光源的相干长度等，在近代物理和计量技术中有广泛的应用。

【实验目的】

(1) 了解迈克尔逊干涉仪的结构、原理。
(2) 利用迈克尔逊干涉仪观察干涉现象。
(3) 利用迈克尔逊干涉仪测 He-Ne 激光的波长。

【实验原理】

迈克尔逊干涉仪原理如图 17-1 所示，在图中 S 为光源，G_1 为半镀银板（使照在上面的光线既能反射又能透射，而这两部分光的强度又大致相等），G_2 为补偿板，材料与厚度均与 G_1 板相同，且与 G_1 板平行。M_1、M_2 为平面反射镜。

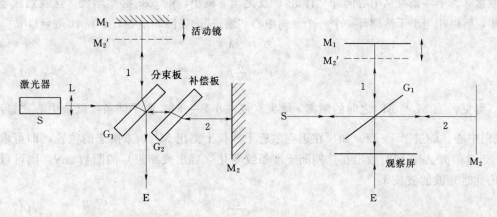

图 17-1　迈克尔逊干涉仪原理　　　图 17-2　迈克尔逊干涉仪简化光路

光源 S 发出的 He-Ne 激光经会聚透镜 L 扩束后，射向 G_1 板。在半镀银面上分成两束光：光束 1 受半镀银面反射折向 M_1 镜，光束 2 透过半镀银面射向 M_2 镜。两束光仍按原路反回射向观察者 E（或接收屏）相遇发生干涉。

G_2 板的作用是使 1、2 两光束都经过玻璃 3 次，其光程差就纯粹是因为 M_1、M_2 镜与 G_1 板的距离不同而引起。

由此可见，这种装置使相干的光束在相干之前分别走了很长的路程，为清楚起见，光路可简化为如图 17-2 所示，观察者自 E 处向 G_1 板看去，直接看到 M_2 镜在 G_1 板的反射像，此虚像以 M_2' 表示。对于观察者来说，M_1、M_2 镜所引起的干涉，显然与 M_1、M_2' 之间的空气层所引起的干涉等效。因此在考虑干涉时，M_1、M'_2 镜之间的空气层就成为仪器的主要部分。本仪器设计的优点也就在于 M'_2 不是实物，因而可以任意改变 M_1、M'_2 之间的距离——可以使 M'_2 在 M_1 镜的前面或后面，也可以使它们完全重叠或相交。

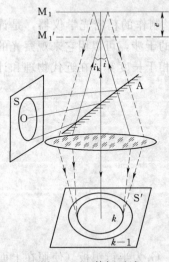

图 17-3　等倾干涉

1. 等倾干涉

当 M_1、M'_2 完全平行时，将获得等倾干涉，其干涉条纹的形状决定于来自光源平面上的入射角 i，如图 17-3 所示，在垂直于观察方向的光源平面 S 上，自以 O 点为中心的圆周上各点发出的光以相同的倾角 i_k 入射到 M_1、M'_2 之间的空气层，所以它的干涉图样是同心圆环，其位置取决于光程差 ΔL。

从图 17-3 中可以看出：

$$\Delta L = 2e\cos i_k \qquad (17-1)$$

当　　$2e\cos i_k = k\lambda (k = 1,2,3,\cdots)$

时看到一组亮圆纹。相邻两条纹的角距离为

$$\Delta i_k = i_{k+1} - i_k \approx -\frac{\lambda}{2ei_k} \qquad (17-2)$$

当眼盯着第 k 级亮圆纹不放，改变 M_1 与 M'_2 的位置，使其间隔 e 增大，但要保持 $2e\cos i_k = k\lambda$ 不变，则必须以减小 $\cos i_k$ 来达到，因此 i_k 必须增大。这就意味着干涉条纹从中心向外"冒出"。反之当 e 减小，则 $\cos i_k$ 必然增大，这就意味着 i_k 减小，所以相当于干涉圆环一个一个地向中心"缩进"。在圆环中心 $i_k = 0$，$\cos i_k = 1$，故

$$2e = k\lambda$$

则

$$e = \frac{\lambda}{2}k \qquad (17-3)$$

可见，当 M_1 与 M'_2 之间的距离 e 增大（或减小）$\dfrac{\lambda}{2}$ 时，则干涉条纹就从中心"冒出"（或向中心"缩进"）一圈。如果在迈克尔逊干涉仪上测出 M'_2 始末两态的位置，即可求出 M'_2 走过距离 Δe，同时数出在这期间干涉条纹变化（冒出或缩进）的圈数 ΔN，则可以计算出此时光波的波长 λ：

$$\lambda = \frac{2\Delta e}{\Delta N} \qquad (17-4)$$

2. 等厚干涉

如果 M_1 与 M_2' 成一很小的交角（交角太大则看不到干涉条纹），则出现等厚干涉条纹。条纹定域在空气楔表面或其附近，条纹的形状是一组平行于 M_1 与 M'_2 的直条纹。随着 e 增大，即楔形空气薄膜的厚度由 0 逐渐增加，则直条纹将逐渐变成双曲线、椭圆等。这是由于 e 较大，$\cos i_k$ 的影响不能忽略，i_k 增大，$\cos i_k$ 值减少，由 $2e\cos i_k = k\lambda$ 可知，要保持相同的光程差，e 必须增大。所以干涉条纹在 i_k 逐渐增大的地方要向 e 增大的方向移动，使得干涉条纹逐渐变成弧形，而且条纹的弯曲方向是凸向 M_1 与 M'_2 的交线，如图 17-4 所示。

3. 白光干涉条纹（彩色条纹）

因为干涉条纹的明暗决定光程差与波长的关系，比如说当光程差是 15200Å 时，这刚好

是红光（7600Å）的整数倍，满足亮纹的公式（17-1），可看到红的亮干涉条纹，可是它对绿光（5000Å）就不满足，所以看不到绿色的亮纹。用白光光源，只有在 $e=0$ 的附近（几个波长范围内）才能看到干涉花纹，在正中央 M_1、M'_2 交线处（$e=0$），这时对各种波长的光来说，其光程差均为 0，故中央条纹不是彩色的。两旁有十几条对称分布的彩色条纹，e 再大时因对各种不同波长的光满足暗纹的情况也不同，所产生的干涉条纹，明暗互相重叠，结果显不出条纹来，因而在整个干涉场中，只能看见几条彩色条纹。

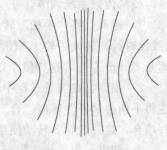

图 17-4 等厚干涉

【实验仪器】

SM-100 型迈克尔逊干涉仪、He-Ne 激光器、扩束镜。

迈克尔逊干涉仪的结构如图 17-5 所示。

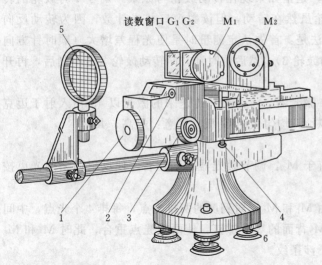

图 17-5 迈克尔逊干涉仪

1—手轮；2，4—螺钉；3—鼓轮；5—观察屏；6—地脚螺钉

在仪器中，G_1、G_2 板已固定（G_1 板后表面靠 G_2 板一方镀有一层银），M_1 镜的位置可以在 $G_1 M_1$ 方向调节。其 M_2 镜的倾角可由后面的 3 个螺钉调节，更精细地可由 2、4 螺钉调节，手轮 1 每转一圈，M_1 镜在 $M_1 G_1$ 方向平移 1mm。手轮 1 每一圈刻有 100 个小格，故每走一格平移为 1/100mm。而微动鼓轮 3 每转一圈手轮 1 仅走 1 格，微动鼓轮 3 一圈又刻有 100 个小格，所以微动鼓轮 3 每走一格，M_1 镜移动 1/10000mm。因此测 M_1 镜移动的距离时，若 m 是主尺读数（mm），l 是手轮 1 的读数，n 是微动鼓轮 3 的读数，则有

$$e = m + l\frac{1}{100} + n\frac{1}{10000} \quad (\text{mm})$$

【实验内容】

1. 迈克尔逊干涉仪的调整

迈克尔逊干涉仪是一种精密、贵重的光学测量仪器，因此必须在熟读讲义、弄清结构、弄懂操作要点后才能动手调节、使用。

（1）对照讲义，眼看实物弄清本仪器的结构原理和各个旋钮的作用。

（2）水平调节。调节地脚螺钉 6（见图 17-5，最好用水准仪放在迈克尔逊干涉仪平台上）。

（3）读数系统调节。

1）粗调：将"手柄"转向下面"开"的部位（使微动蜗轮与主轴蜗杆离开），顺时针（或反时针）转动手轮 1，使主尺（标尺）刻度指标于 30mm 左右（因为 M_2 镜至 G_1 的距离是 32mm 左右，这样便于以后观察等厚干涉条纹用）。

2）细调：在测量过程中，只能动用微动装置——鼓轮 3，而不能动用手轮 1。方法是在将手柄由"开"转向"合"的过程，迅速转动鼓轮 3，使鼓轮 3 的蜗轮与粗动手轮的蜗杆啮合，这时鼓轮 3 转动便带动手轮 1 的转动——这可以从读数窗口上直接看到。

3）调零：为了使读数指示正常，还需"调零"，其方法是：先将鼓轮 3 指示线转到和"0"刻度对准（此时，手轮也跟随转动——读数窗口刻度线随着变化），然后再转动手轮，将手轮 1 转到 1/100mm 刻度线的整数线上（此时鼓轮 3 并不跟随转动，即仍指原来"0"位置），这时"调零"过程就完毕。

4）消除回程差：目的是使读数准确。上述 3 步调节工作完毕后，并不能马上测量，还必须消除回程差（所谓"回程差"，是指如果现在转动鼓轮与原来"调零"时鼓轮的转动方向相反，则在一段时间内，鼓轮虽然在转动，但读数窗口并未计数，因为转动反向后，蜗轮与蜗杆的齿并未啮合）。方法是：首先认定测量时是使光程差增大（顺时针方向转动鼓轮 3）或是减小（反时针转动鼓轮 3），然后顺时针方向转动鼓轮 3 若干周后，再开始记数、测量。

（4）光源的调整。开启 He‑Ne 激光器，将由光纤传送来的激光以 45°角入射于迈克尔逊干涉仪的 G_1 板上（用目测来判断），均匀照亮 G_1 板。注意：等高、共轴。

2. 观察非定域干涉现象

（1）使 He‑Ne 激光束大致垂直于 M_2，调节激光器高低左右，使反射回来的光束按原路返回。

（2）拿掉观察屏，可看到分别由 M_1 和 M_2 反射到屏的两排光点，每排 4 个光点，中间有两个较亮，旁边两个较暗，调节 M_2 背面的 3 个螺钉，使两排光点重合，此时 M_1 和 M_2 垂直。这时一般观察屏上就会出现干涉条纹。

（3）调节 M_2 镜座下两个微调螺钉 2、4，直至看到位置适中，清晰的圆环状非定域干涉条纹。

（4）轻轻地转动微动手轮 3，使 M_1 前后平移，可看到条纹的"冒出"或"缩进"，观察并解释条纹的粗细、疏密与 e 的关系。

3. 测量 He‑Ne 激光的波长

（1）读数刻度基准线零点的调整。将微动鼓轮 3 沿某一方向旋至零，然后以同一方向转动手轮 1 使之对齐某一刻度，以后测量时使用微动鼓轮必须以同一方向转动。

（2）慢慢地转动微动鼓轮，可观察到条纹一个一个地"冒出"或"缩进"，待操作熟练后开始测量。记下粗动鼓轮和微动鼓轮上的初始读数 e_0，每当"冒出"或"缩进" $N=50$ 个圆环时记下 e_i，连续测量 9 次，记下 9 个 e_i 值，每测一次算出相应的 $\Delta e_i = |e_{i+1} - e_i|$，以检验实验的可靠性。然后用逐差法处理数据，求出"冒出"或"缩进" $\Delta N=250$ 个条纹对应的 Δe。

4. 观察等厚干涉的变化

在利用等倾干涉条纹测定 He‑Ne 激光波长的基础上，继续增大或减少光程差，使 e

→0（即转动微动鼓轮 3，使 M_1 镜背离或接近 G_1，从而使 M_1、G_1 的距离逐渐等于 M_2、G_1 之间的距离），则逐渐可以看到等倾干涉条纹的曲率由大变小（条纹慢慢变直），再由小变大（条纹反向弯曲又成等倾条纹）的全过程，如图 17-4 所示。

5. 观察白光彩色条纹

在观察等厚干涉过程中，当 $e=0$ 时出现等厚干涉，此时关闭 He-Ne 激光器，利用白光（手电筒的光）代替，慢慢地转动微动鼓轮 3，则可以在观察屏上看到彩色条纹，如图 17-6 所示，其中间一条呈黑（或亮）色，两旁视见度由强到弱地等距离地分布有十多条由"紫→红"等颜色的彩带。

图 17-6　白光干涉条纹

【数据与结果】

（1）波长测量实验数据记录见表 17-1。

表 17-1　数 据 记 录 表

$\Delta_{仪}=0.00005\text{mm}$

移动条纹数 N_i	0	50	100	150	200
M_1 位置 e_i（mm）					
移动条纹数 N_{i+5}	250	300	350	400	450
M_1 位置 e_i+5（mm）					
$\Delta N=N_{i+5}-N_i$	250	250	250	250	250
$\Delta e=e_{i+5}-e_i$（mm）					

$$\lambda^-=\frac{2\,\overline{\Delta e}}{\Delta N}=\underline{\qquad}\qquad S_{\Delta e}=\sqrt{\frac{\sum(\,|\,e_{i+250}-e_i\,|-\overline{\Delta e})^2}{5-1}}=\underline{\qquad}$$

$$\Delta_{\Delta e}=\sqrt{S_{\Delta e}^2+\Delta_{仪}^2}=\underline{\qquad}$$

$$\Delta_\lambda=\frac{2\Delta_{\Delta e}}{\Delta N}=\underline{\qquad}$$

代入式（17-4），求出 $\lambda=\overline{\lambda}\pm\Delta_\lambda=\underline{\qquad}$

（2）与标准值比较，计算百分误差（He-Ne 激光波长为 632.8nm）

$$E=\frac{|\,\overline{\lambda}-\lambda_0\,|}{\lambda_0}=\underline{\qquad}$$

【思考题】

（1）迈克尔逊干涉仪是怎么产生两相干涉光的？其光程差和什么因素有关？

（2）迈克尔逊干涉仪的光路调整的要求是什么？为什么？

（3）如何避免测量过程中的空程差？为什么要进行多次测量？

（4）是否所有圆条纹都是等倾干涉？你能举出哪些圆条纹不是等倾干涉吗？

● 实验 18　电子荷质比测量

　　19 世纪 80 年代英国物理学家 J.J 汤姆逊做了一个著名的实验：将阴极射线受强磁场的作用发生偏转，显示射线运行的曲率半径；并采用静电偏转力与磁场偏转力平衡的方法求得粒子的速度，结果发现了"电子"，并解出它的电荷量与质量之比为 $\dfrac{e}{m} = 1.7 \times 10^{11} \text{C/kg}$，对人类科学作出了重大的贡献。

　　电子荷质比 e/m 是一常用的物理常数，它的定义是电子的电荷量与其质量的比值，经现代科学技术的测定电子荷质比的标准值是 $1.759 \times 10^{11} \text{C/kg}$。当然电子荷质比测量方法在物理实验中有多种，本实验仪以当年英国物理学家汤姆逊的思路，利用电子束在磁场中运动偏转的方法来测量。本实验的操作不仅可以测量出电子荷质比，还可以加深对洛伦兹力的认识。

【实验目的】

　　(1) 应用电子束在磁场中运动偏转的方法来测量电子荷质比。

　　(2) 通过实验训练加深对洛伦兹力的认识。

【实验原理】

　　众所周知，当一个电荷以速度 v 垂直进入均匀磁场时，电子要受到洛伦兹力的作用，它的大小可由公式

$$\bar{f} = e\bar{v} \times \bar{B} \tag{18-1}$$

所决定，由于力的方向是垂直于速度的方向，则电子的运动轨迹又是一个圆，力的方向指向圆心，完全符合圆周运动的规律，所以作用力与速度又有

$$f = \frac{mv^2}{r} \tag{18-2}$$

式中：r 是电子运动圆周的半径。由于洛伦兹力就是使电子做圆周运动的向心力，因此

$$evB = \frac{mv^2}{r} \tag{18-3}$$

由公式转换可得

$$\frac{e}{m} = \frac{v}{rB} \tag{18-4}$$

　　实验装置是用一电子枪，在加速电压 u 的驱使下，射出电子流，因此 eu 全部转变成电子的输出动能，因此又有

$$eu = \frac{1}{2}mv^2 \tag{18-5}$$

通过式 (18-4)，式 (18-5) 可得

$$\frac{e}{m} = \frac{2u}{(r \times B)^2} \tag{18-6}$$

实验中可采取固定加速电压 u，通过改变不同的偏转电流 I，产生出不同的磁场 B，进而测量出电子束的运动轨迹圆半径 r，就能测试出电子的荷质比 $\dfrac{e}{m}$。

按照亥姆霍兹线圈产生磁场的原理

$$B = KI \tag{18-7}$$

式中：K 为磁电变换系数。

可表达为

$$K = \mu_0 \left(\frac{4}{5}\right)^{\frac{3}{2}} \times \frac{N}{R} \tag{18-8}$$

式中：μ_0 是真空磁导率，等于 $4\pi \times 10^{-7}\,\mathrm{H/m}$；$R$ 为亥姆霍兹线圈的平均半径；N 为单个线圈的匝数，因此式（18-6）可以改写成

$$\frac{e}{m} = \left(\frac{125}{32}\right)\frac{R^2 u}{\mu_0^2 N^2 I^2 r^2} = 2.474 \times 10^{12}\,\frac{R^2 u}{N^2 I^2 r^2} \quad (\mathrm{C/kg}) \tag{18-9}$$

电子荷质比测试仪的中心器件是三维立体的威尔尼氏管，通过它可以生动、形象地显示出电子束的运行轨迹，当将威尔尼氏管放于亥姆霍兹线圈产生的磁场中时，用电压激发它的电子枪发射出电子束，进行实验操作。

当电子枪在加速电压的激发下，射出电子束，在磁场的作用下，将发生 3 种情况：

（1）无磁场时，电子束将成直线轨迹射出。

（2）当电子束与磁场完全垂直时，电子束形成圆形轨迹。

（3）当电子束与磁场不完全垂直时，电子束将做螺旋线状态运动。

按本实验的要求，必须仔细地调整管子的电子枪，使电子流与磁场严格保持垂直，产生完全封闭的圆形电子轨迹。

【实验内容】

（1）开启电源，使加速电压定于 120V，耐心地等待，直到电子枪射出翠绿色的电子束后，再将加速电压 u 定于 100V。本实验的过程是采用**固定加速电压**，改变磁场偏转电流，测量偏转电子束的圆周半径来进行。注意：**如果加速电压太高或偏转电流太大，都容易引起电子束散焦。**

（2）调节偏转电流，使电子束的运行轨迹形成封闭的圆，细心调节聚焦电压，使电子束明亮，缓缓改变亥姆霍兹线圈中的励磁电流，观察电子束曲率半径大小的变化。

（3）测量步骤：调节仪器线圈后面反射镜的位置，以方便观察，如图 18-1 所示。

1）移动测量机构上的滑动标尺，用黑白分界的中心刻度线，对准电子枪口与反射镜中的像，采用三点一直线的方法测出电子轨迹圆的右端点，从游标上读出刻度读数 S_0。

图 18-1 测试仪简图

2）再次移动滑动标尺到电子轨迹圆的左端点，采用同样的方法读出刻度读数 S_n。

3）用 $r = \frac{1}{2}(S_n - S_0)$ 求出电子圆的半径。

【数据与结果】

将数据测量结果填入表 18 - 1 中。

将实验值与标准值 $\frac{e}{m} = 1.76 \times 10^{11}$ C/kg 相比较，求相对误差（其中 $R = 158$mm，$N = 130$ 匝）。

表 18 - 1　　　　　　　　　　　数 据 记 录 表

n	S_0 (mm)	S_n (mm)	γ (mm)	I（A）	$\frac{e}{m}$ (C/kg)	$\frac{1}{n} \sum \frac{e}{m}$ (C/kg)
1						
2						
3						
4						
5						
6						
7						
8						

【注意事项】

（1）实验开始时首先应细心调节电子束与磁场方向垂直，形成一个不带任何重影的圆环。

（2）电子束的激发加速电压不要调得过高，容易引起电子束散焦。电子束刚激发时的加速电压需要偏高一些，大约是 130V，一旦激发后，电子束在 90～100V 内均能维持发射，此时就可以适当降低加速电压。

（3）测量电子束半径时，三点一直线的校对应仔细，避免读数偏离，引起系统误差。

（4）威尔尼氏管电子束刚激发时的加速电压略偏高一些，大约是 130V，一旦激发后加速电压会自动降到正常电压范围内。假如不小心把加速电压调得太高，为了保护威尔尼氏管，电路设有自动保护，这时要把电源关掉，重新开机即可恢复功能。

【思考题】

（1）除了本实验介绍的方法来确定圆环的大小，你还有其他更好、更简捷的方法吗？

（2）测量电子荷质比还有哪些不同的实验方法？

（3）分析洛伦兹力在不同角度下对电子束的影响。

● 实验 19　气体比热容比的测定

比热容是物质的重要参量，在研究物质结构、确定相变、鉴定物质纯度等方面起着重要的作用。本实验将介绍一种较新颖的测量气体比热容的方法。

【实验目的】

测定空气分子的定压比热容与定容比热容之比。

【实验原理】

气体的定压比热容 C_P 与定容比热容 C_V 之比 $\gamma = C_P/C_V$，在热力学过程中特别是绝热过程中是一个很重要的参数，测定的方法有许多种。这里介绍一种较新颖的方法，通过测定物体在特定容器中的振动周期来计算 γ 值。实验基本装置如图 19-1 所示，振动物体小球的直径比玻璃管直径仅小 $0.01 \sim 0.02\text{mm}$。它能在此精密的玻璃管中上下移动，在瓶子的壁上有一小口，并插入一根细管，通过它各种气体可以注入到储气瓶中。

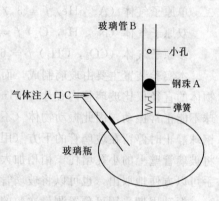

图 19-1　实验装置示意图

钢珠 A 的质量为 m，半径为 r（直径为 d），当瓶子内压力 p 满足下面条件时钢球 A 处于力的平衡状态。这时 $p = p_L + \dfrac{mg}{\pi r^2}$，式中 p_L 为大气压。为了补偿由于空气阻尼引起振动物体 A 振幅的衰减，通过 C 管一直注入一个小气压的气流，在精密玻璃管 B 的中央开设有一个小孔。当振动物体 A 处于小孔下方的半个振动周期时，注入气体使容器的内压力增大，引起物体 A 向上移动，而当物体 A 处于小孔上方的半个振动周期时，容器内的气体将通过小孔流出，使物体下沉。以后重复上述过程，只要适当控制注入气体的流量，物体 A 能在玻璃管 B 的小孔上下作简谐振动，振动周期可利用光电计时装置来测得。

若物体偏离平衡位置一个较小距离 x，则容器内的压力变化 $\mathrm{d}p$，物体的运动方程为

$$m\frac{\mathrm{d}^2 x}{\mathrm{d}t^2} = \pi r^2 \mathrm{d}p \qquad\qquad (19-1)$$

因为物体振动过程相当快，所以可以看作绝热过程，绝热方程为

$$pV^\gamma = 常数 \qquad\qquad (19-2)$$

将式（19-2）求导数得出

$$\mathrm{d}p = -\frac{\gamma p \mathrm{d}V}{V}, \mathrm{d}V = \pi r^2 x \qquad\qquad (19-3)$$

将式（19-3）代入式（19-1）得

$$\frac{\mathrm{d}^2 x}{\mathrm{d}t} + \frac{\pi^2 r^4 p \gamma}{mV} x = 0$$

此式即为熟知的简谐振动方程，它的解为

$$\omega = \sqrt{\frac{\pi^2 r^4 p \gamma}{mV}} = \frac{2\pi}{T} \quad \gamma = \frac{4mV}{T^2 pr^4} = \frac{64mV}{T^2 pd^4} \tag{19-4}$$

式中各量均可方便测得，因而可算出 γ 值。由气体运动论可以知道，γ 值与气体分子的自由度有关，对单原子气体（如氩气）只有 3 个平均自由度，双原子气体（如氢气）除上述 3 个平均自由度外还有 2 个转动自由度。对多原子气体，则具有 3 个转动自由度，比热容比 γ 与自由度 f 的关系为 $\gamma = \dfrac{f+2}{f}$。根据理论公式可以得到下面的结论，该数据与测试环境温度无关。

单原子气体（Ar，He）$f = 3, \gamma = 1.67$。

双原子气体（N_2，H_2，O_2）$f = 5, \gamma = 1.40$。

多原子气体（CO_2，CH_4）$f = 6, \gamma = 1.33$。

本实验装置主要由玻璃制成，而且对玻璃管（钢球简谐振动腔）的要求特别高，振动物体的直径仅比玻璃管内径小 0.01mm 左右，玻璃管内壁有灰尘微粒都可能引起不锈钢球不能正常振动，因此振动物体（不锈钢球）表面不允许擦伤，管内必须保持洁净。不锈钢球静止时停留在玻璃管的下方（用弹簧托住）。若要将其取出，只需在它振动时用手指将玻璃管壁上的小孔堵住，稍稍加大气体流量，不锈钢球便会上浮到管子上方开口处，用手可以方便地取出，也可以将玻璃管从储气瓶 II 上取下，将不锈钢球倒出来。

振动周期采用可预置测量次数的数字计时仪，采用重复多次测量。振动物体直径采用螺旋测微计测出，质量用物理天平称量，储气瓶 II 容积由实验室给出，大气压力由气压表自行读出，并换算成国际单位制 Pa（N/m^2）。（注：$760mmHg = 1.013 \times 10^5 N/m^2$）。

【实验仪器】

实验采用 FB212 型气体比热容比测定仪，其结构和连接方式如图 19-2 所示。

【实验内容】

1. 实验仪器的调整

（1）将气泵、储气瓶用橡皮管连接好，装有钢球的玻璃管插入球形储气瓶。将光电接收装置利用方形连接块固定在立杆上，固定位置于空芯玻璃管的小孔附近。

（2）调节底板上 3 个水平调节螺钉，使底板处于水平状态。

（3）接通气泵电源，缓慢调节气泵上的调节旋钮，数分钟后，待储气瓶内注入一定压力的气体后，玻璃管中的钢球离开弹簧，向管子上方移动，此时应调节好进气的大小，使钢球在玻璃管中以小孔为中心上下振动。

2. 振动周期测量

接通数显计数计时毫秒仪的电源，把光电接收装置与毫秒仪连接。合上毫秒仪电源开关，预置测量次数为 50 次（N 次）（可根据实验需要从 1～99 次任意设置），设置计数次数时，可分别按"置数"键的十位或个位按钮进行调节（注意数字调节只能按进位操作），设置完成后自动保持设置值（直到再次改变设置为止）。在不锈钢球正常振动的情况下，按"执行"键，毫秒仪即开始计时，每计量一个周期，周期显示数值逐 1 递减，直到递减为 0 时计时结束，毫秒仪显示出累计 50 个（N 个）周期的时间（毫秒仪计时范围为 0～99.999s，分辨率为 1ms）。重复以上测量 5 次，将数据记录到表格中。

3. 其他测量

用螺旋测微计和物理天平分别测出钢球的直径 d 和质量 m，其中直径重复测量 5 次，将数据记录到表 19－1 中。

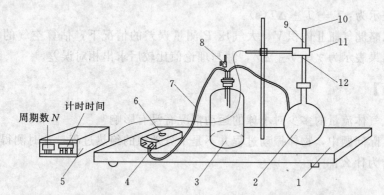

图 19－2　FB212 型气体比热容比测定仪整机结构示意图

1—底座；2—储气瓶Ⅰ；3—储气瓶Ⅱ；4—气泵出气口；5—FB213 型数显计数计
时毫秒仪；6—气泵及气量调节旋钮；7—橡皮管；8—调节阀门；9—系统气压
动平衡调节气孔；10—钢球简谐振动腔；11—光电传感器；12—不锈钢球

【注意事项】

（1）用水平仪调平，并通过目测、听声调节玻璃管垂直。

（2）控制合适的进气量，确保钢球在玻璃管的小孔上下做简谐振动。

（3）若不计时或停止计时，可能是光电门位置放置不正确，造成钢球上下振动时未挡光或者外界光线过强，须适当挡光。

（4）装有钢球的玻璃管上端有一黑色护套，防止实验时气流过大导致钢球冲出。如需测钢球的质量，应先拔出护套，待测量完毕，钢球放入后，仍需套入护套。

（5）各容器的容积标注在仪器上。

【数据处理】

（1）求钢珠质量、直径及其不确定度，并将数据填入表 19－1 中。

表 19－1　　　　　　　　　　　　　数　据　记　录　表

项目　　　　　　次数	1	2	3	4	5	平均值	平均误差
质量 $m(\times 10^{-3}kg)$							
直径 $d(\times 10^{-3}m)$							

结果表示为：$m = \bar{m} \pm \Delta m, d = \bar{d} \pm \Delta d(mm)$。

（2）计算钢球振动周期 T，并将结果填入表 19－2 中。

表 19 - 2　　　　　　　　**数 据 记 录 表**

N= _____

项目 ＼ 次数	1	2	3	4	5	平均值
N 个周期时间 t（s）						
振动周期 T（s）						

结果写表示为：$T = \overline{T} \pm \Delta T$(s)。

（3）在忽略储气瓶 II 体积 V、大气压 P 测量误差的情况下，估算空气的比热容及其不确定度。结果表示为 $\gamma = \bar{\gamma} \pm \Delta \gamma$，并与理论值比较后求出相对误差。

【思考题】

（1）注入气体流量的多少对小球的运动情况有没有影响？

（2）在实际问题中，物体振动过程并不是十分理想的绝热过程，这时测得的值比实际值大还是小？为什么？

● 实验 20　光电效应实验及普朗克常数的测定

当光束照射到某些金属表面时，会有电子从金属表面逸出，这种现象称为"光电效应"。对光电效应现象的研究，使人们进一步认识到光的波粒二象性的本质，促进了光的量子理论的建立和近代物理学的发展。现在根据光电效应制成的光电器件已经被广泛地应用于工农业生产、科研和国防等各个领域。

【实验目的】

（1）了解光电效应的规律，加深对光的量子性的理解。
（2）验证爱因斯坦光电效应方程，测出普朗克常数 h。

【实验原理】

1. 光电效应

在一定频率的光的照射下，电子从金属表面逸出的现象称为光电效应，从金属表面逸出的电子称为光电子。图 20-1 所示是研究光电效应实验规律和测量普朗克常数的实验原理。图中 A、K 组成抽成真空的光电管，A 为阳极，K 为阴极。当频率为 υ 的光射到金属材料做成的阴极 K 上时，就有光电子逸出金属。若在 A、K 两端加上电压 U 后，光电子将由 K 定向地运动到 A，在回路中形成光电流 I_0。

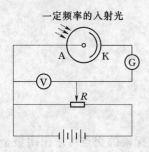

图 20-1　光电效应原理

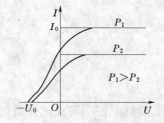

图 20-2　光电管的伏安特性曲线

由实验可得光电效应的基本实验规律如下：

（1）光强 P 一定时，随着光电管两端电压 U 的增大，光电流 I 增大达到饱和。对不同的光强，饱和光电流 I_0 与入射光的光强 P 成正比，其伏安特性曲线如图 20-2 所示。

（2）当光电管两端加反向电压时，光电流逐渐减小，当光电流减小到零时，所对应的反向电压值称为截止电压 U_0，如图 20-2 所示，这表明此时具有最大动能的光电子刚好被反向电压所阻挡，即

$$\frac{1}{2}mV_{\mathrm{m}}^2 = eU_0 \qquad (20-1)$$

式中：m、V_{m} 和 e 分别是电子的质量、速度和电荷量。

（3）当改变入射光的频率 υ 时，截止电压 U_0 随之改变。U_0 与 υ 成线形关系，如图 20-3 所示。实验表明，无论光强多大，照射时间多长，只有当入射光的频率 $\upsilon > \upsilon_0$ 时，才能产生光电效应。υ_0 称为截止频率，其对应的波长称为截止波长，亦称红限。另外，对于不同的金属材料做成的阴极，截止频率 υ_0 也不相同。

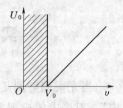

图 20-3　截止电压
与光频率的关系

（4）光电效应是瞬时效应，只要入射光频率 $\upsilon > \upsilon_0$，一经光线照射，立刻产生光电子。

2. 光电效应方程

1905 年，爱因斯坦提出了光量子理论，成功地解释了光电效应。他认为一束频率为 υ 的光是一束以光速 c 运动的具有能量 $h\upsilon$ 的粒子流，这些粒子称为光量子，简称光子。h 为普朗克常量。当光照射到金属表面时，光子一个一个地打在金属表面上，金属中的电子要么不吸收能量，要么就吸收一个光子的全部能量。只有当这个能量大于电子脱离金属表面约束所需要的逸出功 A 时，电子才会以一定的初动能逸出金属表面，根据能量守恒定律有

$$\frac{1}{2}mv^2 = h\upsilon - A \tag{20-2}$$

式（20-2）称为爱因斯坦方程。它成功地解释了光电效应的规律。由式（19-2）可知，要能够产生光电效应，需要 $\frac{1}{2}mv^2 \geqslant 0$，即 $h\upsilon - A \geqslant 0$，$\upsilon \geqslant \frac{A}{h}$，而 $\frac{A}{h}$ 是截止频率 υ_0。

实验时，只要测量出与不同频率的光对应的截止电压 U_0，作 U_0-υ 曲线，可得一条直线：

$$eU_0 = \frac{1}{2}mv^2 = h\upsilon - A$$

$$U_0 = \frac{h\upsilon}{e} - \frac{A}{e} = \frac{h\upsilon}{e} - \frac{h\upsilon_0}{e} = \frac{h}{e}(\upsilon - \upsilon_0) \tag{20-3}$$

从直线斜率 $\left(\frac{h}{e}\right)$ 可求出普朗克常量 h，从直线与横坐标轴的交点可求出阴极金属的截止频率 υ_0。式（20-3）中 e 为电子电量（公认值 $e = 1.60 \times 10^{-19}$ C）。

3. 光电管的伏安特性曲线

如图 20-4 所示，实线是实验测得的伏安特性曲线，图中虚线表示的是理论曲线，两条曲线的区别在于实验测量的光电流中包含有其他的干扰电流。

（1）暗电流和本底电流：暗电流是由于电子的热运动以及光电管的壳漏电等原因使阴极未受到光照时也会产生电子流。本底电流是由于各种杂散光所产生的光电流。暗电流和本底电流还随外加电压的变换而

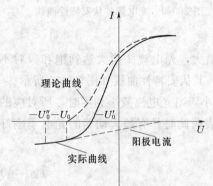

图 20-4　实际的伏安特性曲线

变化。

（2）阳极电流：在制作光电管时，阳极上也会被溅射到阴极材料，所以只要有光照射到阳极上，阳极上的阴极材料也会发射光电子，产生阳极电流。

由于上述干扰电流的存在，当分别用不同频率的入射光照射光电管时，实际测得的光电流是各种电流的代数和，致使光电流的截止电压点不再是光电流的零点，而是实测曲线中直线部分和曲线部分相接处的点，称为"抬头点"。"抬头点"所对应的电压就是$-U_0$。

【实验仪器】

THQPC-2 型普朗克常数测定仪，它由微电流测定仪和实验仪组成。

微电流测定仪包括微电流放大器、手动调节电压源、自动扫描电压源、数据采集卡等。

实验仪包括高压汞灯、汞灯电源、滤色片转盘、光孔转盘、光电管等。

【实验内容】

1. 准备

（1）将 THQPC-3 型普朗克常数测定仪接通电源，并将 THQPC-3 型普朗克常数测定仪实验箱后面的钮子开关置于"自动测量"位置，将"阳极电压指示"调节到"-5.00"位置，将"LED 驱动电流指示"调节到"0.50"位置，并预热 10min。

（2）将"电流量程切换"置于"10^{-13}"的挡位，按单片机的"复位"键，使 LED 全部处于"灭"状态。

（3）调节"调零"电位器，使"光电流指示"为"0.00"，仪器进入测试状态。

2. 测试

（1）验证光电效应的基本规律。

1）验证光频率一定时，光电流和光强成正比。

a. 调节"色光选择"按钮，将 LED（P）点亮。

b. 调节"LED 驱动电流调节"电位器，使"LED 驱动电流指示"为"05.0"。调节"阳极电压调节"电位器，使"阳极电压指示"为"0.00"。调节"电流量程切换"选取"10^{-11}"的挡位。调节"LED 驱动电流调节"电位器，使"LED 驱动电流指示"从"05.0"变化到"20.0"，观察"光电流指示"的变化。

c. 调节"色光选择"按钮，分别将 LED（B）、LED（G）、LED（Y）、LED（R）点亮，重复步骤 b。

d. 分析"光电流指示"是否随"LED 驱动电流指示"增大而增大。如果"光电流指示"随"LED 驱动电流指示"增大而增大，证明光电流与光强成正比。

注意：在测量过程中，增大 LED 驱动后光电流要过一段时间才会稳定。

2）验证光电子的动能与光强无关，只与光的频率成正比。通过测量同一种频率的光在不同光强下的截止电压，可以验证光强和截止电压无关，即光电子的能量与光强无关。通过测量不同频率的光的截止电压，可以验证截止电压与光频率的关系，进而验证光电子的能量与光频率成正比。

a. 调节"电流量程切换"选取 10^{-11} 挡位，调节"色光选择"按钮，将 LED（P）点亮。

b. 调节"LED 驱动电流调节"电位器，使"LED 驱动电流指示"为"05.0"，调节"阳极电压调节"电位器，使"光电流指示"为"0.00"，再调节"LED 驱动电流调节"电位器，使"LED 驱动电流指示"从"05.0"变化到"20.0"，观察"光电流指示"是否始终为"0.00"。

c. 调节"色光选择"按钮，分别将 LED（B）、LED（G）、LED（Y）、LED（R）点亮，重复步骤 b。

d. 分析"光电流指示"是否一直保持为"0.00"，如果一直保持为"0.00"，证明光电子的能量与光强无关。

3）验证光电效应截止频率的存在。

a. 调节"电流量程切换"选取 10^{-11} 挡位，调节"色光选择"按钮，将 LED（I）点亮，调节"LED 驱动电流调节"电位器，使"LED 驱动电流指示"为"05.0"，调节"阳极电压调节"电位器，使"阳极电压指示"从"−5.00"变化到"5.00"，观察"光电流指示"的变化，如果"光电流指示"一直保持为"0.00"，证明截止频率的存在。

b. 调节"电流量程切换"选取 10^{-11} 挡位，调节"色光选择"按钮，将 LED（I）点亮，调节"阳极电压调节"电位器，使"阳极电压指示"为"5.00"，调节"LED 驱动电流调节"电位器，使"LED 驱动电流指示"从"0.00"变化到"20.0"，观察"光电流指示"的变化，如果"光电流指示"一直保持为"0.00"，证明截止频率存在。

4）验证光电效应是瞬时效应。光电效应的瞬时性很难在实验中验证，实验中只能定性地演示。

调节"电流量程切换"选取"10^{-11}"的挡位，调节"LED 驱动电流调节"电位器，使"LED 驱动电流显示"为"05.0"，调节"阳极电压调节"电位器，使"阳极电压指示"为"5.00"，先按"复位"键，再按"色光选择"键，观察"光电流指示"是否也瞬间改变，如果"光电流指示"也瞬时改变，证明光电效应是瞬时效应。

（2）手动测量截止电压。

1）粗略测量"截止电压"的范围。

a. 调节"电流量程切换"选择"10^{-12}"的挡位，调节"色光选择"按钮，将 LED（P）点亮，调节"LED 驱动调节"电位器，使"光电流指示"为"−10.0"。

b. 调节"阳极电压调节"电位器，使"阳极电压指示"从"−5.00"变化到"5.00"，观察"光电流指示"的变化，每间隔"0.50V"记录一次"光电流指示"的数据，并将对应的"光电流指示"数据记录在表 20 - 1 中。

c. 通过调节"色光选择"按钮，分别使 LED（B）、LED（G）、LED（Y）、LED（R）点亮，重复步骤上述操作，实验中测量 LED（B）的数据时，"电流量程选择"选择 10^{-12}，测量 LED（G）、LED（Y）、LED（R）的数据时，"电流量程选择"选择 10^{-13}。

d. 分析表 20 - 1 中的数据，找出每个 LED 对应的"光电流"开始发生变化的"阳极电压"范围。

表 20 - 1　　　　　　　　　　　　　　数 据 记 录 表

阳极电压 (V)	LED (P) 光电流	LED (B) 光电流	LED (G) 光电流	LED (Y) 光电流	LED (R) 光电流
−5.00					
−4.50					
−4.00					
−3.50					
−3.00					
−2.50					
−2.00					
−1.50					
−1.00					
−0.50					
0.00					

2）精确测量"截止电压"。

a. 调节"电流量程切换"选择"10^{-12}"的挡位，调节"色光选择"按钮，将 LED（P）点亮，调节"LED 驱动电流调节"电位器，调节"LED 驱动电流"时，以光电流为参考，调节"LED 驱动电流"使"光电流"为"−10.0"。调节"阳极电压调节"电位器，使"阳极电压指示"在−2.20～−1.70V 之间变化，每间隔"0.02V"记录一次"光电流指示"的数据，并将数据记录在表 20 - 3 中。

b. 通过调节"色光选择"按钮，分别使 LED（B）、LED（G）、LED（Y）、LED（R）点亮，重复上述操作步骤，各色灯的"阳极电压指示"要在粗略测量"截止电压"得到的范围内变化。实验中测量 LED（B）的数据时，"电流量程选择"选择 10^{-12}，测量 LED（G）、LED（Y）、LED（R）的数据时，"电流量程选择"选择 10^{-13}。

c. 分析表 20 - 2 中的数据，分别找出 LED（P）、LED（B）、LED（G）、LED（Y）、LED（R）"光电流指示"开始连续变化所对应的截止电压值，并将数据记录在表 19 - 3 中。

3）测量普朗克常数。

a. 根据表 20 - 3 中的数据拟合出 $U_0 - \upsilon$ 的曲线，如果是一条直线，则证明爱因斯坦方程的正确性。

b. 计算出直线的斜率 K，则 $h = eK$，并与理论值 $h = 6.626 \times 10^{-34}$ J·S 作比较，并计算实验相对误差 σ。

（3）自动测量截止电压和普朗克常数。

1）准备工作。

a. 用串口线将 THQPC - 3 型普朗克常数测定仪实验箱和计算机连接起来。

b. 在计算机上安装 THQPC - 3 型普朗克常数测定仪的实验软件，并打开上位机软件。

c. 将 THQPC-3 型普朗克常数测定仪实验箱后面的钮子开关置于"自动测量"。

d. 打开电源开关，并对"光电流"进行调零。

2）测量。

a. 调节"色光选择"按钮点亮 LED（P），电流量程切换选取"×10^{-12}"，调节"LED 驱动电流调节"电位器，使"光电流指示"为"-10.0"；在上位机界面上单击"波长"的下拉菜单，选择"388"，然后单击"刷新"按钮，50s 后光电管在 LED（P）照射下的 I-U 曲线就显示在对应的方框内，并且通过一定的算法计算出对应的截止电压，并显示在方框的下方。

b. 通过调节"色光选择"按钮，分别使 LED（B）、LED（G）、LED（Y）、LED（R）点亮，重复上述操作步骤，各色光对应的波长值见表 20-2，实验中测量 LED（B）的数据时，"电流量程选择"选择 10^{-12}，测量 LED（G）、LED（Y）、LED（R）的数据时，"电流量程选择"选择 10^{-13}。

c. 5 条曲线都测量完成后单击"曲线拟合"按钮，5 条曲线会显示在右侧的大方框内，在大方框的右侧显示的是爱因斯坦的光电效应方程的曲线，拟合出爱因斯坦直线的斜率，并计算出普朗克常数的数值以及与理论值的相对误差。

【数据与结果】

表 20-2 各色光对应的波长、频率值

LED	LED（P）	LED（B）	LED（G）	LED（Y）	LED（R）
λ（nm）	388	444	499	581	622
ν（10^{14} Hz）	7.732	6.757	6.012	5.164	4.823
$-U_0$（V）					

本实验可采用手动精确测量截止电压的方法，将数据填入表 20-1 中，并找出对应的截止电压值填入表 20-2 中，拟合出 U_0-ν 的关系曲线，可得一直线，说明光电效应的实验结果与爱因斯坦光电方程是相符合的。根据公式（20-3）用该直线的斜率，乘以电子电荷 e（1.602×10^{-19} C），求得普朗克常量。将所测得的普朗克常量与理论值 $h = 6.626 \times 10^{-34}$ J·S 作比较，并计算出相对误差进行分析。

表 20-3 数 据 记 录 表

LED（P）		LED（B）		LED（G）		LED（Y）		LED（R）	
电压（V）	光电流	电压（V）	光电流	电压（V）	光电流	电压（V）	光电流	电压（V）	光电流
-2.20		-1.70		-1.30		-1.00		-0.90	
-2.18		-1.68		-1.28		-0.98		-0.88	
-2.16		-1.66		-1.26		-0.96		-0.86	
-2.14		-1.64		-1.24		-0.94		-0.84	
-2.12		-1.62		-1.22		-0.92		-0.82	
-2.10		-1.60		-1.20		-0.90		-0.80	

LED（P）		LED（B）		LED（G）		LED（Y）		LED（R）	
电压（V）	光电流	电压（V）	光电流	电压（V）	光电流	电压（V）	光电流	电压（V）	光电流
−2.08		1.58		−1.18		−0.88		−0.78	
−2.06		−1.56		−1.16		−0.86		−0.76	
−2.04		−1.54		−1.14		−0.84		−0.74	
−2.02		−1.52		−1.12		−0.82		−0.72	
−2.00		−1.50		−1.10		−0.80		−0.70	
−1.98		−1.48		−1.08		−0.78		−0.68	
−1.96		−1.46		−1.06		−0.76		−0.66	
−1.94		−1.44		−1.04		−0.74		−0.64	
−1.92		−1.42		−1.02		−0.72		−0.62	
−1.90		−1.40		−1.00		−0.70		−0.60	
−1.88		−1.38		−0.98		−0.68		−0.58	
−1.86		−1.36		−0.96		−0.66		−0.56	
−1.84		−1.34		−0.94		−0.64		−0.54	
−1.82		−1.32		−0.92		−0.62		−0.52	
−1.80		−1.30		−0.90		−0.60		−0.50	
−1.78		−1.28		−0.88		−0.58		−0.48	
−1.76		−1.26		−0.86		−0.56		−0.46	
−1.74		−1.24		−0.84		−0.54		−0.44	
−1.72		−1.22		−0.82		−0.52		−0.42	
−1.70		−1.20		−0.80		−0.50		−0.40	

【思考题】

（1）爱因斯坦光电效应方程的物理意义是什么？

（2）什么是截止频率？什么是截止电压？实验中如何确定截止电压？

（3）实验测得的光电管的伏安特性曲线与理想曲线有何不同？

（4）实验结果的精度和误差主要取决于哪几个方面？

● 实验 21　弗兰克-赫兹实验

20 世纪初，对原子光谱学的研究证明了原子能级的存在。原子光谱中的每根谱线，就是原子从某个较高能态向较低能态跃迁时的辐射。

原子能级的存在除了可由光谱研究证实以外，还有一些其他方法证实。1914 年，德国物理学家弗兰克（J·Franck）和赫兹（G·Hertz）采取慢电子（几个到几十个电子伏特）与稀薄气体原子碰撞的办法，使原子从低能级激发到高能级，并通过研究电子与原子碰撞前后电子能量的改变情况，测定了汞原子的第一位激发电势，从而直接证明了原子能级的存在。同时也证明了原子发生跃变时吸收和发射的能量是分立的、不连续的。它成为玻尔原子理论的有力实验证明。这两位物理学家也因此获得了 1925 年的诺贝尔物理学奖。

F－H 实验至今仍是探索原子结构的重要手段之一，实验中用的"拒斥电压"筛去小能量电子的方法已成为广泛应用的实验技术。

【实验目的】

（1）学习测定原子激发电势的方法。

（2）通过测定氩原子等元素的第一激发电势，证明原子能级的存在。

【实验目的】

1. 激发电势

玻尔的原子理论：

（1）原子只能较长久地停留在一些稳定状态（简称为定态）。原子在这些状态时，不发射或吸收能量；各定态有一定的能量，其数值是量子化的。原子的能量不论通过什么方式发生改变，它只能从一个定态跃迁到另一个定态。

（2）原子从一个能级跃迁到另一个能级而发射或吸收辐射时，辐射频率是一定的。用 E_m 和 E_n 代表两能级的能量，辐射的频率 υ 由以下关系确定即

$$h\upsilon = E_m - E_n \tag{21-1}$$

式中：h 为普朗克常数，$h = 6.63 \times 10^{-34} J \cdot S$

通过采用具有一定能量的电子与原子相碰撞的办法，可以实现原子从低能级向高能级跃迁。

设初速度为零的电子在电势差为 U_0 的加速电场作用下，获得能量 eU_0。当具有这种能量的电子与稀薄气体（如氩）的原子发生碰撞时，就会发生能量交换。以 E_1 代表氩原子的基态能量，E_2 代表氩原子的第一激发态能量，当该气体原子接受从电子传递来的能量恰好等于

$$eU_0 = E_2 - E_1 \tag{21-2}$$

时，氩原子就会从基态跃迁到第一激发态。电位差 U_0 称为氩的第一激发电势。

2. 弗兰克-赫兹实验原理

弗兰克-赫兹实验原理如图 21－1 所示。

F－H 管是一种充氩气或其他气体（如氖、汞等）的特制三极或四极管，其结构如图 21－1 所示。在玻璃管壳内同轴安装着灯丝 F_1、F_2，间热式阴极 K、网状栅极 G_1、G_2 和平面状阳板极 A。管内抽成高度真空后，充入高纯氩气或其他气体。

此实验中 F－H 管是一只充有氩原子气体的四极管。在灯丝 F_1、F_2、阴极 K、第一栅极 G_1、第二栅极 G_2 和板极 A 间分别加有灯丝电压 U_{F1F2}（U_1）、栅极电压 U_{G1K}（U_2）、加速电压 U_{G2K}（U_3）和拒斥电压 U_{G2A}（U_4）。U_{F1F2} 用于加热灯丝使其发生热电子，U_{G1K} 用于控制管内电子流的大小以抵消阴极附近电子云形成的负电势的影响，它的变化将引起空间电荷的变化，U_{G2K} 和 U_{G2A} 空间电势

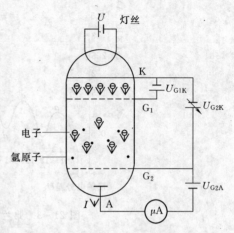

图 21－1 F－H 实验原理

分布如图 21－2 所示。电子由热阴极发射出来进入 KG_2 空间后，将受到加速电压 U_{G2K} 的作用而穿过栅极进入 G_2A 空间，进入此空间的电子又将受到反向拒斥电压 U_{G2A} 的作用。如果加速后电子的能量不小于 eU_{G2A} 时，它将到达板极 A，形成板流，由微电流放大器 PA 测出。显然，在没有其他情况发生的条件下，随加速电压 U_{G2K} 的增加，到达板极的电子越多，电流就越大。但实验结果并不完全如此，板流 I_A 与加速电压 U_{G2K} 的关系曲线如图 21－3 所示。

图 21－3 中的曲线有以下规律：

（1）板流 I_A 随加速电压 U_{G2K} 的增加不是单调上升，而出现一系列的峰值和谷值。

（2）相邻的峰值之间对应的加速电势差均为

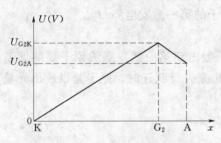

图 21－2 F－H 管内空间电势分布

11.61V 左右。

形成图 21－3 所示曲线的原因是：当加速电压 U_{G2K} 逐渐增加时，电子在 KG_2 空间被加速，获得越来越大的能量。在初始阶段，由于电压相对较低，电子的能量较小，在运动过程中与氩原子的碰撞是弹性碰撞，几乎没有能量交换，U_{G2K} 从零逐渐增加，导致阴极发射电子流增加、电子速度增加，所以板流 I_A 随加速电压 U_{G2K} 的增加而增大，如图 21－3 中 oa 段所示；当电子的能量增加到或超过氩原子的临界能量，即 U_{G2K} 达到氩原子的第一激发电势 U_0 时，电子与氩原子发生非弹性碰撞，实现能量交换，使氩原子跃迁到第一激发状态，而电子能量减小。这种电子即使穿过第二栅极也不能克服反向拒斥电压 U_{G2A} 所形成的电场而被排斥折回第二栅极。此时板流 I_A 将明显减小，如图 21－3 中 ab 段所示；随着加速电压 U_{G2K} 的增加，在碰撞中失去大部分能量的电子，其能量又将随之增加，可以克服反向拒斥电场而到达板极 A，这时，板流 I_A 又开始上升，如图 21－3 中 bc 段所示；当 KG_2 空间中的电压 U_{G2K} 两倍于氩原子的第一激发电势 $2U_0$，即电子能量再一次达

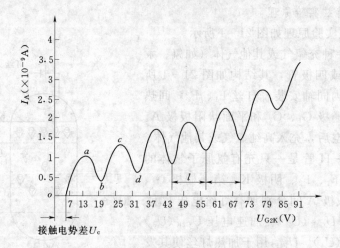

图 21-3　弗兰克-赫兹管的 $I_A - U_{G2K}$ 曲线

到氩原子的临界能量时，电子与氩原子在 KG_2 空间又将发生非弹性碰撞而失去能量，造成板流 I_A 第二次下降，如图 21-3 中 cd 段所示。以后，凡在

$$U_{G2K} = nU_0 \quad (n = 1, 2, 3, \cdots) \tag{21-3}$$

的地方，被加速电子在向第二栅极 G_2 运动过程中都会与氩原子发生非弹性碰撞，导致板流 I_A 下降，形成如图 21-3 所示的有规则的起伏变化的 $I_A - U_{G2K}$ 曲线。而与各次板流 I_A 下降到最低点相对应的相邻加速电压的差值就是氩原子的第一激发电势 U_0。

氩原子第一激发电势的公认值是 11.61V。

原子处于激发态是不稳定的。在实验中被慢电子轰击到第一激发态的原子要跳回基态，进行这种反跃迁时，有 eU_0 电子伏特的能量发射出来。反跃迁时，原子是以放出光量子的形式向外辐射能量，对应光辐射的波长为

$$eU_0 = h\upsilon = h\frac{c}{\lambda} \tag{21-4}$$

对于氩原子，有

$$\lambda = \frac{hc}{eU_0} = \frac{6.626 \times 10^{-34} \times 3 \times 10^8}{1.602 \times 10^{-19} \times 13.1} \text{nm} = 94.7\text{nm}$$

灯丝电压 U_{F1F2} 对曲线的影响较大。灯丝电压过大，阴极发射的电子数目过多，易使微电流放大器饱和，引起 $I_A - U_{G2K}$ 曲线阻塞；灯丝电压过小，参加碰撞的电子数少，反映不出非弹性碰撞的能量交换，造成曲线峰谷很弱，甚至得不到峰谷。一般灯丝电压取 2.5 ~3.5V 较好。

拒斥电压 U_{G2A} 对曲线也有较大的影响。偏小时，起不到对非弹性碰撞失去能量的电子的筛刷作用，峰谷差小。太大时，衰减作用太明显，使本来很多能达到板极的电子筛去，导致峰谷差小。实验表明 U_{G2A} 取 5V 左右较好。

【实验仪器】

ZKY-FH 型智能弗兰克-赫兹实验仪；DS-3000M 数字存储示波器。

【实验内容】

氩元素的第一激发电位测量。

1. 手动测试

(1) 设置仪器为"手动"工作状态，按"手动/自动"键，"手动"指示灯亮。

(2) 设定电流量程。按下电流量程 $10\mu A$ 键，对应的量程指示灯点亮。

(3) 设定电压源的电压值，用 ↓/↑，←/→ 键完成，需设定的电压源有：灯丝电压 U_F、第一加速电压 U_{G1K}、拒斥电压 U_{G2A}。设定状态参见随机提供的工作条件（见机箱）。

(4) 按下"启动"键，实验开始。用 ↓（↑）、←（→）键完成 U_{G2K} 电压值的调节，从 0.0V 起，按步长 1V（或 0.5V）的电压值调节电压源 U_{G2K}，仔细观察弗兰克-赫兹管的板极电流值 I_A 的变化（可用示波器观察），读出 I_A 的峰、谷值和对应的 U_{G2K} 值。

(5) 重新启动。在手动测试的过程中，按下启动按键，U_{G2K} 的电压值将被设置为零，内部存储的测试数据被清除，示波器上显示的波形被清除，但 U_F、U_{G1K}、U_{G2A} 及电流挡位等的状态不发生改变。这时，可以在该状态下重新进行测试，或修改状态后再进行测试。

2. 自动测试

进行自动测试时，实验仪将自动产生 U_{G2K} 扫描电压，完成整个测试过程；将示波器与实验仪相连接，在示波器上可看到弗兰克-赫兹管板极电流随 U_{G2K} 电压变化的波形。

(1) 自动测试状态设置。自动测试时 U_F、U_{G1K}、U_{G2A} 及电流挡位等状态设置的操作过程，弗兰克-赫兹管的连线操作过程与手动测试操作过程一样。

(2) U_{G2K} 扫描终止电压的设定。进行自动测试时，实验仪将自动产生 U_{G2K} 扫描电压。实验仪默认 U_{G2K} 扫描电压的初始值为零，U_{G2K} 扫描电压大约每 0.4s 递增 0.2V。直到扫描终止电压。

(3) 自动测试启动。将电压源选择为 U_{G2K}，再按面板上的"启动"键，自动测试开始。

在自动测试过程中，观察扫描电压 U_{G2K} 与弗兰克-赫兹管板极电流的相关变化情况（可通过示波器观察弗兰克-赫兹管板极电流 I_A 随扫描电压 U_{G2K} 变化的输出波形）。

(4) 自动测试过程正常结束。当扫描电压 U_{G2K} 的电压值大于设定的测试终止电压值后，实验仪将自动结束本次自动测试过程。

(5) 自动测试后的数据查询。自动测试过程正常结束后，实验仪进入数据查询工作状态。用 ↓（↑）、←（→）键改变电压源 U_{G2K} 的指示值，就可查阅到在本次测试过程中，电压源 U_{G2K} 的扫描电压值为当前显示值时，对应的弗兰克-赫兹管板极电流值 I_A 的大小，读出 I_A 的峰、谷值和对应的 U_{G2K} 值（为便于作图，在 I_A 的峰、谷值附近需多取几点）。

(6) 中断自动测试过程。在自动测试过程中，只要按下"手动/自动"键，手动测试指示灯亮，实验仪就中断了自动测试过程，回复到开机初始状态。所有按键都被再次开启工作。这时可进行下一次的测试准备工作。

本次测试的数据依然保留在实验仪主机的存储器中，直到下次测试开始时才被清除。所以，示波器仍会观测到部分波形。

（7）结束查询过程回复初始状态。当需要结束查询过程时，只要按下"手动/自动"键，手动测试指示灯亮，查询过程结束，面板按键再次全部开启。原设置的电压状态被清除，实验仪存储的测试数据被清除，实验仪回复到初始状态。

【数据处理】

（1）根据表 21 - 1 所示记录数据，在坐标纸上绘出一曲线（因实验数据组数较多，也可以用 Excel 绘制 I_A - U_{G2K} 曲线。制图方法：选择菜单中"插入"→"图表"命令，在弹出的对话框中选择自定义类型→平滑直线图，填好相关内容，即可得到 I_A - U_{G2K} 坐标曲线）。

表 20 - 1　　　　　　　　　　　　　**F - H 实验数据**

$U_{灯丝}=$ _____ V，$U_{G1K}=$ _____ V，$U_{G2A}=$ _____ V

U_{G2K}（V）										...
I_A（A）										...
U_{G2K}（V）										...
I_A（A）										...

（2）根据 I_A - U_{G2K} 曲线填写表 21 - 2，用逐差法处理实验数据。

表 21 - 2　　　　　　　　　　　　**氩原子第一激发电位数据处理**

测试条件：$U_{F1F2}=$ _____ V，$U_{G1K}=$ _____ V，$U_{G2A}=$ _____ V

n	U_{G2Kn}	m	U_{G2Km}	U_0	$\overline{U}_0$	ΔU_0	$\Delta \overline{U}_0$
1		4					
2		5					
3		6					

其中 $U_0 = \dfrac{U_{G2Km} - U_{G2Kn}}{3}$，$\quad \Delta U_0 = | \overline{U}_0 - U_0 |$

（3）将测量结果表达为

$$U_0 = \overline{U}_0 \pm \Delta \overline{U}_0$$

计算相对误差为

$$E = \frac{| U_{0理论值} - U_{0理论值} |}{U_{0理论值}} \times 100\%$$

【注意事项】

（1）实验仪内含昂贵 F - H 管，搬动时应轻拿轻放，以防损坏。

（2）若电压显示或微电流显示"溢出"，应换较大量程。

（3）实验过程中，若微电流显示值突然剧增，表明 F - H 管有可能被击穿，应立即把加速电压 U_{G2K} 降下来，否则会损坏 F - H 管。

【思考题】

（1）灯丝电压、拒斥电压的改变对 F－H 实验有何影响？对第一激发电位有何影响？

（2）为什么随着加速电压 U_{G2K} 的增加，I_A 的峰值越来越高？

（3）如何测定较高能级激发电势或电离电势？

● 实验 22　光　速　测　量

　　光速是一重要而基本的物理常数，不论是在经典物理还是现代物理中，许多物理量都与它有直接和间接的关系。它的测定在光学乃至整个物理学发展史上具有非常特殊的意义。本实验采用差频检相法测量光速。通过实验可加深对光的传播速度的感性认识，同时了解调制和差频技术。

【实验目的】

　　(1) 测定光在空气中的传播速度。
　　(2) 了解光的调制和差频的一般性原理及基本技术。

【实验原理】

　　1. 调相法测定调制波波长
　　一单色光受频率为 f_t 的正弦波调制，其在传播方向的强度表达式为

$$I = I_0 \left[1 + m\cos 2\pi f_t \left(t - \frac{x}{c} \right) \right] \qquad (22-1)$$

式中，m 为调制度；$\cos 2f_t(t-x/c)$ 表示光在传播的过程中，其强度的变化犹如一个频率为 f_t 的正弦波以光速 c 沿 x 方向传播，则称这个波为调制波。从式 (22-1) 中可以看出，调制波在传播过程中其相位是以 2π 为周期变化的。设沿调制波传播方向上两点 A 和 B 的位置坐标分别为 x_1 和 x_2，则两点间的调制波相位差满足

$$\varphi_1 - \varphi_2 = \frac{2\pi}{\lambda_t}(x_2 - x_1) \qquad (22-2)$$

　　因此，只要测量 A 和 B 两点之间的距离 (x_2-x_1) 及相应的位相差 $(\varphi_1-\varphi_2)$，就可根据式 (22-2) 求得调制波的波长 λ_t。

$$\lambda_t = \frac{2\pi}{\varphi_1 - \varphi_2}(x_2 - x_1) \qquad (22-3)$$

从而在已知调制波频率 f_t 的前提下，可得光速为

$$c = f_t \lambda_t \qquad (22-4)$$

　　本实验采用的调制波频率为 $100\mathrm{MHz}$（$10^8\,\mathrm{Hz}$），要远小于可见光频率（约 $10^{14}\,\mathrm{Hz}$ 量级），所以调制波波长 λ_t（$10^0\mathrm{m}$ 量级）比可见光波长大得多。因此，测量调制波波长要比直接测量可见光波长容易得多，且具有较高的实验精度。

　　2. 差频法测位相
　　从以上讨论可知，只要通过测量调制波位相差，即可测得光速。但本实验所用的调制波频率为 $100\mathrm{MHz}$，对于目前大多数测相仪器来说。这个信号频率值还是太高了。例如，常用的 BX21 型数字式位相计中的检相电路的开关时间约为 $40\mathrm{ns}$，而 $100\mathrm{MHz}$ 的被测信号周期只有 $T=1/f=10\mathrm{ns}$，比测相电路的开关时间短，仪器根本无法响应。此外，在实际位相测量中，被测信号频率较高时，测相系统的稳定性、工作速度以及高频寄生效应造

成的附加相移等因素都会直接影响测相精度。因此，为了测量高频被测信号的相位差，首先需设法降低其频率。差频法是一种将高频信号降为中、低频信号的有效方法，它简单易行，且差频前后，信号具有相同的位相差。下面简单地证明这一点。

我们知道，将两频率不同的正弦波信号同时输入于一个非线性元件（如二极管、三极管等）时，其输出端包含有这两个信号的差频成分。非线性元件对输入信号 x 的响应可表示为

$$y(x) = A_0 + A_1 x + A_2 x^2 + \cdots \tag{22-5}$$

忽略式（22-5）中的高次项（大于等于 3 次项），可得二次项的混频效应。设有两个相同频率，不同位相的高频信号：

$$u_1 = U_{10} \cos (2\pi f t + \varphi_0) \tag{22-6}$$

和

$$u_2 = U_{20} \cos (2\pi f t + \varphi_0 + \varphi) \tag{22-7}$$

它们的位相差为 φ。现在引入一个本振高频信号：

$$u' = U_0' \cos (2\pi f' t + \varphi_0') \tag{22-8}$$

使它分别与信号 u_1 和 u_2 叠加后输入非线性元件，得到输出量：

$$y(u_1 + u') \approx A_0 + A_1(u_1 + u') + A_2(u_1 + u')^2$$
$$= A_0 + A_1 u_1 + A_1 u' + A_2 u_1^2 + A_2 u'^2 + 2A_2 u_1 u' \tag{22-9}$$

将式（22-6）、式（22-8）代入式（22-9）中的交叉项，可得

$$2A_2 u_1 u' = 2U_{10} U' \cos(2\pi f t + \varphi_0) \cos(2\pi f' t + \varphi_0')$$
$$= 2U_{10} U' \{ \cos[2\pi(f + f') + (\varphi_0 + \varphi_0')]$$
$$+ \cos[2\pi(f - f') + (\varphi_0 - \varphi_0')] \} \tag{22-10}$$

同理，将式（22-7）、式（22-8）代入式（22-9）中的交叉项，可得

$$2A_2 u_2 u' = 2U_{20} U' \cos(2\pi f t + \varphi_0 + \varphi) \cos(2\pi f' t + \varphi_0')$$
$$= 2U_{20} U' \{ \cos[2\pi(f + f') + (\varphi_0 + \varphi_0') + \varphi]$$
$$+ \cos[2\pi(f - f') + (\varphi_0 - \varphi_0') + \varphi] \} \tag{22-11}$$

由上面的推导结果可以看出，当两个不同频率的正弦波信号叠加后作用于非线性元件，在输出信号成分中除了原来的两个基波和二次谐波外，还含有差频及和频信号。电子技术很容易将此差频信号从非线性元件的输出信号中分离出来，即

$$y_1 = 2U_{10} U' \cos [2\pi(f - f') + (\varphi_0 - \varphi_0')] \tag{22-12}$$
$$y_2 = 2U_{20} U' \cos [2\pi(f - f') + (\varphi_0 - \varphi_0') + \varphi] \tag{22-13}$$

由以上讨论可知，两个相同频率，且位相差为 φ 的信号 u_1、u_2，分别与一本振信号 u' 混频后，可得两个差频信号式（22-12）、式（22-13）。比较式（22-12）与式（22-13）可知，两差频信号的相位差仍然为 φ。问题得证。

实验工作原理如图 22-1 所示，由主控振荡器产生的 100MHz 调制信号经高频放大器放大后，一路用以驱动光源调制器，使光学发射系统发射经调制的光波信号，另一路与本机振荡器产生的 99.545MHz 本振信号经混频器 1 混频，得到频率为 455kHz 的差频基准信号 y_1。调制光波信号在其传播方向上经反射器（该反射器可在刻有标尺的导轨上移动）反射，被光学接收系统接收。经光电转换和放大后，与本振信号经混频器 2 混频，同样得

到频率为 455kHz 的差频被测信号 y_2。将基准信号 y_1 和被测信号 y_2 输入相位差仪，当反射器移动 Δx，则被测信号的光程改变 $2\Delta x$，基准信号和被测信号的位相差改变，即

$$\Delta\varphi = \frac{2\pi}{\lambda_t}2\Delta x \qquad (22-14)$$

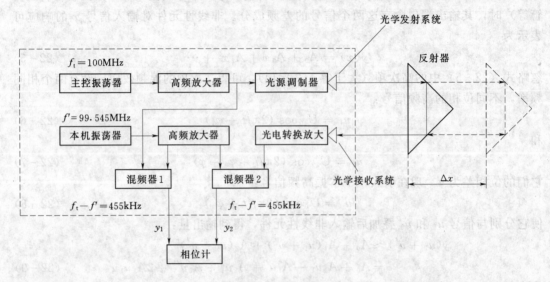

图 22-1　工作原理

本实验用数字式示波器作为相位计，当反射器移动 Δx 时，在示波器上可观察到被测信号波形移动。读出移动的距离 Δt，就可求得反射器移动 Δx 引起的基准信号和被测信号的位相改变：

$$\Delta\varphi = \frac{\Delta t}{T} \times 2\pi \qquad (22-15)$$

式中：T 为被测信号周期（1/455kHz），也可在示波器上读得。因此联立式（22-14）和式（22-15），可得调制波波长为

$$\lambda_t = \frac{T}{\Delta t} \times 2\Delta x \qquad (22-16)$$

再代入式（22-4）即可求得光速。

【实验仪器】

LM2000A 光速测定仪一台；DS3042M 数字存储双踪示波器一台；连接导线若干。

【实验内容】

1. 连接仪器

图 22-2 所示为 LM2000A 光速测定仪结构。本实验选用 DS3042M 数字存储双踪示波器作相位计，用以测量基准信号与被测信号之间的位相差。实验前，按图 22-3 所示分别将光速测定仪的"参考相位"输出端"2"与"信号相位"输出端"6"用仪器的专用屏蔽线接到双踪示波器的 Y1（CH1）、Y2（CH2）输入端。

2. 准备实验

打开光速测定仪与示波器的电源开关，让仪器预热 15～30min。将示波器设置为电压测量挡，并按以下步骤操作：

（1）先按下垂直控制板（VERTICAL）中的［CH1］按键，示波器显示屏右边的 5 个菜单操作键的最上方会显示［CH1］，接下来把"耦合"设置为［交流］，"带宽限制"设置为［关闭］，"挡位调节"设置为［粗调］，"探头"设置为［1X］，"反向"设置为"关闭"。

（2）调节 SCALE 旋钮，使显示屏左下角指示 CH1 通道灵敏度为 2.00V/div。

（3）调节垂直控制 POSITION 旋钮，使 CH1 波形 A 垂直位置在显示屏中心。

（4）按下［CH2］按键，重复以上步骤，不同之处是把 CH2 通道灵敏度设置为 1.00V/div。

（5）调节水平 SCALE 旋钮，使扫描周期为 500ns。

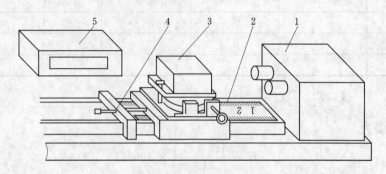

图 22-2　光速测定仪结构

1—光学电路箱；2—带刻度尺燕尾槽，3—反射棱镜小车；4—微位移调节；5—相位计

（6）将光速测定仪的反射器放置在导轨上某一固定位置，光速测定仪对准反射器并利用棱镜小车上的水平及竖直微调旋钮，使示波器上波形 A 与波形 B 清晰。

（7）观察示波器上的波形是否稳定，即检验光速仪是否处于良好的工作状态。

3. 测量数据

（1）按照实验步骤，使示波器设置在上述状态，按下光标测量功能"CURSOR"，将"光标模式"调到"手动"，"光标类型"调到"时间"，"信源选择"调到"CH1"或"CH2"，而垂直的"POSITION"旋钮为"标尺 T_A"，水平的"POSITION"旋钮为"标尺 T_B"。

（2）在示波器上观察波形 A（基准信号）和波形 B（被测信号），波形 B 可随反射器的移动而移动，容易与波形 A 区分。

（3）把光标 T_A 对准波形 A 的某一上升沿的中点，光标 T_B 对准波形 A 的相邻上升沿的中点，这时示波器显示出的周期 $T = T_B - T_A$（约为 2.2μs）。

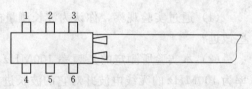

图 22-3　光速测定仪接线

1—电源线；2—参考相位；3—测频；

4—电源开关；5—不用；6—信号相位

（4）由于基准信号和被测信号波形、周期完全相同，为了方便，可以只测量波形 B：把反射器的位置放在 $x_0 = 5$cm 处，移动光标 A 对准波形 B 的某一上升沿的中点，这一位置作为波形 B 的起始点。

（5）光标 A 位置保持不动，再把反射器分别移至 25cm、30cm、35cm、40cm、45cm 处，移动示波器光标 B 对准波形 B 的同一位置。逐个读取对应的 Δt_i 值，记录在预先制作的表格内。

【数据与结果】

将所测得的数据记入表 22-1 中。

表 22-1　　　　　　　　　**数 据 记 录 表**

组序	1	2	3	4	5
$x_i (10^{-2}\text{m})$	25.00	30.00	35.00	40.00	45.00
$\Delta x_i (10^{-2}\text{m})$					
Δt_i (ns)					
λ_i (m)					

$$\bar{\lambda} = \frac{1}{n} \sum_{i=1}^{n} \lambda_i = \underline{\qquad} \quad ; \quad c = f_t \bar{\lambda} = \underline{\qquad}$$

相对误差为

$$E = \frac{|C - C_0|}{C_0} \times 100\%$$

注：本实验实际测得的是大气中光的传播速度 C，由于它与真空中的光速 C_0 的差值远小于实验误差，故在计算相对误差时，近似用真空中的光速公认值代替大气中光速的真值（$C_0 = 2.298 \times 10^8$m/s）。

【注意事项】

（1）数字式双踪示波器的功能比较多，本实验只用其小部分功能，若要掌握详细使用方法，需认真阅读仪器实验说明书。

（2）光速测定仪属于精密仪器，操作时用力要均匀，不可用力过猛。

（3）反射器表面有灰尘，可用擦镜纸轻轻擦去，不可用手摸光学面。

【思考题】

（1）通过实验观察，你认为波长测量的主要误差来源是什么？为提高测量精度需做哪些改进？

（2）本实验所测定的是频率 100MHz 的调制光波，能否把实验装置改成直接发射频率为 100MHz 的无线电波并对它的波长进行绝对测量，为什么？

实验 23 密立根油滴实验

著名的美国物理学家密立根（RobertA. Millikan）在 1909~1917 年期间所做的测量微小油滴上所带电荷的工作，即油滴实验，是物理学发展史上具有重要意义的实验。这一实验的设计思想简明巧妙、方法简单，而结论却具有不容置疑的说服力，因此这一实验堪称物理实验的精华和典范。密立根在这一实验工作上花费了近 10 年的心血，从而取得了具有重大意义的结果，那就是：①证明了电荷的不连续性；②测量并得到了元电荷即电子电荷，其值为 1.60×10^{-19}C。现公认 e 是元电荷，对其值的测量精度不断提高，目前给出最好的结果为 $e = （1.60217733 \pm 0.00000049）\times 10^{-19}$C，正是由于这一实验的巨大成就，他荣获了 1923 年的诺贝尔物理学奖。

80 多年来，物理学发生了根本性的变化，而这个实验又重新站到实验物理的前列，近年来根据这一实验的设计思想改进的用磁漂浮的方法测量分数电荷的实验，使古老的实验又焕发了青春，也就更说明密立根油滴实验是富有巨大生命力的实验。

【实验目的】

（1）正确理解密立根油滴实验的设计思想、实验方法和实验技巧。

（2）测定基本电荷值 e 的大小。

【实验原理】

密立根油滴实验测定电子电荷的基本设计思想是使带电油滴在测量范围内处于受力平衡状态。按运动方式分类，油滴法测电子电荷分为动态测量法和平衡测量法。

1. 动态测量法（选做）

考虑重力场中一个足够小油滴的运动。设此油滴半径为 r，质量为 m_1，空气是黏滞流体，故此运动油滴除重力和浮力外还受黏滞阻力的作用。由斯托克斯定律，黏滞阻力与物体运动速度成正比。设油滴以速度 v_f 匀速下落，则有

$$m_1 g - m_2 g = K v_f \qquad (23-1)$$

式中：m_2 为与油滴同体积的空气质量；K 为比例系数；g 为重力加速度。油滴在空气及重力场中的受力情况如图 23-1（a）所示。

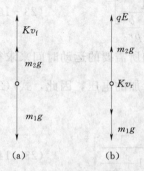

（a）　　　　　（b）

图 23-1　油滴的受力情况

（a）重力场中油滴受力示意图；

（b）电场中油滴受力示意图

若此油滴带电荷为 q，并处在场强为 E 的均匀电场中，设电场力 qE 方向与重力方向相反，如图 23-1（b）所示，如果油滴以速度 v_r 匀速上升，则有

$$qE = (m_1 - m_2)g + K v_r \qquad (23-2)$$

由式（23-1）和式（23-2）消去 K，可解出 q 为

$$q = \frac{(m_1 - m_2)g}{E v_f}(v_f + v_r) \qquad (23-3)$$

由式（23-3）可以看出，要测量油滴上携带的电荷 q，需要分别测出 m_1、m_2、E、v_f、v_r 等物理量。

由喷雾器喷出的小油滴的半径 r 是微米数量级，直接测量其质量 m_1 也是困难的，为此希望消去 m_1，而代之以容易测量的量。设油与空气的密度分别为 ρ_1、ρ_2，于是半径为 r 的油滴的视重为

$$m_1 g - m_2 g = \frac{4}{3}\pi r^3 (\rho_1 - \rho_2) g \qquad (23-4)$$

由斯托克斯定律，黏滞流体对球形运动物体的阻力与物体速度成正比，其比例系数 K 为 $6\pi\eta r$，此处 η 为黏度，r 为物体半径。于是可将式（23-4）代入式（23-1），有

$$v_f = \frac{2g r^2}{9\eta}(\rho_1 - \rho_2) \qquad (23-5)$$

因此

$$r = \left[\frac{9\eta v_f}{2g(\rho_1 - \rho_2)}\right]^{\frac{1}{2}} \qquad (23-6)$$

以此代入式（23-3）并整理得到

$$q = 9\sqrt{2}\pi \left[\frac{\eta^3}{(\rho_1 - \rho_2)g}\right]^{\frac{1}{2}} \frac{1}{E}\left(1 + \frac{v_r}{v_f}\right) v_f^{\frac{3}{2}} \qquad (23-7)$$

因此，如果测出 v_r、v_f 和 η、ρ_1、ρ_2、E 等宏观量即可得到 q 值。

考虑到油滴的直径与空气分子的间隙相当，空气已不能看成是连续介质，其黏度 η 需作相应的修正 $\eta' = \dfrac{\eta}{1 + \dfrac{b}{pr}}$，此处 p 为空气压强，b 为修正常数，$b = 0.00823\text{N/m}$（6.17 $\times 10^{-6}\text{m}\cdot\text{cmHg}$），因此

$$v_f = \frac{2g r^2}{9\eta}(\rho_1 - \rho_2)\left(1 + \frac{b}{pr}\right) \qquad (23-8)$$

当精度要求不是太高时，常采用近似计算方法先将 v_f 值代入式（23-6）计算得

$$r_0 = \left[\frac{9\eta v_f}{2g(\rho_1 - \rho_2)}\right]^{\frac{1}{2}} \qquad (23-9)$$

再将此 r_0 值代入 η' 中，并以 η' 代入式（23-7），得

$$q = 9\sqrt{2}\pi \left[\frac{\eta^3}{(\rho_1 - \rho_2)g}\right]^{\frac{1}{2}} \frac{1}{E}\left(1 + \frac{v_r}{v_f}\right) v_f^{\frac{3}{2}}\left[\frac{1}{1 + \dfrac{b}{pr_0}}\right]^{\frac{3}{2}} \qquad (23-10)$$

实验中常常固定油滴运动的距离，通过测量油滴在距离 s 内所需要的运动时间来求得其运动速度，且电场强度 $E = \dfrac{U}{d}$，d 为平行板间的距离，U 为所加的电压，因此，式（23-10）可写成

$$q = 9\sqrt{2}\pi d \left[\frac{(\eta s)^3}{(\rho_1 - \rho_2)g}\right]^{\frac{1}{2}} \frac{1}{U}\left(\frac{1}{t_f} + \frac{1}{t_r}\right)\left(\frac{1}{t_f}\right)^{\frac{1}{2}}\left[\frac{1}{1 + \dfrac{b}{pr_0}}\right]^{\frac{3}{2}} \qquad (23-11)$$

式中有些量和实验仪器及条件有关，选定之后在实验过程中不变，如 d、s、$(\rho_1 - \rho_2)$ 及 η 等，将这些量与常数一起用 C 代表，可称为仪器常数，于是式（23-11）可简化成

$$q = C \frac{1}{U}\left(\frac{1}{t_\mathrm{f}} + \frac{1}{t_\mathrm{r}}\right)\left(\frac{1}{t_\mathrm{f}}\right)^{\frac{1}{2}}\left[\frac{1}{1+\dfrac{b}{pr_0}}\right]^{\frac{3}{2}} \tag{23-11'}$$

由此可知，测量油滴上的电荷，只体现在 U、t_f、t_r 的不同。对同一油滴，t_f 相同，U 与 t_r 不同，标志着电荷的不同。

2. 平衡测量法

平衡测量法的出发点是使油滴在均匀电场中静止在某一位置，或在重力场中做匀速运动。当油滴在电场中平衡时，油滴在两极板间受到的电场力 qE、重力 $m_1 g$ 和浮力 $m_2 g$ 达到平衡，从而静止在某一位置，即 $qE = (m_1 - m_2)g$。

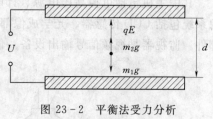

图 23-2 平衡法受力分析

油滴在重力场中做匀速运动时，情形同动态测量法，将式（23-4）、式（23-9）和 $\eta' = \dfrac{\eta}{1+\dfrac{b}{pr}}$ 代入式（23-11），并注意到 $\dfrac{1}{t_\mathrm{r}} = 0$，则有

$$q = 9\sqrt{2}\pi d\left[\frac{(\eta s)^3}{(\rho_1 - \rho_2)g}\right]^{\frac{1}{2}} \frac{1}{U}\left(\frac{1}{t_\mathrm{f}}\right)^{\frac{3}{2}}\left[\frac{1}{1+\dfrac{b}{pr_0}}\right]^{\frac{3}{2}} \tag{23-12}$$

式中：$r_0 = \left[\dfrac{9\eta s}{2g(\rho_1 - \rho_2)t_\mathrm{f}}\right]^{\frac{1}{2}}$；$d$ 为极板间距，$d = 5.00 \times 10^{-3}$m；η 为空气黏滞系数，$\eta = 1.83 \times 10^{-5}$kg/ms；$s$ 为下落距离，依设置，默认为 1.6mm；ρ_1 为油的密度，$\rho_1 = 981$kg/m³（20℃）；ρ_2 为空气密度，$\rho_2 = 1.2928$kg/m³（标准状况下）；g 为重力加速度，$g = 9.794$m/s²（成都）；b 为修正常数，$b = 0.00823$N/m（6.17×10^{-6}m·cmHg）；p 为标准大气压强，$p = 101325$Pa（76.0cmHg）；U 为平衡电压；t_f 为油滴的下落时间。

注：（1）由于油的密度远远大于空气的密度，即 $\rho_1 \gg \rho_2$，因此 ρ_2 相对于 ρ_1 来讲可忽略不计（当然也可代入计算）。

（2）标准状况指大气压强 $P = 101325$Pa，温度 $t = 20℃$，相对湿度 $\varphi = 50\%$ 的空气状态。实际大气压强可由气压表读出。

（3）油的密度随温度变化关系见表 23-1。

表 23-1　　　　　　　　　　油的密度随温度变化关系

T（℃）	0	10	20	30	40
ρ（kg/m³）	991	986	981	976	971

3. 元电荷的测量方法

测量油滴上带的电荷的目的是找出电荷的最小单位 e，为此可以对不同的油滴，分别测出其所带的电荷值 q_i，它们应近似为某一最小单位的整数倍，即油滴电荷量的最大公约数，或油滴带电量之差的最大公约数，即为元电荷。

实验中常采用紫外线、X 射线或放射源等改变同一油滴所带的电荷，测量油滴上所

带电荷的改变值 Δq_i，而 Δq_i 值应是元电荷的整数倍。即

$$\Delta q_i = n_i e（其中 n_i 为一整数）\tag{23-13}$$

也可用作图法求 e 值，根据式（23-13），e 为直线方程的斜率，通过拟合直线即可求得 e 值。

【实验仪器】

实验仪由主机、CCD 成像系统、油滴盒、监视器等部件组成。

其中主机包括可控高压电源、计时装置、A/D 采样、视频处理等单元模块。CCD 成像系统包括 CCD 传感器、光学成像部件等。油滴盒包括高压电极、照明装置、防风罩等部件。监视器是视频信号输出设备。仪器部件示意如图 23-3 所示。

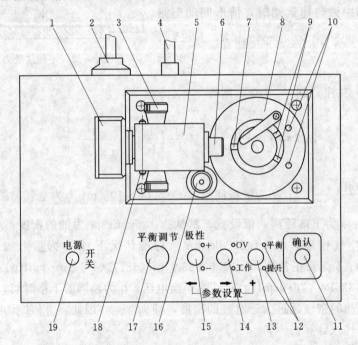

图 23-3　实验仪部件示意图

1—CCD 盒；2—电源插座；3—调焦旋钮；4—Q9 视频接口；5—光学系统；6—镜头；

7—观察孔；8—上极板压簧；9—进光孔；10—光源；11—确认键；12—状态指示灯；

13—平衡、提升切换键；14—0V、工作切换键；15—定时开始、结束切换键；

16—水准泡；17—电压调节旋钮；18—紧固螺钉；19—电源开关

CCD 模块及光学成像系统用来捕捉暗室中油滴的像，同时将图像信息传给主机的视频处理模块。实验过程中可以通过调焦旋钮来改变物距，使油滴的像清晰地呈现在 CCD 传感器的窗口内。

仪器面板上各个按钮的主要功能：电压调节旋钮可以调整极板之间的电压，用来控制油滴的平衡、下落及提升定时开始、结束按键用来计时；0V、工作按键用来切换仪器的工作状态；平衡、提升按键可以切换油滴平衡或提升状态；确认按键可以将测量数据显示在屏幕上，从而省去了每次测量完成后手工记录数据的过程，使操作者把更多的注意力集

中到实验本质上来。

油滴盒是一个关键部件，其具体构成如图 23-4 所示。

上、下极板之间通过胶木圆环支撑，三者之间的接触面经过机械精加工后可以将极板间的不平行度、间距误差控制在 0.01mm 以下；这种结构基本上消除了极板间的"势垒效应"及"边缘效应"，较好地保证了油滴室处在匀强电场之中，从而有效地减小了实验误差。

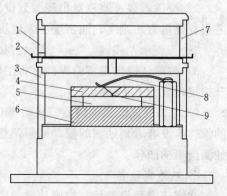

图 23-4　油滴盒关键部件构成
1—喷雾口；2—进油量开关；3—防风罩；
4—上极板；5—油滴室；6—下极板；7—油
雾杯；8—上极板压簧；9—落油孔

胶木圆环上开有两个进光孔和一个观察孔，光源通过进光孔给油滴室提供照明，而成像系统则通过观察孔捕捉油滴的像。

照明由带聚光的高亮发光二极管提供，其使用寿命长、不易损坏；油雾杯可以暂存油雾，使油雾不至于过早地散逸；进油量开关可以控制落油量；防风罩可以避免外界空气流动对油滴的影响。特点如下：

（1）采用电子分化刻度板，视频打点地址固定，不受输出设备的影响。不受监视器大小的限制。

（2）图像稳定，格线清晰、细致；CCD 模块分辨率高，在低照度环境中成像清晰，信噪比指标好。

（3）可以将实验结果显示在监视屏幕上，省去了手工记录测量结果的烦琐过程，使操作者更好地专注于实验本身。

【实验内容】

学习控制油滴在视场中的运动，并选择合适的油滴测量元电荷。要求至少测量 5 个不同的油滴，每个油滴的测量次数是 5 次。

1. 调整油滴实验仪

（1）水平调整。调整实验仪底部的旋钮（顺时针仪器升高，逆时针仪器下降），通过水准仪将实验平台调平，使平衡电场方向与重力方向平行以免引起实验误差。极板平面是否水平决定了油滴在下落或提升过程中是否发生前后、左右的漂移。

（2）喷雾器调整。将少量钟表油缓慢地倒入喷雾器的储油腔内，使钟表油湮没提油管下方，油不要太多，以免实验过程中不慎将油倾倒至油滴盒内堵塞落油孔。将喷雾器竖起，用手挤压气囊，使得提油管内充满钟表油。

（3）仪器硬件接口连接。主机接线：电源线接交流 220V/50Hz；Q9 视频输出接监视器视频输入（IN）。

监视器：输入阻抗开关拨至 75Ω，Q9 视频线缆接 IN 输入插座。电源线接 220V/50Hz 交流电压。前面板调整旋钮自左至右依次为左右调整、上下调整、亮度调整、对比度调整。

（4）实验仪联机使用。

1）打开实验仪电源及监视器电源，监视器出现欢迎界面

2）按任意键：监视器出现参数设置界面，首先设置实验方法，然后根据该地的环境适当设置重力加速度、油密度、大气压强、油滴下落距离。

"←"表示左移键、"→"表示右移键、"＋"表示数据设置键。

3）按确认键出现实验界面：将工作状态切换至"工作"，红色指示灯亮，将平衡、提升按键设置为"平衡"。

（5）CCD成像系统调整。从喷雾口喷入油雾，此时监视器上应该出现大量运动油滴的像。若没有看到油滴的像，则需调整调焦旋钮或检查喷雾器是否有油雾喷出，直至得到油滴清晰的图像。

2. 熟悉实验界面

在完成参数设置后，按确认键，监视器显示实验界面。不同的实验方法的实验界面有一定差异，如图 23-5 所示。

		（极板电压）
		（经历时间）
0		（电压保存提示栏）
		（保存结果显示区）
		（共 5 格）
		（下落距离设置栏）
（距离标志）		（实验方法栏）
		（仪器生产厂家）

平衡测量法：（平衡电压）（下落时间）　　动态测量法：（提升电压）（平衡电压）（上升时间）（下落时间）

图 23-5　实验界面

（1）极板电压。实际加到极板的电压，显示范围为 0～9999V。

（2）经历时间。定时开始到定时结束所经历的时间，显示范围为 0～99.99s。

（3）电压保存提示栏。将要作为结果保存的电压，每次完整的实验后显示。当保存实验结果后（即按下确认键）自动清零。显示范围同极板电压。

（4）保存结果显示区。显示每次保存的实验结果，共 5 次，显示格式与实验方法有关。当需要删除当前保存的实验结果时，按下确认键 2s 以上，当前结果被清除。

（5）下落距离设置。显示当前设置的油滴下落距离。当需要更改下落距离时，按住平衡、提升键 2s 以上，此时距离设置栏被激活（动态法 1 步骤和 2 步骤之间不能更改），通过＋键（即平衡、提升键）修改油滴下落距离，然后按确认键确认修改。距离标志相应变化。

（6）距离标志。显示当前设置的油滴下落距离，在相应的格线上做数字标记，显示范围为 0.2～1.8mm。

(7) 实验方法栏。显示当前的实验方法（平衡法或动态法），在参数设置画面一次设定。欲改变实验方法，只有重新启动仪器（关、开仪器电源）。对于平衡法，实验方法栏仅显示"平衡法"字样；对于动态法，实验方法栏除了显示"动态法"以外，还显示即将开始的动态法步骤。如将要开始动态法第一步（油滴下落），实验方法栏显示"1 动态法"。同样，当做完动态法第一步骤，即将开始第二步骤时，实验方法栏显示"2 动态法"。

(8) 仪器生产厂家。显示生产厂家。

3. 选择适当的油滴并练习控制油滴

(1) 平衡电压的确认。仔细调整平衡电压旋钮，使油滴平衡在某一格线上，等待一段时间，观察油滴是否飘离格线，若其向同一方向飘动，则需重新调整；若其基本稳定在格线或只在格线上下做轻微的布朗运动，则可以认为其基本达到了力学平衡。由于油滴在实验过程中处于挥发状态，在对同一油滴进行多次测量时，每次测量前都需要重新调整平衡电压，以免引起较大的实验误差。事实证明，同一油滴的平衡电压将随着时间的推移有规律地递减，且其对实验误差的贡献很大。

(2) 控制油滴的运动。选择适当的油滴，调整平衡电压，使油滴平衡在某一格线上，将工作状态按键切换至"0V"，绿色指示灯点亮，此时上、下极板同时接地，电场力为零，油滴将在重力、浮力及空气阻力的作用下做下落运动，当由下落到有 0 标记的刻度线时，立刻按下定时开始键，同时计时器开始记录油滴下落的时间；待油滴下落至有距离标志（如 1.6）的格线时，立即按下定时结束键，同时计时器停止计时。经历一小段时间后 0V、工作按键自动切换至"工作"（平衡、提升按键处于"平衡"），此时油滴将停止下落，可以通过确认键将此次测量数据记录到屏幕上。

将工作状态按键切换至"工作"，红色指示灯点亮，此时仪器根据平衡或提升状态分两种情形：若置于"平衡"，则可以通过平衡电压调节旋钮调整平衡电压；若置于"提升"，则极板电压将在原平衡电压的基础上再增加 200V 的电压，用来向上提升油滴。

(3) 选择适当的油滴。要做好油滴实验，所选的油滴体积要适中，大的油滴虽然明亮，但一般带的电荷多，下降或提升太快，不容易测准确，太小则受布朗运动的影响明显，测量时涨落较大，也不容易测准确。因此应该选择质量适中而带电不多的油滴。建议选择平衡电压在 150～400V 之间、下落时间在 20s（当下落距离为 2mm 时）左右的油滴进行测量。

具体操作：将定时器置为"结束"，工作状态置为"工作"，平衡、提升置为平衡通过调节电压平衡旋钮将电压调至 400V 以上，喷入油雾，此时监视器出现大量运动的油滴，观察上升较慢且明亮的油滴，然后降低电压，使之达到平衡状态。随后将工作状态置为"0V"，油滴下落，在监视器上选择下落一格的时间约 2s 的油滴进行测量。确认键用来实时记录屏幕上的电压值及计时值。当记录为 5 组后，按下确认键，在界面的左面将出现 $\overline{V}$（表示 5 组电压的平均值）、$\overline{t}$（表示 5 组下落时间的平均值）、$\overline{Q}$（表示该油滴的 5 次测量的平均电荷量）的数值，若需继续实验，按确认键。

4. 正式测量

实验可选用平衡测量法（推荐）、动态测量法及改变电荷法（第 3 种方法所用射线源用户自备）。实验前仪器必须水平调整。

平衡测量法如下：

（1）开启电源，进入实验界面将工作状态按键切换至"工作"，红色指示灯点亮；将平衡、提升按键置于"平衡"。

（2）通过喷雾口向油滴盒内喷入油雾，此时监视器上将出现大量运动的油滴。选取适当的油滴，仔细调整平衡电压，使其平衡在某一起始格线上（见后面平衡法示意图23-6所示）。

（3）将工作状态按键切换至"0V"，此时油滴开始下落，当油滴下落到有"0"标记的格线时，立即按下定时开始键，同时计时器启动，开始记录油滴的下落时间。

（4）当油滴下落至有距离标记的格线时（如1.6），立即按下定时结束键，同时计时器停止计时（如无人为干预，经过一小段时间后，工作状态按键自动切换至"工作"，油滴将停止移动），此时可以通过确认按键将测量结果记录在屏幕上。

（5）将平衡、提升按键置于"提升"，油滴将被向上提升，当回到高于有"0"标记格线时，将平衡、提升键置回平衡状态，使其静止。

（6）重新调整平衡电压，重复（3）、（4）、（5），并将数据记录到屏幕上（平衡电压U及下落时间t）。当达到5次记录后，按确认键，界面的左面出现实验结果。

（7）重复（2）、（3）、（4）、（5）、（6）步，测出油滴的平均电荷量。

至少测5个油滴，并根据所测得的平均电荷量$\overline{Q}$求出它们的最大公约数，即为基本电荷e值（需要足够的数据统计量）。根据e的理论值，计算出e的相对误差。

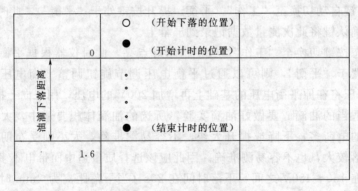

图23-6 平衡法示意图

【注意事项】

（1）在喷油后，若视场中没有发现油滴，可能有以下几个原因：传感线接触不良；油滴孔被堵。处理方法：检查线路；打开有机玻璃油雾室，利用脱脂棉擦拭小孔，或利用细丝（直径小于0.4mm）捅一捅小孔。

（2）调整仪器时，如要打开有机玻璃油雾室，应先将工作电压选择开关放在"0"位置。

（3）喷油时，切忌频繁喷油，要充分利用资源。

（4）测量时，要随时调整工作电压，若发现工作电压有明显改变，应放弃测量，重新选择油滴。

【数据与结果】

平衡法依据的公式为

$$q = 9\sqrt{2}\pi d \left[\frac{(\eta s)^3}{(\rho_1 - \rho_2)g}\right]^{\frac{1}{2}} \frac{1}{U}\left(\frac{1}{t_f}\right)^{\frac{3}{2}} \cdot \left[\frac{1}{1+\frac{b}{pr_0}}\right]^{\frac{3}{2}}$$

测出各油滴的电荷后，求它们的最大公约数，即为基本电荷 e 值（需要足够的数据统计量）。

动态测量法如下：

（1）动态测量法分两步完成，第一步骤是油滴下落过程，操作同平衡测量法。完成第一步骤后，如果对本次测量结果满意，则可以按下确认键保存这个步骤的测量结果，如果不满意，则可以删除（删除方法见前面所述）。

（2）第（1）步骤完成后，油滴处于距离标志格线以下。通过 0V、工作键，平衡键、提升键配合使油滴下偏距离标志格线一定距离。然后调节电压调节旋钮加大电压，使油滴上升。当油滴到达距离标志格线时，立即按下定时开始键，此时计时器开始计时。当油滴上升到"0"标记格线时，立即按下定时结束键，此时计时器停止计时，但油滴继续上移。然后调节电压调节旋钮，再次使油滴平衡于"0"格线以上。如果对本次实验满意则按下确认键保存本次实验结果。

（3）重复以上步骤完成 5 次完整实验，然后按下确认键，出现实验结果画面。动态法没有提供计算，需要自己记录数据，利用计算软件计算；得油滴带电量 q（选做）。

【思考题】

（1）如何选择最合适油滴匀速下降的距离 l？

（2）如何选择合适的待测油滴？

（3）对油滴进行跟踪测量时，当油滴逐渐变得模糊应如何处理？

第3章 应用性、研究性、创新性试验

● 实验 24 多普勒效应实验

对于机械波、声波、光波和电磁波而言，当波源和观察者（或接收器）之间发生相对运动，或者波源、观察者不动而传播介质运动时，或者波源、观察者、传播介质都在运动时，观察者接收到的波的频率和发出的波的频率不相同的现象，称为多普勒效应。

多普勒效应在核物理学、天文学、工程技术、交通管理及医疗诊断等方面有十分广泛的应用，如用于卫星测速、光谱仪、多普勒雷达和多普勒彩色超声诊断仪等。

【实验目的】

（1）了解声波的多普勒效应现象，掌握 FB718 智能型多普勒效应实验仪的应用。

（2）测量超声接收器运动速度与接收频率的关系，验证多普勒效应。

（3）观察物体不同类型的变速运动的规律。

（4）掌握用时差法测量空气中声波的传播速度。

【实验仪器】

FB718A 型智能多普勒效应实验仪由 FB718A 型多普勒效应实验仪、JK－40 智能运动控制仪和测试架 3 个部分组成。

FB718A 实验仪由信号发生器和接收器、功率放大器、微处理器和液晶显示器等组成。

JK－40 智能运动控制系统由步进电机、电机控制模块和单片机系统组成，用于控制载有接收换能器的小车的"运动方式"。

测试架由底座、超声发射换能器、导轨、载有超声接收器的小车、步进电机、传动系统、光电门和反射板等组成，如图 24－1 所示。

【实验原理】

设声源在原点，声源振动频率为 f，接收点在 x，运动和传播都在 x 方向。对于三维情况，处理稍复杂一点，其结果相似。声源、接收器和传播介质不动时，在 x 方向传播的声波的数学表达式为

$$p = p_0 \cos \left(\omega t - \frac{\omega}{u} x \right) \tag{24-1}$$

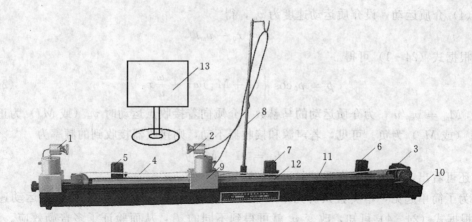

图 24-1　测试架结构

1—发射换能器；2—接收换能器；3—步进电机；4—同步带；5—左限位光电门；

6—右限位光电门；7—测速光电门；8—接收线支架；9—小车；10—底座；

11—标尺；12—导轨；13—反射板

（1）声源运动速度为 v_s，介质和接收点不动：

设声速为 u，在时刻 t，声源移动的距离为

$$v_s(t - x/u)$$

因而声源实际的距离为

$$x = x_0 - v_s(t - x/u)$$

则

$$x = (x_0 - v_s t)/\left(1 - \frac{v_s}{u}\right) = (x_0 - v_s t)/(1 - M_s) \qquad (24-2)$$

其中，$M_s = v_s/u$，为声源运动的马赫数，声源向接收点运动时 v_s（或 M_s）为正，反之为负，将式（24-2）代入式（24-1）中，则有

$$p = p_0 \cos\left\{\frac{\omega}{1 - M_s}\left(t - \frac{x_0}{u}\right)\right\}$$

可见，接收器接收到的频率变为原来的 $\dfrac{1}{1 - M_s}$，即

$$f_s = \frac{f}{1 - M_s} \qquad (24-3)$$

（2）声源、介质不动，接收器运动速度为 v_r，同理可得接收器接收到的频率为

$$f_r = (1 + M_r)f = \left(1 + \frac{v_r}{u}\right)f \qquad (24-4)$$

其中，$M_r = \dfrac{v_r}{u}$，为接收器运动的马赫数，接收点向着声源运动时 v_r（或 M_r）为正，反之为负。

（3）介质不动，声源运动速度为 v_s，接收器运动速度为 v_r，可得接收器接收到的频率为

$$f_{rs} = \frac{1 + M_r}{1 - M_s}f \qquad (24-5)$$

(4) 介质运动，设介质运动速度为 v_m，得

$$x = x_0 - v_m t$$

根据式 (24-1) 可得

则
$$p = p_0 \cos \left\{ (1 + M_m) \omega t - \frac{\omega}{u} x_0 \right\} \tag{24-6}$$

其中，$M_m = v_m / u$，为介质运动的马赫数。介质向着接收点运动时 v_m（或 M_m）为正，反之 v_m（或 M_m）为负。可见，若声源和接收器不动，则接收器接收到的频率为

$$f_m = (1 + M_m) f \tag{24-7}$$

还可看出，若声源和介质一起运动，则频率不变。

为了简单起见，本实验只研究第 2 种情况，即声源、介质不动，接收器运动速度为 v_r。根据式 (24-4) 可知，改变 v_r 就可得到不同的 f_r，从而验证了多普勒效应。另外，若已知 v_r、f，并测出 f_r，则可算出声速 u，可将用多普勒频移测得的声速值与用时差法测得的声速值作比较。若将仪器的超声换能器用作速度传感器，就可用多普勒效应来研究物体的运动状态。

【实验内容】

1. 观察并验证多普勒效应

(1) 通过仪器键盘修改当前实际环境的环境温度、采集点数、采集间隔这 3 个参数。这里除环境温度重新设置外，其他参数暂时不变，按原设置值运行。修改完成后，按"确认"键。

(2) 将发射信号调节到传感器的共振频率。其方法如下：

1) 先把发射强度旋钮顺时针调到最大。

2) 仔细调节信号源的频率调节旋钮（粗、细），用示波器观察接收波形的幅度变化，其幅度出现极大值时，即为超声探头的共振频率〔共振频率约为 (37.2±0.20) kHz〕。

3) 再按"确认"键。设置工作完成。

(3) 按下 FB718A"功能"键，这时液晶屏显示主菜单：

> 请输入工作方式
> 1. 通过光电门平均速度
> 2. 变速运动

(4) 按"数字键1"，选择工作方式 1"通过光电门平均速度"。

(5) 打开 JK-40 电源开关，按 JK-40"运动方式"键设置运动方式，（每按一次，数字按顺序从 0～6 循环变化 1）在此选择"0"即对应于 FB718A"工作方式 1"测量过光电门平均速度，调整速度参数。

按下"执行"键，小车在 JK-40 的控制下，从导轨的一端匀速运动到另一端，FB718A 屏幕上立即显示出一次实验结果：

各显示值分别是小车过中间光电门的"平均速度"，接收到的"声波频率"及"多普勒频移"数据。"多普勒频移"数据的"—"号表示接收传感器运动方向远离发射传感器。

做完后，按"功能"键或"返回"键，仪器回到"请输入工作方式"状态。继续做下一次实验。

改变速度设置值，在不同速度条件下重复进行多次测量。

注意事项：

（1）FB718A 参数修改并按"确认"键后，数据即保持在仪器内供实验使用，但由于断电或按"复位"键，数据重置及存储的实验结果都将丢失，自动恢复到出厂设置状态。

（2）实验前应将接收换能器移到导轨端部，但不能超过限位光电门。

2. 观察变速运动的规律

（1）观察小车以设置速度来回做匀速运动。在选择 FB718A"工作方式 2""变速运动"状态，JK-40"运动方式"选择"1"，按"执行"键，小车将往复做匀速运动，此时按 FB718"数字 2"键，FB718A 按照采集点数及采集间隔记录下小车接收到的声波频率，并在液晶屏上画出 f-t 曲线。

按"数据返回"键，小车停止运动。每做完一次变速运动实验，仪器按照采集点数及间隔自动记录一组接收到的声波的频率数据。数据组数等于采集点数（如默认值 180），最多可保存 192 组数据。按下 FB718A"数据（0）"键，屏幕上可显示这些数据，按"上调"或"下调"键数据按次序滚动显示，每帧图像显示 8 个数据，按"返回"键回到"请输入工作方式"状态。

（2）当"运动方式"选择以下各项时，可以观察到相应的运动状态，操作方法相似。

"2"：先使小车停在离发射传感器约 30cm 处，按"执行"键，小车按加速方式来回运动，按 FB718A"数据 2"键，屏幕上画出 f-t 曲线，按"数据（0）"键显示采集数据。按"数据返回"键停止运动。

"3"：先使小车停在离发射传感器约 30cm 处，按"执行"键小车按减速方式来回运动，按 FB718A"数据 2"键，屏幕上画出 f~t 曲线，按"数据（0）"键，显示采集数据。按"数据返回"键停止运动。

"4"：小车在两个限位光电门之间任意位置，按"执行"键小车先从左向右慢速运动，到达右端限位光电门后换向，如此往复慢速运动，按"数据返回"键停止运动。

"5"：按"执行"键小车按正弦规律来回运动，操作方法同上。

"6"：按"执行"键小车按正弦规律来回运动，其幅度比"5"小，周期比"5"短，操作方法同上。

3. 用时差法测声速

（1）用手工移动小车测量声速（建议使用）。

因为用手工移动小车，不需要使用根据 JK-40 智能运动控制仪，这样小车（载有接收传感器）不受导轨端部限位光电门的限制，可以移动到距离发射传感器较近的位置，具体操作方法如下：

1）从 FB718A 主菜单中选择"工作方式 3""声速测量"（此时无数据存储功能）。

2）关闭 JK-40 的工作电源。

3）用手推动小车，将小车指针对准刻度尺的 0.0cm 处，记录 FB718A 显示屏显示接收到的时差值的初读数（此时接收、发射传感器之间的距离大约为 8.0cm）。

4）再分别将小车调至 1.0cm、2.0cm、…、9cm 处，分别记录小车在各位置对应的时间差。

5）用时差法进行数据处理。

（2）利用 JK - 40 "运动方式 8" 测量的操作方法。

1）在主菜单中选取 FB718A "工作方式 3" "声速测量"，小车的起始位置必须在限位光电门内，JK - 40 才能正常控制小车运动。

2）同时按下 JK - 40 "运动方式" 与 "运动方向" 键进入 "运动方式 8"（退出该方式操作方法相同）。

此时可用 "运动方向" 键控制小车运动方向。"运动方向" 显示 "1"，小车向左运动；显示 "2"，小车向右运动，在关闭 JK - 40 电源条件下，先把小车指针指到刻度尺的 8.0cm 处，再打开 JK - 40 电源开关。这时，FB718A 显示屏上会显示出时差 "t 值"，记录该时差值作为接收传感器的初读数

说明：收、发换能器距离近，信号越强测量结果越精确。当小车慢慢移远时，接收信号渐渐变弱，其第一个反射脉冲慢慢消失，计时器可能记录到第二个反射脉冲，这时就会产生 27μs（脉冲间隔）的误差。因此，若从 t_1 到 t_2 跨过一个不稳定区（跃变区），则 $t_2 - t_1$ 会多出 27μs，这时实际时差应为 $\Delta t = t_2 - t_1 - 27\mu s$，设实验过程中收、发换能器距离变化为 30～350mm，那么大约会出现 3 段跃变区，需扣除若干倍 27μs 才是实际时差。

3）先用 "预置↑" 和 "预置↓" 键进行重置，距离设置范围为 0.0～300.0mm 把小车运动行程设置为 10mm。

4）按 "数据返回" 键，当 "数据返回" 窗口显示 "2" 时，按 "执行" 键，小车向右运动 10mm，自动停止。FB718A "工作方式 3"，屏幕显示出时差值。

5）按两次 "数据返回" 键，使 "数据返回" 窗口仍显示 "2"，按 FB718A "功能" 键，选择 "工作方式 3"，按 "执行" 键，小车再向右运动 10mm，自动停止。屏幕显示出新的时差值。

6）如果在小车向右移动一个设置行程时，时间显示值跳动不稳定，不能正确读数，那么可以放弃这组读数，往右继续移动小车，直到再出现稳定读数时再记录，但必须记住对应的位置读数。越过不稳定区的时差值，应该包含 27μs 的整数倍的误差，需在数据处理时予以剔除。

7）如此至少做 10 组数据，记录到表 24 - 1 中，由于此时位移量已经不在是等间距，不能使用逐差法处理数据，只能把相邻实验数据相减，用对应的时差值计算声速，然后求算术平均。

4. 反射法测声速（时差法）（选做内容）

用反射法测量声速时，反射板要远离两换能器，调整两换能器之间的距离、两换能器和反射板之间的夹角 θ 以及垂直距离 L，如图 24 - 2 所示，使数字示波器（双踪，由脉冲波触发）接收到稳定波形；利用数字示波器观察波形，通过调节示波器，使接收波形的某一个波头 b_n 的波峰位于示波器屏幕某一刻度（x 坐标），然后向前或向后水平调节反射板的位置，使之移动 ΔL，记下此时示波器中先前那个波头 b_n 在时间轴上移动的时间 Δt，

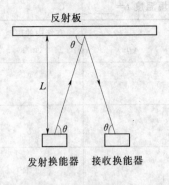

图 24 - 2 反射法测声速

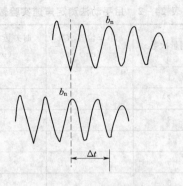

图 24 - 3 接收波形

如图 24 - 3 所示，从而得出声速值 u，$u=\dfrac{\Delta x}{\Delta t}=\dfrac{2\Delta L}{\Delta t\sin\theta}$。用数字示波器测量时间同样适用于直射式测量，而且可以使测量范围增大。将实验中得到的多个声速值与理论值相比较：

$$u_0=331.45\sqrt{1+\frac{t}{273.16}}(\mathrm{m/s})\ (\text{或}\quad u_0\approx331.45+0.61\times t\,\mathrm{m/s})\quad(24-8)$$

式中：t 为室温，℃。

【数据处理】

(1) 把不同速度下多普勒效应实验数据记录到表 24 - 1 中。

根据式 (24 - 8) 计算实验环境条件下声速的理论值。

根据式 (24 - 4) 计算实验环境条件下多普勒频移的理论值。

与理论值比较，计算多普勒效应实验的相对误差，验证多普勒效应方程。

表 24 - 1　　　　多普勒效应实验数据记录表　实验环境温度 $t=$ ＿＿＿＿＿℃

次数	小车运动速度 （m/s）	接收传感器频率 （Hz）	多普勒频移 （Hz）	相对误差 （%）
1				
2				
3				
4				
5				
6				
7				
8				
9				
10				

(2) 将"工作方式 3"、手工运动方式条件下，测量到的各对应时差值记录到表 24 - 2 中。

表 24 - 2　用手动法测定声速实验数据记录及处理　　实验环境温度 $t=$ _____℃

测量次数	小车位置 X_i (cm)	时差读数值 t_i (μs)	$X_{i+5}-X_i$ (cm)	$t_{i+5}-t_i$ (μs)	空气中的声速 u_i (m/s)
1					
2					
3					
4					
5					
6					
7					
8					
9					
10					

1) 计算时差法测量声速的实验平均值:

$$\bar{u} = \frac{1}{n} \sum_{i=1}^{} u_i = \underline{\hspace{2cm}} (\text{m}/\text{s})$$

2) 计算实验环境温度下声速在空气中的传播速度的理论值:

$$u_0 \approx 331.45 + 0.61t = \underline{\hspace{2cm}} (\text{m}/\text{s})$$

3) 把实验结果与理论值比较,计算相对误差:

$$E = \left| \frac{\bar{u} - u_0}{u_0} \right| \times 100\% = \underline{\hspace{2cm}} \%$$

4) 如果误差太大,请对误差产生的原因进行分析。

(3) 将"工作方式 3"、"运动方式 8"条件下,测量到的各对应时差值记录到表 24 - 3 中。

表 24 - 3　用"运动方式 8"测定声速实验数据记录及处理　　实验环境温度 $t=$ _____℃

测量次数	小车位置 X_i (cm)	时差读数值 t_i (μs)	$X_{i+1}-X_i$ (cm)	$t_{i+1}-t_i$ (μs)	空气中的声速 u_i (m/s)
1					
2					
3					
4					
5					
6					
7					
8					
9					
10					

1）计算时差法测量声速的实验平均值：

$$\bar{u} = \frac{1}{n}\sum_{i=1} u_i = \underline{\hspace{3cm}}\,(\text{m/s})$$

2）计算实验环境温度下声速在空气中的传播速度的理论值：

$$u_0 \approx 331.45 + 0.61t = \underline{\hspace{3cm}}\,(\text{m/s})$$

3）把实验结果与理论值比较，计算相对误差：

$$E = \left|\frac{\bar{u} - u_0}{u_0}\right| \times 100\% = \underline{\hspace{3cm}}\%$$

4）如果误差太大，请对误差产生的原因进行分析。

【思考题】

（1）马赫是什么单位？它是怎么定义的？

（2）请举例说明多普勒效应在生活中的应用。

（3）为什么在声速测定实验中，必须用逐差法处理数据？如果不用会出现什么结果？

● 实验 25　光 的 偏 振 及 其 应 用

光的干涉和衍射现象揭示了光的波动性，而光的偏振现象证实了光是一种横波，即光的振动方向与传播方向互相垂直。对于光的偏振现象的研究在光学发展史上有很重要的地位，它使人们对光的传播（反射、折射、吸收和散射）的规律有了新的认识，并在光学计量、晶体性质的研究和应力分析等方面有广泛的应用。

【实验目的】

（1）观察光的偏振现象，加深偏振的基本概念。

（2）验证马·吕斯定律。

（3）观测光以布儒斯特角入射的偏振现象。

（4）观察波片现象，加深波片的基本概念。

【实验原理】

1. 马·吕斯定律

能够将自然光变成偏振光的器件称做起偏器，用于检验偏振光的器件称为检偏器。一束自然光通过两偏振器后的光强 I 随两器件透光轴的夹角 θ 而变化，即

$$I = I_0 \cos^2\theta \tag{25-1}$$

称式（25-1）表示的关系式为马·吕斯定律。

按照马·吕斯定律，显然当以光线传播方向为轴转动检偏器时，透射光强度 I 发生周期性变化。当 $\theta = 0°$ 时，透射光强最大；当 $\theta = 90°$ 时，透射光强为极小值（消光状态）；当 $0° < \theta < 90°$ 时，透射光强介于最大值和最小值之间。图 25-1 表示自然光通过起偏器与检偏器的变化。

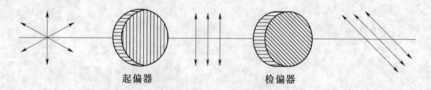

起偏器　　　　　　　　　　　检偏器

图 25-1　自然光通过起偏器与检偏器的变化

2. 布儒斯特角

当自然光从空气照射在折射率为 n 的非金属镜面（如玻璃、水等）上，反射光与折射光都将成为部分偏振光。当入射角增大到某一特定值 φ 时，镜面反射光成为完全偏振光，其振动面垂直于入射面，这时入射角 φ 称为布儒斯特角，也称起偏振角，由布儒斯特定律得

$$\tan\varphi = n \tag{25-2}$$

式中：n 为折射率。

　　玻璃堆是布儒斯特角的一种实用装置，当自然光以布儒斯特角入射到玻璃堆时，经过多次反射后的反射光就近似于线偏振光，其振动垂直在入射面内。

3. 波片

　　当线偏振光垂直射到厚度为 L，表面平行于自身光轴的单轴晶片时，则寻常光（o光）和非常光（e光）沿同一方面前进，但传播的速度不同。这两种偏振光通过晶片后，它们的相位差 φ 为

$$\varphi = \frac{2\pi}{\lambda}(n_{\text{o}} - n_{\text{e}})L \tag{25-3}$$

式中：λ 为入射偏振光在真空中的波长；n_{o} 和 n_{e} 分别为晶片对 o 光和 e 光的折射率；L 为晶片的厚度。

　　在某一波长的线偏振光垂直入射于晶片的情况下，能使 o 光和 e 光产生相位差 $\varphi = (2K+1)\pi$（相当于光程差为 $\lambda/2$ 的奇数倍）的晶片，称为对应于该单色光的 1/2 波片（$\lambda/2$ 波片）；与此相似，能使 o 光与 e 光产生相位 $\varphi = \left(2K + \frac{1}{2}\pi\right)$（相当于光程差为 $\lambda/4$ 的奇数倍）的晶片，称为 1/4 波片（$\lambda/4$ 波片）。本实验中所用波片是对 632.8nm 而言的。

　　从两种波片产生的相位差可以知道，$\lambda/4$ 波片产生 $\pi/2$ 奇数倍的相位延迟，能使入射线偏振光变成椭圆偏振光。若入射线偏振光的光矢量与波片快（慢）轴成 ±45°时，将得到圆偏振光。同理，$\lambda/2$ 波片产生 π 奇数倍的相位延迟，入射线偏振光经过 $\lambda/2$ 波片后仍为线偏振光，若入射线偏振光的光矢量与波片快（慢）夹角为 α，则出射线偏振光的光矢量向着快（慢）方向转 2α。

【实验仪器】

　　本实验采用 KF - WZS 型偏振光实验仪，其结构如图 25 - 2 所示。

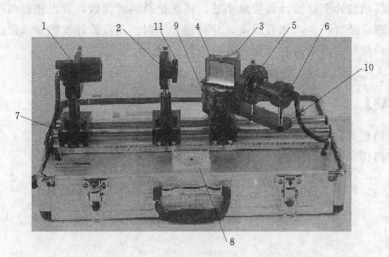

图 25 - 2　KF - WZS 型偏振光实验仪

1—光源；2—起偏器；3—压片；4—玻璃堆；5—检偏器；6—光电转换器；
7—导轨；8—检流计；9—转台；10—转臂；11—波片

【实验内容】

1. 观察偏振光现象，验证马·吕斯定律

（1）在导轨 7 左侧放置光源 1，连接电源。

（2）在导轨的右侧放置转台 9，使转臂刻线对准零位，拧紧锁定螺钉（光源与转台离得不要太远）。

（3）在转臂 10 的外侧孔中插入光电转换器 6，调节光源的微调螺钉和光电转换器，使光源的光斑全部射入光电转换器的遮光罩内。

（4）在光源与转台之间放入起偏器 2，调节起偏器高低，使光斑全部照入起偏器，并使刻线对准零位。

（5）旋转起偏器，在任何角度，检流计 8 显示电流强度不变，说明此时为自然光。

（6）在转臂 10 的内侧孔中插入检偏器 5，刻线对准零位，此时光通量最大，旋转检偏器，检流计显示电流强度变小，当旋转 90° 显示电流强度最小，说明此时为偏振光。

（7）根据马·吕斯定律，定量观测光电流 I（光强）随检偏器转角的变化关系，并求出 $I - \cos^2\theta$ 关系曲线，验证马·吕斯定律。

2. 观测光以布儒斯特角入射的偏振现象

去掉起偏器，把玻璃堆 4 放置在转台的中心位置，用压片 3 固定，调节转台使玻璃堆与入射光线垂直，完毕将玻璃堆转至布儒斯特角，转动转臂，观察检流计读数，在读数最大处固定转臂，旋转检偏器，旋转一周，观察检流计电流的变化。

3. 观察波片现象，加深对波片的基本概念的认识

（1）在光源前加入滤光片，使出射光中心波长为 650nm。

（2）先调节起偏器和检偏器的偏振轴平行，把 $\lambda/4$ 波片旋入起偏器上，如图 25-1 所示，旋转波片，在检流计显示最大时记录波片上标注所对应的偏振片上刻度读数和检流计读数，继续转动波片至检流计读数最小处，再次记录两者读数，算出相差角度和电流值比例，分析与理论是否符合，如有误差，分析误差原因。在检流计读数显示最小时，转动检偏器，观察检流计读数是否有变化，并分析其原因。

（3）将 $\lambda/4$ 波片换成 $\lambda/2$ 波片，步骤同步骤（2）。

【思考题】

（1）如何在实验中区别自然光、偏振光和部分偏振光？

（2）如何在实验中判定入射角恰好是布儒斯特角？

实验 26　用动态法测定物体的弹性模量

弹性模量是工程材料的一个重要物理参数，它标志着材料抵抗弹性形变的能力。"静态拉伸法"由于受弛豫过程等的影响，不能真实地反映材料内部结构的变化，对脆性材料无法进行测量。本实验用"动态支撑法"测出试样振动时的固有基频，并根据试样的几何参数测得材料的弹性模量。

【实验目的】

（1）学会用动态法测定金属材料的弹性模量。

（2）培养学生综合应用物理仪器的能力。

【实验原理】

一根细长棒做微小振动，其振动方程为

$$\frac{\partial^4 y}{\partial x^4} + \frac{\rho S}{YJ}\frac{\partial^2 y}{\partial t^2} = 0 \tag{26-1}$$

式中：ρ 为棒的密度；S 为棒的横截面积；J 为转动惯量，Y 为弹性模量。

解以上方程的具体过程如下（不要求掌握）。

用分离变量法：令 $y(x,t) = X(x)T(t)$

代入方程（26-1）得

$$\frac{1}{X}\frac{\mathrm{d}^4 X}{\mathrm{d}x^4} = -\frac{\rho S}{YJ}\frac{1}{T}\frac{\mathrm{d}^2 T}{\mathrm{d}t^2}$$

等式两边分别是 x 和 t 的函数，只有都等于一个常数才有这种可能，该常数设为 K^4，得

$$\frac{\mathrm{d}^4 X}{\mathrm{d}x^4} - K^4 X = 0$$

$$\frac{\mathrm{d}^2 T}{\mathrm{d}t^2} + \frac{K^4 YJ}{\rho S}T = 0$$

这两个线性常微分方程的通解分别为

$$X(x) = B_1 ch Kx + B_2 sh Kx + B_3 \cos Kx + B_4 \sin Kx$$

$$T(t) = A\cos(\omega t + \varphi)$$

于是解振动方程式得通解为

$$y(x,t) = (B_1 ch Kx + B_2 sh Kx + B_3 \cos Kx + B_4 \sin Kx)A\cos(\omega t + \varphi)$$

其中

$$\omega = \left[\frac{K^4 YJ}{\rho S}\right]^{\frac{1}{2}} \tag{26-2}$$

称为频率公式。对任意形状的截面，不同边界条件的试样都是成立的。只要用特定的边界条件定出常数 K，并将其代入特定截面的转动惯量 J，就可以得到具体条件下的计算公式了。

如果悬线悬挂在试样的节点附近，则其边界条件为自由端横向作用力：

$$F = -\frac{\partial M}{\partial x} = -YJ \frac{\partial^3 y}{\partial x^3} = 0$$

弯矩

$$M = YJ \frac{\partial^2 y}{\partial x^2} = 0$$

即

$$\left.\frac{\mathrm{d}^3 X}{\mathrm{d}x^3}\right|_{x=0} = 0 \qquad\qquad \left.\frac{\mathrm{d}^3 X}{\mathrm{d}x^3}\right|_{x=l} = 0$$

$$\left.\frac{\mathrm{d}^2 X}{\mathrm{d}x^2}\right|_{x=0} = 0 \qquad\qquad \left.\frac{\mathrm{d}^2 X}{\mathrm{d}x^2}\right|_{x=l} = 0$$

将通解代入边界条件，得到 $\cos Kl \cdot chKl = 1$。

用数值解法求得本征值 K 和棒长 l 应满足

$$Kl = 0, \quad 4.730, \quad 7.853, \quad 10.966, \quad \cdots$$

由于其中一个根"0"对应于静态情况，故将第二个根作为第一个根，记作 $K_1 l$。一般将 $K_1 l$ 所对应的频率称为基频频率。在上述 $K_m l$ 值中，1，3，5，…个数值对应着"对称形振动"，第 2、4、6、…个数值对应着"反对称形振动"。可见试样在作基频振动时，存在两个节点，它们的位置距离端面分别为 $0.224l$ 和 $0.776l$ 处。将第一本征值 $K = \frac{4.730}{l}$ 代入式（26 - 2）中，得到自由振动的固有频率（基频）为

$$\omega = \left[\frac{(4.730)^4 YJ}{\rho l^4 S}\right]^{\frac{1}{2}}$$

解出弹性模量

$$Y = 1.9978 \times 10^{-3} \frac{\rho l^4 S}{J}\omega^2 = 7.8870 \times 10^{-2} \frac{l^3 m}{J}f^2$$

对圆棒有

$$J = \int y^2 \mathrm{d}S = S\left(\frac{d}{4}\right)^2$$

式中：d 为圆棒的直径。

得到

$$Y = 1.6067 \frac{l^3 m}{d^4}f^2 \tag{26 - 3}$$

式（26 - 3）即为式（26 - 1）的解。

式中：l 为棒长；d 为棒的直径；m 为棒的质量。

如果在实验中测定了试样（棒）在不同温度时的固有频率 f，即可计算出试样在不同温度时的弹性模量 Y。在国际单位制中，弹性模量的单位为 N·m^{-2}。

本实验的基本问题是测量试样在不同温度时的共振频率。为了测出该频率，实验时可采用如图 26 - 1 所示的装置。

由信号发生器输出的等幅正弦波信号，加在换能器Ⅰ（激振）上。通过换能器Ⅰ把电信号转变成机械振动，再由悬线把机械振动传给试样，使试样受迫做横向振动。试样另一端的悬线把试样的振动传给换能器Ⅱ（拾振），这时机械振动又转变成电信号。该信号经

放大后送到示波器（CH1）中。当信号发生器的频率不等于试样的共振频率时，试样不发生共振，示波器上几乎没有信号波形或波形很小。当信号发生器的频率等于试样的共振频率时，试样发生共振。这时示波器上的波形突然增大，这时读出的频率就是试样在该温度下的共振频率。根据式（26－1），即可计算出该温度下的弹性模量。

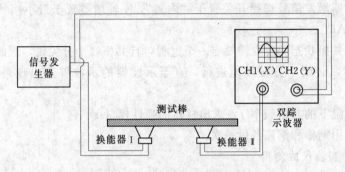

图 26－1　支撑法实验测量装置

共振频率也可以通过将换能器Ⅰ（激振）上的信号和换能器Ⅱ（拾振）上的信号分别送到示波器的 CH1 和 CH2 中，再将示波器的 X-Y 控制键按下，即可观察到椭圆，微调信号发生器频率，直到出现稳定的正椭圆，此时即达到共振态，对应的频率即为共振频率。

【实验仪器】

弹性模量实验仪，包括试样、弹性模量测试台、DCY－2 型信号发生器（图 26－2）、YB4320A 型双踪示波器。

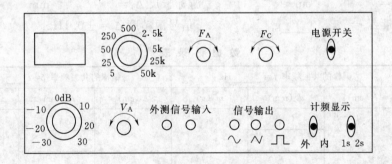

图 26－2　DCY－2 型功率函数信号发生器

【实验内容】

1. 实验基本要求

（1）测定试样的长度 l、直径 d 和质量 m，其中长度和质量只要求单次测量，直径要求测 5 次。

（2）在室温下，不锈钢和铜的弹性模量分别为 $2 \times 10^{11} \text{N} \cdot \text{m}^{-2}$ 和 $1.2 \times 10^{10} \text{N} \cdot \text{m}^{-2}$，先由式（26－1）估算出共振频率 f，以便寻找共振点。

（3）把试样棒用细钢丝挂在测试台上，悬挂点的位置约距离端面 $0.224l$ 和 $0.776l$ 处。

（4）把信号发生器的输出与测试台的输入相连，测试台的输出与放大器的输入相接，放大器的输出与示波器的 Y 输入相接。

（5）把示波器触发信号选择开关置于"内置"，y 轴增益置于最小挡（左边第二挡），y 轴极性置于"AC"。

（6）因试样共振状态的建立需要有一个过程，且共振峰十分尖锐，因此在共振点附近调节信号频率时，必须十分缓慢地进行，直至示波器的示波屏上出现最大的信号或正椭圆。

（7）记下室温下的共振频率 f，求出材料的弹性模量 Y。

（8）本实验用铜棒和钢棒各做一次。

2. 弹性模量实验仪的使用

（1）使用前先将约 1kHz、1V 的音频信号直接输入耳机检查，应该能听到轻微的声音。

（2）弹性模量实验仪的电压表指示输出的电压幅值，其值由幅度调节旋钮调节。信号由输出 1、输出 2 两路并联输出，可用专用导线和传感器、示波器等相连接。

（3）频率调节分为频率粗调和频率细调，在实验室中两者必须配合使用，频率的值由5 位数码显示管显示。

【数据与结果】

（1）将实验数据记录在表 26-1 中。

钢尺 $\Delta_l =$ ＿＿＿＿＿ cm　　　　　游标卡尺 $\Delta_d =$ ＿＿＿＿＿ mm

天平感量 $\Delta_m =$ ＿＿＿＿＿ g　　　　　信号源精度 $\Delta_f = \pm 0.1 \text{Hz}$

表 26-1　　　　　　　　　　　数 据 记 录 表

	铜棒的共振频率 $f =$ ＿＿ Hz			钢棒的共振频率 $f =$ ＿＿ Hz		
	l（cm）	d（mm）	m（g）	l（cm）	d（mm）	m（g）
1						
2						
3						
4						
5						
平均值						

注　表格中的 l、m 和 f 只要求单次测量。

（2）分别计算钢棒与铜棒的长度 l、直径 d 和质量 m 的测量值及其不确定度。

$\bar{l} \pm \Delta_l =$ ＿＿＿＿＿（mm）；　$\bar{d} \pm \Delta_d =$ ＿＿＿＿＿（mm）；　$\bar{m} \pm \Delta_m =$ ＿＿＿＿＿（g）。

（3）分别求出钢棒和铜棒的弹性模量 $\bar{Y} \pm \Delta Y$（N/m²）。其中

$$\overline{Y} = 1.6067 \frac{\overline{l}^3 \, \overline{m}}{\overline{d}^4} f^2$$

$$\Delta_Y = \overline{Y} \sqrt{\left(3 \frac{\Delta_l}{\overline{l}}\right)^2 + \left(4 \frac{\Delta_d}{\overline{d}}\right)^2 + \left(\frac{\Delta_m}{\overline{m}}\right)^2 + \left(2 \frac{\Delta_f}{\overline{f}}\right)^2}$$

【思考题】

(1) 试讨论：试样的长度 l、直径 d、质量 m、共振频率 f 分别应该采用什么规格的仪器测量？为什么？

(2) 估算本实验的测量误差。提示：可从以下几个方面考虑：①仪器误差限；②支撑点偏离节点引起的误差。

● 实验 27　用霍尔效应法测螺线管
轴向磁场分布

在工业、国防、科研中都需要对磁场进行测量，测量的方法有很多，如冲击电流计法、霍尔效应法、核磁共振法、天平法、电磁感应法等。本实验将介绍霍尔效应测磁场分布的方法，该方法具有测量原理和方法简单等优点。

【实验目的】

(1) 了解用霍尔效应测磁场的原理和方法。
(2) 掌握 TH-S 型螺线管磁场测定实验仪仪器及使用方法。
(3) 了解长直螺线管内磁场的分布情况。

【实验原理】

1. 霍尔效应测磁场原理

由公式 $R_H = \dfrac{U_H d}{I_s B}$ 得

$$B = \frac{U_H d}{I_s R_H} \tag{27-1}$$

若已知霍尔系数 R_H，测出 I_s、U_H，d 等，由式 (27-1) 即可得到待测磁感应强度 B，此即测量 B 的原理。但要提高测量精度，在相同条件下应使霍尔电压尽可能大。因此要选择霍尔系数大（即迁移率高、电阻率 ρ 也较高）的材料作为霍尔元件。因 $|R_H| = \mu\rho$，就金属导体而言，μ 和 ρ 均很低，而不良导体的 ρ 虽高，但 μ 极小，因而上述两种材料的霍尔系数都很小，都不能用来制造霍尔器件。半导体的 μ 高，ρ 适中，是制造霍尔元件较理想的材料，由于电子的迁移率比空穴迁移率大，所以霍尔元件多采用 N 型材料，其次霍尔电压的大小与材料的厚度成反比，因此薄膜形的霍尔元件的输出电压较片状形要高得多。

就霍尔器件而言，其厚度是一定的，所以实用上引进一个重要参数 K_H，即

$$K_H = \frac{1}{ned} = \frac{R_H}{d}$$

来表示器件的灵敏度，K_H 称为霍尔灵敏度，单位为 V/ (A.T)

则式 (27-1) 可写为

$$B = \frac{U_H}{K_H I_s} \tag{27-2}$$

这就是霍尔效应测磁场的原理。若将测得的 U_H 值进行放大，然后用电表来指示，并通过一定的换算，在电表面板上直接刻以 B 的数值，这样就成为测量磁场的特斯拉计了。

由于霍尔效应的建立需要的时间很短（在 $26^{-12} \sim 26^{-14}$ s 内），因此使用霍尔元件时可以用直流电或交流电，若工作电流用交流电 $I_s = I_0 \sin \omega t$ ，则

$$U_H = K_H I_S B = K_H B I_0 \sin \omega t$$

所得的霍尔电压也是交变的。在使用交流电情况下，式（27-2）仍可使用，只是式中 I_S 和 U_H 应理解为有效值。

值得注意的是，以上讨论都是在磁场方向与电流方向垂直的条件下进行的，这时霍尔电压最大，因此测量时应使霍尔片平面与被测磁感应强度矢量 B 的方向垂直，这样测量才能得到正确的结果。

2. 载流长直螺线管内的磁感应强度

设螺线管长为 L、半径为 r_0，螺线管上均匀地密绕了单位长度为 N 匝的线圈，当 $L \gg r_0$ 时，就可以把螺线管看作"无限长"。根据理论分析，"无限长"螺线管内部轴线附近各点磁场是均匀的，当流过线圈的电流，即励磁电流为 I_M 时，它的磁感应强度为

$$B = \mu_0 N I_M$$

螺线管两端的磁感应强度为

$$B' = \frac{1}{2} \mu_0 N I_M$$

式中：$\mu_0 = 4\pi \times 10^{-7} \mathrm{T \cdot m/A}$，为真空中的磁导率。

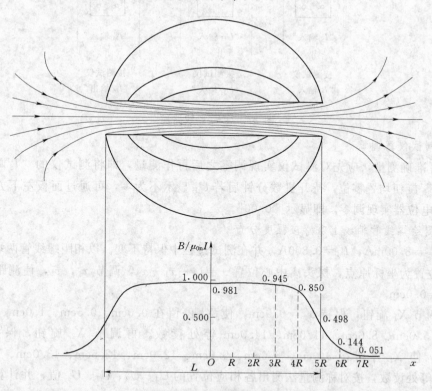

图 27-1　螺线管磁场分布

由图 27-1 所示的磁力线分布图可知，其腔内中部磁力线是平行于轴的直线，渐近两端口时，这些直线变为从两端口离散的曲线。因此，其内部的磁场是均匀的，仅在靠近端口处才呈现明显的不均匀性。

【实验内容】

1. 连线

按图 27 - 2 所示正确连接测试仪和实验仪之间相应的 I_S、U_H 和 I_M 各组连线，然后开启测试仪电源。

注意：严禁将测试仪的励磁电源"I_M 输出"误接到实验仪的"I_S 输入"或"U_H 输出"处，否则一旦通电，霍尔元件即遭损坏。

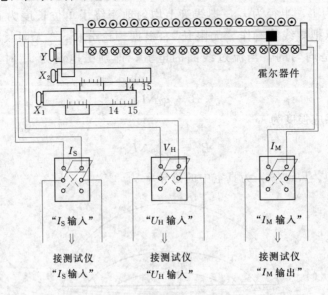

图 27 - 2　实验线路连

2. 测试仪器调零

为了准确测量，应先对测试仪实现调零之后再作测量，即将测试仪的"I_S 调节"和"I_M 调节"旋钮均置零位，待开机数分钟后若 U_H 显示不为零，可通过面板左下方小孔的"调零"电位器实现调零，即显示"0.00"。

3. 测绘螺线管轴线上磁感应强度分布

取 $I_S = 8.00\text{mA}$，$I_M = 0.800\text{A}$，并在测试过程中保持不变。以相距螺线管两端口等远的中心位置为坐标原点，探头离中心位置 $x = 14 - x_1 - x_2$，调节 x_1，x_2，使测距尺读数 $x_1 = x_2 = 0.0\text{cm}$。

先调节 X_1 旋钮，保持 $x_2 = 0.0\text{cm}$，使 X_1 停留在 0.0cm、0.5cm、1.0cm、1.5cm、2.0cm、5.0cm、8.0cm、11.0cm、14.0cm 等处读数。再调节 X_2 旋钮，保持 $x_1 = 14.0\text{cm}$，使 X_2 停留在 3.0cm、6.0cm、9.0cm、12.0cm、12.5cm、13.0cm、13.5cm、14.0cm 等处读数，按对称测量法测出各相应位置的 U_1、U_2、U_3、U_4 值，并计算相对应的 U_H 值，记入表 27 - 1 中。

注意：霍尔元件的灵敏度 K_H 与温度有关，为了防止螺线管因长时间通电而升温，导致 K_H 变化而影响实验结果，仅当在读取 U_H 值时才可接通 I_M，每测定一组数据，在改变 X_1 或 X_2 值时，务必将 I_M 切断。

【数据与结果】

实验数据记录填入表 27-1 中。

工作电流 $I_S =$ ＿＿＿＿＿＿ mA；励磁电流 $I_M =$ ＿＿＿＿＿＿ A；$B = \dfrac{U_H}{K_H I_S}$

霍尔灵敏度 $K_H =$ ＿＿＿＿＿＿；螺线管单位长度匝数 $N =$ ＿＿＿＿＿＿ 匝/m　1kGs $=0.1$T

表 27-1　　　　　　　　　　　　　实 验 数 据 记 录 表

x_1 (cm)	x_2 (cm)	x (cm)	U_1 (mV) $+I_S, +B$	U_2 (mV) $+I_S, -B$	U_3 (mV) $-I_S, -B$	U_4 (mV) $-I_S, +B$	U_H (mV)	B (mT)
0.0	0.0							
0.5	0.0							
1.0	0.0							
1.5	0.0							
2.0	0.0							
5.0	0.0							
8.0	0.0							
11.0	0.0							
14.0	0.0							
14.0	3.0							
14.0	6.0							
14.0	9.0							
14.0	12.0							
14.0	12.5							
14.0	13.0							
14.0	13.5							
14.0	14.0							

(1) 绘制 $B\text{-}X$ 曲线，验证螺线管端口的磁感应强度为中心位置磁感应强度的 1/2。

(2) 螺线管中心的 B 值。$B(x)\big|_{x=0} = B(0) =$ ＿＿＿＿＿＿

螺线管中心的 B 理论值：$B_{理} \approx \mu_0 N I_M =$ ＿＿＿＿＿＿

进行比较，求出相对误差 $E = \dfrac{|B(0) - B_{理}|}{B_{理}} \times 100\% =$ ＿＿＿＿＿＿

注：(1) 测绘 $B\text{-}X$ 曲线时，螺线管两端口附近磁感应强度变化大，应多测几点。

(2) 霍尔灵敏度 K_H 值和 K_H 温度系数平均值 α 以及螺线管单位长度线圈匝数 n 均标在实验仪上，应将这些数据记录下来。

【思考题】

(1) 霍尔电压是怎样形成的？它的极性与磁场和电流方向（或载流子浓度）有什么

关系?

(2) 如何观察不等位效应?如何消除它?

(3) 测量过程中哪些量要保持不变?为什么?

(4) 换向开关的作用原理是什么?测量霍尔电压时为什么要接换向开关?

(5) I_S 可否用交流电源(不考虑表头情悦)?为什么?

(6) 试分析霍尔效应法测磁场的误差来源。

(7) 除了换向法外,是否还有其他方法能消除霍尔效应副效应的影响?

【附录一】

霍尔器件中的副效应及其消除方法

1. 不等势电压 U_0

这是由于测量霍尔电压的电极 A 和 A' 位置难以做到在一个理想的等势面上,因此当有电流 I_S 通过时,即使不加磁场也会产生附加的电压 $U_0 = I_S r$,其中 r 为 A、A' 所在的两个等势面之间的电阻,如图 27-3 所示。U_0 的符号只与电流 I_S 的方向有关,与磁场 B 的方向无关,因此,U_0 可以通过改变 I_S 的方向予以消除。

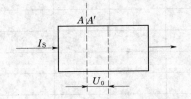

图 27-3 不等势电压

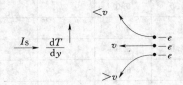

图 27-4 温差电效应引起的附加电压

2. 埃廷豪森效应

温差电效应引起的附加电压 U_E 如图 27-4 所示,由于霍尔片内部载流子速度服从统计分布,有快有慢。若速度为 v 的载流子所受的洛伦兹力与霍尔电场力的作用刚好抵消,则速度大于或小于 v 的载流子在电场和磁场作用下,将各自朝对立面偏转。速度大即动能大,而载流子动能转化为热能,从而在 Y 方向引起温差 $T_A - T_{A'}$,由此产生的温差电效应,在 A、A' 电极上引入附加电压 U_E,且 $U_E \propto I_S B$,其符号与 I_S 和 B 的方向关系与 U_H 是相同的,因此不能用改变 I_S 和 B 方向的方法予以消除,但其引入的误差很小,可以忽略。

3. 能斯特效应

热磁效应直接引起的附加电压 U_N 如图 27-5 所示,因器件两端电流引线的接触电阻不等,通电后在接触点两处将产生不同的焦尔热,导致在 X 方向有温度梯度,引起载流子沿梯度方向扩散而产生热扩散电流。热流 Q 在 Z 方向磁场作用下,类似于霍尔效应在 Y 方向上产生一附加电场 ε_N,相应的电压 $U_N \propto QB$,而 U_N 的符号只与 B 的方向有关,与 I_S 的方向无关。因此可通过改变 B 的方向予以消除。

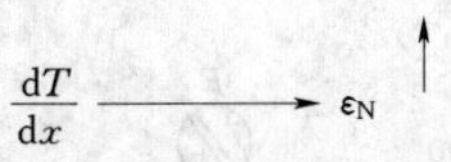

$$\frac{dT}{dx} \longrightarrow \varepsilon_N \uparrow$$

$$\frac{dT}{dx} \longrightarrow \frac{dT}{dy} \uparrow$$

图 27-5 热磁效应直接引起的附加电压 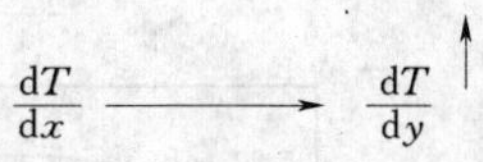 图 27-6 热磁效应产生的温差引起的附加电压

4. 里纪-勒杜克效应

热磁效应产生的温差引起的附加电压 U_{RL} 如图 27-6 所示，如上所述的 X 方向热扩散电流，因载流子的速度统计分布，在 Z 方向的 B 作用下，和"埃廷豪森效应"中所述同理，将在 Y 方向产生温度梯度 $T_A - T_{A'}$，由此引入的附加电压 $U_{RL} \propto QB$，U_{RL} 的符号只与 B 的方向有关，亦能消除之。

综上所述，实验中测得的 A、A' 之间的电压除 U_H 外，还包含 U_0，U_N，U_{RL}，和 U_E 各个电压的代数和，其中 U_0，U_N，U_{RL}，均可以通过 I_S 和 B 换向对称测量法予以消除。

设定电流 I_S 和磁场 B 的正方向，即

当 $+I_S$，$+B$ 时，测得 A、A' 之间的电压：$U_1 = U_H + U_0 + U_N + U_{RL} + U_E$。

当 $+I_S$，$-B$ 时，测得 A、A' 之间的电压：$U_2 = -U_H + U_0 - U_N - U_{RL} - U_E$。

当 $-I_S$，$-B$ 时，测得 A、A' 之间的电压：$U_3 = U_H - U_0 - U_N - U_{RL} + U_E$。

当 $-I_S$，$+B$ 时，测得 A、A' 之间的电压：$U_4 = -U_H - U_0 + U_N + U_{RL} - U_E$。

求以上 4 组数据 U_1，U_2，U_3，U_4 的代数平均值，可得

$$U_H + U_E = \frac{U_1 - U_2 + U_3 - U_4}{4}$$

由于 U_E 符号与 I_S，B 两者方向关系和 U_H 是相同的，故无法消除，但在电流 I_S 和磁场 B 较小时，$U_H \gg U_E$，因此，U_E 可略去不计，所以霍尔电压为

$$U_H = \frac{U_1 - U_2 + U_3 - U_4}{4}$$

【附录二】

CT3 型特斯拉计的使用方法

特斯拉计是磁测量仪器中结构最简单、操作最快又能直接读数的测 B 仪器，它的工作电流采用频率为几千赫兹的交流电，由此消除了埃廷豪森、能斯特、里纪-勒杜克效应等副效应，仪器内有不等位电压的补偿网络，通过仪器的调零，消除不等位效应，从而实现对交、直流磁场 B 的准确测量，如图 27-7 所示。

1. 准备

(1) 检查霍尔变送器编号是否与仪器标度盘上规定的编号符合。

(2) 将旋钮 E 置于"关"位置，调 H 机械调零旋钮，使指针对准零刻度线。

(3) 将仪器左侧面的电源转换开关指示"220"V 后接通电源。

2. 粗校

将变送器插入变送器插座中，旋钮 E 置于"粗校"。3mm 后，调节校准旋钮 A，使指针对准"校准刻线"。

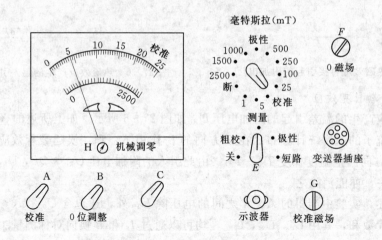

图 27 - 7　CT3 型特斯拉计面板

3. 零位调节

由调相位和调幅度两只旋钮 B 和 C 来完成。将旋钮 D 置于 "25" mT，旋钮 E 置于 "测量"。先调任一调零旋钮，使指针指示最小值，再调另一旋钮使指针指到更小值，如此反复逐一调节，并将旋钮 D 逐步减小到 5～1mT，使指针在 1mT 黑色零位线之内，越接近零越好（测量大于 50mT 的磁场时，调零要求可放宽些）。

4. 校准

将旋钮 D 指示 "校准"，旋钮 E 指示 "测量"，将变送器插到 "校准磁场" 孔底，并稍微转动，使指针指示最大值，然后抽出变送器，旋转 180°后插入孔底，稍微转动再取最大值，最后调 "校准" 旋钮 A，使指针指在两次最大读数的平均值位置。本实验中，由于待测磁场较强（为几百毫特斯拉），可以不进行 "校准" 这一步骤。

5. 测量

将旋钮 D 指示到不小于欲测磁场范围的量程，将旋钮 E 指示 "测量" 挡。测直流磁场时，将变送器放入待测磁场，并缓慢转动，使指针指示最大值，记下读数，取出变送器，旋转 180°，再重新放入磁场并缓慢转动，取最大值读数，两次读数的平均值即为磁场的大小。测交变磁场时，就不需进行第二次测量。

实验 28　用双臂电桥法测低电阻

电桥是一种用电位比较法进行测量的仪器，被广泛用来精确测量许多电学量和非电量。在自动控制测量中也是常用的仪器之一。电桥按其用途可分为平衡电桥和非平衡电桥；按其使用的电源又可分为直流电桥和交流电桥；按其结构可分为单臂电桥和双臂电桥。本实验介绍的是直流电桥测量电阻。电阻按阻值的大小大致可分为 3 类：待测电阻值在 $1M\Omega$ 以上的为高阻；在 $1\Omega \sim 1M\Omega$ 之间时称为中值电阻，可用单臂（惠斯登）电桥测量；阻值在 1Ω 以下的为低值电阻，则必须使用双臂电桥（又称开尔文电桥）来进行测量。

【实验目的】

（1）掌握直流电桥测量电阻的原理和方法。

（2）学习并掌握双臂电桥测量低值电阻的方法。

【实验原理】

用伏安法测电阻时，由于电表精度的制约和电表内阻的影响，测量结果准确度较低。于是人们设计了电桥，它是通过平衡比较的测量方法，而表征电桥是否平衡，用的是检流计示零法。只要检流计的灵敏度足够高，其示零误差即可忽略。

用电桥测电阻的误差主要来自于比较，而比较是在待测电阻和标准电阻之间进行的，标准电阻越准确，电桥法测电阻的精度就越高。

1. 单臂（惠斯登）电桥的工作原理

单臂电桥线路如图 28-1 所示，被测电阻 R_X 与 3 个已知电阻 R_1、R_3、R_N 连成电桥的 4 个臂。四边形的一条对角线接有检流计，称为"桥"，另一个对角线上接电源 E，称为电桥的电源对角线。电源接通，电桥线路中各支路均有电流通过。

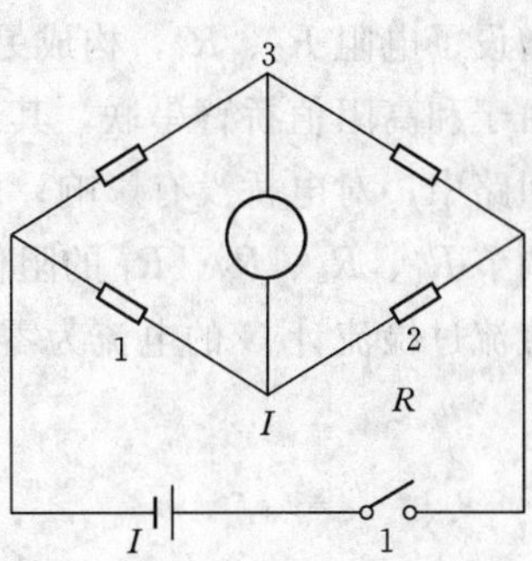

当 B、D 两点之间的电位相等时，"桥"路中的电流 I_g $=0$，检流计指针指零，这时电桥处于平衡状态。此时 $U_B = U_D$，于是

$$\frac{R_X}{R_N} = \frac{R_3}{R_1}$$

根据电桥的平衡条件，若已知其中 3 个桥臂的电阻，就可以计算出另一个桥臂的电阻，因此，电桥测量电阻的计算式为

$$R_X = \frac{R_3}{R_1}R_N \tag{28-1}$$

图 28-1　单臂电桥原理

式中：电阻 $\dfrac{R_3}{R_1}$ 为电桥的比率臂，称为倍率 k；R_N 为比较臂。

2. 双臂电桥测低值电阻的原理

用图 28-1 所示的单臂电桥测电阻时，其中比例臂电阻 R_1、R_3 可用较高的电阻，因此，与 R_1、R_3 相连的导线电阻和接触电阻可以忽略不计。如果待测电阻 R_X 是低值电阻，R_N 也应该用低值电阻。因此与 R_X、R_N 相连的 4 根导线和几个接点电阻对测量结果的影响就不能忽略。为减少它们的影响，在双臂电桥中作了两处明显的改进：

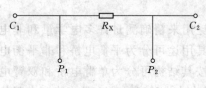

图 28-2　四端接法

(1) 被测电阻 R_X 和标准电阻 R_N 均采用四端接法。四端接法示意图，如图 28-2 所示，图中 C_1、C_2 是电流端，通常接电源回路，从而将这两端的引线电阻和接触电阻折合到电源回路的其他串联电阻中；P_1、P_2 是电压端，通常接测量电压用的高电阻回路或电流为零的补偿回路，从而使这两端的引线电阻和接触电阻对测量的影响大为减少。采用这种接法的电阻称为四端电阻。

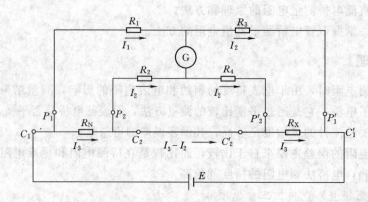

图 28-3　双臂电桥原理

(2) 把低电阻的四端接法用于电桥电路，就发展成双臂电桥，如图 28-3 所示。其中增设了电阻 R_2、R_4，构成另一臂，其阻值较高。这样，电阻 R_X 和 R_N 的电压端附加电阻由于和高阻值桥臂串联，其影响就大大减少了；两个靠外侧的电流端附加电阻串联在电源回路中，对电桥没有影响；两个内侧的电流端的附加电阻和连线电阻总和为 r，只要适当调节 R_1、R_2、R_3、R_4 的阻值，就可以消除 r 对测量结果的影响。调节 R_1、R_2、R_3、R_4，使流过检流计 G 的电流为零，电桥达到平衡，于是得到以下 3 个回路方程：

$$\begin{cases} I_1 R_3 = I_3 R_X + I_2 R_4 \\ I_1 R_1 = I_2 R_2 + I_3 R_N \\ I_2(R_2 + R_4) = (I_3 - I_2)r \end{cases}$$

上式中各量如图 28-3 所示，解上列方程可得

$$R_X = \frac{R_3}{R_1}R_N + \frac{rR_2}{R_3 + R_2 + r}\left(\frac{R_3}{R_1} - \frac{R_4}{R_2}\right) \tag{28-2}$$

从式 (28-2) 可以看出，双臂电桥的平衡条件与单臂电桥平衡条件式 (28-1) 的差别在于多出了第二项，如果满足以下辅助条件，即

$$\frac{R_3}{R_1} = \frac{R_4}{R_2} \tag{28-3}$$

则式（28-2）中第二项为零，于是得到双臂电桥的平衡条件为

$$R_X = \frac{R_3}{R_1} R_N \tag{28-4}$$

可见，根据电桥平衡原理测量电阻时，双臂电桥与单臂电桥具有完全相同的表达式。

为了保证 $\frac{R_3}{R_1} = \frac{R_4}{R_2}$，在电桥使用过程中始终成立，通常将电桥做成一种特殊结构，即 R_3、R_4 采用同轴调节的十进制 6 位电阻箱。其中每位的调节转盘下都有两组相同的十进制电阻，因此无论各个转盘位置如何，都能保持 R_3 和 R_4 相等。R_1 和 R_2 采用依次能改变一个数量级的 4 挡电阻箱（10Ω、$10^2\Omega$、$10^3\Omega$、$10^4\Omega$），只要调节到 $R_1 = R_2$，则式（28-3）要求的条件得到满足。

在这里必须指出，在实际的双臂电桥中，很难做到 $\frac{R_3}{R_1}$ 与 $\frac{R_4}{R_2}$ 完全相等，所以电阻 r 越小越好，因此 C_2 和 C_2' 间必须用短粗导线连接。

3. QJ-36 型单、双臂电桥

本实验使用的 QJ-36 型电桥的实际电路如图 28-4 所示，图 28-5 所示是作为双臂电桥使用时的面板接线。R_3、R_4 由 6 个十进制转盘同轴调节。对应于面板图上 I～VI 6 个旋钮，R_1、R_2 为依次改变一个数量级的（10Ω、$10^2\Omega$、$10^3\Omega$、$10^4\Omega$）4 挡电阻箱，作为双臂电桥使用时，要始终保持 $R_1 = R_2$，电路图中各部分与面板图一一对应。K_1 闭合，检流计支路串有高阻值的保护电阻，以便在电桥未平衡时限制通过检流计的电流，检流计的灵敏度人为降低，有利于把电桥粗调到平衡状态；随后闭合 K_2，保护电阻被短路，检流计的灵敏度恢复，此时可精确调节使电桥平衡；闭合 K_3 时，检流计两端被短路，它是个阻尼开关，可使检流计指针迅速停止摆动。K_4 是作为单桥使用时的电源开关。

QJ-36 型电桥作为单臂电桥使用时，要将 1、2 端短路，把被测电阻接到 5、6 端，电源接 9、10 端，其面板接线如图 27-6 所示。此时 R_1、R_2 为比率臂电阻，I～VI 为比较臂的读数盘（即 R_4 为标准电阻）。电桥平衡时 $R_X = \frac{R_1}{R_2} R_4$。$R_1$、$R_2$、$R_4$ 均能从面板上读出。

QJ-36 型单、双臂电桥准确度等级为 0.02 级，适用于环境温度（20 ± 8）℃、相对湿度不大于 80% 的条件下工作。作为单臂电桥使用时，依据测量范围按表 28-1 所列选择比率臂电阻值和电源电压；作为双臂电桥使用时，依据测量范围按表 28-2 所列选择标准电阻、比率臂电阻和电源电压，但当被测电阻的阻值小于标准电阻值时，如表 28-2 中 R_X 在 $10^{-6} \sim 10^{-3}\Omega$ 范围时，应将 R_X 和 R_N 调换位置测量，即 1、2 端接 R_X，3、4 端接 R_N，此时被测量值的计算公式为

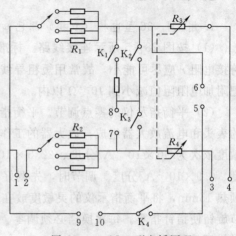

图 28-4　QJ36 型电桥原理

$$R_X = \frac{R_1}{R_3}R_N \quad 或 \quad R_X = \frac{R_2}{R_4}R_N$$

表 28 - 1　　　　　　　　　　　单臂电桥的选择数据范围

被 测 电 阻	比 率 臂 电 阻		电 源 电 压
R_X （Ω）	R_1 （Ω）	R_2 （Ω）	U （V）
$10^0 \sim 10^2$	10	10^3	4
$10^2 \sim 10^3$	10^2	10^3	6
$10^3 \sim 10^4$	10^3	10^3	8
$10^4 \sim 10^5$	10^3	10^2	10
$10^5 \sim 10^6$	10^4	10^2	20

表 28 - 2　　　　　　　　　　　双臂电桥选择数据范围

被 测 电 阻	标 准 电 阻	比 率 臂 电 阻	电 源 电 压
R_X （Ω）	R_N （Ω）	$R_1 = R_2$ （Ω）	U （V）
$10^1 \sim 10^2$	10^1		
$10^0 \sim 10^1$	10^0		
$10^{-1} \sim 10^0$	10^{-1}	10^3	2～6
$10^{-2} \sim 10^{-1}$	10^{-2}		
$10^{-3} \sim 10^{-2}$	10^{-3}		
$10^{-4} \sim 10^{-3}$		10^3	
$10^{-5} \sim 10^{-4}$		10^2	4～8
$10^{-6} \sim 10^{-5}$	10^{-3}	10	

【实验仪器】

QJ - 36 型电桥、平衡指示仪、标准电阻箱、直流稳压电源等。

【实验内容】

1. 用 QJ - 36 型电桥（双桥）测已知标称值的低值电阻

（1）按图 28 - 5 所示连接线路。标准电阻 R_N 和被测电阻 R_X 的电压端接线电阻值和跨接电阻 r 应尽可能小，故常用短粗导线或紫铜片来连接，并使各接头清洁，接触良好，把附加电阻阻值减小到 10^{-3} Ω 以内。

（2）平衡指示仪的零点调节。平衡指示仪是在电路中指示平衡的仪器，它由指示平衡的表头和电流放大器组成，放大器的工作电源由机内干电池组提供。其量程分为 5 挡，灵敏度依次为 90×10^{-9} A/分度、22.5×10^{-9} A/分度、9×10^{-9} A/分度、2.25×10^{-9} A/分度、0.9×10^{-9} A/分度。调节时，先调好指示仪的机械零点，然后接通电源（机内电源）预热 15min，将平衡指示仪的灵敏度放在所需挡位，并且使它的输入端短路，调节零点调节旋钮使指针指零。每次换挡必须调零。使用时根据需要选择量程，一般情况选用第 3 挡灵敏度就足够了。

（3）选择稳压电源的输出电压为 4V 左右，接通换向开关 K_S 至任一侧。

（4）依 R_X 的范围，选择标准电阻 R_N、R_1 及 R_2 的阻值（使测量结果的有效数字位数最多），并依 $R_X = \dfrac{R_3}{R_1} \times R_N$ 大致估计 R_3（或 R_4）应放置的位置。

（5）粗调双臂电桥：平衡指示仪量程置 3 挡，按下 K_1（粗）钮，接通 K_S，调节 R_3 使电桥平衡（平衡指示仪示零）。

（6）细调双臂电桥：接着按下 K_2（细），调节 R_3 再使平衡指示仪示零。记下 R_3 的第一次读数值 R_3'。

（7）拨动换向开关 K_S，使通过 R_X 及 R_N 的电流改变方向，照上述步骤（6）测得 R_3''，则 $R_3 = \dfrac{(R_3' + R_3'')}{2}$，得 $R_X = \dfrac{R_3}{R_1}R_N$（通过换向测量取平均可以减小电源回路中的热电动势的影响而产生的系统误差）。

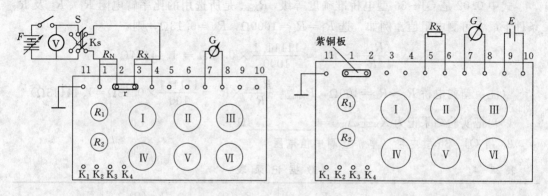

图 28-5　QJ36 型电桥作双桥用时接法　　　图 28-6　QJ36 型电桥作单桥用时接法

2. 用 QJ-36 型电桥（单桥）测几个已知标称值的中值电阻

（1）按图 28-6 所示接线，根据被测电阻的标称值选取正确的比率臂电阻（R_1 和 R_2）和预置比较臂 R_4 的值。

（2）电桥平衡指示仪的调节和使用同实验 1。

（3）旋转Ⅰ～Ⅵ旋钮（改变 R_4 值）利用 K_1、K_2、K_3、K_4 电键，先粗调，后细调［同实验 1 的（5）、（6）］，当平衡指示仪示零时，读出 R_4 值，即可求得被测电阻值。

【注意事项】

（1）测量低电阻时通过待测电阻的电流较大，在测量过程中通电时间应尽量短暂，即换向开关 K_S 只在调节电桥平衡时接通，一旦调节完毕即刻断开，以避免待测电阻和导线发热造成测量误差。

（2）用双臂电桥测量电阻时，应按表 28-2 的规定，在选择 R_N 及 R_1、R_2 时，尽可能用上第Ⅰ读数盘读出被测电阻值 R_X 的第一位数字，从而保证测量值有较多的有效位数，并可减小电阻元件的功率消耗。

（3）当测量环境湿度较低（即干燥）时，如发生静电干扰，可将电桥和平衡指示仪上的接地端钮连接后接地，即可消除干扰。

【数据与结果】

1. 用 QJ - 36 型电桥（双臂）测低电阻

（1）有关数据记录，并计算测量结果 R_X 记入表 28 - 3 中。

表 28 - 3　　　　　　　　　　　　数 据 记 录 表

R_1（Ω）	R_2（Ω）	R_N（Ω）	R_3'（Ω）	R_3''（Ω）	$\overline{R}_3$（Ω）	R_X（Ω）

说明上述表格中 $\overline{R}_3 = \dfrac{R_3' + R_3''}{2}（\Omega）$，　$R_X = \dfrac{\overline{R}_3}{R_1} R_N（\Omega）$。

（2）确定 R_X 的不确定度 Δ_{RX}，$\Delta_{RX} = 0.02\% R_{Xmax}$。

式中 0.02 是 QJ - 36 型电桥准确度等级，R_{Xmax} 是所选用的比率臂电阻 R_1、R_2 及 R_N 条件下最大可测电阻值。例如，选 $R_1 = R_2 = 1000\Omega$，$R_N = 0.13\Omega$，则

$$R_{Xmax} = \frac{R_{3max}}{R_1} \times R_N = \frac{11111.1}{1000} \times 0.13\Omega = 1.44444\Omega$$

（注：新购电桥 $R_1 = R_2 = 100\Omega$，$R_{Xmax} = \dfrac{R_{3max}}{R_1} \times R_N = \dfrac{1111.1}{100} \times 0.13\Omega = 1.44443\Omega$）

（3）把实验结果记为 $R_X \pm \Delta_{RX} = \underline{\hspace{4cm}}$ Ω。

2. 用 QJ - 36 型电桥（单桥）测中值电阻

表 28 - 4　　　　　　　　　　　　数 据 记 录 表

R_1（Ω）	R_2（Ω）	R_4（Ω）	R_X（Ω）（标称值）	R_X（Ω）（测量值）	Δ_{RX}（Ω）

表 28 - 4 中的计算与双桥一样。最后结果表示为：$R_X \pm \Delta_{RX} = \underline{\hspace{4cm}}$ Ω。

【思考题】

（1）双臂电桥比单臂电桥作了哪些改进？双臂电桥是怎样避免接线电阻和接触电阻对测量结果的影响的？

（2）双臂电桥的平衡条件是什么？

（3）QJ - 36 型单、双臂电桥作为单臂电桥使用时如何依被测电阻 R_X 估计值选择比率臂电阻 R_1、R_2 的阻值，大致估计 R_3 应放置的位置。

（4）双桥实验中的换向开关 K_S 的作用是什么？

（5）QJ - 36 型电桥中 K_1、K_2、K_3、K_4 开关的作用是什么？如何使用？

（6）平衡指示仪的作用是什么？如何调零？与一般检流计的机械调零有何不同？

（7）双桥实验中，连线和操作要注意哪些问题？

● 实 29　GPS 声纳定位实验

　　振动频率高于 20kHz 的声波称之为超声波。超声波具有方向性强、反射性强和功率大的特点，因此超声技术的应用几乎遍及工农业生产、医疗卫生、科学研究及国防建设等方面。利用超声波作为定位技术也是蝙蝠等生物作为防御及捕捉猎物的手段。超声波是一种弹性机械波，它在水中可实现远距离传播，所以声纳、超声波鱼群探测仪等得到了广泛的研究和应用，近来在机器人的障碍探测方面也应用相当普遍。本实验介绍的水下超声定位演示仪利用了渡越时间测距及方向角检测法进行定位，运用单片机进行处理和控制，利用自编的软件进行实验数据的处理和分析，从而使学生通过实验进一步认识到水下超声定位的原理。

【实验目的】

　　(1) 利用时差法测量声速和距离。
　　(2) 了解声纳原理，用超声波定位目标。

【实验原理】

　　1. 测量仪的电路结构
　　水下超声定位仪的电路结构组成如图 29-1 所示，整个系统由 89C51 系列单片机来控制。启动测量时，由单片机每隔 20ms 发出数个 1MHz 的超声波，驱动超声波发射器的功率电路发射出超声脉冲，同时启动单片机的计时器。当脉冲到达被测目标时，发生反射，经水的传播被超声波接收器接收，再由放大电路进行滤波放大，使单片机产生中断，计数停止，数码显示器把测得的时间显示，并由单片机将该数据进行存储，同时可从换能器的旋转盘上读取方向角度值，由此实现定位的功能。

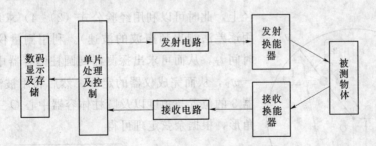

图 29-1　水下超声定位仪的电路结构

　　2. 超声波的定位原理
　　超声波探测物体的位置是通过测距和测角同时来确定的。超声波测距的方法较多，如渡越时间测距法、声波幅值测距法、相位测距法。它们各有各自的特点，但用得最多的是渡越时间测距法，本仪器采用的就是超声波渡越时间测距法。其工作原理如下：检测从超声波发射器发出的超声波，经水介质的传播到接收器的时间，即渡越时间。渡越时间与水

中的声速 v 相乘，就是声波传输的距离。由于在该仪器中，利用计算机程序中已将传输时间除以 2，因此数码显示器显示的时间就是探测器到被测物的时间 t，其探测到的距离 l，即

$$l = vt \tag{29-1}$$

对式（29-1）两边微分可得

$$\mathrm{d}l = v\mathrm{d}t + t\mathrm{d}v \tag{29-2}$$

式（29-2）说明，超声波测距传感器的测试精度是由渡越时间和声速两个参数的精度决定。如将 v 看作常量，则式（29-2）可简化为

$$\mathrm{d}l = v\mathrm{d}t = v/f \tag{29-3}$$

式（29-3）表明，计时电路的计时频率越高，传感器的测试精度就越高，因此在设计时把计时频率设计在 24MHz，时间分辨率为 $0.5\mu s$。超声波的传播速度受介质温度影响最大，超声波速度 v 与环境温度 T 的关系可由以下经验公式给出，即

$$v = 4 \times 331.4 \times \sqrt{(T + 273.16)/273.16} \tag{29-4}$$

同时该温度下的速度 v 也可利用逐差法通过实测的方法来求得，而目标的角度测量可直接从换能器的方向旋转刻度盘读取。

对目标进行定位，知道目标的相对参考点处于什么位置，可以用直角坐标描述，也可以用极坐标描述，本实验用极坐标来描述目标位置，如图 29-2 所示，知道 l 和 ϕ 就确定了目标方位，l 的测量用超声波。实验模拟装置由圆柱体容器以及安装在容器壁上的探测传感器等附件组成。被测物 1 挂在具有丝杆装置可使其沿容器半径方向做径向移动的横梁 2 上，即被测物可位于横梁任一位置。同时横梁 2 可以绕容器中心 O 旋转，3 是换能器与可读取方向角度值 φ 的旋转盘。设计的仪器横梁转动角度 θ 的变动范围是 $-90° \sim +90°$，换能器转动角度 φ 范围也是从 $-90° \sim +90°$，被测物在圆柱半径方向可以在 $0 \sim 18.0$ cm 之间变化。

3. 实验数据的计算

首先，在初始时刻，当换能器置于 $\phi = 0°$ 时，仪器横梁也处在 $\theta = 0°$ 位置，即在同一直径上，此时可以利用经验公式（29-4）求取 v（也可利用逐差法测出超声波的波速）。利用测量仪测出回波的时间 t_P，从而可求出探测器到圆柱体容器中心的长度 $P = vt_P$，从而完成仪器的定标。然后利用被测物 1、换能器 3 的位置与角度以及圆柱体容器中心 O 三点构成的三角形，根据余弦定理可得

$$r' = \sqrt{P^2 + l^2 - 2Pl\cos\varphi} \tag{29-5}$$

$$\theta' = \pi - \arccos(\sqrt{P^2 + r'^2 - l^2}/\sqrt{2r'P}) \tag{29-6}$$

其中 r' 和 θ' 表示了根据实测所得到的实验值。为了使同学们在实验中便于比较，在软件中确定被测物可以做 3 种形式的运动，因此在软件开发时设定了直线段、圆弧、抛物线 3 种标准曲线。只要在开始实验时，确定好被测物

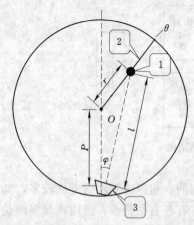

图 29-2　实验装置的结构与坐标关系
1—被测物；2—横梁；3—换能器

的运动轨迹、起始点与终点坐标、角度步长 $\Delta\theta$ 和长度步长 Δr，该软件即可给出该被测物的运动轨迹上每一个测量点坐标的理论值 r 与 θ。学生们在实验完成后，将所得实验结果输入计算机，该软件即可自动用列表与绘图的方式给出实验结果 (r',θ') 与理论值 (r,θ) 的相对误差及运动轨迹图。

【实验仪器】

GPS 水下超声定位仪一套、示波器（选配）。

【实验内容】

1. 定标，求传感器到圆柱体容器中心的长度 P

测量实验室的温度，利用式（29-4）算出在当前温度下，声波在水中的传播速度。也可以在 φ 和 θ 为 0°时，被测物每移动 10.0mm，测量一次时间，至少测量 10 次，然后用逐差法通过实测的方法来求得该温度下的速度 v。用仪器中所带的薄铜片挂在圆柱体容器中心下的螺钉上，测量时间，计算长度 P。

2. 运动轨迹追踪

确定好被测物的运动轨迹、起始点与终点坐标、角度步长 $\Delta\theta$ 和长度步长 Δr，用软件即可给出该被测物的运动轨迹上每一个测量点坐标的理论值 r 与 θ，将被测物每放置一个位置测量一次时间和角度 Φ。学生可利用被测物、换能器的位置与角度以及圆柱体容器中心 3 点构成的三角形，根据余弦定理求得 r' 和 θ'。

【数据与结果】

记录实验室的温度。

自拟表格记录所有的定标实验数据。表格的设计要便于用逐差法求相应位置的差值和计算。

1. 被测物做直线运动

运动轨迹坐标的理论值 (r_i,θ_i) 和根据实测结果利用软件计算所得的实验值 (r'_i,θ'_i) 见表 29-1，绘出实验与理论计算所得的运动轨迹，参数坐标转变为直角坐标。

表 29-1　　　　　　　　　　　　直线运动测量结果

编号 (i)	1	2	3	4	5	6	7	8
r_i (cm)								
r'_i (cm)								
$(\Delta r/r)$ 100%								
θ_i (rad)								
θ'_i (rad)								
$(\Delta\theta/\theta)$ 100%								

2. 被测物沿圆周运动

运动轨迹坐标的理论值 (r_i,θ_i) 和根据实测结果利用软件计算所得的实验值 (r'_i,θ'_i)

见表 29-2。绘出实验与理论计算所得的运动轨迹，参数坐标转变为直角坐标。

表 29-2　　　　　　　　　　　　**圆 周 运 动 测 量 结 果**

编号 (i)	1	2	3	4	5	6	7	8
r_i (cm)								
r_i' (cm)								
($\Delta r/r$) 100%								
θ_i (rad)								
θ_i' (rad)								
($\Delta\theta/\theta$) 100%								

【思考题】

(1) 在实验中，可试着由远到近改变被测物到探测器之间的距离，发现测量结果与理论值的相对误差会变大，试分析其原因。

(2) 能否在该仪器的基础上开发出一种能利用超声探测器成像的仪器？

【附录】

1. GPS 水下超声定位仪的使用说明

超声 GPS 定位实验仪是利用仪器发射超声波，然后接收超声波的回波来探测目标的距离，如图 29-3 所示。由于仪器发出的超声波电信号频率高达兆赫兹量级，声波的指向性很好，这样就可以得到方位，从而确定目标的位置。

图 29-3　水下超声定位仪实物照片

(1) 发射输出连接发射传感器，接收输入连接接收传感器，接收输出接示波器，示波器时间衰减放在 $100\mu s$ 挡，幅值衰减放在 0.1V 挡，探头衰减放在×10 挡。

(2) 按下电源开关，蓝色发光二极管亮，LED 显示窗口如果显示 "0"，表示接收传感器没有接收到回波。转动方向杆，超声波碰到目标，显示窗口会显示某一值，表示有回波，同时在示波器上可以观测到回波信号，示波器上得到的时间是显示窗口显示时间的两倍。

(3) 时间和方位角存储。按一下存储键，微处理器自动将时间存入。存入时间后，微处理器控制的蓝色发光二极管和红色发光二极管交替亮一下，表示存入正常。按一下角度键，红色发光二极管亮，LED 显示窗口显示 "0"。读出方向杆上角度值，通过数字和点按键输入，输入值不能超过 4 位，否则自动清零。输入错误，也可以用 "清除" 按钮改正，认为角度值正确，按一下存储键，微处理器自动将角度值存入。存入角度值后，微处理器控制的蓝色发光二极管和红色发光二极管交替亮一下，表示存入正常，同时微处理器自动将第几次存储值存入（一次时间和一次角度算一次存入值）。

（4）检查功能的使用。在测量回波时间的状态下，蓝色发光二极管亮，按一下检查键，LED 显示窗口显示 "0"，等待输入检查哪一次，输入的检查那一次的次数要小于存入的次数，否则微处理器将不予处理。输入检查那一次的值小于存入的次数，微处理器处理，先显示检查的次数，同时蓝色发光二极管和红色发光二极管全亮；再显示时间，蓝色发光二极管和红色发光二极管交替亮一下；最后显示角度值，蓝色发光二极管和红色发光二极管交替亮一下，如果无任何键按下，微处理器重复显示刚才的值。如果一直按下检查键，微处理器自动往上显示检查那一次的值、时间、角度值，直到最大的存储值。

（5）退出检查功能。在 LED 显示窗口显示 "0"，或者微处理器重复显示刚才的值情况下，一直按下 "清除" 按钮，回到测量回波时间的状态下。仪器在使用过程中遇到突然断电的情况，数据将丢失。

2. 数据处理软件使用说明

（1）定标。可以选择温度法或者逐差法中的任何一种方式。

1）温度法：输入环境温度就可以求出超声波的波速，然后输入由显示器显示的圆柱中心到探测器的时间，并按一下 "计算" 按钮就可得到 P 的长度，即探测器到圆柱中心的距离。

2）逐差法：试验者自己定义增量步长。每增加一个步长，就得到一个定标时刻值，把此时间值输入并按下 "储存" 按钮，定标时间输完后，再输入由显示器显示的圆柱中心到探测器的时间，并按下 "计算" 按钮就可得到 P 的长度，即探测器到圆柱中心的距离。

（2）确定三曲线方程。

1）一般直线：输入起始点和终点的极径和极角，并按 "确定" 按钮，就得到曲线方程。

2）圆弧曲线：输入极径并按 "确定" 按钮，就得到曲线方程。

3）沿半径方向直线：输入起点和终点极径及极角，并按 "确定" 按钮，就得到曲线方程。

（3）数据的测量。

1）一般直线：输入角度步长，并按 "理论数据" 按钮，就可显示理论值，根据理论数据显示的极径和极角来确定实验时被测物的位置，然后输入每次测量所得到的探测时间和探测角度，并按 "存入" 按钮，直到输完所有的实验值，再按 "实验数据" 按钮，接下来再按 "误差数据" 按钮，于是显示了试验数据和误差数据，最后按 "确定" 按钮，进入描曲线的环境中，试验者可以选择工具栏中相应的描曲线图标，分别得到理论曲线、试验曲线、理论和试验曲线。

2）圆弧曲线：输入起点和终点极角和角度步长，接下来的步骤同一般直线。

3）沿半径方向直线：输入长度步长，接下来的步骤同一般直线。

（4）打印。可先在定标的菜单栏选择打印预览或工具栏中的打印预览的图标，适当地调节大小，然后选择工具栏中的打印图标进行打印。此软件可打印理论曲线、试验曲线、理论和试验曲线及数据表格。

说明：软件中提到的极径（r）是指圆柱形仪器沿半径方向的线段；极角（θ）是指圆柱形仪器外壁的刻度值，其范围是在 $+90°\sim-90°$ 之间。

● 实验 30 玻 尔 共 振

振动是物理学中一种重要的运动，是自然界最普遍的运动形式之一。振动可分为自由振动（无阻尼振动）、阻尼振动和受迫振动。振动中物理量随时间做周期性变化，在工程技术中，最多的是阻尼振动和受迫振动，及由受迫振动所导致的共振现象。共振现象，一方面对建筑物有破坏作用，另一方面却有许多实用价值能为我们所用，如利用共振原理设计制作的电声器件、利用核磁共振和顺磁共振研究物质的结构等。

本实验采用玻尔共振仪研究阻尼振动的特性，定量测定机械受迫振动的幅频特性和相频特性，并利用频闪方法来测定动态的物理量——相位差，数据处理与误差分析方面内容也较丰富。

【实验目的】

（1）观察阻尼振动，研究玻尔共振仪中弹性摆轮受迫振动的幅频特性和相频特性。

（2）观察共振现象，研究不同阻尼力矩对受迫振动的影响。

（3）学习闪频法测定运动物体的定态物理量——相位差。

【实验原理】

当一个物体在持续的周期性外力作用下发生振动时，称为受迫振动，周期性外力称为强迫力。若周期性外力按简谐振动规律变化的，则这种受迫振动也是简谐振动。在稳定状态，振幅恒定不变，振幅大小与强迫力的频率、振动系统的固有振动频率及阻尼系数有关。振动系统同时受到阻尼力和强迫力作用，作受迫振动。在稳定状态时物体的位移、速度变化与强迫变化相位不同，有一个相位差。当强迫力频率与振动系统固有频率相同时会产生共振，此时相位差 90°，振幅最大。

玻尔共振仪的摆轮在弹性力矩作用下作自由摆动，在电磁阻尼力矩作用下产生阻尼振动。通过观察周期性强迫力阻尼振动，可以研究玻尔共振仪中弹性摆轮受迫振动幅频特性和相频特性，以及不同阻尼力矩对受迫振动的影响。

设周期性强迫力矩为 $M_0 \cos\omega t$；电磁和空气阻尼力矩为 $-b\dfrac{\mathrm{d}\theta}{\mathrm{d}t}$；振动系统的弹性力矩为 $-k\theta$。则摆轮的运动方程为

$$J \frac{\mathrm{d}^2\theta}{\mathrm{d}t^2} = -k\theta - b\frac{\mathrm{d}\theta}{\mathrm{d}t} + M_0 \cos\omega t \tag{30-1}$$

式中：J 为摆轮的转动惯量，令 $\omega_0^2 = \dfrac{k}{J}$，$2\beta = \dfrac{b}{J}$，$m = \dfrac{M_0}{J}$，$\omega_0$、$\beta$ 和 m 分别称固有频率、阻尼系数和强迫力矩，则式（30-1）变为

$$\frac{\mathrm{d}^2\theta}{\mathrm{d}t^2} + 2\beta\frac{\mathrm{d}\theta}{\mathrm{d}t} + \omega_0^2\theta = m\cos\omega t \tag{30-2}$$

此式称为阻尼振动方程，其解为

$$\theta = \theta_1 e^{-\beta t} \cos(\omega_f t + \alpha) + \theta_2 \cos(\omega t + \varphi_0) \tag{30-3}$$

由此式可见，受迫振动由两部分组成。

1）阻尼振动：$\theta_1 e^{-\beta t} \cos(\omega_f t + \alpha)$，此阻尼振动经过一定时间后将衰减消失。

2）强迫振动：$\theta_2 \cos(\omega t + \varphi_0)$，频率为 ω 的强迫力矩作用在摆轮上，最后达到稳定状态。

摆轮的振幅

$$\theta_2 = \frac{m}{\sqrt{(\omega_0^2 - \omega^2)^2 + 4\beta^2 \omega^2}} \tag{30-4}$$

摆轮的振动与强迫力的相位差为

$$\varphi = \arctan \frac{2\beta\omega}{\omega_0^2 - \omega^2} = \arctan \frac{\beta T_0^2 T}{\pi(T^2 - T_0^2)} \tag{30-5}$$

相位差 φ 取值范围为 $0 < \varphi < \pi$，反映了摆轮振动滞后于激励源振动。

由式（30-4）和式（30-5）可见，振幅 θ_2 与相位差 φ 取决于 m、ω、ω_0 和 β，与振动的初始状态无关。

由 θ_2 的极大值条件 $\dfrac{\partial \theta_2}{\partial \omega} = 0$ 可得，当强迫力角频率 $\omega = \sqrt{\omega_0^2 - 2\beta^2}$ 时，系统发生共振，θ_2 有极大值。此时角频率和振幅分别为

$$\omega_r = \sqrt{\omega_0^2 - 2\beta^2} \tag{30-6}$$

$$\theta_r = \frac{m}{2\beta \sqrt{\omega_0^2 - \beta^2}} \tag{30-7}$$

当阻尼系数 $\beta \to 0$ 时，角频率接近系统固有频率 $\omega \to \omega_0$，振幅 θ_m 随之增大，它们随频率比 ω/ω_0 变化的曲线，称幅频特性曲线和相频特性曲线，如图 30-1、图 30-2 所示。

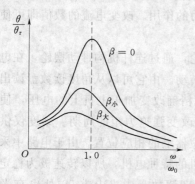

图 30-1　幅频特性曲线

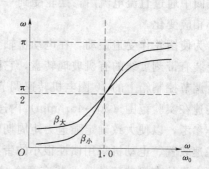

图 30-2　相频特性曲线

【实验仪器】

本实验采用 ZKY-BG 型玻尔共振仪，由振动仪与电器控制箱两部分组成。振动仪部分如图 30-3 所示。

振动仪部分由铜质圆形摆轮安装在机架上，弹簧的一端与摆轮的轴相连，另一端可固定在机架支柱上，在弹簧弹性力的作用下，摆轮可绕轴自由往复摆动。在摆轮的外围有一

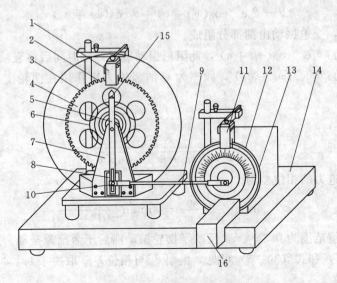

图 30 - 3 玻尔振动仪结构

1—光电门；2—长凹槽；3—短凹槽；4—铜质摆轮；5—摇杆；6—蜗卷弹簧；7—支承架；
8—阻尼线圈；9—连杆；10—摇杆调节螺；11—光电门；12—角度盘；
13—有机玻璃转盘；14—底座；15—弹簧夹持螺钉；16—闪光灯

卷槽形缺口，其中一个长形凹槽长出许多。在机架上对准长形缺口处有一个光电门，它与电气控制箱相连接，用来测量摆轮的振幅（角度值）和摆轮的振动周期。摆轮振幅是利用光电门测出摆轮读数处圈上凹形缺口个数，并在液晶显示器上直接显示出此值，精度为 $2°$。

在机架下方有一对带有铁芯的线圈，摆轮恰巧嵌在铁芯的空隙，利用电磁感应原理，当线圈中通过直流电流后，摆轮受到一个电磁阻尼力的作用。改变电流的数值即可使阻尼大小相应变化。

为使摆轮作受迫振动，在电动机轴上装有偏心轮，通过连杆机构带动摆轮，在电动机轴上装有带刻度线的有机玻璃转盘，它随电机一起转动。由它可以从角度读数盘读出相位差。调节控制箱上的 10 圈电机转速调节旋钮，可以精确改变加于电机上的电压，使电机的转速在实验范围（30~45r/min）内连续可调，即改变强迫力矩的周期。刻度仅供实验时作参考，以便大致确定强迫力矩周期值在多圈电位器上的相应位置。由于电路中采用特殊稳速装置、电动机采用惯性很小的带有测速发电机的特种电机，所以转速极为稳定。

电机的有机玻璃转盘上装有两个挡光片。在角度读数盘中央上方 $90°$ 处也有光电门（强迫力矩信号），并与控制箱相连，以测量强迫力矩的周期。

受迫振动时摆轮与外力矩的相位差利用小型闪光灯来测量。闪光灯受摆轮信号光电门控制，每当摆轮上长形凹槽通过平衡位置时，光电门接收光，引起闪光，这一现象称为"频闪现象"。在稳定情况下，由闪光灯照射下可以看到有机玻璃指针好像一直"停在"某一刻度处，所以此数值可方便地直接读出，误差不大于 $2°$。闪光灯放置位置如图 30 - 3 所示搁置在底座上，切勿拿在手中直接照射刻度盘。

可以通过软件控制阻尼线圈内直流电流的大小，达到改变摆轮系统阻尼系数的目的。

选择开关可分 4 挡，"阻尼 0" 挡阻尼电流为零，"阻尼 1" 挡电流约为 280mA，"阻尼 2" 挡电流约为 300mA，"阻尼 3" 挡电流最大，约为 320mA，阻尼电流由恒流源提供，实验时根据不同情况进行选择（可先选择在 "2" 处，若共振时振幅太小，则可改用 "1"，切不可放在 "0" 处），振幅不大于 150。

闪光灯开关用来控制闪光与否，当按住闪光按钮、摆轮长缺口通过平衡位置时便产生闪光，由于频闪现象，可从相位差读数盘上看到刻度线似乎静止不动的读数（实际有机玻璃上的刻度线一直在匀速转动），从而读出相位差数值，为使闪光灯管不易损坏，采用按钮开关，仅在测量相位差时才按下按钮。

电机是否转动使用软件控制，在测定阻尼系数和摆轮固有周期 T_0 与振幅关系时，必须将电机关断。

【实验内容】

1. 测量振幅与固有周期的对应值

选择 "自有振荡"，将 "周期选择" 开关置于 "1"，"阻尼" 开关置于 "0" 位置，将摆轮的振幅扳至 140°～150°，松手后，从振幅显示窗读出摆轮振幅数值 θ°，从周期显示窗读出对应的固有振动周期 T_0，将数据记录在表 30-1 中。

2. 测定阻尼系数 β

（1）阻尼振动是在驱动力为零的状况下进行的。进行本实验内容时，必须使电机处于 "关" 的状态，角度盘指针放在 0° 位置。阻尼开关置于 "2" 或 "1" 处，"周期选择" 开关置 "10" 位置。

（2）逆时针拨动摆轮大约 150°，使振幅在 130°～150° 之间，按下复位按钮，放掉摆轮，从振幅显示窗读出摆轮的振幅数值：θ_0，θ_1，…，θ_n；从周期显示窗读出阻尼振动周期：10T，分别记录于表 30-2 中。利用式（30-8）求出 β_0：

$$\ln \frac{\theta_0 \mathrm{e}^{-\beta(iT)}}{\theta_0 \mathrm{e}^{-\beta(jT)}} = (i-j)\beta T = \ln \frac{\theta_i}{\theta_j} \tag{30-8}$$

式中：θ_i、θ_j 分别为第 i、j 次振动的振幅；T 为阻尼振动周期平均值。

3. 测定受迫振动的幅频特性和相频特性

（1）阻尼开关原位置不变，将 "周期选择" 开关置于 "1"，打开 "电机"，使摆轮作受迫振动。

（2）通过改变电机转速，调整强迫力周期，找到振幅最大位置，待摆轮稳定后，开始正式测量，利用闪光灯测定受迫振动相位差 φ，将周期选择开关置于 "10" 位置。

（3）每次调整强迫力周期时要先将 "周期选择" 开关置于 "1"，利用闪光灯测定 φ，在靠近 φ=90° 左右各测 3 点大约 Δφ=10°，离 φ=90° 远些处左右各测两点大约 Δφ=20°。当受迫振动稳定后，将周期选择开关置于 "10" 位置，记录强迫力矩 10T 的时间和摆轮的振幅。将以上测量数据记入表 30-3 中。

4. 误差分析

（1）对本实验结果影响较大的误差，主要来自阻尼系数 β 的测定和固有频率 ω_0 的确定。弹簧的倔强系数 k 理论计算认为是一个常数，但实际上由于材料性能和制造工艺的影响，k 值随着角度改变而略有微小变化，故在不同振幅时系统的固有频率 ω_0 有变化。若 ω_0 取平均值，则在共振点附近，相位差的理论值与实验值相差很大。但可以测出振幅与固有频率 ω_0 的相应数值，将对应于某个振幅 T_0 代入式（30-5）：$\varphi = \arctan \dfrac{\beta T_0^2 T}{\pi(T^2 - T_0^2)}$，这样可以使系数误差减少。

（2）振幅的误差经几次熟练读数后，可减少到 0.2～0.3 小格。

（3）采用准确度极高的石英晶体作为计时器，故测量周期的误差可以忽略不计。

【注意事项】

（1）实验前电器控制箱先预热 10～15min，为避免剩磁的影响，阻尼开关不要随便拨动。

（2）测定阻尼系数 β 时，电机电源必须切断，θ_0 取 130°～150°之间，阻尼开关位置选定后，不能任意改变，否则由于电磁铁剩磁引起 β 值变化。若要改变阻尼开关位置，只有在某一阻尼系数 β 的所有实验数据测试完毕后才可以拨动此开关。

（3）测量受迫振动相频特性时，接通闪光灯开关，读数测取后随即关闭开关。在共振点附近调节 ω 时，勿使振幅过大（<220°），以免损坏波尔共振仪。

【数据与结果】

（1）测量振幅与固有周期的对应值。

表 30-1　　　　　　　　　　　　振幅与固有周期的相对应关系

θ (°)								
T_0 (s)								

（2）阻尼系数 β 的计算。

将有关测量数据记录，用逐差法处理，再利用式（30-8），求出 β 值。

表 30-2　　　　　　　　　　　　阻尼系数 β 测量数据记录表

振幅（°）	振幅（°）	$\ln \dfrac{\theta_i}{\theta_{i+5}}$
θ_0	θ_5	
θ_1	θ_6	
θ_2	θ_7	
θ_3	θ_8	
θ_4	θ_9	

阻尼开关位置：_____

周期选择：_____

$10T =$ _____

（3）画出幅频特性曲线和相频特性曲线。

216

表 30 - 3   幅频特性和相频特性记录表

φ 测 (°)	强迫力矩 $10T$ 的时间 (s)	振幅 θ (°)	弹簧对应的 固有周期 T_0 (s)	$\varphi_{计} = \arctan\dfrac{\beta T_0^2 T}{\pi(T^2 - T_0^2)}$	$\dfrac{\omega}{\omega_0} = \dfrac{T_0}{T}$
160					
140					
120					
110					
100					
90					
80					
70					
60					
40					
20					

【思考题】

（1）如何判断受迫振动已处于稳定状态？

（2）为什么实验时当选定阻尼电流后，要求阻尼系数和幅频特性、相频特性的测定一起完成？而不能先测定不同电流时的 β 值，然后再测定相应阻尼电流时的幅频特性与相频特性？

（3）本实验为减少系统误差采取了什么措施？

（4）实验中采用什么方法来改变阻尼力矩的大小？它利用了什么原理？

（5）在整个实验过程中为什么阻尼开关位置一旦选定就不能变动？

实验 31　激光全息技术及应用

全息照相较之普通照相有许多优点：第一，它再现出来的像是跟原来物体一模一样的逼真的立体像，跟观察实物完全一样；第二，把全息照片分成若干小块，每一小块都可以完整地现出原来物体的像，所以全息照片即使有缺损，也不会使像失真；第三，在同一张感光片上可以重叠记录许多像，这些像能够互不干扰地单独显示出来。

全息照相技术有重要的实际应用。全息照相在一张感光片上可以重叠记录许多像，这为信息的大容量，高密度储存提供了可能，如用全息照相方法可以把一本几百页的书的内容存储在只有指甲大小的全息照片上。全息照相在精密测量、无损检验、显微术等方面也得到应用。随着全息照相技术的发展，它将会得到更广泛的应用。

1. 全息照相的基本原理

普通照相机底片上所记录的图像只反映了物体上各点发光（辐射光或反射光）的强弱变化，也就是只记录了物光的振幅信息，于是，在照相纸上显示的只是物体的二维平面像，丧失了物体的三维特征。全息照相则不同，它是借助于相干的参考光束和物光束相互干涉来记录物光振幅和相位的全部信息。

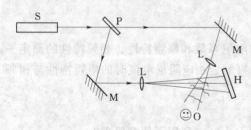

图 31-1　一般拍摄菲涅耳全息图的光路图
S—激光器；P—分束镜；M—全反射镜；
L—扩束镜；O—物体；H—全息干板

全息图种类很多，有菲涅耳图、夫琅和费图、傅里叶变换全息图、彩虹全息图、像全息图、体积全息图等。不管哪种全息图都要分成两步来完成，即：用干涉法记录光波全息图，称波前记录；用全息图使原光波波前再现，称波前再现。

图 31-1 所示是一般拍摄菲涅耳全息图的光路图。为了说明全息图的形成过程，只取物体上的一个发光点 O，并取全息干板平面 Oxy 为坐标平面，如图 31-2 所示，设物点 O 的坐标和参考光点 R 的坐标分别为 (x_O, y_O, z_O) 和 (x_R, y_R, z_R)，则在 Oxy 平面上物光的复振幅分布为

$$O(x,y) = O_0(x,y)\exp[\mathrm{j}\phi_O(x,y)]$$

在 Oxy 平面上参考光的复振幅分布为

$$R(x,y) = R_0(x,y)\exp[\mathrm{j}\Phi_R(x,y)]$$

参考光波和物光波在 Oxy 平面上干涉叠加后的光强为

$$I = (O+R)(O+R)^* = OO^* + RR^* + OR^* + RO^* = O_0^2 + R_0^2 + 2O_0R_0\cos(\phi_O - \phi_R)$$

可用作全息记录的感光材料有很多，一般最常用的是卤化银乳胶涂布的超微粒干板，称为全息干板，按图 31-1 所拍摄的全息图也叫做平面全息图，用振幅透射率来表示其特性，一般它是一个复函数，具有形式为

$$\tau_H(x,y) = \tau_0(x,y)\exp[\mathrm{j}\psi(x,y)] \tag{31-1}$$

在式（31-1）中，如果 ψ 与 (x, y) 无关，是一个常数，就称为振幅型全息图。如果 τ_0

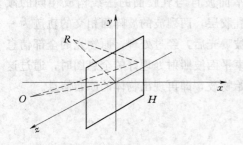

图 31-2　全息干板平面

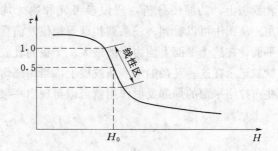

图 31-3　全息照相干板的特性

与 (x, y) 无关，是一个常数，就称为相位型全息图。如果两者都与 (x, y) 有关，就称为混合型全息图。

全息照相干板的特性可以用图 31-3 所示的曲线来表示。其中，τ 为振幅透射系数，H 为曝光量。因为在 $\tau-H$ 曲线上，只有中间一段近似为直线，所以对于不同的曝光量（光强与曝光时间的乘积），就可以完成不同的记录（线性记录和非线性记录）。一般记录时取曝光量在 H_0 的位置，并控制参考光与物光光强比为 $2:1 \sim 10:1$ 的范围。这样就可以实现线性记录。在线性记录的条件下有

$$\tau_H = \beta_0 + \beta H = \beta_0 + \beta t I \tag{31-2}$$

式中：t 为曝光时间；I 为总光强；β_0 和 β 为常数。β 等于图 31-3 中线性区的斜率。将光强公式代入式（31-2）中，便可得到拍好的全息图的复振幅透射率。

$$\tau_H = \beta_0 + \beta t [O_0^2 + R_0^2 + 2O_0 R_0 \cos(\phi_O - \phi_R)] \tag{31-3}$$

设再现用的照相光波在 Oxy 平面上的分布为

$$C(x, y) = C_0(x, y) \exp[j\phi_C(x, y)] \tag{31-4}$$

此再现光波经过全息图后衍射波的复振幅分布为

$$\tau = C\tau_H = C\beta_0 + C\beta t [O_0^2 + R_0^2 + 2O_0 R_0 \cos(\phi_O - \phi_R)] \tag{31-5}$$

考察式（31-5）的第二项（由于第一项较小，大多数情况下可以忽略），可以认为

$$\tau \propto CI = C(O_0^2 + R_0^2) + COR^* + CRO^* \tag{31-6}$$

式（31-6）为全息照相的基本公式，其中第一项代表直射光，第二项代表原始像，第三项代表共轭像。对有许多物点组成的物体，该式中 $O = O_1 + O_2 + O_3 + \cdots$，于是有

$$O_0^2 = O_1 O_1^* + O_2 O_2^* + \cdots + O_1 O_2^* + O_2 O_1^* + O_1 O_3^* + O_2 O_3^* + \cdots \tag{31-7}$$

式（31-7）叫做晕轮光，当物体较小时它的空间频率不高，在拍摄全息图时，取稍大一些的参考光与物光的夹角就可以避开它的影响，观察到清晰的原始图。

反射式全息照相记录过程中也是利用分离的相干光束进行叠加，物光和参考光分别从记录介质的两侧入射，两束光之间的夹角接近于 $180°$。因而，在全息记录介质内可建立起驻波，这样形成的干涉条纹接近平行于记录介质的表面。这些干涉条纹实际上是一些平面，即形成了三维分布的空间立体光栅。

用图 31-4 可以说明干涉条纹的形成。参考光和物光以接近 $180°$ 的夹角入射到干板的

乳胶层上。为简便分析，假设参考光和物光均为平面波且与乳胶面的法线构成相同的倾角。从图中可以看到，一系列相继等相位波前穿过乳胶层，两列波的波阵面相交的轨迹为一平面，在这个平面上均为干涉最大。干板的乳胶层被曝光后，经过处理，原物光的全部信息就被记录在这些复杂的干涉条纹层上，当用任何一束平面波照射处理好的全息图时，通过这些布拉格平面的局部反射作用就可以再现出一束原始物波，即再现出物体的原始信息。

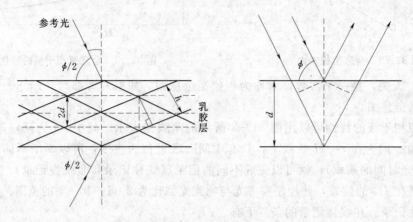

图 31-4　干涉条纹的形成

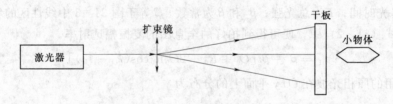

图 31-5　某实拍光路

图 31-5 所示为一个实拍光路。扩束后的激光投射到全息干板上，部分激光透过干板照射到被拍物上，由被拍物散射回干板的光即为物光。物光和原入射光（参考光）以大约 180°的夹角分别从全息干板两侧入射到乳胶层中，从而在乳胶层内形成干涉图样并使乳胶层曝光。经过处理之后即可得到白光反射再现全息图。该实验光路适合于拍摄物体线度不太大、表面平坦且散射能力较强的物体，如硬币、表芯及小工艺品等。

2. 红敏光致聚合物全息干板

（1）曝光时间的确定。干板的曝光时间受到很多因素的影响，如物体面积大小、拍摄范围内光路的均匀性、物体的反射本领和室内相对湿度及噪声情况等。特别是空气湿度，湿度越高所需曝光时间就越短，如果室内特别干燥，为缩短曝光时间，应想办法加大室内空气湿度。一般反射全息 20~40s，透射全息 90~240s。

（2）曝光后干板的处理方法。

1）在蒸馏水中静置 10~30s。

2）在浓度为 40% 的异丙醇中脱水 60s。

3）在浓度为 60% 的异丙醇中脱水 60s。

4）在浓度为 80% 的异丙醇中脱水 15s。

5）在浓度为 100％的异丙醇中脱水，直至出现清晰、明亮的红色或黄绿色图像为止。

6）取出干板，迅速用吹风机快速吹干，直到全息图重现像变为金黄色清晰、明亮图像为止（对反射全息图）。

7）封装：用干净的玻璃片（比如洗净的废干板）覆盖全息干板感光层面，再用市售密封胶（如天津生产的双组分 HY-914 快干胶）密封，室温固化后即得一块永久性保存的全息图或全息工艺品。

3. 拍摄中易出现的问题及现象

（1）曝光不足。看不到影像，在反射式全息干板中重现像黯淡，呈浅红色。

（2）曝光过度。重现像不亮，在反射式干板在 100％异丙醇溶液中能看到影像，但电吹风吹后呈蓝紫色或白像。

（3）100％异丙醇溶液中脱水不够。重现像暗或出现的像不完全，颜色不均匀。反射式全息干板中图像易消失。

（4）100％异丙醇溶液中脱水过度。重现像变蓝、变暗。

（5）热风吹的时间不够。感光层中残留异丙醇，密封后夹层中出现水样斑，重现亮度受影响。

（6）热吹风时间过长或过猛。板面起白雾，重现像由黄变蓝紫，甚至消失。

（7）干板重现像颜色不均。光强均匀性差，或是热风吹得不均匀。

（8）透射式全息干板重现像上有干涉黑条纹。干板或拍摄目标有震动。

（9）全息干板现象景深不足。激光相干波长不够，或物离板太远，物光太弱。

（10）干板重现像不亮。有震动或曝光时间不佳。

【注意事项】

（1）激光器点燃后请勿用眼睛直接看激光器，以免损伤眼睛。

（2）在裁切红敏光至聚合物干板时要注意不能直接把胶面直接贴在桌面或纸面上切割，否则会损伤感光层。应将胶面朝下放置在干塑料条上，再用玻璃刀滑线。如玻璃板切断后仍连在一起，可用刀片割开，裁剪可以在日光灯下进行。

（3）异丙醇为易燃易挥发品，请在使用后装到小瓶子中密封储存。

无水碳酸钠：48g	硼酸（晶体）：7.5g
溴化钾：5g	钾矾：15g
加蒸馏水至 1000mL	加蒸馏水至 1000mL

实验 31-1　菲涅耳全息照相

所谓"菲涅耳全息照相"就是通常所说的不用成像物镜。物光通过扩束透镜照射在物体上，由物体的漫反射到达底片（干板）。参考光是球面波（或平面波）照在底片（或干板）上，物光和参考光在底片上干涉形成干涉图形，一般是离轴型全息图。

【实验目的】

（1）掌握菲涅耳全息照相原理。

（2）学会拍摄全息照片的全过程。

【实验仪器】

激光器（40mW）	1 台
扩束镜	2 个
载物台	1 个
分束镜	1 个
小物体	1 个
毛玻璃	1 块
反射镜	2 个
干板架	1 个
二维调整架	5 个
通用底座	8 个

实验 31 - 2　像面全息和一步彩虹全息照相

【实验目的】

（1）掌握全息拍摄的几种方法。
（2）弄懂全息白光再现的原理。

【实验仪器】

像面全息：

激光器（40mW）	1 台
小物体	1 个
傅里叶透镜 ϕ60mm、f150mm	3 个
扩束镜	2 个
干板架	1 个
毛玻璃	1 块
分束镜	1 个
反射镜	2 个
载物台	1 个
二维调整架	5 个
通用底座	11 个

彩虹全息：

激光器（40mW）	1 台
小物体	1 个
傅里叶透镜 ϕ60mm、f150mm	3 个
扩束镜	2 个

干板架　　　　　　　　　　　1 个

毛玻璃　　　　　　　　　　　1 块

分束镜　　　　　　　　　　　1 个

反射镜　　　　　　　　　　　2 个

载物台　　　　　　　　　　　1 个

狭缝　　　　　　　　　　　　1 个

二维调整架　　　　　　　　　5 个

通用底座　　　　　　　　　　12 个

实验 31 – 3　二步彩虹全息照相

【实验目的】

(1) 掌握二步彩虹全息图原理及其方法。

(2) 制作一步彩虹全息图，并在白光下观察再现像。

【实验仪器】

激光器（40mW）　　　　　　1 台

分束器　　　　　　　　　　　1 个

干板架　　　　　　　　　　　1 个

二维干板架　　　　　　　　　1 个

狭缝　　　　　　　　　　　　1 个

反射镜　　　　　　　　　　　2 个

小物体　　　　　　　　　　　1 个

扩束镜　　　　　　　　　　　2 个

准直镜（ϕ60mm、f150mm）　2 个

载物台　　　　　　　　　　　1 个

毛玻璃　　　　　　　　　　　1 块

通用底座　　　　　　　　　　11 个

实验 31 – 4　全息高密度存储

随着科学技术的飞速发展，全息照相术也出现一种大容量、高密度的信息存储方式。它与目前计算机上用的光盘存储、磁盘存储比较有以下几点优势：

(1) 全息高密度存储是二维、三维、立体存储，还能多叠加存储，故存储量大。

(2) 全息存储是以分布的方式，每一信息位（或点）都存储在全息图的整个表面或整体中（或体积中）。因此，信息的冗余度大，全息图上表面灰尘、划痕或局部缺陷，对存储影响很小，也不会引起信息的丢失。

(3) 全息图在拍照过程中，可以进行信息加密，增强信息的安全性。

(4) 全息图本身具有成像功能，可以不用透镜，也能写入或读出，而且全息图材料，

有银盐和非银盐两种记录介质，具有抗干扰能力强和保存持久的特点。

（5）全息存储能与计算机联机，实现自动检索，数据读取速率高。

因此，全息高密度存储在光电技术领域是研究热门之一。

【实验目的】

掌握应用傅里叶变换全息图进行高密度存储的原理及光路设计，并做出实验。

【实验仪器】

激光器（40mW）	1 台
分束器	1 个
扩束镜	2 个
干板架	2 个
反射镜	2 个
二维调整架	4 个
信息片	1 个
毛玻璃	1 块
傅里叶透镜 ϕ60mm、f150mm	3 个
通用底座	9 个

实验 31-5　反射全息图的拍摄

【实验目的】

（1）熟悉掌握反射式全息图拍摄的原理及其操作过程。

（2）学会反射全息图的再现。

【实验仪器】

激光器（40mW）	1 台
扩束镜	1 个
干板架	1 个
载物台	1 个
小物体	1 个
毛玻璃	1 块
二维调整架	1 个
通用底座	4 个

【实验内容】

（1）按照图 31-5 所示安排光路，干板处用毛玻璃代替，并将各个仪器调至共轴。

（2）用黑纸挡住激光器，将干板放到干板架上拧紧，静置 2min。

（3）拿开黑纸，曝光 1～5s。

（4）经过显影、定影、吹干等操作。

（5）干板处理好后，通过白光照明反射重现，在一定的角度可以观察到绿色的像。当胶面面对再现光时，全息图再现为实像，当胶面背对再现光时，全息图再现为虚像。

实验 31－6　制作全息光栅

【实验目的】

了解全息光栅原理，掌握制作全息光栅的方法。

【实验仪器】

激光器（40mW）	1 台
分束器	1 个
扩束镜	1 个
干板架	1 个
反射镜	1 个
二维调整架	3 个
傅里叶透镜 ϕ60mm、f150mm	1 个
毛玻璃	1 块
通用底座	6 个

● 实验 32　旋转液体综合实验

在力学创建之初，牛顿的水桶实验就发现，当水桶中的水旋转时，水会沿着桶壁上升。旋转的液体其表面形状为一个抛物面，可利用这一点测量重力加速度；旋转液体的抛物面也是一个很好的光学元件。美国的物理学家乌德创造了液体镜面，他在一个大容器里旋转水银，得到一个理想的抛物面，由于水银能很好地反射光线，所以能起反射镜的作用。

旋转液体的综合实验可利用抛物面的参数与重力加速度关系，测量重力加速度，另外，液面凹面镜成像与转速的关系也可研究凹面镜焦距的变化情况。还可通过旋转液体研究牛顿流体力学，分析流层之间的运动，测量液体的黏滞系数。

【实验原理】

1. 旋转液体抛物面公式推导

定量计算时，选取随圆柱形容器旋转的参考系，这是一个转动的非惯性参考系。液体相对于参考系静止，任选一小块液体 P，其受力如图 32-1 所示。F_i 为沿径向向外的惯性离心力，mg 为重力，N 为这一小块液体周围液体对它的作用力的合力，由对称性可知，N 必然垂直于液体表面。在 X-Y 坐标系下 $P(x, y)$ 则有

$$N\cos\theta - mg = 0$$
$$N\sin\theta - F_i = 0$$
$$F_i = m\omega^2 x$$
$$\tan\theta = \frac{dy}{dx} = \frac{\omega^2 x}{g}$$

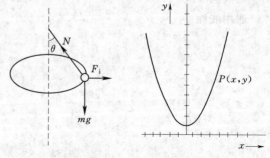

根据图 32-1 所示有

$$y = \frac{\omega^2}{2g}x^2 + y_0 \qquad (32-1)$$

图 32-1　实验原理

ω 为旋转角速度，y_0 为 $x=0$ 处的 y 值。此为抛物线方程，可见液面为旋转抛物面。

2. 用旋转液体测量重力加速度 g

在实验系统中，一个盛有液体半径为 R 的圆柱形容器绕该圆柱体的对称轴以角速度 ω 匀速稳定转动时，液体的表面形成抛物面，如图 32-1 所示。

设液体未旋转时液面高度为 h，液体的体积为

$$V = \pi R^2 h \qquad (32-2)$$

因液体旋转前后体积保持不变，旋转时液体体积可表示为

$$V = \int_0^R y(2\pi x)\,dx = 2\pi \int \left(\frac{\omega^2 x^2}{2g} + y_0\right) x\,dx \qquad (32-3)$$

由式 (32-2)、式 (32-3) 得

$$y_0 = h - \frac{\omega^2 R^2}{4g} \tag{32-4}$$

联立式（32-1）和式（32-4）可得，当 $x = x_0 = R/\sqrt{2}$ 时，$y(x_0) = h$，即液面在 x_0 处的高度是恒定值。

【实验内容】

1. 用旋转液体液面最高与最低处的高度差测量重力加速度 g

如图 32-2 所示，设旋转液面最高与最低处的高度差为 Δh，点 $(R, y_0 + \Delta h)$ 在式（32-1）的抛物线上，有 $y_0 + \Delta h = \frac{\omega^2 R^2}{2g} + y_0$，得 $g = \frac{\omega^2 R^2}{2\Delta h}$，又 $\omega = \frac{2\pi n}{60}$，则

$$g = \frac{\pi^2 D^2 n^2}{7200 \times \Delta h} \tag{32-5}$$

式中：D 为圆筒直径；n 为旋转速度（r/min）。

2. 斜率法测重力加速度

如图 32-2 所示，激光束平行转轴入射，经过 BC 透明屏幕，打在 $x_0 = R/\sqrt{2}$ 的液面 A 点上，反射光点为 C，A 处切线与 x 方向的夹角为 θ，则 $\angle ABC = 2\theta$，测出透明屏幕至圆桶底部的距离 H、液面静止时高度 h，以及两光点 BC 间距离 d，则 $\tan 2\theta = \frac{d}{H-h}$，求出 θ 值。

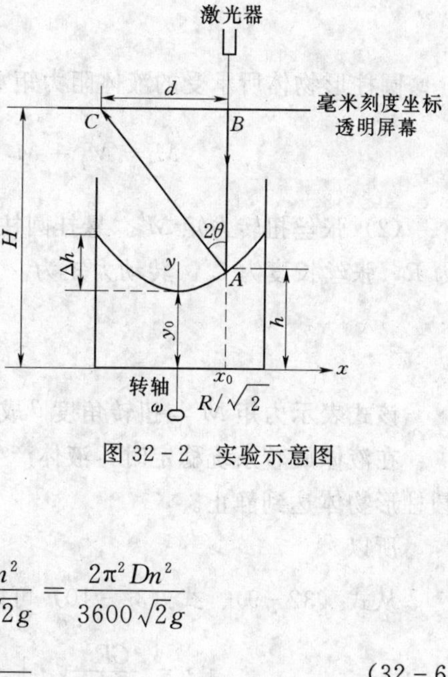

因为 $\tan\theta = \frac{dy}{dx} = \frac{\omega^2 x}{g}$，在 $x_0 = R/\sqrt{2}$ 处有 $\tan\theta = \frac{\omega^2 R}{\sqrt{2}g}$。

图 32-2 实验示意图

因为 $\omega = \frac{2\pi n}{60}$，则

$$\tan\theta = \left(\frac{2\pi n}{60}\right)^2 \frac{R}{\sqrt{2}g} = \frac{4\pi^2 R n^2}{3600\sqrt{2}g} = \frac{2\pi^2 D n^2}{3600\sqrt{2}g}$$

$$g = \frac{2\pi^2 D n^2}{3600\sqrt{2} \times \tan\theta} \tag{32-6}$$

或可作 $\tan\theta - n^2$ 曲线，求斜率 k，可得 $k = \frac{2\pi^2 D}{3600\sqrt{2}g}$，求出 $g = \frac{2\pi^2 D}{3600\sqrt{2}k}$。

3. 验证抛物面焦距与转速的关系

旋转液体表面形成的抛物面可看作一个凹面镜，符合光学成像系统的规律，若光线平行于曲面对称轴入射，反射光将全部会聚于抛物面的焦点。

根据抛物线方程式（32-1），抛物面的焦距 $f = \frac{g}{2\omega^2}$。

4. 测量液体黏滞系数

在旋转的液体中，沿中心放入张丝悬挂的圆柱形物体，圆柱高度为 L，半径为 R_1，

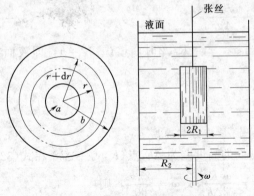

图 32-3　液体黏滞系数测量原理

外圆桶半径为 R_2，如图 32-3 所示。

外圆筒以恒定的角速度 ω_0 旋转，在转速较小的情况下，流体会很规则地一层层地转动，稳定时圆柱形物体静止角速度为零。

(1) 设外圆桶稳定旋转时，圆柱形物体所承受的阻力矩为 M，则

$$M = M_1 + M_2（推导略）$$

式中：M_1 为圆柱侧面所受液体的阻力矩；M_2 为圆柱底面所受液体摩擦力矩。

$$M_1 = 4\pi\eta L\omega_0 \frac{R_1^2 R_2^2}{R_1^2 - R_2^2} \tag{32-7}$$

$$M_2 = \frac{\pi\eta R_2^4 \omega_0}{2\Delta z} \tag{32-8}$$

圆柱形物体所承受的液体阻力矩 M 为

$$M = M_1 + M_2 = 4\pi\eta L\omega_0 \frac{R_1^2 R_2^2}{R_1^2 - R_2^2} + \frac{\pi\eta R_2^4 \omega_0}{2\Delta z} \tag{32-9}$$

(2) 张丝扭转力矩 M'。悬挂圆柱形物体的张丝为钢丝，其切变模量为 G，张丝半径为 R，张丝长度为 L'。转动力矩

$$M' = \frac{\pi G R^4}{2L'}\theta \tag{32-10}$$

该式表示力矩 M' 与扭转角度 θ 成正比。

在液体旋转系统稳定时，液体产生的阻力矩与悬挂张丝所产生的扭转力矩平衡，使得圆柱形物体达到静止。

所以 $$M = M'$$

从式 (32-9)、式 (32-10) 可以解出黏度系数为

$$\eta = \frac{G R^4}{2L'\omega_0}\theta \cdot \left[\frac{2\Delta z \cdot (R_1^2 - R_2^2)}{8L \cdot \Delta z \cdot R_1^2 R_2^2 + (R_1^2 - R_2^2)R_2^4} \right] \tag{32-11}$$

式中：G 为金属张丝的切变模量；R 为张丝半径；L' 为张丝长度；θ 为偏转角度；ω_0 为圆桶转速；Δz 为圆柱底面到外圆桶底面的距离；L 为圆柱高度；R_1 为圆柱半径；R_2 为外圆桶半径。

【实验仪器】

激光器、毫米刻度水平屏幕、水平标线、水平仪、激光器电源插孔、调速开关、速度显示窗、圆柱形实验容器、水平量角器、毫米刻度垂直屏幕、张丝悬挂圆柱体、实验容器内径 $R/\sqrt{2}$ 刻线（见底盘色点）（可自行标注）。

【实验内容】

1. 仪器调整

（1）水平调整。

（2）激光器位置调整。

2. 测量重力加速度 g

（1）用旋转液体液面最高与最低处的高度差测量重力加速度 g。改变圆桶转速 n（$\omega = \pi n$）6 次，测量液面最高与最低处的高度差，计算重力加速度 g。

（2）斜率法测重力加速度。将透明屏幕置于圆桶上方，用自准直法调整激光束平行转轴入射，经过透明屏幕，对准桶底 $x_0 = R\sqrt{2}$ 处的记号，测出透明屏幕至圆筒底部的距离 H、液面静止时高度 h。

改变圆桶转速 n（$\omega = \dfrac{2\pi n}{60}$）6 次，在透明屏幕上读出入射光与反射光点 BC 间距离 d，则 $\tan 2\theta = \dfrac{d}{H - h}$，求出 $\tan\theta$ 值。

3. 验证抛物面焦距与转速的关系

将毫米刻度垂直屏幕过转轴放入实验容器中央，激光束平行转轴入射至液面，后聚焦在屏幕上，可改变入射位置观察聚焦情况。改变圆桶转速 n（$\omega = \dfrac{2\pi n}{60}$）6 次，记录焦点位置。

4. 研究旋转液体表面成像规律

给激光器装上有箭头状光阑的帽盖，使其光束略有发散且在屏幕上成箭头状像。光束平行光轴在偏离光轴处射向旋转液体，经液面反射后，在水平屏幕上也留下了箭头。固定转速，上下移动屏幕的位置，观察像箭头的方向及大小变化。实验发现，屏幕在较低处时，入射光和反射光留下的箭头方向相同，随着屏幕逐渐上移，反射光留下的箭头越来越小，直至成一光点，随后箭头反向且逐渐变大。也可以固定屏幕，改变转速 n，将会观察到类似的现象。

5. 测量液体黏滞系数

装好实验装置，将张丝悬挂的圆柱体垂直置于液体中心，在柱体上表面画一刻度线记号，读出该刻线对准量角器的相应位置。低速旋转液体，稳定后柱面上刻度线偏一角度，用激光器和量角器测出偏转角。同一转速测 3 次，改变转速 3 次，反复读取读数。

G 金属张丝的切变模量测量

R：张丝半径；L'：张丝长度；Δz：圆柱底面到外圆桶底面的距离；

L：圆柱高度；R_1：圆柱半径；R_2：圆筒容器半径。

【数据与结果】

（1）用两种方法测量重力加速度 g，与标准值比较求实验相对误差（杭州地区重力加速度公认值：$g = 979.30\,\text{cm/s}^2$）。

1) 用旋转液体液面最高与最低处的高度差测量重力加速度 g，并将结果记入表 32 - 1 中。

表 32 - 1　　　　　　　　　　数 据 记 录 表

次数	1	2	3	4	5	6
转速 n（r/min）	110	115	120	125	130	135
高度差 Δh（cm）						
重力加速度 g（cm/s²）						

2) 斜率法测重力加速度，并将测重结果记入表 32 - 2 中。

屏幕高度 $H=$＿＿＿＿＿＿＿；液面高度 $h=$＿＿＿＿＿＿＿。

表 32 - 2　　　　　　　　　　数 据 记 录 表

次数	1	2	3	4	5	6
转速 n（r/min）	40	50	60	70	80	90
BC 间距离 d（mm）						
$\tan 2\theta = \dfrac{d}{H-h}$						
$\tan\theta$						
重力加速度 g（cm/s²）						

（2）验证抛物面焦距与转速的关系，并作出 n-f 曲线。

将所得结果记入表 32 - 3 中。

表 32 - 3　　　　　　　　　　数 据 记 录 表

测量次数	1	2	3	4	5	6	7	8	9	10	11	12
转速 n（r/min）	60	65	70	75	80	85	90	95	100	105	110	115
所测焦距 f（cm）												

（3）测量液体黏滞系数，$\bar{\eta}$ 与理论值进行比较，计算相对误差（根据经验公式 $\eta = 5.75\mathrm{e}^{-0.0837t}$ 得 $\eta = 1.27455\mathrm{Pas}$）。

蓖麻油，$T=18℃$（其中：$G=81\mathrm{GPa}$，$R=0.12125\mathrm{mm}$，$L'=30.0\mathrm{cm}$，$\Delta z=2.3\mathrm{cm}$，$L=3.0\mathrm{cm}$，$R_1=1.5\mathrm{cm}$，$R_2=4.9\mathrm{cm}$），将测量结果记入表 32 - 4 中。

表 32 - 4　　　　　　　　　　数 据 记 录 表

次数	1			2			3		
转速（r/min）	39			46			50		
偏转角 θ（°）									
$\bar{\theta}$（°）									
η（Pa·s）									

● 实验 33　传感器综合实验

实验仪主要由 4 部分组成：传感器安装台、显示与激励源、传感器符号及引线单元、处理电路单元。

传感器安装台部分：装有双平行振动梁（应变片、热电偶、PN 结、热敏电阻、加热器、压电传感器、梁自由端的磁钢）、激振线圈、双平行梁测微头、光纤传感器的光电变换座、光纤及探头、小机电、电涡流传感器及支座、电涡流传感器引线 $\phi 3.5mm$ 插孔、霍尔传感器的两个半圆磁钢、振动平台（圆盘）测微头及支架、振动圆盘（圆盘磁钢、激振线圈、霍尔片、电涡流检测片、差动变压器的可动芯子、电容传感器的动片组、磁电传感器的可动芯子）、半导体扩散硅压阻式差压传感器、气敏传感器及湿敏元件安装盒，热释电传感器、光电开关、硅光电池、光敏电阻元件安装盒。

显示与激励源部分：电机控制单元、主电源、直流稳压电源（±2V～±10V 分 5 档调节）、F/V 数字显示表（可作为电压表和频率表）、（5～500mV）音频振荡器、低频振荡器、±15V 不可调稳压电源。

实验主面板上传感器符号单元：所有传感器（包括激振线圈）的引线都从内部引到这个单元上的相应符号中，实验时传感器的输出信号（包括激振线圈引入低频激振器信号）按符号从这个单元插孔引线。

处理电路单元：电桥单元、差动放大器、电容变换放大器、电压放大器、移相器、相敏检波器、电荷放大器、低通滤波器、涡流变换器等单元组成。

实验 33 - 1　金属箔式应变片性能：单臂电桥

【实验目的】

了解金属箔式应变片，单臂单桥的工作原理和工作情况。

【实验仪器】

直流稳压电源、电桥、差动放大器、双平行梁、测微头、一片应变片、F/V 表、主/副电源。

实验 33 - 2　金属箔式应变片：单臂、半桥、全桥比较

【实验目的】

验证单臂、半桥、全桥的性能及相互之间关系。

【实验仪器】

直流稳压电源、差动放大器、电桥、F/V 表、测微头、双平行梁、应变片、主/副电源。

实验 33 - 3　金属箔式应变片温度效应及补偿

【实验目的】

了解温度对应变测试系统的影响。

【实验仪器】

可调直流稳压电源、−15V 不可调直流稳压电源、电桥、差动放大器、F/V 表、测微头、加热器、双平行梁、水银温度计（准备）、主/副电源。

实验 33 - 4　热电偶原理及分度表的应用

【实验目的】

了解热电偶的原理及分度表的应用。

【实验仪器】

−15V 不可调直流稳压电源、差动放大器、F/V 表、加热器、热电偶、水银温度计（自备）、主/副电源。

实验 33 - 5　移 相 器 实 验

【实验目的】

了解运算放大器构成的移相电路的原理及工作情况。

【实验仪器】

移相器、音频振荡器、双线（双踪）示波器、主/副电源。

实验 33 - 6　相 敏 检 波 器 实 验

【实验目的】

了解相敏检波器的原理和工作情况。

【实验仪器】

相敏检波器、移相器、音频振荡器、双踪示波器、直流稳压电源、低通滤波器、F/V 表、主/副电源。

实验 33 - 7　金属箔式应变片——交流全桥

【实验目的】

了解交流供电的四臂应变电桥的原理和工作情况。

【实验仪器】

音频振荡器、电桥、差动放大器、移相器、相敏检波器、低通滤波器、F/V 表、双平行梁、应变片、测微头、主/副电源、示波器。

实验 33 - 8　激励频率对交流全桥的影响

【实验目的】

由于交流电桥中的各种阻抗的影响，改变激励频率可以提高交流全桥的灵敏度和提高抗干扰性。

【实验仪器】

电桥、音频振荡器、差动放大器、移相器、相敏检波器、低通滤波器、电压表、测微仪。

实验 33 - 9　交流全桥应用——振幅测量之一

【实验目的】

了解交流激励的金属箔式应变片电桥的应用。

【实验仪器】

音频振荡器、电桥、差动放大器、移相器、相敏检波器、低通滤波器、低频振荡器、电压表、示波器、主/副电源、激振线圈。

实验 33 - 10　交流全桥的应用——电子秤之一

【实验目的】

了解交流供电的金属箔式应变片电桥的实际应用。

【实验仪器】

音频振荡器、电桥、差动放大器、移相器、低通滤波器、F/V 表，砝码、主/副电源、双平行梁、应变片。

实验 33 - 11　差动变压器（互感式）的性能

【实验目的】

了解差动变压器原理及工作情况。

【实验仪器】

音频振荡器、测微头、示波器、主/副电源、差动变压器、振动平台。

实验 33 - 12　差动变压器（互感式）零残余电压的补偿

【实验目的】

说明如何用适当的网络线路对残余电压进行补偿。

【实验仪器】

音频振荡器、测微头、电桥、差动变压器、差动放大器、双踪示波器、振动平台、主/副电源。

实验 33 - 13　差动变压器（互感式）的标定

【实验目的】

了解差动变压器测量系统的组成和标定方法。

【实验仪器】

音频振荡器、差动放大器、差动变压器、移相器、相敏检波器、低通滤波器、测微头、电桥、F/V 表、示波器、主/副电源。

实验 33 - 14　差动变压器（互感式）的应用——振幅测量之二

【实验目的】

了解差动变压器的实际应用。

【实验仪器】

音频振荡器、差动放大器、差动变压器、移相器、相敏检波器、低通滤波器、激振器、测微头、电桥、F/V 表、示波器、主/副电源。

实验 33 - 15　差动变压器（互感式）的应用——电子秤之二

【实验目的】

了解差动变压器的实际应用。

【实验仪器】

音频振荡器、差动放大器、移相器、相敏检波器、低通滤波器、F/V 表、电桥、砝码、振动平台、主/副电源。

实验 33 - 16 差动螺管式（自感式）传感器的静态位移性能

【实验目的】

了解差动螺管式传感器的原理。

【实验仪器】

音频振荡器、电桥、差动放大器、移相器、相敏检波器、低频滤波器、电压表、测微头、示波器、差动变压器两组次级线圈与铁芯、主/副电源。

实验 33 - 17 差动螺管式（自感式）传感器的振幅测量

【实验目的】

了解差动螺管式电感传感器能作为较大振幅的汇聚测量。

【实验仪器】

差动螺管式电感传感器、音频振荡器、电桥、差动放大器、相敏检波器、移相器、低通滤波器、F/V 表、低频振荡器、双踪示波器、振动平台。

实验 33 - 18 激励频率对差动螺管式传感器的影响

【实验目的】

说明在不同的激励频率影响下差动螺管式电感传感器的不同特性。

【实验仪器】

差动变压器、电桥、音频振荡器、差动放大器、双踪示波器、测微头。

实验 33 - 19 电涡流式传感器的静态标定

【实验目的】

了解涡流式传感器的原理及工作性能。

【实验仪器】

涡流变换器、F/V 表、测微头、铁测片、涡流传感器、示波器、振动平台、主/副电源。

实验 33 - 20 被测体材料对电涡流传感器特性的影响

【实验目的】

了解被测体材料对涡流传感器性能的影响。

【实验仪器】

涡流传感器、涡流变换器、铁测片、F/V 表、测微头、铝测片、振动台、主/副电源。

实验 33-21　电涡流式传感器的应用——振幅测量之三

【实验目的】

了解电涡流式传感测量振动的原理和方法。

【实验仪器】

电涡流传感器、涡流变换器、差动放大器、电桥、铁测片、直流稳压电源、低频振荡器、激振线圈、F/V 表、示波器、主/副电源。

实验 33-22　电涡流传感器应用——电子秤之三

【实验目的】

了解电涡流传感器在静态测量中的应用。

【实验仪器】

涡流传感器、涡流变换器、F/V 表、砝码、差动放大器、电桥、铁测片、主/副电源。

实验 33-23　霍尔式传感器的直流激励特性

【实验目的】

了解霍尔式传感器的原理与特性。

【实验仪器】

霍尔片、磁路系统、电桥、差动放大器、F/V 表、直流稳压电源、测微头、振动平台、主/副电源。

实验 33-24　霍尔式传感器的应用——电子秤之四

【实验目的】

了解霍尔式传感器在静态测量中的应用。

【实验仪器】

霍尔片、磁路系统、差动放大器、直流稳压电源、电桥、砝码、F/V 表（电压表）、主/副电源、振动平台。

实验 33 – 25　霍尔式传感器的交流激励特性

【实验目的】

了解交流激励霍尔片的特性。

【实验仪器】

霍尔片、磁路系统、音频振荡、差动放大器、测微头、电桥、移相器、相敏检波器、低通滤波器、主/副电源、F/V 表、示波器、振动平台。

实验 33 – 26　霍尔式传感器的应用——振幅测量之四

【实验目的】

了解霍尔式传感器在振动测量中的应用。

【实验仪器】

霍尔片、磁路系统、差动放大器、电桥、移相器、相敏检波器、低通滤波器、低频振荡器、音频振荡器、振动平台、主/副电源、激振线圈、双线式波器。

实验 33 – 27　磁电式传感器的性能

【实验目的】

了解磁电式传感器的原理及性能。

【实验仪器】

差动放大器、涡流变换器、激振器、示波器、磁电式传感器、涡流传感器、振动平台、主/副电源。

实验 33 – 28　压电式传感器的动态响应实验

【实验目的】

了解压电式传感器的原理、结构及应用。

【实验仪器】

低频振荡器、电荷放大器、低通滤波器、单芯屏蔽线、压电传感器、双线示波器、激振线圈、磁电传感器、F/V 表、主/副电源、振动平台。

实验 33 - 29 压电式传感器引线电容对
电压放大器的影响、电荷放大器

【实验目的】

验证引线电容对电压放大器的影响，了解电荷放大器的原理和使用。

【实验仪器】

低频振荡器、电压放大器、电荷放大器、低通滤波器、相敏检波器、F/V 表、单芯屏蔽线、差动放大器、直流稳压电源、双踪示波器。

实验 33 - 30 差动变面积式电容传感器的静态及动态特性

【实验目的】

了解差动变面积式电容传感器的原理及其特性。

【实验仪器】

电容传感器、电压放大器、低通滤波器、F/V 表、激振器、示波器。

实验 33 - 31 双平行梁的动态特性——正弦稳态响应

【实验目的】

本实验说明如何用传感器来测量系统的动态特性。

【实验仪器】

低频振荡器、激振线圈、示波器、前述实验用过的适当的传感器系统。

实验 33 - 32 综合传感器——力平衡式传感器

【实验目的】

掌握利用多种传感器和电路单元测试系统的原理。

【实验仪器】

电涡流传感器、涡流变换器、电桥、稳压电源、差动放大器、低频振荡器（作为电流放大器作用）、激振Ⅱ线圈、电压表、测微头。

实验 33 - 33 半导体扩散硅压阻式压力传感器

【实验目的】

了解扩散硅压阻式压力传感器的工作原理和工作情况。

【实验仪器】

主/副电源、直流稳压电源、差动放大器、F/V 显示表、压阻式传感器（差压）、压力表及加压配件。

实验 33 – 34 光纤位移传感器静态实验

【实验目的】

了解光纤位移传感器的原理结构、性能。

【实验仪器】

主/副电源、差动放大器、F/V 表、光纤传感器、振动台。

实验 33 – 35 PN 结温度传感器测温实验

【实验目的】

了解 PN 结温度传感器的特性及工作情况。

【实验仪器】

主/副电源、可调直流稳压电源、－15V 稳压电源、差动放大器、电压放大器、F/V 表、加热器、电桥、水银温度计（自备）。

实验 33 – 36 热敏电阻演示实验

【实验目的】

了解 NTC 热敏电阻现象。

【实验仪器】

加热器、热敏电阻、可调直流稳压电源、－15V 稳压电源、F/V 表、主/副电源。

实验 33 – 37 气敏传感器（MQ3）实验

【实验目的】

了解气敏传感器的原理与应用。

【实验仪器】

直流稳压电源、差动放大器、电桥、F/V 表、MQ3 气敏传感器、主/副电源。

实验 33 - 38   湿敏电阻（RH）实验

【实验目的】

了解湿敏传感器的原理与应用。

【实验仪器】

电压放大器、F/V 表、电桥、RH 湿敏电阻、直流稳压电源、主/副电源。

实验 33 - 39   热 释 电 传 感 器

【实验目的】

了解热释电传感器的性能、构造与工作原理。

【实验仪器】

热释电传感器、差动放大器、直流稳压电源、数字电压表、示波器。

实验 33 - 40   光电开关的转速测量实验

【实验目的】

了解光电式传感器（反射式）测量转速的原理与方法。

【实验仪器】

光电传感器、直流电源、测速小电机、电机控制、主/副电源、示波器。

实验 33 - 41   硅 光 电 池

【实验目的】

了解硅光电池的原理结构及性能。

【实验仪器】

硅光电池、直流稳压电源、数字电压表。

实验 33 - 42   光 敏 电 阻

【实验目的】

了解光敏电阻的工作原理结构及性能。

【实验仪器】

光敏电阻、直流稳压电源、电桥平衡网络中 W1 电位器、F/V 表。

● 实验 34　Pasco 综 合 实 验

Pasco 系统是 Pasco Scientific 公司（美国）开发的以计算机和传感器技术为基础的智能化实验系统，相对于传统实验而言，它的主要优点是实验数据的采集和处理都是由传感器和计算机来完成，可保证实验数据的完整、准确，并可以以图表等多种形式对实验数据进行处理和输出。通过本实验可以使学生了解现代实验技术在实践中的应用。

Pasco 系统的组成主要分为 4 个部分：DataStudio（数据工作室）、ScienceWorkshop（科学工作室）、传感器、实验附属设备。

实验 34 - 1　Pasco 动 力 学 实 验

Pasco 系统是 Pasco Scientific 公司（美国）开发的一套基于计算机的科学实验系统。它的主要优点是实验数据的采集和处理都是由计算机来完成的，这使得实验者进行实验时，在保证实验数据准确、完整的前提下，可以很方便地获取实验数据，并可以以图表、表格等良好形式将实验数据输出。Pasco 系统 DataStudio 和 ScienceWorkshop 的使用介绍见附录。

【实验目的】

（1）定量地研究完全弹性碰撞和非完全弹性碰撞中的动量守恒规律；学习实验数据曲线的分析。

（2）研究物体在弹簧的作用下进行简谐振动时位移、速度和加速度的数量和相位关系；学习实验数据曲线的分析。

【实验原理】

（1）动量守恒原理：当两个物体碰撞时，不论是弹性碰撞还是非弹性碰撞，两个物体在碰撞前后总的动量应该是守恒的。对两个物体的碰撞有以下关系：

$$m_1 v_1 + m_2 v_2 = m_1' v_1' + m_2' v_2' \tag{34-1}$$

（2）对于简谐运动，其标准的运动方程为

$$x = A\cos(\omega t + \phi_0) \tag{34-2}$$

将上面的运动方程两边分别对时间求一阶和二阶导数，可以获得速度和加速度的表达式为

$$v = -A\omega\sin(\omega t + \phi_0), \ a = -A\omega^2\cos(\omega t + \phi_0) \tag{34-3}$$

有

$$\omega = \sqrt{\frac{k}{m}} \tag{34-4}$$

式中：ω 为圆频率；k 为所使用弹簧的倔强系数；m 为振子的质量；ϕ_0 为振动的初相。有

$$f = k\Delta L = mg\sin\theta$$

式中：ΔL 为弹簧伸长；θ 为斜面的倾斜角。

可求得弹簧倔强系数 k 并计算

$$T = \frac{2\pi}{\omega} = 2\pi\sqrt{\frac{m}{k}} \tag{34-5}$$

【实验仪器】

科学工作站、两个碰撞小车、两个质量块、导轨、天平、两个运动传感器、弹簧、支架。

【实验内容】

1. 动量守恒原理

（1）将导轨水平放置，把两个运动传感器分别放置在导轨的两端，并注意传感器的超声波发射端面要和导轨垂直。运动传感器上部有个开关，将开关拨到窄波模式。由于使用超声波测量要求被测物距在 $0.15 \sim 8m$ 之间，所以在测量时要注意，只有在这个范围内测量的数据才是有效的。

（2）在导轨的右端有个水平调节装置，慢慢地调节右端导轨脚的高度，使水平调节器上的小重锤刚好指在中间的刻度上。

（3）运动传感器是数字传感器，把两个运动传感器共 4 个接线头插在科学工作站相应的接口中。启动数据工作站软件，把设置界面按运动传感器实际连接方式进行设置，并准备好用图表和表格的形式向外输出数据（速度）。

（4）用天平分别测出小车的质量（如果小车上有质量块，则质量块的质量也同时测出），然后将小车放在导轨上。第一次实验时使小车相对的部分是尼龙搭扣。将两个小车分别放在导轨上（与运动传感器相距 $0.15m$ 以上），按下计算机数据工作室界面上的"开始"按钮（可以两个同学配合来完成，测量结束后按下"结束"按钮），并使两个小车以合适的速度开始相向运动。由于是尼龙搭扣，小车碰撞后将粘在一起运动。

（5）这时数据工作室会记录下两个小车碰撞之前和碰撞之后的速度，并用图表和表格两种形式记录下来，存入软盘，或直接打印出来。

（6）将两个小车相对的部分调整为磁铁端，重复上述的（3）、（4）、（5）步骤。

2. 斜面上的简谐振动

（1）将运动传感器放置在导轨的左侧，导轨的另一端接弹簧。把导轨固定在支架上，使导轨以一定的角度倾斜。注意不要使导轨的倾斜角度太大，以免弹簧所承受的拉力过大。

（2）用天平测出小车的质量，将小车挂在弹簧的另一端，轻轻地放在导轨上。

（3）类似前面的实验设置好数据工作室。

（4）按下计算机数据工作室界面上的"开始"按钮（数据以图表的形式记录，测量结束后按下"结束"按钮），给小车一作用力，使弹簧拉伸（注意，不要使弹簧拉伸过长，以免靠传感器太近，或将弹簧压得太紧而影响测量）。

（5）用数据工作室同时记录下小车在做简谐运动时的位置、速度和加速度，将数据存入软盘或直接打印出来，比较它们的变化规律和相互的相位关系。

【数据与结果】

（1）利用图表和表格分别求出两个小车碰撞前后的速度，并验证动量守恒原理（包括弹性碰撞和非弹性碰撞）。

（2）在支架的测角器导轨上测得倾斜角 θ，用米尺测量弹簧在挂重前后的长度，得到弹簧的伸长 $\Delta L = L - L_0$，测量出小车的质量，由式（34-5）计算周期 T。与图表上的 T 进行比较。

【思考题】

（1）分析在碰撞中碰撞前后速度的关系。

（2）分析弹簧简谐振动中位置、速度、加速度 3 个参量的关系并说明原因。对测量的数据与理论之间的差异进行分析，并粗略评价实验设备的精度。

实 验 34 - 2 . Pasco 基 础 光 学 实 验

这个实验所要研究的是光的干涉和衍射现象。自从科学家杨、菲涅尔等在实验中观察到光的衍射和干涉现象，而衍射和干涉是波动所特有的现象。自此，人们开始相信光是一种波动。麦克斯韦方程出现以后，人们不但相信光是一种波动，而且坚信光的本质是电磁波。这个实验可以很好地展现光的波动性。这个系列实验同学们同样可以根据自己的兴趣组合出多种干涉和衍射实验结构，下面以单缝衍射和双缝干涉实验作为例子向大家介绍本系列实验的操作。

【实验目的】

（1）研究以激光为光源的单缝衍射所形成的衍射图样的光强分布规律。

（2）研究以激光为光源的双缝干涉所形成的干涉图样的光强分布规律。

【实验原理】

（1）当光通过狭缝时会产生衍射现象，衍射图样中的暗条纹所对应的衍射角可以由下面的式子给出，即

$$a\sin\theta = k\lambda \quad (k = \pm 1, 2, 3, 4, \cdots) \tag{34-6}$$

式中：a 是单缝的宽度；θ 是衍射角；λ 是光波的波长；k 是相应衍射条纹的级数。

（2）当光通过双缝时，从两缝出来的两束光满足相干条件，它们干涉后形成干涉条纹。干涉图样中的明条纹所对应的角度由下面的式子给出，即

$$d\sin\theta = k\lambda \quad (k = \pm 1, 2, 3, 4, \cdots) \tag{34-7}$$

式中：d 是两条缝之间的距离；θ 是明条纹的干涉角；λ 是所使用的光波的波长；k 是相应干涉条纹的级数。

【实验仪器】

科学工作站，光传感器，转动传感器，光具座，线性移动附件，二极管激光器，单缝圆盘，双缝圆盘，采光圆盘。

【实验内容】

1. 光的单缝衍射

（1）把激光器安装在光具座的右端，并将有单缝圆盘的支架置于激光器前 3cm 处。

（2）将光传感器置于线性移动附件末端的夹子上，并使光传感器和该附件相互垂直。

（3）把线性移动附件插入转动运动传感器的插槽内，并将它们置于光具座另一端的支架上。

（4）打开激光器，调节激光器与单缝衍射屏的位置，使激光器通过单缝得到清晰的衍射图样。

（5）调节光传感器与衍射图样的高度，使它们等高，并在线性移动附件上运动时保持水平。将采光圆盘转到合适的位置（以"2"为宜，本实验应该使细缝对着光传感器的接收口），使光传感器能够敏感地响应光强的变化。

（6）将光传感器和转动运动传感器接到科学工作站上（前者接入模拟通道，转动传感器接入数字通道）。

（7）启动数据工作室，按所使用的传感器设置科学工作站（注意：光传感器的采样频率设置为 50Hz，测量项目只需选择光强，转动运动传感器测量方式选择"位置"）。以图表的形式输出数据，并将图表的纵坐标设置为"光强"，横坐标设置为"位置"，也就是转动运动传感器所采集的数据。

（8）选择 0.04mm 宽（以可以观察到清晰的衍射图样为准）的单缝为实验对象，并调整激光束的位置，使激光刚好通过单缝的中心。按下数据工作室的"开始"按钮，缓慢、平稳地移动线性附件，使衍射图样的明条纹依次通过光传感器的采光口。测量完成后，按下"结束"按钮。将所有得到的数据存入软盘或者直接打印出来，分析各级明条纹宽度变化的规律。

（9）用导轨上的米尺测量单缝到采光盘的距离 f。

2. 光的双缝干涉

（1）把激光器安装在光具座的一端，将单缝圆盘支架换成双缝圆盘，并置于激光器前 3cm 处。

（2）打开激光器，调节激光器与双缝干涉屏的位置，使激光通过双缝得到清晰的干涉图样。

（3）调节光传感器与双缝干涉屏的高度，使它们等高，并在线性移动附件上运动保持水平。将采光圆盘转到合适的位置（本实验应该使细缝对着光传感器的接收口），使光传感器能够敏感地响应光强的变化。

（4）将光传感器和转动传感器接到科学工作站上（前者接入模拟通道，转动运动传感器接入数字通道）。启动数据工作室，按所使用传感器设置科学工作站（光传感器采样频率改为 200 Hz)。

(5) 选择缝宽为 0.08mm，缝间距为 0.25mm 的双缝（以能够观察到清晰的干涉图样为准），调整激光束的位置，使激光刚好通过双缝的中心，并按下数据工作室的"开始"按钮，缓慢、平稳地移动线性移动附件，使干涉图样的明条纹依次通过光传感器的采光口，测量完成后，按下"结束"按钮。本实验数据的记录使用图表的形式，将所得的数据存入软盘或者直接打印出来，分析各级明条纹宽度及间距变化的规律。

【数据与结果】

(1) 由单缝衍射图样测得中央明条纹宽度 Δx，它的半角宽度为 $\theta = \dfrac{\Delta x}{2f}$。利用单缝衍射公式 $a\sin\dfrac{\Delta x}{2f} = \lambda$ 计算 λ 的值。

(2) 由双缝干涉图样测得相邻两明条纹的间距 Δx，$\sin\theta \approx \dfrac{\Delta x}{f}$。利用双缝干涉公式 $d\sin\theta = \lambda$ 计算 λ 的值。

【思考题】

(1) 分析单缝衍射的特点，并说明单缝的宽度变大和变小时衍射图样将如何变化？

(2) 分析双缝干涉的特点，并说明当双缝间的距离变大和变小时干涉图样将如何变化？

实验 34 - 3　Pasco 固体线胀系数的测量

任何物体都具有"热胀冷缩"的特性，这个特性在工程设计、精密仪器设计、材料的焊接和加工中都必须加以考虑。在一维情况下，固体材料受热后长度的增加称为线膨胀。传统的测量方法主要有光杆法和螺旋测微法，测量过程比较繁琐，测量误差也比较大。本实验利用温度传感器、旋转移动传感器、数据采集接口器和计算机构成的实验系统，对材料的线胀系数进行分析和测量。

【实验目的】

(1) 了解物体"热胀冷缩"的程度和特性，绘制材料"伸长量-时间"、"温度-时间"曲线变化量。

(2) 学习用计算机控制对固体线胀系数的实时测量技术。

【实验原理】

在相同的条件下，不同的材料其线胀的程度各不相同。用线胀系数来表达材料的这种性质和差别。测定材料的线胀系数，实际上归结为测量在某一温度范围内材料的微小伸长量。

实验表明，在一定温度范围内，原长度为 L 的固体受热后，其相对伸长量 $\Delta L/L$ 正比于温度的变化量 Δt，即

$$\Delta L / L = \alpha \Delta t \qquad\qquad (34-8)$$

式中：α 称为固体的线胀系数。

不同材料具有不同的线胀系数，塑料的线胀系数最大，金属次之，熔凝石英的线胀系数很小。在一般情况下，在温度变化不大的范围内，对于一种确定的固体材料，可认为线胀系数是一个具有确定值的常数。

对于杆状或棒状的固体材料，由式（34-8）可知，在温度变化 Δt 时，测量出材料长度变化的增量 ΔL，则该材料在温度变化区域内的线胀系数为

$$\alpha = \Delta L / L \Delta t \qquad\qquad (34-9)$$

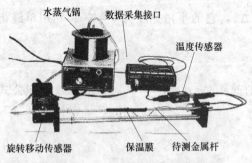

图 34-1　Pasco 固体线胀系数测量

α 的物理意义：棒状材料在温度变化区域内，温度每升高一度时的相对伸长量，单位是 $1/℃$。严格地讲，求出的 α 是温度变化 Δt 区域内的平均线胀系数。

实验利用沸腾的水蒸气来加热待测金属杆，并保持末温度不变。采用温度传感器自动读取待测金属杆的温度变化量 Δt，旋转移动传感器自动测量棒状物体的伸长量 ΔL，根据式（34-9）便可求得待测金属杆的线胀系数。实验装置如图 34-1 所示。

【实验仪器】

计算机，数据采集接口器，Pasco 物理实验组合仪。

【实验内容】

（1）测量出待测金属杆在室温下的原长，记为 L。

（2）按实验装置图 34-1 所示安装实验装置（TD-8579），安装过程中要注意以下几点：

1）待测金属杆进气端口的卡口嵌入底座的凹槽内，以固定待测金属杆。

2）弹簧卡住待测金属杆，以确保待测金属杆和旋转移动传感器的转轴紧密接触。

3）温度传感器和待测金属杆紧密接触，并用保温膜将它们包好。

4）在水蒸气锅内加水至 2/3 处，严禁水蒸气锅无水空烧。

5）水蒸气锅的密封盖上有两个出气孔，将其中一个用橡皮塞堵住，另一个连接橡皮管，实验时接至待测金属杆的进气端口，用于加热待测金属杆。

6）用水杯接在待测金属杆的出气端口，以防止水溢出到桌面上，并注意不要弯折出气软管，避免出气通道堵塞。

（3）将旋转移动传感器（CI-6538）和温度传感器（CI-6527A）的输入插头分别接入数据采集接口器相应的通道。打开科学工作室默认窗口界面，选择"转动传感器"［旋转移动传感器（CI-6538）］和"热敏电阻传感器"，校准传感器工作参数。

（4）打开"图形显示"窗口，在同一个图表中建立两个坐标系。其中，一个坐标系的纵坐标设为温度变化量 Δt，用于显示温度变化量随时间变化的曲线；另一个坐标系的纵

坐标设为待测金属杆的伸长量 ΔL，用于显示待测金属杆的伸长量随时间变化的曲线。

（5）接通水蒸气锅（TD - 8556A）的电源，开始对水加热。待水沸腾后，把金属杆进气橡皮管接到水蒸气锅的出气端口，用水蒸气加热待测金属杆，单击"启动"图标开始采集测量数据。

（6）在两个坐标系中，测得待测金属杆的温度变化量 Δt 和伸长量 ΔL，由式（34 - 9）求出待测金属杆的线胀系数。

（7）重复上述实验步骤，测出其他待测金属杆样品的线胀系数。

（8）记录实验环境条件，整理好实验仪器。

【数据与结果】

（1）测得待测金属杆的温度变化量 Δt 和伸长量 ΔL。

（2）求出待测金属杆的线胀系数。

（3）按照相同的方法测出其他待测金属杆样品的线胀系数。

【思考题】

（1）材料相同，但粗细、长度不同的两根铜棒，它们的线胀系数是否相同？

（2）试分析影响本实验测量精确度的主要因素有哪些？

（3）比较各待测金属杆样品的"伸长量-时间"、"温度变化量-时间"曲线，说明它们的特点。

【附录】

Pasco 系统 DataStudio 和 ScienceWorkshop 的使用

Pasco 系统是 Pasco Scientific 公司（美国）开发的一套基于计算机的科学实验系统。相对于传统科学实验而言，它的主要优点是实验数据的采集和处理都是由计算机来完成的。这使得实验者进行实验时，在保证实验数据准确、完整的前提下，可以很方便地获取实验数据，可以图表、表格等形式将实验数据输出。

Pasco 系统的组成主要分为 4 个部分：DataStudio（数据工作室）、ScienceWorkshop（科学工作室）、传感器和具体的实验设备。事实上，该系统可以完成包括物理、化学、医学等多科目自然科学的实验工作。

1. 数据工作室

Pasco 系统由 4 部分构成，数据工作室（DataStudio）是该系统的软件部分，其他 3 个部分都是属于硬件的。具体实验设备是完成普通物理实验的结构，该结构在实验过程中所反映出来的物理现象通过传感器的采集，以模拟信号的形式传送给科学工作室（ScienceWorkshop），科学工作室将传感器传送过来的模拟信号转换成数字信号，经过简单的处理后，再传输给计算机。计算机就利用数据工作室将数据进一步处理，按使用者的要求以合适的形式将实验结果输出。当然，为了顺利地得到结果，实验之前要对数据实验室进行设置。下面介绍数据实验室的使用。

双击计算机桌面上的 Datastudio 图表，启动数据工作室系统。单击"设置"按钮，启动实验设定窗口。可以使用此窗口选取传感器和设定实验条件。如果系统没有立即辨别出所使用的界面，则单击"变更"按钮，然后从"请选择接口和其他数据源"窗口的清单中选择和实验相匹配的界面。如附图 1 所示。

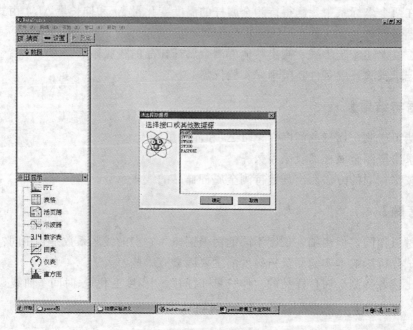

附图 1　选择匹配界面

实验所用的设备是 SW750，所以就选择该项。在弹出的界面中再选择"创建新实验"，确定后将得到如附图 2 所示的界面。

将传感器连接到对应的通道上。一旦选取了需要的传感器，实验设定窗口内就会出现一个图示，其箭头表明了每个传感器的正确通道。连续双击此窗口内的传感器图示就会开启传感器的内容窗口，由此可设定测量、校正及取样频率。可用的测量会在摘要面板上显示。

数据工作室具有多个用于协助配置实验的工具，利用摘要面板和关联的功能有助于进一步定义实验参数，完成传感器连接的设置。

图左侧的摘要面板列出了目前可用的测量和在实验中已收集的任何数据及其显示。如要显示数据，传感器或数据必须与某个显示相连。从摘要面板的顶部将欲显示的数据拖到想要显示的类型上，就可以为该目标数据建立一个显示，如附图 3 所示。

通过将传感器或数据从数据摘要栏拖到开启的多个显示上，则可显示多种数据类型。一些显示类型比其他类型更为有用，这取决于传感器的特点或实验条件。建立显示可以在实验开始之前，也可以在实验进行的过程中完成。当然，同时也允许移除显示。数据工作室有下面几种显示类型。

（1）图表。图表显示绘制了传感器数据相对于时间的曲线。如要用另一个变量作为横坐标，则将该变量从数据摘要（在摘要面板内）拖到图表的时间坐标轴（x 坐标轴）上。

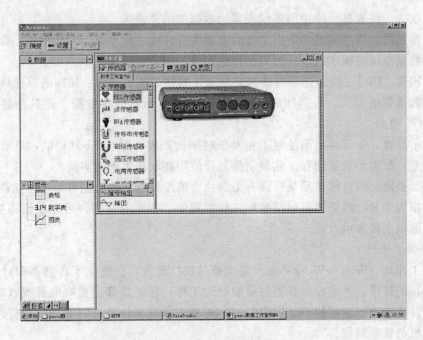

附图 2 创建新实验界面

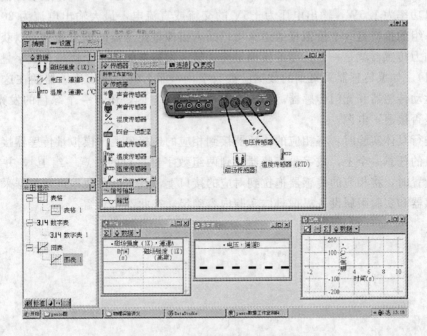

附图 3 为目标数据建立一个显示

此新变量就会取代时间,生成新的 x、y 曲线。按一下并拖动坐标轴上的数字,将会直接变更此图表的比例。按一下并拖动坐标轴线本身,将会在此显示窗口中移动该坐标轴。

(2) 表格。此表格用成对的列表示坐标数值。

(3) 数字表。数字表显示在实验进行中显示数据的即时数值。

（4）仪表。仪表显示使用图形仪表显示数据的图片表达。

（5）棒形图。棒形图显示绘出了作为总数而合并成"棒形条"的数据集。棒形条的面积与特定数据范围的频率或所观测到的特定测量的次数成正比。

（6）FFT。FFT（快速傅里叶变换）显示了数据的频谱分解。较高的取样频率会得到更精细的数据频谱定义。与其他类型显示不同，此显示不储存数据，而只是显示数据的"时间切片"快照。

（7）示波器。示波器显示绘制了相对于时间的图表，但与 FFT 相似，只显示"时间切片"快照，数据不会被储存。此显示最适合使用高取样频率的实验。

（8）活页簿。活页簿显示是一强有力的独立创作环境。此功能可用于建立科学活动或作为实验报告工具。活页簿可包括数据工作室显示、图形及文字。可以根据需要和兴趣，随意地选取以上的表示方式。

2. 科学工作站

科学工作站（ScienceWorkshop）是实验的接口设备，它建立了传感器和计算机（数据工作室）的连接，并完成对数据的前期处理工作。它的后部主要有电源线（220V 交流电）和与计算机进行连接的 SCSI 接口。用 SCSI 专用线与计算机的 SCSI 口连接，以完成其与计算机的数据通信。

科学工作站的面板由 3 组接头组成。位于最右侧的两个接口是一标准电源输出。它的最大输出功率为 1.5W，输出电压为 ±5V 的交流或直流电，最大输出电流为 300mA。位于中间一组的接口是 3 个模拟量通道。可以插入模拟量传感器的输出接头，以获取相关的数据，如力传感器就是一个典型的模拟量传感器。面板左侧的 4 个接口是数字量通道（被分为两组）。如果传感器采集到的数据已被数字化，那么就要将该传感器插在这两组接口上，如运动传感器和光门传感器。另外，在面板的最左侧，还有一个绿色的发光二极管，它指示是否接通了电源。

在进行具体实验时，将相应的传感器接到相应的连接口上（模拟量传感器接到 3 个模拟量接口的任意一个上，数字量传感器接到两组数字量接口的任意一组上），并在数据工作站的设置时，将相应的传感器拖拉到对应的接口上，就可以方便地进行数据采集了。

传感器和实验附属设备根据具体实验内容确定，在此不作介绍。

实验 35　空气热机实验

热机是将热能转换为机械能的机器。历史上对热机循环过程及热机效率的研究，曾为热力学第二定律的确立起了奠基性的作用。斯特林于 1816 年发明的空气热机，以空气作为工作介质，是最古老的热机之一。虽然现在已发展了内燃机、燃气轮机等新型热机，但空气热机结构简单，便于帮助理解热机原理与卡诺循环等热力学中的重要内容，是很好的热学实验教学仪器。

【实验目的】

（1）理解热机原理及循环过程。

（2）测量不同冷热端温度时的热功转换值，验证卡诺定理。

（3）测量热机输出功率随负载及转速的变化关系，计算热机实际效率。

【实验仪器】

空气热机实验仪，空气热机测试仪，电加热器及电源，计算机。

【实验原理】

空气热机的结构及工作原理可用图 35－1 所示说明。热机主机由高温区、低温区、工作活塞及汽缸、位移活塞及汽缸、飞轮、连杆、热源等部分组成。

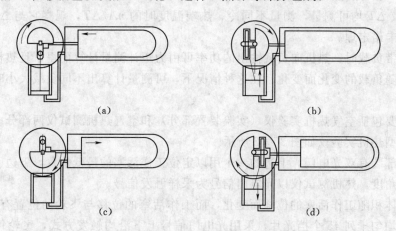

(a)　　　　　　　　　　(b)

(c)　　　　　　　　　　(d)

图 35－1　空气热机工作原理

热机中部为飞轮与连杆机构，工作活塞与位移活塞通过连杆与飞轮连接。飞轮的下方为工作活塞与工作汽缸，飞轮的右方为位移活塞与位移汽缸，工作汽缸与位移汽缸之间用通气管连接。位移汽缸的右边是高温区，可用电热方式或酒精灯加热，位移汽缸左边有散热片，构成低温区。

工作活塞使汽缸内气体封闭，并在气体的推动下对外做功。位移活塞是非封闭的占位活塞，其作用是在循环过程中使气体在高温区与低温区间不断交换，气体可通过位移活塞与位移汽缸间的间隙流动。工作活塞与位移活塞的运动是不同步的，当某一活塞处于位置极值时，它本身的速度最小，而另一个活塞的速度最大。

当工作活塞处于最底端时，位移活塞迅速左移，使汽缸内气体向高温区流动，如图 35-1（a）所示；进入高温区的气体温度升高，使汽缸内压强增大并推动工作活塞向上运动，如图 35-1（b）所示，在此过程中热能转换为飞轮转动的机械能；工作活塞在最顶端时，位移活塞迅速右移，使汽缸内气体向低温区流动，如图 35-1（c）所示；进入低温区的气体温度降低，使汽缸内压强减小，同时工作活塞在飞轮惯性力的作用下向下运动，完成循环，如图 35-1（d）所示。在一次循环过程中气体对外所做净功等于 P-V 图所围的面积。

根据卡诺对热机效率的研究而得出的卡诺定理，对于循环过程可逆的理想热机，热功转换效率为

$$\eta = A/Q_1 = (Q_1 - Q_2)/Q_1 = (T_1 - T_2)/T_1 = \Delta T/T_1$$

式中：A 为每一循环中热机做的功；Q_1 为热机每一循环从热源吸收的热量；Q_2 为热机每一循环向冷源放出的热量；T_1 为热源的绝对温度；T_2 为冷源的绝对温度。

实际的热机都不可能是理想热机，由热力学第二定律可以证明，循环过程不可逆的实际热机，其效率不可能高于理想热机，此时热机效率为

$$\eta \leqslant \Delta T/T_1$$

卡诺定理指出了提高热机效率的途径，就过程而言，应当使实际的不可逆机尽量接近可逆机。就温度而言，应尽量提高冷、热源的温度差。

热机每一循环从热源吸收的热量 Q_1 正比于 $\Delta T/n$，n 为热机转速，η 正比于 $nA/\Delta T$。n、A、T_1 及 ΔT 均可测量，测量不同冷、热端温度时的 $nA/\Delta T$，观察它与 $\Delta T/T_1$ 的关系，可验证卡诺定理。

当热机带负载时，热机向负载输出的功率可由力矩计测量计算而得，且热机实际输出功率的大小随负载的变化而变化。在这种情况下，可测量计算出不同负载大小时的热机实际效率。

仪器主要包括空气热机实验仪（实验装置部分）和空气热机测试仪两部分。

电加热型热机实验仪如图 35-2 所示。

飞轮下部装有双光电门，上边的一个用以定位工作活塞的最低位置，下边一个用以测量飞轮转动角度。热机测试仪以光电门信号为采样触发信号。

汽缸的体积随工作活塞的位移而变化，而工作活塞的位移与飞轮的位置有对应关系，在飞轮边缘均匀排列 45 个挡光片，采用光电门信号上下沿均触发方式，飞轮每转 4°给出一个触发信号，由光电门信号可确定飞轮位置，进而计算汽缸体积。

压力传感器通过管道在工作汽缸底部与汽缸连通，测量汽缸内的压力。在高温和低温区都装有温度传感器，测量高、低温区的温度。底座上的 3 个插座分别输出转速/转角信号、压力信号和高低端温度信号，使用专门的线和实验测试仪相连，传送实时的测量信号。电加热器上的输入电压接线柱分别使用黄、黑两种线连接到电加热器电源的电压输出正、负极上。

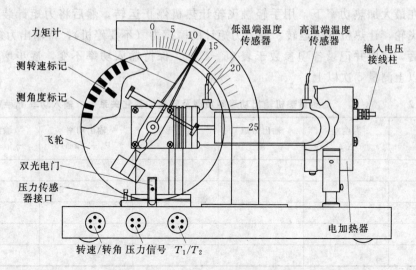

图 35-2 电加热型热机实验仪

热机实验仪采集光电门信号、压力信号和温度信号，经微处理器处理后，在仪器显示窗口显示热机转速和高、低温区的温度。在仪器前面板上提供压力和体积的模拟信号，供连接示波器显示 P-V 图。所有信号均可经仪器前面板上的串行接口连接到计算机。

加热器电源为加热电阻提供能量，输出电压从 24～36V 连续可调，可以根据实验的实际需要调节加热电压。

力矩计悬挂在飞轮轴上，调节螺钉可调节力矩计与轮轴之间的摩擦力，由力矩计可读出摩擦力矩 M，并进而算出摩擦力和热机克服摩擦力所做的功。经简单推导可得热机输出功率 $P=2\pi nM$，式中 n 为热机每秒的转速，即输出功率为单位时间内的角位移与力矩的乘积。

【实验内容】

(1) 将各部分仪器连接起来，开始实验。取下力矩计，将加热电压加到第 11 挡（36V 左右）。等待 6～10min，加热电阻丝已发红后，用手顺时针拨动飞轮，热机即可运转（若运转不起来，可看看热机测试仪显示的温度，冷、热端温度差在 100℃ 以上时易于启动）。

(2) 减小加热电压至第 1 挡（24V 左右），逐步加大加热功率，等待约 10min，温度和转速平衡后，重复以上测量 4 次以上，将数据记入表 35-1 中。

表 35-1   测量不同冷、热端温度时的热功转换值

加热电压 U	热端温度 T_1	温度差 ΔT	$\Delta T/T_1$	A（P-V 图面积）	热机转速 n	$nA/\Delta T$

（3）在最大加热功率下，用手轻触飞轮让热机停止运转，然后将力矩计装在飞轮轴上，拨动飞轮，让热机继续运转。调节力矩计的摩擦力（不要停机），待输出力矩、转速、温度稳定后，读取并记录各项参数于表 35-2 中。保持输入功率不变，逐步增大输出力矩，重复以上测量 5 次以上。

表 35-2　　　　　　　　测量热机输出功率随负载及转速的变化关系　　　输入功率 $P_i = VI =$ ____

热端温度	温度差 ΔT	输出力矩 M	热机转速 n	输出功率 $P_o = 2\pi nM$	输出效率 $\eta_{o/i} = P_o/P_i$

【数据与结果】

（1）以 $\Delta T/T_1$ 为横坐标，$nA/\Delta T$ 为纵坐标，在坐标纸上作 $nA/\Delta T$ 与 $\Delta T/T_1$ 的关系图，验证卡诺定理。

（2）以 n 为横坐标，P_o 为纵坐标，在坐标纸上作 P_o 与 n 的关系图，表示同一输入功率下，输出耦合不同时输出功率或效率随耦合的变化关系。

【注意事项】

（1）加热端在工作时温度很高，而且在停止加热后 1h 内仍然会有很高温度，请小心操作，否则会被烫伤。

（2）热机在没有运转状态下，严禁长时间大功率加热，若热机运转过程中因各种原因停止转动，必须用手拨动飞轮帮助其重新运转或立即关闭电源，否则会损坏仪器。

（3）热机汽缸等部位为玻璃制造，容易损坏，请谨慎操作。

（4）记录测量数据前须保证已基本达到热平衡，避免出现较大误差。等待热机稳定读数的时间一般在 10min 左右。

（5）在读力矩时，力矩计可能会摇摆。这时可以用手轻托力矩计底部，缓慢放手后可以稳定力矩计。如还有轻微摇摆，读取中间值。

（6）飞轮在运转时，应谨慎操作，避免被飞轮边沿割伤。

（7）热机实验仪上贴的标签不可撕毁，否则保修无效！

【思考题】

为什么 $P\text{-}V$ 图的面积即等于热机在一次循环过程中将热能转换为机械能的数值？

附 录

附录 A 中华人民共和国法定计量单位

我国的法定计量单位（以下简称法定单位）包括：

（1）国际单位制的基本单位（见表 1）。

表 1 国际单位制的基本单位

量的名称	单位名称	单位符号	量的名称	单位名称	单位符号
长度	米	m	热力学温度	开〔尔文〕	K
质量（重量）	千克（公斤）	kg	物质的量	摩〔尔〕	mol
时间	秒	s	发光强度	坎〔德拉〕	cd
电流	安〔培〕	A			

（2）国际单位制的辅助单位（见表 2）。

表 2 国际单位制的辅助单位

量的名称	单位名称	单位符号
平面角	弧度	rad
立体角	球面度	Sr

（3）国际单位制中具有专门名称的导出单位（见表 3）。

表 3 国际单位制中具有专门名称的导出单位

量的名称	单位名称	单位符号	其他表示式例
频率	赫〔兹〕	Hz	g^{-1}
力；重力	牛〔顿〕	N	$kg \cdot m/s^2$
压力，压强；应力	帕〔斯卡〕	Pa	N/m^2
能量；功；热量	焦〔耳〕	J	$N \cdot m$
功率；辐射通量	瓦〔特〕	W	J/s
电荷量	库〔仑〕	C	$A \cdot s$
电位；电压；电动势	伏〔特〕	V	W/A
电容	法〔拉〕	F	C/V

量的名称	单位名称	单位符号	其他表示式例
电阻	欧[姆]	Ω	V/A
电导	西[门子]	S	A/V
磁通量	韦[伯]	Wb	V·s
磁通量密度，磁感应强度	特[斯拉]	T	Wb/m^2
电感	亨[利]	H	Wb/A
摄氏温度	摄氏度	℃	
光通量	流[明]	lm	cd·sr
光照度	勒[克斯]	lx	lm/m^2
放射性活度	贝可[勒尔]	Bq	s^{-1}
吸收剂量	戈[瑞]	Gy	J/kg
剂量当量	希[沃特]	Sv	j/kg

（4）国家选定的非国际单位制单位（见表4）。

表4   **国家选定的非国际单位制单位**

量的名称	单位名称	单位符号	换算关系和说明
时间	分	min	1min＝60s
	[小]时	h	1h＝60min＝3600s
	天（日）	d	1d＝24h＝86400s
平面角	[角]秒	(″)	1″＝（π/64800）rad（π 为圆周率）
	[角]分	(′)	1′＝60′＝（π/10800）rad
	度	(°)	1°＝60′＝（π/180）rad
旋转速度	转每分	r/min	1r/min＝（1/60）s^{-1}
长度	海里	n mile	1n mile＝1852m（只用于航程）
速度	节	kn	1kn＝1n mile/h＝（1852/3600）m/s（只用于航行）
质量	吨	t	1t＝10^3 kg
	原子质量单位	u	1u1.660 565 5×10^{-27} kg
体积	升	L（l）	1L＝dm^3＝10^{-3} m^3
能	电子伏	eV	1eV1.602 189 2×10^{-19} J
级差	分贝	dB	
线密度	特[克斯]	tex	1tex＝kg/m

（5）由以上单位构成的组合形式的单位。

（6）由词头和以上单位所构成的十进制倍数和分数单位（词头见表 5）。

表 5　　　　　　　用于构成十进制倍数和分数单位的词头

所表示的因数	词头名称	词头符号	所表示的因数	词头名称	词头符号
10^{18}	艾［可萨］	E	10^{-1}	分	d
10^{15}	拍［它］	P	10^{-2}	厘	c
10^{12}	太［拉］	T	10^{-3}	毫	m
10^{9}	吉［咖］	G	10^{-6}	微	μ
10^{6}	兆	M	10^{-9}	纳［诺］	n
10^{3}	千	k	10^{-12}	皮［可］	p
10^{2}	百	h	10^{-15}	阿飞［母托］	f
10^{1}	十	da	10^{-18}	［托］	a

注　1. 周、月、年（年的符号为 a），为一般常用时间单位。

2. ［　］内的字，是在不致混淆的情况下可以省略的字。

3. （　）内的字为前者的同义语。

4. 角度单位度、分、秒的符号不处于数字后时，用括弧。

5. 升的符号中，小写字母 1 为备用符号。

6. r 为"转"的符号。

7. 人民生活的贸易中，质量习惯称为重量。

8. 公里为千米的俗称，符号为 km。

9. 10^{4} 称为万，10^{8} 称为亿，10^{12} 称为万亿，这类数词的使用不受词头名称的影响，但不应与词头混淆。

附录 B　常 用 物 理 数 据

表 1　　　　　　　　　　常用物理基本常数表

物理常数	符号	最佳实验值	供计算用值
真空中光速	c	$299792458 \pm 1.2 \text{m} \cdot \text{s}^{-1}$	$3.00 \times 10^8 \text{m} \cdot \text{s}^{-1}$
引力常数	G_0	$(6.6720 \pm 0.0041) \times 10^{-11} \text{m}^3 \cdot \text{s}^{-2}$	$6.67 \times 10^{-11} \text{m}^3 \cdot \text{s}^{-2}$
阿伏伽德罗(Avogadro)常数	N_0	$(6.022045 \pm 0.000031) \times 10^{23} \text{mol}^{-1}$	$6.02 \times 10^{23} \text{mol}^{-1}$
普适气体常数	R	$(8.31441 \pm 0.00026) \text{J} \cdot \text{mol}^{-1} \cdot \text{K}^{-1}$	$8.31 \text{J} \cdot \text{mol}^{-1} \cdot \text{K}^{-1}$
玻尔兹曼(Boltzmann)常数	k	$(1.380662 \pm 0.000041) \times 10^{-23} \text{J} \cdot \text{K}^{-1}$	$1.38 \times 10^{-23} \text{J} \cdot \text{K}^{-1}$
理想气体摩尔体积	V_m	$(22.41383 \pm 0.00070) \times 10^{-3}$	$22.4 \times 10^{-3} \text{m}^3 \cdot \text{mol}^{-1}$
基本电荷(元电荷)	e	$(1.6021892 \pm 0.0000046) \times 10^{-19} \text{C}$	$1.602 \times 10^{-19} \text{C}$
原子质量单位	u	$(1.6605655 \pm 0.0000086) \times 10^{-27} \text{kg}$	$1.66 \times 10^{-27} \text{kg}$
电子静止质量	m_e	$(9.109534 \pm 0.000047) \times 10^{-31} \text{kg}$	$9.11 \times 10^{-31} \text{kg}$
电子荷质比	e/m_e	$(1.7588047 \pm 0.0000049) \times 10^{-11} \text{C} \cdot \text{kg}^{-2}$	$1.76 \times 10^{-11} \text{C} \cdot \text{kg}^{-2}$
质子静止质量	m_p	$(1.6726485 \pm 0.0000086) \times 10^{-27} \text{kg}$	$1.673 \times 10^{-27} \text{kg}$
中子静止质量	m_n	$(1.6749543 \pm 0.0000086) \times 10^{-27} \text{kg}$	$1.675 \times 10^{-27} \text{kg}$
法拉第常数	F	$(9.648456 \pm 0.000027) \text{C} \cdot \text{mol}^{-1}$	$96500 \text{C} \cdot \text{mol}^{-1}$
真空电容率	ε_0	$(8.854187818 \pm 0.000000071) \times 10^{-12} \text{F} \cdot \text{m}^{-2}$	$8.85 \times 10^{-12} \text{F} \cdot \text{m}^{-2}$
真空磁导率	μ_0	$12.5663706144 \pm 10^{-7} \text{H} \cdot \text{m}^{-1}$	$4\pi \text{H} \cdot \text{m}^{-1}$
电子磁矩	μ_e	$(9.284832 \pm 0.000036) \times 10^{-24} \text{J} \cdot \text{T}^{-1}$	$9.28 \times 10^{-24} \text{J} \cdot \text{T}^{-1}$
质子磁矩	μ_p	$(1.4106171 \pm 0.0000055) \times 10^{-23} \text{J} \cdot \text{T}^{-1}$	$1.41 \times 10^{-23} \text{J} \cdot \text{T}^{-1}$
玻尔(Bohr)半径	α_0	$(5.2917706 \pm 0.0000044) \times 10^{-11} \text{m}$	$5.29 \times 10^{-11} \text{m}$
玻尔(Bohr)磁子	μ_B	$(9.274078 \pm 0.000036) \times 10^{-24} \text{J} \cdot \text{T}^{-1}$	$9.27 \times 10^{-24} \text{J} \cdot \text{T}^{-1}$
核磁子	μ_N	$(5.059824 \pm 0.000020) \times 10^{-27} \text{J} \cdot \text{T}^{-1}$	$5.05 \times 10^{-27} \text{J} \cdot \text{T}^{-1}$
普朗克(Planck)常数	h	$(6.626176 \pm 0.000036) \times 10^{-34} \text{J} \cdot \text{s}$	$6.63 \times 10-34 \text{J} \cdot \text{s}$
精细结构常数	a	$7.2973506(60) \times 10^{-3}$	
里德伯(Rydberg)常数	R	$1.097373177(83) \times 10^7 \text{m}^{-1}$	
电子康普顿(Compton)波长		$2.4263089(40) \times 10^{-12} \text{m}$	
质子康普顿(Compton)波长		$1.3214099(22) \times 10^{-15} \text{m}$	
质子电子质量比	m_p/m_e	1836.1515	

表 2 物理基本常数

物理量	符号	数值及其单位
重力加速度	g	$9.80665 m/s^2$
万有引力恒量	G	$6.6720 \times 10^{-11} N. m^2/kg^2$
阿伏伽德罗常数	N_A	$6.022045 \times 10^{23} mol^{-1}$
摩尔气体常数	R	$8.3144 J/(mol. K)$
玻耳兹曼常数	k	$1.380662 \times 10^{-23} J/K$
理想气体摩尔体积（标准状态下）	V_m	$22.41383 \times 10^{-3} m^3/mol$
洛喜密脱常数（标准状态下）	n_0	2.686781×10^{25} 分子/米^3
静电力恒量	k_e	$8.988 \times 10^9 N. m^2/C^2$
真空中的介电常数	ε_0	$8.854187818 \times 10^{-12} C^2/(N. m^2)$ 或 F/m
磁场力恒量	k_m	$2 \times 10^{-7} T. m/A$ 或 N/A^2
真空中的磁导率	μ_0	$4\pi \times 10^{-7} T. m/A$
真空中的光速	c	$2.99792458 \times 10^8 m/s$
基本电荷	e	$1.6021892 \times 10^{-19} C$
电子伏特	e_V	$1eV = 1.6021892 \times 10^{-19} J$
电子的静止质量	m_e	$9.109534 \times 10^{-31} kg$
质子的静止质量	m_p	$1.6726485 \times 10^{-27} kg$
中子的静止质量	m_n	$1.6749543 \times 10^{-27} kg$
原子质量单位	u	$1.6605655 \times 10^{-27} kg$
普朗克常数	h	$6.626176 \times 10^{-34} J. s$
电子的荷质比	e/m_e	$1.7588047 \times 10^{11} C/kg$
里德伯常数	R_∞	$1.097373177 \times 10^7 m^{-1}$
玻尔磁子	μ_B	$9.274078 \times 10^{-24} J/T$
玻尔半径	α_0	$5.2917706 \times 10^{-11} m$
经典电子半径	r_e	$2.8179380 \times 10^{-15} m$
质能关系	$E = mc^2$	$8.98755 \times 10^{16} J/kg \approx 931 MeV/u$

表 3 某些物体的运动速率

运动物体	速率	
	m/s	km/h
手表分针针尖（设针长为1cm）	1.7×10^{-5}	6.1×10^{-5}
手表秒针针尖（设针长为1cm）	1×10^{-3}	3.6×10^{-3}

运　动　物　体	速　率	
	m/s	km/h
蜗牛爬行	$(1.5 \sim 5) \times 10^{-5}$	$(5.4 \sim 18) \times 10^{-5}$
乌龟爬行	2×10^{-2}	7.2×10^{-2}
盒式录音机走带速度	4.76×10^{-2}	0.17136
手扶拖拉机的耕作速度	$0.27 \sim 1.1$	$1 \sim 4$
人步行	$1 \sim 1.5$	$3.6 \sim 5.4$
自行车（一般）	5	18
万吨级远洋轮船	$8.3 \sim 16.7$	$30 \sim 60$
运动员短跑（100m 短跑 9.95s）	10	36
火车（慢车）	10	36
潜水艇在水面上	10	36
普通坦克在田野上	10	36
公共汽车在一般公路上	10	36
自行车快速可达	13.9	50
喷气式巨型客机巡航速率	250	900
声速（0℃空气中）	331	1192
地球自转赤道上各点	465	1674
步枪子弹刚从枪膛飞出时可达	900	3240
月球绕地球转动的平均速率	1000	3600
普通炮弹	1000	3600
远程炮弹	2000	7200
同步卫星在赤道上空运转速率	3070	11050
单级火箭	4500	16200
第一宇宙速度（环绕速度）	7900	28440
第二宇宙速度（脱离速度）	11200	40320
第三宇宙速度（离开太阳系）	16700	60120
地球绕太阳公转	29800	107280
氢原子中电子绕核旋转的线速度	2.19×10^{6}	7.88×10^{6}
示波管中电子进入偏转电场时的速率	2.65×10^{7}	9.54×10^{7}
300 亿电子伏特的质子速率可达	光速的 0.99998 倍	
光速（真空中 $c = 2.99792458 \times 10^{8}$ m/s）	3×10^{8}	1.08×10^{9}

表 4 　　　　　　　　　　　　　　**某 些 事 物 的 功 率**

事　　物	功　　率	
	W（或 kW）	马力
液晶显示数字电子手表耗电功率（＜10μW）	10×10^{-6} W	
液晶显示小型电子计算器耗电功率	$(0.2 \sim 0.5) \times 10^{-3}$ W	
荧光管显示小型电子计算器耗电功率	$(100 \sim 500) \times 10^{-3}$ W	
5～7 管小型半导体收音机输出电功率	$(50 \sim 250) \times 10^{-3}$ W	
5～7 管小型半导体收音机耗电功率	$(100 \sim 500) \times 10^{-3}$ W	
普通盒式录音机耗电功率（约）	2.5W	
12 英寸电视机伴音输出功率	0.5～1W	
12 英寸晶体管电视机耗电功率（约）	35W	
电风扇（230～400mm）	38～65W	
人的平均功率	37～74W	0.05～0.1
马的平均功率	294～368	0.4～0.5
国产摩托车（50 型）	1.6～1.8kW	2.2～2.5
一般载重汽车（不同型号）	55～88kW	75～120
国产小轿车（不同型号）	66～162kW	90～220
国产大轿车（不同型号）	70～118kW	95～160
一般机车	1470kW	2000
东风 4 型内燃机车	2646kW	3600
万吨级远洋轮船发动机	7350kW	10000
大型喷气式航空发动机可达	110250kW	150000
我国 1981 年运行的原子反应堆	125000kW	170000
新安江水电站总功率	652500kW	888000
黄河刘家峡水电站总功率	1225000kW	1667000
长江葛洲坝水电站总发电量	2700000kW	3670000
液体燃料火箭短时功率	7.35×10^{9} kW	10^{10}

表 5 　　　　　　　　　　　　　　**某 些 物 体 的 转 速**

转动物体	转速（r/min）	转动物体	转速（r/min）
密纹唱片	33.1/3	国产小轿车发动机（不同型号）	4400～5200
直升飞机的负载螺旋桨	120～300	国产摩托车发动机（不同型号）	4600～5500
水轮机（225000kW）	125	炮弹从炮膛射出时	12000

转动物体	转速（r/min）	转动物体	转速（r/min）
轮船螺旋桨（约）	180	超速离心机（转速可达 1300r/s）	78000
柴油机（低速）	小于 250	手枪子弹出膛时（转速可达 3600r/s）	216000
柴油机（中速）	250～1000	外科手术切骨刀	10^5
柴油机（高速）	大于 1000	国产高速牙钻微型轴承	4×10^5
国产大客车发动机（不同型号）	2000～2800	加速器中质子转速（数量级 10^6 r/min）	（约）10^8
国产载重汽车发动机（不同型号）	2000～4000	氢原子中电子绕核旋转的转速	4×10^{17}
30 万千瓦双水内冷汽轮发电机	3000	（6.6×10^{17} r/s）	

表 6　　　　　　　某些声音（或波）的频率

声音（或波）	频率（Hz）	声音（或波）	频率（Hz）
人类的肺部机能	0.03～0.25	钢琴的最低音	27.5
人类心音波	1～2	鼓或大提琴	100～200
老鼠可听到的低频率	16 以下	C 调 1（dou）的频率	256
次声波	16 以下	钢琴的最高音	4096
一般人能够听到的声音的频率	16～20000	蚊虫叫声	几千
一般人能够发出的声音的频率	64～1300	超声波	20000 以上
对一般人敏感的频率	1000～3000	狗可听到的高频率	38000
对一般人最敏感的频率	2500	现代技术已得到的	10^9
汽笛所发出的低音	几十	高频超声波	

表 7　　　　　　　用于构成十进制倍数和分数单位词头

所表示的因数	词头名称	词头符号	所表示的因数	词头名称	词头符号
10^{18}	艾［可萨］	E	10^{-1}	分	d
10^{15}	拍［它］	P	10^{-2}	厘	c
10^{12}	太［拉］	T	10^{-3}	毫	m
10^9	吉［咖］	G	10^{-6}	微	μ
10^6	兆	M	10^{-9}	纳［诺］	n
10^3	千	k	10^{-12}	皮［可］	p
10^2	百	h	10^{-15}	飞［母托］	f
10^1	十	da	10^{-18}	阿［托］	a

附录 C 用计算器计算 S_x 和 $\overline{x}$ 值

目前，使用袖珍计算器对实验数据进行处理已相当普遍。这里就标准偏差 S_x 和算术平均值 $\overline{x}$ 的计算作一简要介绍。

1. 标准偏差公式的另一种表示形式

$$S_x = \sqrt{\frac{\sum (x_i - \overline{x})^2}{n-1}}$$

将 $\overline{x} = \sum x_i / n$ 代入上式得

$$S_x = \sqrt{\frac{\sum x_i^2 - 2\frac{(\sum x_i)^2}{n} + n \times \frac{(\sum x_i)^2}{n^2}}{n-1}} = \sqrt{\frac{\sum x_i^2 - \frac{(\sum x_i)^2}{n}}{n-1}}$$

这就是计算器说明书中所用的计算表达式，它可直接利用测量值 x_i 来计算一测量列的标准偏差。

2. 计算步骤和方法

一般计算器都已编了标准偏差的计算程序，按下列步骤进行操作即可。

(1) 函数模式选择开关置于 "SD" 位置（SD 是英文名词 standard deviation 的缩写）。

(2) 顺次按 "INV" 和 "AC"，以清除 "SD" 中所有内存，准备输入所要计算的数据。

(3) 在键盘上每次输入一个数据后，按一次 "M+" 键，将 x_i 数据输入计算器。

(4) 在所有数据输入后，按 "σ_{n-1}"（即相当于 S_x）键，则显示该测量列的标准偏差 S_x；按 "$\overline{x}$" 键，则显示该测量列的算术平均值；按 "σ_n" 键（即相当于 $S_{\overline{x}}$），则显示该测量列平均值的标准偏差 $S_{\overline{x}}$。

(5) 当有错误数据输入而要删去时，可在输入该错误数据后，按 "INV" 和 "M+" 两键，就可以将已输入的数据删除。

参 考 文 献

[1] 张晓波，李小云．大学物理实验．杭州：浙江大学出版社，2008.
[2] 郑水泉．新编大学物理实验．上海：上海科学普及出版社，2004.
[3] 赵青生．大学物理实验．合肥：安徽大学出版社，2004.
[4] 隋成华，施建青．大学物理基础实验教程．杭州：浙江电子音像出版社，2001.
[5] 肖明耀．实验误差估计与数据处理．北京：科学出版社，1984.
[6] 李惕培．实验的数学处理．北京：科学出版社，1981.
[7] 朱鹤年．物理实验研究．北京：清华大学出版社，1994.